와타리 와타루 지음
퐁칸⑧ 일러스트

12
twelve

Contents

Interlude —————————————————————————— 011

1 이윽고 **계절**은 바뀌고 **눈**은 녹아간다, ————————— 013

2 이래 봬도 **유키노시타 하루노**는 취하지 않았다. ————— 057

Interlude —————————————————————————— 099

3 기습적으로 **히키가야 코마치**는 예의를 차린다, ————— 103

4 오늘까지 그 **열쇠**에는 한 번도 손댄 적이 없다, ————— 157

5 역시 **잇시키 이로하**는 최강의 후배이다, ——————— 223

6 문득 **유이가하마 유이**는 미래를 마음에 그린다, ———— 317

7 그 **선택**을 틀림없이 후회할 것을 알면서도, ————————— 377

Interlude —————————————————————————— 389

역시 내 청춘 러브코메디는 잘못됐다.12

My youth romantic comedy is wrong as I expected.

장인물 【character】

twelve

히키가야 하치만············ 주인공. 고2. 성격이 삐뚤어졌다.

유키노시타 유키노············ 봉사부 부장. 완벽주의자.

유이가하마 유이············ 하치만과 같은 반. 주위의 눈치를 보는 경향이 있다.

토츠카 사이카············ 테니스부원. 무진장 귀엽지만 남자.

카와사키 사키············ 하치만과 같은 반. 약간 불량스러워 보인다.

하야마 하야토············ 하치만과 같은 반. 인기인. 축구부.

토베 카케루············ 하치만과 같은 반. 하야마 그룹의 촐랑이.

미우라 유미코············ 하치만과 같은 반. F반 여학생들의 정점에 군림한다.

에비나 히나············ 하치만과 같은 반. 미우라 그룹이지만 부녀자.

잇시키 이로하············ 축구부 매니저. 1학년으로 학생회장에 당선.

히라츠카 시즈카············ 국어 교사. 생활 지도 담당.

유키노시타 하루노············ 유키노의 언니. 대학생.

히키가야 코마치············ 하치만의 여동생. 중학교 3학년.

카와사키 타이시············ 사키의 남동생. 중학교 3학년.

일본판 오리지널 디자인
numata rina

interlude···

침묵은 길었다.

흘러나오는 목소리에 감정이 따라가지 못하고, 걸핏하면 논리를 내세웠던 말들은 어디에서도 찾아볼 수 없었다.

의미를 수반하는 말이 아니라면 아무 말도 하지 않은 것이나 다름없다.

그러니 그 시간은 침묵이라 불러도 무방하리라.

구름 사이에서 스며 나오는 석양으로 붉게 물들었던 하늘과 바다도 어느덧 짙은 푸른색으로 변했다.

흩날리는 싸락눈은 지면에 길게 드리운 그림자 속으로 빨려 들어 사라져갔다.

이윽고 가로등이 켜지자 그 그림자는 사방으로 퍼져나가며 차츰 흐릿해져 원형을 알아볼 수 없게 되었다.

이야기가 길어질 것 같으니까.

누군가 그렇게 말했다. 어쩌면 내가 한 말이었는지도 모른다.

그 말은 더 이상 이어지지 않았지만, 생략된 부분의 의미는 입 밖에 내지 않아도 전해졌다. 그것에 반대하지도 않고 미소와 수긍으로 막을 내린다.

사실은 이제 와서 도망치는 거냐고 이를 악물고 싶었다.

다른 누구보다도 안도해버린 자신을 향해서.

약간의 시간이 있다 한들 실낱같은 희망은 늘어나지 않는다.

다만 확실한 결론이 덧없는 종언으로 이어질 것을 알고 있다.

그러니 그 결론을 입 밖에 내야 한다.

말하지 않으면 알 수 없다. 말한다 한들 전해지지 않는다.

그러니 그 결론을 입 밖에 내야 한다.

그 선택을 틀림없이 후회할 것을 알면서도.

—사실은.

차갑고 잔혹한, 그저 슬프기만 한 진짜 따위 원하지 않으니까.

이윽고
계절은 바뀌고
눈은 녹아간다.

추위는 익숙하다.

평생 이 동네를 떠나본 적도 없거니와 워낙 오래 전부터 이랬으므로, 치바의 겨울은 다 이런 법이라고 여겼다.

건조한 공기도, 얼굴을 찌르는 칼바람도, 발밑에서 등줄기로 스멀스멀 기어 올라오는 냉기도 성가시게 여겨본 적은 있을지언정 치를 떨어본 기억은 없다.

오히려 친숙한 감각이자 지극히 당연한 사실로 받아들여 왔다.

요컨대 더위와 추위란 정도의 차이에 불과하며 현재 수준을 크게 웃도는 사태를 경험했느냐 아니냐의 문제일 뿐, 다른 곳의 겨울을 모르는 이상 비교할 일도 없다.

그러니 말하자면 오히려 온기에 익숙하지 않았고, 다른 따스함을 몰랐던 것이리라.

예컨대 시린 손끝을 녹이듯 호호 부는 하얀 입김.

또는 장갑 낀 손으로 살며시 잡고 있는 머플러와 코트 자락이 스치는 소리.

그리고 벤치에 나란히 앉아 있기에 순간적으로 맞닿는 무릎.

곁에 있는 존재가 지닌 생생한 체온.

그런 온기를 접하는 게 지레 겁이 나 몸을 뒤틀었다. 그러면서 옆에 앉은 유키노시타와 유이가하마에게서 주먹 하나만큼의 거리를 두었다.

바다와 인접한 야밤의 공원에는 우리 셋 말고는 아무도 없었다. 문득 고개를 들자, 유키노시타가 사는 두 동짜리 타워형 아파트가 눈에 들어왔다.

이 해변 공원은 역 앞 상업 지구에서 조금 떨어진 곳에 있어, 큰 도로를 건너면 바로 조용한 아파트 단지가 나온다. 바닷가이기는 해도 방사림 겸 조경용인지 나무숲을 조성해놓아 바람이 아주 차지는 않았다.

그럼에도 겨울 느낌이 강하게 나는 까닭은 우리 말고는 아무도 없다는 점과 얕게 쌓인 눈 때문이겠지.

날짜는 변함없이 2월 14일.

세간에서는 밸런타인데이나 건(乾)멸치 데이[#1]라 불리는 날로, 내 동생 코마치가 우리 학교 입학시험을 치른 날이기도 하다.

그리고 우리가 수족관에 다녀온 날이다.

낮부터 저녁까지 흩날린 눈은 수북하게 쌓이지는 않았지

#1 건(乾)멸치 데이 2월 14일은 일본 전국 건멸치 협회에서 제정한 건멸치의 날이기도 하여, 밸런타인데이와 관련된 개그 소재로 많이 쓰임.

만, 그래도 잔디와 관목 울타리 위에 어렴풋이 그 흔적을 남겼다.

눈은 소리를 흡수한다고들 한다.

이렇게 빈약한 눈이 소리를 흡수할 리도 없으련만, 우리 셋사이에서는 아무런 대화도 오가지 않았다. 그저 서로의 숨소리만을 들으며 고요한 밤을 가만히 바라보았다.

여린 눈밭에 달빛과 가로등 불빛이 반사되었다. 그 덕분에 야심한 시간대인데도 비교적 밝은 인상을 풍겼다. 이 조명이 옛날처럼 새하얀 빛을 뿌리는 형광등이었더라면 더 차가운 색감을 띠었을 테지.

그러나 오렌지색에 가까운 빛을 머금은 눈은 어딘가 따스한 인상마저 주었다.

그래도 만지면 이슬이 되어 사라진다.

가짜처럼 보이는 그 따스한 빛은 저녁노을에 반짝이며 바다로 내려앉던 눈송이가 환영이 아니었음을 알려주었다.

실제로 눈이 내렸음을 시사하고, 우리가 보낸 하루가 엄연히 존재했음을 상기시킨다. 그리고 그 증거가 아주 약간의 온도차와 시간에 의해 간단히 소멸되어버린다는 사실을 깨우쳐 준다.

재미삼아 건드리면 흔적도 없이 녹아내리고, 장난삼아 털어내면 산산이 흩어진다. 그렇다고 위선을 떨며 못 본 척 내버려 두어도 언젠가는 사라지고 만다.

만약 추위가 영원히 계속된다면 이대로 남겨둘 수 있을까?

그런 부질없는 생각이 드는 바람에 몸을 부르르 떠는 시늉을 하며 살며시 고개를 저었다. 그 질문의 답은 어릴 때 만들었던 눈사람으로 벌써 입증이 끝났다.

고개를 저은 김에 벤치에서 쓱 몸을 일으켰다. 그러자 공원 어귀에 있는 빨간색과 파란색 자동판매기가 시야에 들어왔다.

그쪽으로 향하기 직전에 고개만 돌려 두 사람을 보았다.

"……뭐 좀 마실래?"

물어보자 두 사람은 한순간 얼굴을 마주보았지만, 이내 도리도리 고개를 저었다. 그 반응에 알았다는 뜻으로 고개만 까닥해보였다.

자판기 앞까지 걸어가 지갑에서 동전을 꺼내 짤랑짤랑 흔들었다.

우선 늘 먹는 캔 커피를 선택하고, 덤으로 페트병 홍차를 두 개 골랐다. 쪼그려 앉아 음료를 코트 주머니에 조심스레 담는다.

하나씩 꺼낸 후 마지막으로 집어든 캔은 분명 뜨거울 텐데도 이상하게 서늘한 느낌을 주었다. 계속 쥐고 있다가는 틀림없이 화상을 입을 테지. 공놀이를 하듯 가볍게 던졌다 받았다 하며 그 위화감의 원인을 따져보았다.

꽁꽁 얼었던 손이 캔의 온도에 적응해갈 즈음, 그 의문도 눈 녹듯 풀렸다.

피부로 인식하는 온도는 어디까지나 숫자에 지나지 않으며, 그 정보에 의미가 부여되지 않는 이상 단순한 수치에 불과하다.

나는 이보다 더 의미 있는 따스함을 안다. 온도와 온기는 완벽하게 별개의 개념임을 머리가 아니라 감각으로 이해한 상태다. 그래봤자 이제 막 깨달았을 뿐이니 자랑할 만한 사실은 전혀 못 되지만.

한때는 백 엔짜리 동전으로 살 수 있었다는 온기보다도, 한순간 옷자락 너머로 무릎에 닿았을 뿐인 36.5도가 훨씬 뜨거웠다.

지금 손에서 전해져오는 열기가 아니라 그때 접했고 여전히 가슴속에 깃든 온기를 곱씹으며, 천천히 아까 떠나온 벤치로 되돌아간다.

이 온기를 다시 느끼는 일은 없으리라는 사실을 어렴풋이 깨달았기에 최대한 시간을 들여서. 그럼에도 걸음을 멈추지는 않고.

내가 자리를 뜨는 바람에 빠끔히 비어버린 그 공간을 누군가 차지하는 일은 없다. 그 온기를 깨달아버린 지금에 와서는 더더욱.

어디까지 거리를 좁히는 게 옳은지, 나는 지금 이 순간까지도 파악하지 못했다.

그래서 여기까지는 괜찮아. 아직 한 발짝은 더 내디뎌도 돼. 그렇게 생각하며 천천히 걸음을 옮겼다.

마치 지난 일 년간을 답습하듯.

서서히 다가가, 여기까지는 발을 들여놓아도 되는구나 가늠하며 더듬더듬 거리감을 재측정해나간다.

아무것도 모르던 시절에는 성큼성큼 거침없이, 무언가를 깨달은 후로는 자박자박 조심스럽게. 하지만 아무것도 알지 못한다는 사실을 깨달은 순간부터는 단 한 걸음도 떼어놓지 못했다.

앞으로 한 발짝. 아니면 반 발짝이라도.

그렇게 생각한 거리에서 나는 멈추어 섰다.

가로등이 마치 스포트라이트처럼 벤치를 비추었다. 앉아 있는 두 그림자는 사방으로 갈래갈래 뻗어나가 그 하나하나가 흐릿했고, 어딘가 어슴푸레했다.

그 광경을 물끄러미 바라보며 코트 호주머니에 넣어온 페트병을 말없이 내밀었다. 두 사람은 당황한 기색을 내비치면서도 고마움을 표시하며 제각기 손을 뻗었다. 그 손끝에 닿지 않도록 음료를 건네주고 빈 호주머니에 손을 찔러 넣었다.

그 바람에 셀로판 포장지가 바스락 소리를 냈다.

손끝을 스치는 매끈한 감촉에 호주머니 속을 슬쩍 들여다보니, 내가 받은 쿠키는 변함없이 그 자리에 있었다.

쿠키의 양은 늘어나지도 줄어들지도 않았다. 호주머니를 두들겨도 늘어나지는 않는다[2].

행복은 그리 쉽게 늘어나지 않는다. 피터인가 치타인가 카르셀인가[3]도 그렇게 말했다.

#2 호주머니를 두들겨도 늘어나지는 않는다 동요 「신기한 호주머니」의 가사. 호주머니를 두들길 때마다 비스킷 개수가 늘어난다는 내용..
#3 피터인가 치타인가 카르셀인가 이케하타 신노스케(여장남자), 스이젠지 키요코(보이시한 여자), 카르셀 마크(트랜스젠더) 등 중성적 이미지로 유명한 일본 연예인들의 별명을 나열한 것.

다만 늘어나지는 않으면서 줄어들거나 잃어버리기는 쉬우니 골치 아프다.

쪼개지거나 부서지지는 않았나 싶어 살짝 꺼내봤지만, 완충재로 들어간 가느다란 분홍색 종이 뭉치 덕분에 무사했다.

안심해서 도로 호주머니에 넣으려 했을 때, 나직한 숨소리가 들려왔다.

고개를 돌리자 그 쿠키를 가만히 응시하는 유키노시타가 보였다.

"……그거, 정말 예쁘구나."

사랑의 열병에 빠진 듯 황홀한 눈빛으로 유키노시타가 중얼거렸다. 느닷없이 흘러나온 말에 유이가하마는 순간적으로 놀란 표정을 지었지만, 이내 몸을 불쑥 내밀며 대답했다.

"아, 응! 봉지랑 마스테랑 이것저것 열심히 골랐거든!"

"뭐? 마스테? 인도 인사말이냐?"

"그건 나마스테잖니. 마스킹 테이프를 이야기하는 거야."

유키노시타가 관자놀이를 누르며 어처구니없다는 기색으로 대꾸했다.

"너는 인사성도 없으면서 쓸데없이 주워들은 것만 많구나."

"모르는 소리. 일단 인사만 해놓으면 대화하는 것 같은 분위기가 나잖아. 정형화된 인사말은 필수 지식이라고."

핀잔을 주자 유키노시타가 맥 빠진 얼굴로 쓴웃음을 지었다.

"네 기준에서는 인사도 대화에 포함되는 모양이구나……."

"물론이지. 그래서 가급적 인사도 삼가려고 애쓴다고."

"힛키, 대화에 너무 약한 거 아냐?!"

그야 힛키잖아, 별 수 없지. 이름은 본질을 나타낸다는 말은 진리다. 그나저나 유이가하마가 붙인 힛키라는 별명에도 적응해버리고 말았군……. 옛날에는 그런 창피한 이름을 가진 사람은 몰라……[4] 하고 깜찍하게 얼굴을 붉히고 시선을 피하며 기어들어가는 목소리로 부정했건만. 아니지, 그랬던 적은 없나? 비교적 초반부터 체념 모드로 받아들였더랬지요!

그나저나 마스테라……. 마스킹 테이프의 줄임말이란 말이지. 치이 기억했다.[5] 어디다 쓰는 테이프인지는 잘 모르겠다만. 그보다 유키노시타 양, 의외로 신세대 문화에 빠삭하시군요……. 그렇게 생각하며 유키노시타에게로 시선을 돌렸다.

그러자 유키노시타가 내 마음을 읽었는지 후훗 웃었다.

"마스킹 테이프는 본디 도장(塗裝) 작업을 할 때 쓰는 물건이었다고 하지만, 요즘은 디자인에 공을 들인 제품도 많아."

"맞아맞아, 귀여운 게 많아서 유행이라구! 그래서 선물 포장할 때두 쓰구, 다이어리 같은 거 꾸밀 때두……."

몸을 내밀며 적극적으로 설명하는 유이가하마의 목소리에 귀 기울이며 새삼 포장을 살펴보니, 확실히 테두리 등 자잘한 부분까지 신경 써서 만든 티가 났다.

자그마하지만 금실로 맵시를 낸 리본과 강아지 발자국 무늬가 들어간 테이프. 하나같이 깜찍하고 예쁜 장식들이었다.

#4 그런 창피한 이름을 가진 사람은 몰라…… 전격문고에서 발간 중인 『에로망가 선생』에서 이즈미 사기리가 자신의 필명을 부정하는 대사.
#5 치이 기억했다 CLAMP의 만화 『쵸비츠』에 등장하는 대사.

유심히 살펴보자 불안해졌는지 유이가하마가 전전긍긍하기 시작하더니, 그 시선이 이리저리 사방을 배회했다.

"마, 맛은…… 자신 없지만, 그래두 노력했으니까."

　그래도 마지막에는 이쪽을 보며 확고한 의지를 담아 그렇게 말했다. 진지한 눈빛에 너스레를 떨 수도 없어 들고 있는 쿠키 주머니를 살며시 쓰다듬었다.

"……그래. 그건 잘 알겠다."

　정말 잘 만들었다고 생각한다. 아직 먹어보기 전이라 맛까지는 알 수 없지만 그래도 요리에 서툰 유이가하마가 최선을 다했음을, 선물할 상대를 위해서 진심을 담아 만들었음을 느낄 수 있었다.

　그래서 최대한 성실하고 가감 없는 반응을 보이려고 애썼다. 꾸밈이 없는 대신 분위기고 뭐고 전혀 찾아볼 수 없었지만, 그래도 전하고자 하는 바는 전달된 눈치였다.

"그치? 힛키가 그랬잖아. 그 왜, 노력하는 모습이 중요하다구."

　유이가하마가 에헴 가슴을 펴고 손가락을 까닥까닥 흔들며 말했다.

"……기억하고 있었냐?"

　조금 놀랐다. 생각보다 기억력이 좋잖아……? 아니 그야 물론 나도 기억하지만.

　그때 한 말은 거짓말이 아니고 지금도 진심으로 그렇게 생각하지만, 새삼 언급되니 아무래도 조금 민망했다. 안녕하십니까, 과거의 어록을 떠올리면 죽고 싶어질 때가 종종 있는 저입니다.

하지만 민망해진 사람은 나뿐만이 아니었나 보다.

"그, 그야 뭐. 기억하구 있달까 잊을 수가 없달까……. 처음에는 좀 놀랐구……."

유이가하마가 아하하 쑥스러운 미소를 짓더니 조금 겸연쩍은 기색으로 꼼지락 몸을 꼬았다. 그렇게 말씀하시면 저도 진정이 안 되잖습니까! 덕분에 나까지 아하하…… 하고 어정쩡한 웃음을 짓고 말았다. 그러다 눈이 마주치자, 유이가하마가 시선을 홱 돌렸다.

"……하, 하긴 힛키, 그 후에두 계속 그런 식이라 이젠 익숙해졌지만!"

마지막으로 장난스럽게 덧붙이자 유키노시타가 피식 웃었다.

"그래. 항상 예상에 미달하지."

"맞아맞아."

그 말에 유이가하마가 흠흠 고개를 끄덕였다. 으음, 그 판단은 조금 유보해주셨으면 합니다만. 그렇게 생각하며 항의의 뜻을 담아 흘끗 유키노시타에게로 시선을 향했다.

"……있지, 나만 그런 건 아닌 것 같거든? 너도 그렇잖니, 유키노미달 양?"

"……그 해괴한 호칭은 뭐니?"

눈썹을 꿈틀 치켜세우며 유키노미달 양이 나를 째려보았다. 하지만 옆에 있는 유이가하마는 그와 대조적으로 난감한 듯 눈꼬리를 내리더니 우움~ 하고 입을 열었다.

"아…… 하긴 애니멀 테라피라든가……."

"어, 그래. 바로 그런 거 말이야. 미달이라고 해야 할지 초월이라고 해야 할지 모르겠다만."

뺨을 살짝 긁적이며 다소 겸연쩍은 기색을 드러내는 유이가하마에게 동조해 힘차게 고개를 끄덕였다. 당시에는 아직 서먹한 사이였으므로 단호하게 나가지 못했지만, 이제 와서 돌이켜보면 「이게 대체 무슨 소리야……?」라는 느낌이라고나 할까. 유이가하마도 비슷한 심정인지 생각에 잠긴 얼굴로 끄응 나직하게 신음했다.

"우응…… 뭐랄까, 똑똑하다구는 생각했지만……."

어이쿠, 역접어가 등장해버리셨구만. 「지만」 뒤에는 무조건 부정적인 말이 나오게 되어 있단 말이지……. 아마 그냥 고양이랑 오손도손 놀고 싶었던 것뿐일 테고…….

하지만 그 부분은 건드리지 않는 편이 낫겠지. 집요하게 몰아붙였다가는 기관총 같은 기세로 장황한 반론이 돌아올 테니까. 그래서 방금 한 생각은 고이 가슴에 담아두기로 했다.

그러나 유이가하마는 가슴에 담아두는데 실패한 모양이었다. 하긴 담아두기 벅찰 것 같기는 하네요, 그 가슴!

"우, 우움, 그래두! 유키농, 좀 맹한 구석이 있으니까!"

자기 딴에는 두둔할 작정이었는지 살짝 열성적인 목소리로 외치자 유키노시타가 째릿 냉담한 시선을 보냈다.

"그건 네 이야기 아니니?"

말문이 막힌 기색으로 우웃 신음하던 유이가하마가 생각났다는 듯 반박했다.

"아, 아니거든?! 그 왜 대빈민 게임 때라든가, 그때는 나두 꽤 머리 썼구⋯⋯."

나도 가물거리는 기억을 더듬어 유희부와 맞붙었던 그 어둠의 게임의 결말을 떠올렸다.

"그냥 운이 좋았던 것 같기도 하다만⋯⋯."

"그, 그럼 어때! 운두 일종의 실력이라구! 그날은 그게, 생일이었으니까 행운이 찾아오는 것두 당연하달까, 또 좋은 일두 있었구, 기뻤구⋯⋯."

유이가하마도 처음에는 발끈해서 받아쳤지만, 종반으로 접어들면서 시선을 살며시 내리깔았고 목소리도 점점 작아졌다. 그렇게 웅얼거리듯 말하면 어중간하게 여기까지 들리니까 제발 자제해줬으면 한다. 생일 선물 등등이 생각나서 괜히 저까지 부끄러워지잖습니까! 그 바람에 나도 그만 시선을 떨구고 말았다. 그때 유키노시타가 불쑥 입을 열었다.

"생일과 행운이 관계가 있니⋯⋯?"

"이, 있어! 있다면 있는 거라구! 이겼으니까 됐잖아!"

진지한 표정으로 고개를 갸웃하는 유키노시타와 토라진 듯 불만스러운 기색으로 뾰로통하게 대꾸하는 유이가하마. 그 모습에 나도 모르게 웃고 말았다.

유이가하마 말이 맞다. 과정이야 어찌됐든 결과적으로는 승리를 거두었으니까. 그러니 됐다.

분명 그런 긍정적인 면에 줄곧 구원받아온 것이다. 나도, 그리고 유키노시타도.

유키노시타도 그 점은 아는지 후훗 웃었다. 그리고 어깨에 내려앉은 머리카락을 쓸어 넘기며 만족스럽게 고개를 끄덕였다.

"……그래, 맞아. 이겼으니 됐지."

"또 발동 걸렸구만, 지고는 못 사는 성격……."

무심결에 쓴웃음과 함께 그런 말이 흘러나왔다. 그러자 유키노시타가 싸늘한 눈길을 보내왔다.

"하기는 넌 지는 걸 좋아하니까."

"딱히 좋아하지는 않습니다만……. 어쨌거나 매번 이겨보겠다는 마음은 있거든요?"

부정해봤지만 두 사람 다 들은 체도 하지 않았다. 심지어 유이가하마는 납득한 듯 한숨을 푹 쉬었다.

"그러게. 테니스라든가, 유도라든가……."

"……그런 헛고생도 피나는 노력이라고 할 수 있을까?"

유키노시타가 휴우 기막혀하는 건지 피곤해하는 건지 모를 한숨을 쉬었다. 그 평가에는 나도 다소 기분이 상하고 말았다. 이 문제만큼은 똑바로 짚고 넘어가야겠다.

"천만에, 피는 안 났다고. 유도 시합 때는 허리를 삐었을 뿐이야."

회심의 일격을 가하자 유키노시타가 발끈해서 쏘아붙였다.

"비유적인 표현이잖니. 말허리를 자르지 마. 그보다 병원에는 다녀왔니? 요통은 습관성으로 발전하면 잘 낫지 않고, 여파가 오래 가거든?"

"의외루 걱정했잖아?! 나, 나두 좀 했지만!"

유키노시타가 심문조로 득달같이 추궁하자 유이가하마가 화들짝 놀라더니, 천연덕스럽게 그 흐름에 편승해 덧붙였다. 으음, 눈물겨운 조언도 걱정 어린 말도 그 당시에 해주시기를 바랐습니다만……. 그래도 어쨌거나 심려를 끼쳐드렸다니 확실하게 보고 드리지요…….

"갔다 왔어. 접골원이지만. 진단서 끊어서 그걸로 체육 수업을 면제받았지."

"얍삽해! 괜히 걱정했잖아!"

거드름을 피우자 유이가하마가 반쯤 경악한 기색으로 외쳤다. 야, 너 그때 별로 걱정 안 한 거 다 알거든……? 원한 서린 눈빛을 보내자, 그 시선을 느꼈는지 유이가하마가 얼버무리듯 찰싹 손뼉을 쳤다.

"그치만 그런 황당무계한 이벤트 재미있었는데. 그렇게 다 같이 하는 거."

"……그러냐?"

황당무계하다는 평가에는 동의한다만, 다 같이 하는 게 재미있었는지는 잘 모르겠는데……. 미심쩍어하는데 유이가하마가 에헴 가슴을 폈다.

"응. 유미코랑 히나랑 하야토랑 사이랑 코마치랑 다 같이 어울려 노는 거 엄청 재미있었잖아. 여름방학 때라든가."

아련한 눈빛이 된 유이가하마의 대답에 유키노시타가 흐음 고개를 끄덕였다.

"수련회 말이구나. 재미있었느냐는 둘째 치고 떠들썩하기는 했지. ……그런데 누군가 빠진 것 같지 않니?"

유키노시타가 의아한 듯 고개를 비스듬히 꼬았다. 듣고 보니 그런 것 같아 하나둘셋넷 이사육팔십 당시 치바 마을에 있었던 사람을 꼽아보다가 문득 깨달았다.

"히라츠카 선생님은…… 인솔자니까 같이 놀았다고 하기는 힘든가?"

"……선생님도 상당히 즐기시는 것처럼 보이기는 했지만 말이야."

끄응 이맛살을 찌푸리는 유키노시타의 마음도 이해는 간다. 그래, 하긴 그 양반은 거의 항상 신나 보이니까……. 또 토베도 있었지만, 토베는 됐다. 토베니까. 토베의 기억은 내가 소중히 간직할 테니 부디 평안히 잠들기를 바란다. 토베가 하야마한테 쓸데없는 질문을 하는 바람에 마음이 복잡했던 것도 그렇고, 전부 나 혼자만 기억하고 있으면 그만이다.

그렇게 내 가슴속에만 새겨둔 일들이 지난여름에는 무척 많았다.

그 씁쓸한 뒷맛은 앙금처럼 줄곧 내 안에 응축되어 묵직한 응어리를 남겼다.

츠루미 루미라는 소녀를 그냥 내버려둘 수 없었던 까닭은 누군가의 모습이 오버랩 되었기 때문이다. 그 실체조차도 불분명하지만 동조압력만은 존재하는 「모두」라는 강박관념이 루미를 짓밟으려 한다는 사실을, 또는 짓밟아왔다는 사실을 용납할 수 없었다.

그 결과가 바람직했다고 말할 생각은 추호도 없다.

다만 거짓임을 알면서도 그래도 손을 내밀기로 마음먹은 루미의 모습에서 나는 한 줄기 실낱같은 희망을, 기도와도 같은 바람을 품었다. 그것 역시 나만 기억하면 충분한 일이다.

다만 추억이란 내 의사와는 상관없이 그 시간을 함께 나눈 사람의 마음속에도 깃드는 법이다.

그래서 그녀 또한 자기만 기억하면 된다고 생각했던 이야기를 꺼내는 거겠지.

"불꽃 축제두 즐거웠는데."

밤하늘을 올려다보며 유이가하마가 말했다. 나도 덩달아 고개를 들었다. 찬란한 불꽃송이도 금빛 빗줄기도 찾아볼 수 없는 새카만 하늘을.

"……그러게."

"기억하나 보네?"

유이가하마의 말투에서는 어딘가 놀리는 듯한 기색이 묻어났다. 그래서 나도 어깨를 으쓱하며 자조적으로 능청을 떨었다.

"그야 딱히 뭔가 한 일도 없으니까. 뭔가 한 날은 기억한다고."

그럼으로써 우리는 그날 공유한 추억을 소중하게 마음속으로 갈무리했다.

그 후에는 희미한 미소와 나직한 숨결, 그리고 잔잔한 침묵이 남았다.

그 찰나의 공백을 메우듯 유키노시타가 땅이 꺼지라 한숨을 쉬었다.

"40일 가까운 방학 기간 중 며칠밖에 기억 못한다는 소리구나……."

"원래 그런 법이잖아. 깨닫고 보니 끝난 뒤였으니까……. 게다가 그 뭐냐, 그 뒤로 쓸데없이 바빴고."

"2학기에는 행사가 많았으니까."

"그래. ……결국은 죄다 그놈의 위원장 탓이지만."

문득 뇌리를 스쳐간 어떤 인물의 얼굴을 떠올리자, 말투가 저절로 험악해졌다. 그러자 유이가하마가 약간 난처한 기색으로 입을 오물거렸다.

"우움…… 난 노코멘트 할래."

꺄아, 유이가하마 양 완전 천사잖아! 이럴 때는 보통 궐석 재판으로 즉각 탄핵에 즉결 사형 아냐?! 그렇게 생각했을 때, 유키노시타가 어깨를 으쓱했다. 보아하니 유키노시타도 내 견해에 뭔가 할 말이 있는 눈치였다. 세상에! 유키노시타 양도 천사란 말이야?! 라고 생각했으나…….

"꼭 사가미 잘못만은 아니야."

"야, 실명을 밝혀버리기냐……."

"……덮어둘 생각은 털끝만큼도 없었으면서 말은 잘하는구나."

유키노시타는 두통을 참듯 관자놀이를 누르며 눈살을 찌푸리더니, 나를 가볍게 흘겨보았다. 그 반응에 그래그래 내가 잘못했다 하고 무성의하게 고개를 끄덕이자, 유키노시타가 가볍게 헛기침을 하고 다시 본론으로 돌아갔다.

"그때는 여러 가지 요인들이 겹치는 바람에 그렇게 된 거였고……."

유키노시타가 나직하게 뇌까린 말은 지독하게 추상적이고 몹시 두루뭉술했다. 그렇지만 달리 어떤 식으로 표현할 수 있겠는가. 그렇게 모호한 설명에도 우리는 그 말이 무엇을 가리키는지 이해하고 말았다.

경솔하게 자신의 이상을 강요한다거나, 쉽사리 남에게 의지해서는 안 된다는 생각에 오기를 부린다거나, 사려 깊게 행동한답시고 지레 사양하는 등 다양한 요인이 작용한 결과였다.

하지만 그런 시행착오를 겪으며 조금씩은 서로에 관해 알게 되고, 그 나름의 답을 얻었다고 생각한다.

그 답은 우리 모두 다르지만, 아마도 본질적으로는 같은 것일 테지.

그래서 그것을 아우르듯 유키노시타는 전혀 다른 이야기를 꺼냈다.

"무엇보다도 스케줄이 너무 과중했으니까."

그 말에 나와 유이가하마도 동의했다.

"맞아, 게다가 그 후에는 바로 수학여행이었구."

"그랬지. 그때도 꽤나 정신없었다만."

그렇게 적당히 받아넘긴 것을 끝으로 나는 더 이상 입을 열려 하지 않았다. 그러자 유이가하마와 유키노시타가 대화의 바통을 넘겨받았다.

"별루 느긋하게 관광할 상황이 아니었으니까. 기껏해야 키요미즈데라(清水寺) 정도? 그리구 또 뭔가 토리이#6가 엄청 많은 곳이랑. 명물두 별루 못 먹었구……. 아, 그치만 영화 마을은 뭔가 재미났어! 귀신의 집이라든가!"

"……그거야말로 어수선함의 대표격 아니니?"

잔뜩 신이 난 유이가하마에 비해 유키노시타는 다소 떨떠름한 눈치였다. 그날은 반이 달라서 따로 행동했지만, 설령 같이 다녔다 해도 유키노시타는 귀신의 집에는 안 들어갔겠구만. 그런 쪽은 영 쥐약일 것 같단 말씀이야! 아, 물론 저도 쥐약입니다만.

"관광지도 꽤 여러 군데 둘러봤잖니. 료안지(竜安寺), 후시미이나리(伏見稲荷), 토후쿠지(東福寺), 키타노텐만구(北野天満宮)…… 나는 다른 곳에도 갔지만. 식사도 두부탕과 우동 전골은 숙소에서 나왔고, 또 가고 싶었던 카페에도 들렀으니까."

그렇게 말하는 유키노시타의 표정은 왠지 행복해보였다. …… 아하, 역시 그 모닝 세트를 먹은 카페는 이 녀석 취향이었나? 분위기 좋은 가게였고, 맛있었으니 불만은 없습니다만…….

그렇게 기억을 되새기고 있자니, 유키노시타가 나직하게 덧붙이듯 말을 이었다.

"그리고, 라면도……."

"라면?"

유이가하마가 아리송한 기색으로 고개를 갸웃하자 유키노시타가 당황해서 입을 다물었다. 그 대화의 틈새를 메우듯 내

#6 토리이 일본 신사 입구에 세우는 붉은색 기둥 형태의 문.

가 끼어들었다.

"하긴 교토에는 유명한 가게가 많으니까. 특히 키타시라카와(北白川)라든가 이치죠지(一乗寺) 같은 동네는 격전지라고. 나도 시간만 되면 가보고 싶었다만…… 타카야스, 텐텐유, 꿈을 논하라……."

"웅? 뭐, 뭐라구?"

"아, 몰라도 돼. 그냥 내가 가보고 싶었던 라면집들 이름이니까. 신경 쓰지 마라."

"으, 으응……."

아까부터 머리 위에 물음표가 둥둥 떠다니는 유이가하마를 반강제로 납득시킨 후, 다시 마음 내키는 대로 대화를 이어갔다.

"그 후에도 이래저래 정신없었지. 간신히 사가미한테서 해방됐나 싶었더니만, 이번에는 잇시키가 말썽거리만 물고오질 않나……."

"아하하…… 학생회 선거도 큰일이었지."

쓴웃음을 짓는 유이가하마 옆에서 유키노시타가 보일락 말락 어깨를 늘어뜨렸다. 그 모습을 시야 한구석에 담으며 짐짓 약간 요란하게 한숨을 쉬었다.

"선거가 끝나고 이제야 한시름 놓나 싶었더니만, 바로 그놈의 크리스마스 이벤트가 닥쳐오질 않나……. 로지컬 매지컬 그거 죽인다란 느낌의 지옥 같은 나날들이었지……."

"그때는 정말 무슨 소리를 하는 건지 알아들을 수가 없더구나……. 방금 네가 한 말도 무슨 뜻인지 못 알아듣겠기는 마찬가지지만 말이야."

피식 웃으며 유키노시타가 독설을 했다. 살짝 움츠러들었던 등도 어느새 반듯하게 펴졌다. 그 어깨에 유이가하마가 어깨를 탁 부딪쳤다.

"그치만 디스티니두 공짜루 갔다왔구, 재미있었잖아! 팬돌이 캐릭터 상품두 잔뜩 샀구!"

"……하기는 그렇구나. 나쁜 일만 있었던 건 아니었지."

유이가하마가 에헤헤 웃으며 말하자, 유키노시타가 고개를 휙 돌렸다. 그 모습에 보는 나도 가슴이 훈훈해졌다.

그 말처럼 나쁜 일만 있었던 것은 아니다.

당시 우리가 했던 일에는 다 의미가 있었다고 생각한다. 잇시키 이로하에 대한 책임을 다했는지는 불확실하고, 츠루미 루미가 거쳐간 길이 옳았는지는 미지수다. 하물며 그녀가 던진 말의 의미 따위 알 도리가 없다.

그래도 최소한 헛수고는 아니었다고 믿는다.

그런 우여곡절을 겪었기에 조용한 연말을 맞이할 수 있었으니까. 그 따스함은 아마 나뿐만이 아니라 다른 두 사람의 가슴속에도 깃들었을 테지.

그래서 그때를 회상하는 유이가하마의 말투에서도 어딘가 온화한 느낌이 묻어났다.

"왠지 눈 깜짝할 사이에 지나가버렸네. 작년에는 워낙 많은 일들이 있었기 때문일까……?"

"올해 들어서도 충분히 바빴다고 본다만……. 특히 우리 집은 코마치가 본격적인 입시 전쟁에 돌입했으니까."

개학하고 나서부터는 시답잖은 루머와 그 여파에 휘둘려 내
내 허둥댄 느낌이 든다. 평화롭게 보낸 시기라고는 새해 초 정
도다. 덕분에 떠오르는 것도 온통 그때의 기억뿐이라, 자연스
럽게 코마치의 합격 여부가 신경 쓰이기 시작했다.

"새해 참배, 효과가 있었으면 좋겠구나."

"엉? 아, 제발 그랬으면 한다만……."

시험 결과에 대한 우려가 얼굴에 드러난 모양이다. 유키노
시타에게 격려의 말을 듣고 말았다.

"사실 그 문제만큼은 내가 속을 태워봐야 소용없으니까."

불안을 떨쳐낼 작정으로 그렇게 말하자 유이가하마도 고개
를 끄덕여주었다.

"하긴. ……맞다, 그럼 다 끝남 우리 쫑파티 하자!"

"그래, 잘 좀 부탁하마. 성대하게 합격을 축하해다오."

"……그래."

"응!"

코마치의 합격을 전제로 했음에도 둘 다 내 말에 이의를 제
기하지 않고 웃는 낯으로 대답해주었다. 정말 고마운 제안이
다. 나도 그만 미소를 짓고 말았다.

그 순간 불현듯 유이가하마의 얼굴에 그늘이 드리웠다.

"우리한테두 꼭 남의 일만은 아니니까."

"하기는 내년 이맘때면 한창 대학 입시 시즌이겠구나. 그러
고 나면……."

말끝을 흐리며 유키노시타도 살며시 눈을 내리깔았다. 생략된 말은 굳이 듣지 않아도 알 수 있었다.

입시가 끝나면 그다음은 졸업이다.

"일 년은 쏜살같이 지나가니까……."

그렇게 입 밖으로 낸 말은 생각보다 훨씬 실감나게 다가왔다. 실제로 그 기간이 지닌 무게는 방금 우리가 이야기한 정도에 불과하지 않은가. 그 점은 함께 이야기를 나눈 두 사람도 익히 알고 있겠지.

"내 평생 가장 빨리 흘러간 한 해였어."

유키노시타가 깊은 한숨과 함께 중얼거리자, 유이가하마가 반색을 하며 손뼉을 쳤다.

"나두 그 생각 했는데! 그 뭐더라, 어른들이 입버릇처럼 그러잖아? 나이 먹음 일 년이 짧게 느껴진다구. 딱 그런 느낌!"

"그야 여러모로 바빴으니까……. 의뢰니 상담이니 하는 것들이 한꺼번에 밀려든 적도 있었고. 결국은 다 히라츠카 선생님 탓이다만."

"따지고 보면 원흉이라고 할 수 있으니까."

쓴웃음을 머금으며 유키노시타가 말하자 나와 유이가하마도 비슷한 표정을 지었다.

맞는 말이다. 전부 그 양반의 제안에서 시작되었으니까.

발단은 아주 사소한 언쟁이었다. 아마 히라츠카 선생님의 즉흥적인 발상이 아니었을까 하는 생각마저 들 만큼.

그리고 그 내기도 이제 곧 끝난다.

결국 승패가 명확하게 판가름 난 적은 한 번도 없었고, 언제나 애매한 결과로만 이어진 탓에 상황은 그야말로 오리무중이다.

그럼에도 그 애매함을 부정하고 설령 잘못되었다 할지라도, 잃어버리고 만다 할지라도 나의 답을, 우리의 답을 내놓기로 결정했다.

과거를 돌아보면 끝이 없다. 지난 일 년간의 추억담은 분명 한없이 쏟아져 나올 테니까.

그것도 밝고 유쾌해서 그저 웃으며 나눌 수 있는 이야기들로만.

하고 싶은 말만을 하고, 하고 싶지 않은 말은 묻어둔 채로.

진정으로 하고 싶은 이야기는 무엇 하나 하지 않고.

자의적으로, 의도적으로 그 화제를 피함으로써 그 부분을 의식하고 있다는 사실이 바로 티가 나고 만다.

그 사실은 우리 셋 모두 자각하고 있을 테지.

그렇기에 대화는 끊어지고 말았다.

우리가 함께 보내온 시간은 일 년이 채 되지 않는다. 그 나날은 기억하는 일과 잊어버린 일, 잊어버린 척하는 일로 가득하다.

하지만 그런 정다운 추억담도 끝내는 바닥나고 만다.

과거에서 현재에 이르기까지의 이야기를 마치고 나면 침묵이 내려앉는 것은 당연한 귀결이다.

그렇다면 이제부터 해야 할 것은 미래의 이야기다.

그래서일까. 세 사람 모두 한숨과도 닮은 나직한 숨결을 토해내고, 그대로 입을 다물어버린다.

불가시하고 불가지하며, 불가해하고 불가역하다.

보이지도 않고 알 수도 없다. 이해할 수도 없지만 일단 발을 들여놓고 나면 돌이킬 수 없다.

그리하여 싹튼 침묵 속에서 사락사락 머플러 고쳐 매는 소리가 났다.

"눈, 그쳤네."

유이가하마가 희끄무레하게 안개 낀 밤하늘을 올려다보며 혼잣말처럼 중얼거렸다.

유키노시타는 입을 여는 대신 구름 베일 사이로 스며 나온 달빛 같은 미소와 함께 조용히 고개를 끄덕이는 시선을 들었다.

아마도 같은 달을 바라보았을 테지.

지금까지도, 줄곧.

가까운 곳에 머물며 비슷한 풍경을 눈에 담고, 같은 시간을 보내왔다.

그럼에도 십중팔구 같은 답에 이르지는 않겠지. 그 답만큼은 결코 변하지 않으리라고 단언할 수 있었다.

그래서 그 결론을 입에 담지 않으려고 우리는 다른 이야기를 나누어왔다.

일상적인 날씨 이야기라든가 세상에서 제일 달달한 커피 이야기, 아니면 시시콜콜한 추억담 같은 것들을.

"내가 태어난 날에도 눈이 내렸다고 해. 그래서 유키노.
⋯⋯무성의하지?"

조용한 시간이 흐르는 가운데 유키노시타가 불쑥 입을 열었다. 어딘가 자조적인 느낌이 나는 그 미소에 유이가하마가 부드러운 음성으로 대답했다.

"⋯⋯그래두 근사하구 예쁜 이름이야."

유이가하마가 누군가의 동의를 구하려고 한 말이 아님을 알면서도, 자연스레 맞장구를 치고 말았다.

"⋯⋯하긴 좋은 이름이지."

무의식적으로 흘러나온 말에 유이가하마가 약간 놀란 기색으로 눈을 깜빡였고, 유키노시타는 흠칫 몸을 굳히며 놀란 듯 눈을 휘둥그렇게 떴다. 그런 반응이 돌아오자 왠지 몹시 무안해져 슬그머니 옆으로 시선을 비꼈다.

그리고 갑작스레 내려앉은 기묘한 침묵을 깨듯 캔 커피를 입으로 가져가 한 모금 마셨다.

실제로 좋은 이름이라고 생각하다 보니 앞서 한 말을 구태여 번복하는 것도 이상해서, 달리 어떤 행동을 취해야 할지 알 수 없었다.

유키노라는 이름은 그 주인에게 잘 어울린다.

아름답고 덧없으면서도 어딘가 쓸쓸한 울림을 지녔다. 신기하게도 차가움이라든가 추위 같은 단어는 연상되지 않았다.

"⋯⋯고마워."

나직한 목소리에 다시 시선을 돌리자, 치마 위에 놓인 손을 꼭 움켜쥔 채 고개를 수그린 유키노시타의 모습이 눈에 들어왔다. 사르륵 흘러내린 검은 머리카락이 마치 발을 드리운 것처럼 그 표정을 가려주었지만, 틈새로 엿보이는 뺨은 은은하게 상기되어 있었다. 유이가하마도 그 사실을 알아차린 눈치였다. 흐뭇한 미소가 감도는 그 입가에서 다정한 숨결이 새어나왔다.

그 잔잔한 웃음소리를 들었는지, 유키노시타가 나직하게 헛기침을 하고 고개를 들어 자세를 바로 했다.

"엄마가 지어준 이름이라고 해. 하기는 그것도 언니가 해준 이야기일 뿐이지만……."

그 음성은 처음에는 냉정했지만, 끝에 가서는 사그라지듯 허공으로 녹아들었다. 위를 향했던 시선도 아래로 처졌다. 쓴웃음 어린 표정에 소리 없이 그림자가 드리웠다.

나도 유이가하마도 순간적으로 말문이 막혔다.

대화의 이음매로 무언가 적당한 잡소리라도 늘어놓았어야 했을까? 이를테면 하치만이라는 내 이름이 훨씬 무성의하다는 둥, 부모님도 코마치 때는 고심에 고심을 거듭했으면서 내 이름은 단박에 결정 났다는 둥, 가식적이고 돼먹잖은 익살을 떠는 식으로.

아니면 유이가하마에게 맡겨두고 그 흐름에 편승하는 편이 나았을지도 모른다.

그러나 우리는 둘 다 침묵을 선택했다.

말이 아니라 숨소리만으로 맞장구를 쳤다.

유키노시타와 그 어머니, 그리고 하루노.

세 사람의 관계에 대해 우리가 아는 것은 그리 많지 않다. 하기야 그렇게 치면 내가 유이가하마네 가족관계를 꿰고 있는 것도 아니고, 반대로 유이가하마와 유키노시타도 우리 집 사정을 속속들이 알지는 못할 테지만.

그러니 모르는 것은 더 근본적인 부분이다.

나는 그녀에 대해서, 그녀들에 대해서 모른다. 그러므로 어떤 반응을 보여야 할지도 판단이 서지 않는다.

정말로 아무것도 몰랐던 시절에는 수많은 면죄부가 존재했다.

모르는 사람이니 말실수를 해도 어쩔 수 없다. 모르는 사람이니 사소한 오해 한둘쯤 생겨나도 이상할 게 없다. 모르는 사람이니 관여하지 않아도 문제될 게 없다. 성가신 상황이 벌어질 것 같다 싶으면 안면몰수하고 모르는 척하면 그만이다. 실제로 모르는 사이니까.

다만 지금은 그렇게 무시로 일관하고 무지를 가장할 수 없을 만큼은 서로에 관해 알고 있다. 이제 와서 모르는 척하다니 파렴치한 데도 정도가 있다.

지금의 관계에 가장 적합한 대응이 무엇인지는 결국 알 수 없다. 형식적으로 장단을 맞추고, 적당한 수준에서 그럴싸한 공감을 표하고, 이쪽도 동급의 에피소드를 공개하고, 부담스럽지 않은 선에서 조언 비슷한 말을 해주는 것쯤은 가능했을 테지. 십중팔구 그게 모범답안이다. 누구나 평범하게 소화하는 지극히 자연스러운 대화일 테니까.

하지만 그런 기만을 배격하기를 원했기에 지금 우리가 이런 상황에 처한 게 아니었던가.

캔을 쥔 손아귀에 저절로 힘이 들어갔다. 스틸 재질의 캔은 우그러들지 않았다. 대신 손끝이 떨리며 액체가 찰랑대는 소리가 났다.

그 미미한 소리가 귀에 들어올 만큼 우리의 침묵은 깊었다.

천천히 캔을 입으로 가져간 후, 남은 양을 가늠하기 위해 살짝 흔들어보았다. 이걸 다 마시고 나면 이야기를 꺼내기로 결심하고.

그렇게 스스로 결정한 일이라면 나는 실행에 옮길 수밖에 없다. 지금까지도 내내 그래왔다. 휩쓸리고 휘말리고 끌려 다닌다 할지라도 결국 최종적인 판단은 직접 내려야 했다.

그게 내 천성이다. 결단력 운운하며 칭찬하거나 자랑할 만한 요소는 전혀 아니고, 어디까지나 단순한 습성에 불과하다. 외톨이란 대개 혼자이므로 전부 자기 힘으로 해결해야 한다. 이른바 올라운드 플레이어인 셈이지만, 딱히 만능은 아니므로 올마이티하게 거의 대부분 젬병이다. 유일한 장기라고는 교묘하게 자신을 어르고 달래서 납득시키고 포기하는 것 정도다.

다만 지금은 그런 식의 말장난으로 나 자신을 속일 수 있을 것 같지 않았다.

솔직하게 고백하자면.

사실 나는 앞으로 어떻게 될지 생각하는 것을 줄곧 피해왔다.

도망이라는 표현은 다소 어폐가 있는 것처럼 느껴진다. 피해왔다는 말이 아마도 가장 진실에 가까운 표현이겠지.

기피해왔다고 바꿔 말해도 무방하다.

결코 도피는 아니라고 생각한다.

실제로 혐오감이 드니까.

결국 나는 그 어떤 해답도 해결도 결론도 원치 않는다. 그저 자연스레 공중 분해되어 해소되기를 바라왔다. 눈앞의 과제 문제 난제가 어영부영하는 사이 흐지부지되는 애매모호한 결말을 기다려왔다.

십중팔구 우리 모두가 이대로 모든 것이 없었던 일이 되기를 무의식적으로 바랐던 것이라고, 자의적으로 그렇게 해석했다. 감히 두 사람의 심정을 헤아려보려 하다니 주제넘기 그지없는 짓이지만, 그래도 크게 빗나간 추측은 아니리라.

왜냐하면 꿈결 같지만 때로는 서서히 숨통을 죄어오는 듯한, 그런 행복과 불행으로 얼룩진 시간을 우리는 함께 보내왔으니까.

하지만 그 소망이 이루어질 수 없음을 알고 있다.

유이가하마 유이는 이미 질문을 던졌다.

유키노시타 유키노도 대답할 의사를 표명했다.

그렇다면 히키가야 하치만은 어떨까?

과거의 나라면 이런 미온적인 상황을 비웃었겠지. 미래의 나는 그 답이라고도 부를 수 없는 결론을 용납하지 않겠지. 현재의 나는 무엇이 옳은지 모르는 상태로, 그럼에도 잘못되었다는 감각에 사로잡힌 채다.

그렇다면 그 잘못을 시정하고자 노력하는 게 나의 역할이다. 그러니 이야기를 꺼내는 사람은 나여야 마땅하다.

이제는 싸늘하게 식어버린 캔 커피를 마지막으로 쭉 들이켜고, 입을 열었다.

맨 처음 나온 것은 한숨뿐이었다. 말을 고르느라 신음하는 소리가 그 뒤를 이었다. 그 후에야 비로소 말다운 말이 나와주었다.

"······유키노시타, 물어봐도 되겠냐? 네 이야기."

이런 식의 질문으로 무엇이 전해질지 스스로도 의심스러웠다. 무엇을 알고 싶은지조차 불분명한 질문이었다.

하지만 유키노시타와 유이가하마에게는 그것으로 충분했던 모양이다. 그 말에는 알맹이는커녕 쭉정이도 없었고, 심지어 줄기도 뿌리도 존재하지 않았다. 다만 씨앗 정도는 되어주었는지도 모른다. 적어도 이야기를 해보겠다는 의지만큼은, 그리고 이 정체된 관계를 변화시키겠다는 의지만큼은 그 안에 담겨 있었으니까.

유이가하마는 숨을 죽이고 나를 가만히 응시했다. 각오는 되었느냐고 묻는 듯한 눈빛이었다.

반면 유키노시타는 몸을 굳히고 고개를 떨구었다.

"······이야기해도, 될까?"

조심스러운 음성에서는 주저하는 기색이 엿보였다. 나와 유이가하마의 반응을 살피는 듯한 그 시선은 가냘팠고, 망설임

어린 숨소리만이 그 뒤를 이었다.

유키노시타가 던진 질문, 아니, 질문이었는지는 알 수 없다. 아무튼 그 말이 나를 향한 것이라고는 생각되지 않았다. 확인하는 듯한 중얼거림에 눈빛과 끄덕임으로 답했다. 그러자 유키노시타는 난처한 기색으로 눈꼬리를 내리고 잠시 뜸을 들였다.

십중팔구 방금 전의 나처럼 말을 고르는 중일 테지.

그런 유키노시타에게 용기를 불어넣듯 유이가하마가 살며시 거리를 좁혔다. 벤치 위로 몸을 움직여 그 옆에 바싹 다가앉아 유키노시타의 손을 살포시 감쌌다.

"난 말야…… 계속 기다리는 편이 나으려나 생각했어. 여태까지두 조금씩이지만 여러 가지 이야기를 들려줬으니까."

유이가하마가 유키노시타의 어깨에 머리를 기댔다. 감긴 눈꺼풀 속의 그 눈동자가 어떤 빛을 띠고 있는지는 알 수 없다. 하지만 애교 부리는 강아지 같은 그 몸짓은 온기를 전하기에 충분했다. 얼음이 천천히 녹아내리듯 유키노시타의 긴장도 차츰 풀려갔다. 치마 위로 꼭 움켜쥔 채였던 유키노시타의 주먹이 서서히 펴지더니, 조심스레 유이가하마의 손을 마주잡았다.

서로의 체온을 확인하듯 손을 맞잡은 채, 유키노시타가 천천히 입을 열었다.

"유이가하마, 내게 어떻게 하고 싶으냐고 물었지? ……그렇지만 나도 잘 모르겠어."

유키노시타의 음성은 어딘가 막막했고, 말투도 마치 길 잃은 어린아이 같았다. 아마 그 말에 조용히 귀 기울이는 우리의 표정도 비슷했을 테지. 실제로 어찌할 바를 모르는 어린아이니까.

유이가하마가 착잡한 표정으로 눈을 내리깔았다.

그 사실을 알아차린 유키노시타가 배려하듯 또는 격려하듯 온화한 미소를 지었다. 짐짓 밝게 행동하기로 마음먹은 것처럼.

"그래도 예전에는 분명히 하고 싶은 일, 하고 싶었던 일이 있었거든."

"······하구 싶었던 일?"

의아한지 유이가하마가 앵무새처럼 되물었다. 그러자 유키노시타가 약간 자랑스러운 기색으로 고개를 끄덕였다.

"그래. 우리 아버지가 하는 일."

"아하, 근데 그건······."

그 말을 듣고 짚이는 구석이 있었다. 유키노시타의 아버지는 현(県) 의원이자 무슨 건설 쪽 회사의 경영자라고 들었다. 하루노도 그런 이야기를 했었다. 어렴풋한 기억을 더듬으며 그렇게 대꾸하자, 유키노시타가 나를 가로막듯 말을 이었다.

"그래. 하지만 언니가 있으니까. ······게다가 결정을 내리는 사람은 내가 아니야. 항상 엄마가 결정해왔으니까."

설명하는 유키노시타의 목소리는 조금 차가웠다. 노려보듯 저 너머를 응시하는 유키노시타의 모습에 우리는 침묵을 지켰다.

옛이야기를 할 때, 시선은 저절로 먼 곳을 향하는 모양이다. 유키노시타는 하늘을 바라보고 있었다. 나도 덩달아 고개를 들었다.

상공에는 바람이 부는지 솜사탕처럼 성긴 구름이 쉴 새 없이 흘러갔다. 달빛을 받아 몽실몽실 끊임없이 형태를 바꾸어 가는 모습이 생생하게 눈에 들어왔다.

이제 더 이상 날씨 걱정은 하지 않아도 될 모양이다. 눈을 뿌리던 구름은 이미 멀리 사라진 후라 하늘에는 무수한 별들이 반짝였다.

저 별빛은 무려 수십 광년이나 떨어진 아득한 과거의 빛이다. 지금 이 순간 존재하는지조차도 불확실한 빛. 그런 까닭에 유난히 아름다워 보이는지도 모른다. 모름지기 가질 수 없는 것과 잃어버린 것은 아름답기 마련이니까.

그 사실을 알기에 손을 뻗을 수 없다. 건드리는 순간 퇴색되어 스러지고 말 테니까. 고작 나 같은 인간의 손에 들어오는 것이 그리 대단할 리 없다는 사실을 스스로도 잘 아니까.

자신의 바람을 과거형으로 표현한 유키노시타와 그 이야기를 듣는 유이가하마 모두 그 사실을 이해하고 있는지도 모른다.

"옛날부터 엄마는 뭐든지 다 정해놓고 언니를 옭아맸고, 나는 원하는 대로 하도록 내버려두면 된다는 식이었어. 그래서 계속 언니 뒤만 따라왔지. 어떻게 해야 좋을지 몰랐거든……."

속삭이는 듯한 목소리에는 향수와 회한을 닮은 감정이 묻어났고, 그 옆얼굴을 바라보는 눈동자에는 처연함과 통한에 가까운 빛이 감돌았다.

"……지금도 모르기는 마찬가지야. ……언니 말이 하나도 틀린 게 없구나."

정적을 깨듯 조용하게 뇌까린 말. 먼 곳을 바라보던 유키노시타의 시선이 발치를 향했다. 그리고 마치 그곳에서 한 발짝도 움직이지 않았음을 확인하듯 가지런한 발끝을 물끄러미 응시했다.

나직한 중얼거림에 우리는 그만 말문이 막히고 말았다.

애처로울 정도의 침묵이 내려앉았음을 깨달았는지, 유키노시타가 획 고개를 들고 얼버무리듯 수줍은 미소를 지었다.

"이런 이야기를 해보기는 처음이야."

그 미소에 이끌려 말라붙은 입술 사이로 안도와도 같은 한숨을 흘리고, 맞장구치는 대신 입을 열었다.

"아무한테도 말한 적 없어?"

"부모님께는 넌지시 이야기한 적이 있는 것 같기는 해……."

생각에 잠긴 얼굴로 대답한다. 그렇게 돌이켜봐야 할 만큼 오래된 일이라는 뜻이겠지. 한동안 기억을 더듬던 유키노시타가 생각을 접고 살짝 고개를 저었다.

"그렇지만 진지하게 받아들여준 기억은 없어. 번번이 너는 신경 쓸 필요 없다는 소리를 들었으니까. ……후계자는 언니로 정해져 있었기 때문이겠지만."

"하루노 언니하구는?"

"……이야기해본 적은 없는 것 같아."

유이가하마의 물음에 유키노시타가 고개를 갸웃하며 턱을 매만졌다. 그리고 쓴웃음을 지었다.

"언니 성격, 알잖니."

"아하, 하긴……."

　동생인 유키노시타한테서 전해들은 이야기를 봐도 그렇고, 소꿉친구인 하야마가 단편적으로 언급한 인상만 봐도 유키노시타 하루노라는 인물은 그런 문제, 즉 장래나 남녀관계, 꿈이나 희망 등등을 상담하기에는 영 부적절한 타입이다.

　아마 별 상관없는 타인에게라면 겉으로는 친근하게, 그러면서도 결코 강압적인 느낌을 주지 않는 선에서 사회 통념에 입각한 적절한 조언을 해주겠지. 아니면 능숙하게 맞장구를 쳐가며 공감대를 형성해 일시적인 만족감을 선사하고 후련한 기분을 만끽하게 해줄지도 모른다. 하루노라면 그 정도쯤은 누워서 떡먹기겠지.

　그러나 상대가 가까운 사람이라면 그 대응이 백팔십도 달라질 것은 불 보듯 뻔하다. 놀리고 비웃고 웃음거리로 삼는 건 기본이고, 설령 그 고민이 해결된다 할지라도 틈만 나면 들먹이고, 끄집어내고, 들추어내서 평생 놀림감으로 삼겠지. 예전에 하야마 하야토가 그런 이야기를 한 기억이 있다.

　하야마도 유키노시타도 경험을 통해 그 사실을 아는 것이리라. 그래서 유키노시타는 지금까지 하루노에게 그런 문제를 의논한 적이 없었는지도 모른다.

　하기야 나도 진로나 장래 희망을 자발적으로 각 잡고 가족들에게 이야기하지는 않는다. 다행인지 불행인지는 모르겠으나, 지금까지 살면서 내 재량을 넘어서는 중대한 선택의 기로에 선 적도 없었다.

다만 그렇다 보니 집안 사정 운운해도 썩 실감이 나지 않는 게 사실이었다. 우리 집에 뭔가 가업이라도 있었으면 공감이 갔을지도 모르지만, 공교롭게도 이른바 월급쟁이 가정에서 나고 자란 탓에 그런 쪽과는 별다른 인연이 없었다.

그 점은 유이가하마도 마찬가지인지 다소 난감한 표정으로 고개를 수그렸다.

그런 우리의 반응에도 개의치 않고 유키노시타는 나직하게 한숨을 쉬었다.

"하지만 확실하게 이야기했어야 했어. 설령 이루어지지 않는다 해도……. 아마 명확한 답이 나오는 게 두려워서 확인하지 않은 거겠지."

유키노시타의 음성에서는 애수가 묻어났다. 어쩌면 후회라고 표현해야 할지도 모른다. 어느 쪽이든 이제는 돌이킬 수 없는 과거의 일이다.

그러나 유키노시타의 눈동자는 흔들림 없이 앞을 바라보고 있었다.

그 시선 끝에는 유이가하마가, 그리고 내가 있었다.

"그러니 우선 그것부터 확인할 생각이야. ……이번에는 내 의지로 확실하게 결정하겠어. 다른 사람의 말에 휘둘리지 않고, 온전히 내 힘으로 생각하고 납득해서…… 포기하고 싶어."

나직한 숨결과 조용한 미소.

포기하고 싶다고, 유키노시타는 온화한 목소리로 분명 그렇게 말했다.

유키노시타는 여태까지도 줄곧 단념한 상태였으리라. 다만 확정된 것은 아니었으므로 미련을 떨쳐내지 못했을 뿐이다.

상자의 내용물은 열어보기 전까지는 알 수 없다. 그 순간이 올 때까지, 관찰될 때까지 결과는 나오지 않는다. 그럼에도 관찰자가 체념한 순간, 끝은 확실하게 찾아온다.

그리고 하나의 결과로 수렴된다.

"……내 의뢰는 하나뿐이야. ……너희들이 그 마지막을 지켜봐주는 것. 그것으로 충분해."

유키노시타는 목에 두른 머플러를 살며시 잡으며 눈을 감았다. 그 모습은 추위를 달래는 게 아니라 옷깃을 정돈하는 것처럼 보였다. 띄엄띄엄, 한마디 한마디 정중하게. 마치 신 앞에서 맹세하듯 유키노시타는 말했다.

"그게, 유키농의 답인 걸까……?"

유이가하마가 불쑥 입을 열었다. 질문하는 듯한 말투였지만, 내리깐 시선은 유키노시타를 향하지 않았다.

하지만 유키노시타는 유이가하마에게 올곧은 눈빛을 보냈다.

"어쩌면 아닐지도 몰라……."

쓴웃음처럼 보이는 미소를 지으며, 유키노시타가 가만히 유이가하마의 손을 잡았다. 그러자 유이가하마가 고개를 들었다.

"그럼……."

입을 뗐지만, 유키노시타와 눈이 마주치자 유이가하마는 차마 말을 잇지 못했다. 계속되어야 했을 말은 그대로 사라져 갔다.

나도 말문이 막혔다. 숨 쉬는 것조차도 잊었는지 모른다.

그만큼 유키노시타의 미소는 아름다웠다.

삼단처럼 길고 까만 머리카락이 사르륵 흘러내리며 희고 갸름한 얼굴이 드러나자, 수정처럼 맑은 눈망울에 내 모습이 비쳤다.

흔들림도 망설임도 없는 그 시선이 가만히 우리를 응시했다. 빨려들 것처럼 깊은 푸른빛에는 한 치의 거짓도 없어 보였다.

"하지만 난…… 내가 혼자서도 잘 할 수 있다는 사실을 증명하고 싶어. 그러면 제대로 시작할 수 있을 테니까."

힘 있는 말뿐 아니라 단단히 마주잡은 손과 피하지 않는 눈빛, 반듯한 자세에서도 망설임은 찾아볼 수 없었다.

"제대로, 시작한다……."

열에 달뜬 것처럼 멍한 표정으로 유이가하마가 중얼거리자, 유키노시타가 고개를 끄덕였다.

"응. 일단 부모님 댁으로 돌아가서 처음부터 차근차근 이야기를 해보려고 해."

"……그게 네 답이라고 생각해도 되겠지."

그렇게 내 입에서 흘러나온 말은 아마도 질문이 아니었을 것이다. 상대를 향해서 하지 못하는 말은 제멋대로인 혼잣말이나 다름없으니까.

그러나 유키노시타는 귀에 들어온 중얼거림을 그냥 흘려버리지 않았다. 그리고 살짝 오므린 주먹을 무릎에 올려놓은 채 조용히 입을 열었다.

　"아무리 시간이 흘러도 미련을 떨치지 못하고 있으니까……. 그러니까 아마 이건 내 진심일 거야. 그건 틀림없다고 생각하는데……."

　말을 마친 유키노시타가 흘끗 내 반응을 살피는 듯한 시선을 보내왔다.

　그 말에는 납득 가는 부분이, 또는 공감 가는 부분이 있었다.

　아무리 오랜 세월이 흘러도 변하지 않는다면, 계속 방치해두어도 빛바래지 않는다면, 그것을 진짜라고 부르는 데 거부감은 없다. 기다리고 내팽개쳐두면 망가져버리는 가짜와는 다르다.

　외면하고, 눈을 돌리고, 못 본 척 잊어버리려고 해도 결코 사라져주지 않는다면, 그것은 진정한 소망이라고 해도 무방할 터였다.

　그것이 유키노시타가 원하는 결말이라면 내게 이견은 없다.

　내가 중요하게 생각했던 점은 하나뿐이었다.

　유키노시타 유키노가 스스로 선택하고, 스스로 결정하는 것.

　누군가의 의사나 의도, 동조압력과 상황, 분위기에 좌우되어서는 안 된다. 그 결과 설령 무언가를 망가뜨리게 된다 할지라도 그것이 유키노시타의 존엄성과 고결함을 빼앗을 이유는 될 수 없다.

누군가의 요구에 응하는 것이 아니라, 진정 진심에서 우러나오는 말을 원한다.

"괜찮은 것 같은데. 한번 해보지 그러냐?"

어딘가 자신 없어 보이는 눈빛에 턱을 당기고 살짝 고개를 끄덕이며 그렇게 말했다. 내 대답에 유키노시타가 휴우 가슴을 쓸어내렸다.

"응, 알았어. ……그것두 답이라구 생각하니까."

잠자코 유키노시타의 옆얼굴을 바라보던 유이가하마가 쓱 눈을 돌리더니 발치로 시선을 향했다. 그리고 그 말을 곱씹듯 여러 번 천천히 고개를 끄덕였다.

"고마워……."

조용히 말한 유키노시타가 고개를 숙였다. 그래서 그녀가 어떤 표정을 지었는지는 모른다. 십중팔구 끝까지 모르는 채로 남겠지. 게다가 설령 봤다 해도 금방 잊어버렸을 게 분명하다.

그 정도로 다시 고개를 든 유키노시타의 표정은 밝았으니까.

나에게도 유이가하마에게도 더 이상 무언가 말할 틈을 주지 않고, 유키노시타가 힘차게 몸을 일으켰다.

"슬슬 갈까? 오래 있으니 아무래도 좀 춥구나."

그렇게 말하며 유키노시타가 한 발짝 걸음을 내딛었다. 향하는 곳은 이 공원의 출구, 그리고 유키노시타가 사는 집이겠지.

여전히 그 자리에서 움직일 줄 모르는 우리를 유키노시타가 빙글 돌아보았다.

나부끼는 흑발, 휘날리는 치마, 나풀거리는 머플러. 그 자태가 너무나도 아름다워 다가가기가 망설여졌다.

그래도 마지막까지 지켜보겠노라고 약속했다.

그래서 나도 다시 유키노시타가 있는 곳으로 걸음을 옮겼다.

설령 후회한다 할지라도, 최소한 그곳에 거짓 없는 말이 존재하기를. 명확한 기원의 대상조차 없이 그런 바람을 품으며.

**이래 봬도
유키노시타 하루노는
취하지 않았다.**

예전에도 여기 온 적이 있다.

쌍둥이처럼 서로를 빼닮은 건물 두 채. 트윈 타워 형태의 고층 아파트다.

그중 하나의 상층부에 유키노시타가 사는 집이 있다.

과거 이곳을 찾은 것은 문화제를 앞두고 유키노시타가 건강을 해쳐 결석했을 때였다.

그때 유키노시타는 홀로 그 집에 있었다. 중간에 유이가하마와 내가 들이닥치기는 했지만.

그날 이후로 이곳에 온 적은 없다.

하지만 유이가하마는 그 전에도 그 후에도 여러 번 들렀을 터였다. 자주 드나들어 익숙해진 탓인지, 아파트 현관의 자동문을 통과한 후에도 유이가하마는 시종일관 차분한 모습으로 유키노시타의 옆에 서 있었다.

반면에 나는 왠지 싱숭생숭한 상태로 안절부절못하고 두리번두리번하느라 바빴다. 아니 그게, 여자 집이라니 긴장되잖아……? 사실은 아직 아파트 로비일 뿐이지만요! 들어가지도 않았는데 벌써부터 압박감이 느껴지다니, 여자 집 너무 위험한 거 아냐? 이 정도면 라스트 던전도 울고 갈 수준이니 만남을 추구하면 안 된다고 생각합니다.[#7]

인적 없는 아파트 로비는 쥐죽은 듯 조용했다. 어찌나 고요한지 내가 바쇼라면 바위에 스며들고도 남을 수준[#8]이었다. 바쇼 뭐냐고. 안젤로냐고.

귓가를 파고드는 것은 숨소리, 망설이는 듯한 숨결뿐이었다. 엘리베이터 홀로 이어지는 자동문도 조용히 닫혀 있었다.

불투명한 젖빛 유리는 건물 외관에 맞춘 주황색 합판으로 단장해놓아, 그 안을 들여다볼 수 없었다.

문에 흘끗 시선을 준 유키노시타가 가방에서 열쇠를 꺼냈다.

하지만 그것이 인터폰 단말기에 꽂히는 일은 없었다. 그저 몇 번 열쇠를 짤랑거리는 소리가 들려왔을 뿐.

여기 사는 사람은 유키노시타뿐이니 평소 같으면 머뭇거릴 이유도 없을 터였다. 다만 지금은 그 영역에 다른 사람이 있다.

어떤 사정이 있어 유키노시타가 여기서 혼자 사는지는 모른다. 그동안 물어볼 기회가 없었던 것은 아니지만, 굳이 캐묻지는 않았다.

십중팔구 앞으로도 억지로 알아내려고 하지는 않겠지.

#7 만남을 추구하면 안 된다고 생각합니다 GA문고의 소설 「던전에서 만남을 추구하면 안 되는 걸까」

#8 바쇼라면 바위에 스며들고도 남을 수준 하이쿠 시인 마츠오 바쇼의 「고요함이여 바위에 스며드는 매미 소리」라는 시구에서 따온 것.

관심이 없기 때문은 아니다. 결여된 것은 아마 전혀 다른 부분일 테지. 단적으로 말해서 물어보는 법을 모르고, 물어보는데 적절한 타이밍을 파악하지 못하는 것이 그 원인이다.

사적인 영역을 건드리는 행위에 대해 언제나 두려움을 닮은 감정을 지닌 채 살아왔다. 어디에 지뢰가 묻혀 있을지 모르니까.

무심코 건넨 말 한마디가 누군가에게 깊은 상처를 줄 수도 있다는 사실을 나는 경험을 통해 알고 있다. 예를 들면 아르바이트 면접에서 「여자 친구는 있어?」라고 묻는다든가. 그 밖에도 상대는 악의 없이 한 말이지만 해석하는 방식이나 타이밍의 문제로 상당한 타격을 입고 마는 경우가 있다. 또 내 경험담을 설파하고 말았나⋯⋯. 아무튼 지금 그게 중요한 게 아니라, 요컨대 공개되지 않은 정보를 건드리는 행위는 언제나 위험을 내포한다는 뜻이다.

하지만 지금은 단 하나, 유키노시타에게 던질 수 있는 질문이 있었다. 양측이 공유하는 정보라면 그것을 토대로 대화의 물꼬를 틀 수 있다.

"⋯⋯그 사람, 아직 있냐?"

"⋯⋯그렇겠지."

구태여 이름을 언급하지 않아도 의미는 충분히 전해진다. 그 사람이, 유키노시타 하루노가 이 집에서 기다리겠다고 선언했으니까.

유키노시타는 조금 가냘픈 미소를 띤 채 대답하고는 손에 쥔 열쇠를 찰그랑 울렸다. 보아하니 결심이 선 눈치였다. 마침

내 열쇠가 인터폰의 열쇠구멍에 꽂혔다.

하지만 그 열쇠가 미처 돌아가기도 전에 자동문이 스르륵 소리 없이 열렸다.

"어라, 우리 유키노잖아?"

어리둥절한 목소리가 튀어나오며 경쾌한 발소리가 울려 퍼졌다.

열린 문 뒤에서 모습을 드러낸 사람은 다름 아닌 유키노시타 하루노였다. 엘리베이터 홀에서 새어나온 조명이 마치 스포트라이트처럼 하루노를 비추었다.

"……언니?"

의아한 얼굴과 어리벙벙한 얼굴이 서로 마주보았다. 그 모습에 그들이 닮은꼴 자매임을 새삼 실감했다. 물론 이목구비가 비슷하다는 사실은 의심의 여지가 없다. 내 개인적인 견해와 취향, 기호를 제쳐두고 일반적인 관점에서 평가하더라도 쌍둥이처럼 닮은 미인 자매다. 단지 평소에 풍기는 느낌이 완전히 딴판이라, 내 눈이 멋대로 이질적인 종류의 아름다움을 찾아내는 것에 지나지 않는다.

그러나 지금 이 순간만큼은 그런 평소의 인상을 뛰어넘어, 자연스럽게 무척 닮았다는 생각이 들었다. 놀라서 입을 살짝 벌리고 눈을 깜빡이는 그 모습은 마치 맞거울 같았다.

하지만 그 거울상은 이내 깨지고 말았다.

"어서 와~."

이상하리만큼 실실대며 유키노시타의 어깨를 찰싹찰싹 치

는 하루노의 표정이 평소보다 훨씬 부드러운 인상을 주었기 때문인지도 모른다.

유심히 보니 옷차림도 여느 때처럼 세련된 느낌이 아니라 몽실몽실 폭신폭신 부들부들했다. 아마도 실내복이겠지. 그 위에 팔을 꿰지 않고 걸치기만 하는 식으로 코트를 덧입고, 발에는 샌들을 신었다. 「잠깐 좀 나갔다 올게」라고 온몸으로 말하는 듯한 편한 차림새였다.

덤으로 머리카락은 촉촉하게 젖어 있었고, 뺨은 상기된 듯 발그스름한 빛을 띠었다. 평소에는 날카로운 인상이 감도는 커다란 눈도 지금은 어쩐지 몽롱하고 나른해보였다.

그 행동거지가 평소와 다르다는 사실은 유키노시타도 눈치챘는지, 미심쩍은 기색으로 눈살을 찌푸렸다.

"……술 마셨어?"

"응~ 뭐 쪼끔?"

질문을 받은 하루노가 엄지와 검지로 허공을 살짝 꼬집는 시늉을 했다. 그 제스처와는 달리 헤실헤실 풀어진 입매에서는 상당한 양을 마신 티가 났다. 그 바람에 나도 유키노시타도 유이가하마도 무심코 하루노에게 싸늘한 눈초리를 보내고 말았다.

그러자 천하의 하루노도 무안해졌는지 가볍게 헛기침을 했다.

"그보다 돌아온 걸 보니……."

"……그래. 언니에게 할 말이 있어."

핵심을 파고드는 말에 유키노시타가 바로 반응했다. 그 표정에서 긴장이나 딱딱함은 찾아볼 수 없었다. 그 사실을 확인한 하루노가 훗, 나직한 숨결을 흘렸다.

"그래?"

관심 없다는 투로 쌀쌀맞게 대꾸하고는 위로 올라가버린 엘리베이터에 흘끗 눈길을 주었다.

"······일단 올라갈래? 이런 데서 할 이야기도 아니고."

"엇, 아뇨. 저희는 이만 가볼게요. 그냥 바래다주러 온 것뿐이라."

"마, 맞아요······. 게다가 어디 나가시려던 참 아니에요?"

난데없는 제안에 나와 유이가하마가 당혹스러워하며 대답했다. 아무리 그래도 이렇게 지극히 개인적인 문제에 무신경하게 끼어들 수는 없는 노릇이다. 하지만 하루노는 우리의 반응에도 아랑곳없이 유이가하마의 등을 마구 떠밀었다.

"에이, 괜찮아. 그냥 잠깐 편의점에 갔다 오려고 했을 뿐이니까."

"저, 저기······."

난처한 얼굴로 입을 빠끔대지만 팍팍 퍽퍽 떠미는 데야 당해낼 재간이 없다. 그러자 유키노시타도 당황한 기색으로 한숨을 쉬며 하루노와 유이가하마를 따라 엘리베이터 홀로 향했다.

하루노는 엘리베이터가 올 때까지 콧노래를 흥얼거리며 버튼을 연타했다. 저기요, 그거 연타한다고 빨리 내려오는 거 아니거든요······? 심지어 기종에 따라서는 취소되기까지 한다.

그런 행동들이 하루노를 평소보다 조금 어려 보이게 했다. 왠지 하루노는 술이 셀 것 같다는 선입견이 있었기에 그 흐트러진 모습이 다소 뜻밖이었다.

마침내 도착한 엘리베이터에 올라탔지만, 그 비좁은 공간은 다소 거북했다. 혼자 신바람이 난 하루노와는 달리, 우리는 시시각각 변해가는 층수 표시등을 지그시 응시했다. 침묵과 더불어 중력이 묵직하게 어깨를 내리누르는 느낌이 들었다.

그런 어색한 분위기가 마음에 걸렸는지 유이가하마가 하루노에게 물었다.

"댁에서 드신 거예요?"

"응~? 아냐아냐. 밖에서 마셨어. 그래서 술도 깰 겸 샤워를 했는데…… 술 먹고 나면 단 게 당기는 법이잖아?"

그치? 하고 내게 동의를 구하는 듯한 눈길을 보내왔다.

"아뇨, 전 모르는데요……."

그렇게 당연하다는 식으로 물어보셔도 곤란합니다. 저희들, 미성년자거든요……? 그러자 하루노도 그 점에 생각이 미쳤는지 납득한 기색으로 고개를 비스듬히 꼬았다.

"아참, 그렇지. 아무튼 너희도 나중에 마셔보면 알 거야."

"윽…… 웬 짜증나는 대학생 같은 소리를……."

"호오, 요놈 말하는 것 좀 보게~?"

그렇게 말하며 하루노가 내 귀를 꽉 꼬집었다. 방금 전까지 추운 바깥에 있었던 탓에 얼얼한 귀에 새로운 자극이 가해졌다. 아, 앙대~! 귀는 민감하단 말이야! 더구나 그 숨결에는 은은한 알코올 향이 감돌고 샴푸도 향긋해서 그야말로 사망 일보 직전. 엘리베이터 안은 왜 이렇게 향기로운 냄새가 나는 거냐농?

"마시고 싶어지고, 먹고 싶어지는걸."

불쑥 흘러나온 음성은 나직해서 들리든 말든 상관없다는 느낌을 주었다. 그 말에 대답을 해야 하나 망설일 틈도 없이 엘리베이터는 유키노시타의 집이 있는 층에 멈추어 섰다.

×　×　×

천천히 손잡이를 돌리는 유키노시타를 따라 현관으로 들어섰다.

유키노시타가 사는 집은 방 세 개에 거실과 주방, 식당이 딸린 3LDK 구조. 지난번에 왔을 때는 거실까지밖에 구경하지 못했지만, 평수가 상당히 넓은 데다 오가면서 메인 침실로 추정되는 방의 문도 보았다.

하지만 예전에 왔을 때하고는 무언가 달라졌다는 인상을 받았다.

현관을 지나 거실에 이르기까지 눈에 들어오는 공간은 하나같이 깔끔하게 정돈된 상태였고, 인테리어가 바뀌지도 않았다.

단지 유키노시타만은 그 위화감의 정체를 깨달은 눈치였다.

유키노시타가 소파 옆 사이드보드를 힐끔 곁눈질했다. 덩달아 그쪽으로 시선을 향하자, 튀긴 파스타 가락 같은 것이 눈에 들어왔다. 유이가하마의 방에서도 비슷한 소품을 본 적이 있다. 내 기억이 맞다면 통칭 룸 프레그런스라 불리는 물건이다.

다시 유심히 관찰해보니 막대과자처럼 가느다란 나무 막대가 병에 꽂혀 있었다. 흥미가 생겨 가만히 살펴보자 병 속에는 뭔가 찰랑거리는 약품 같은 액체가 들어 있었다. 짐작컨대 그 액체가 향기의 원천이고, 튀긴 파스타 가락이 그것을 빨아올려 향기를 사방으로 퍼뜨리는 시스템이겠지.

은은하게 피어오르는 향기는 플로랄 계통이었다. 달콤하고 화사하지만 어딘가 우아한 느낌이 감도는 향.

다만 본디 안정감을 주었어야 할 향기가 지금은 불길하게 요동쳤다.

전에는 느끼지 못했던 이물감이 코를 찌른다. 타인이 존재한다는 사실을 분위기로 대변한다. 유키노시타 하루노의 체류는 이 공간에 희미한 여파를 남겼다.

그렇구나. 이게 위화감의 정체인가.

유키노시타의 이미지와는 잘 맞지 않는 향이라서 거슬렸던 모양이다. 이 방향제는 십중팔구 하루노가 가져온 물건이리라. 어디까지나 지극히 주관적인 인상에 불과하지만, 유키노시타는 청결하고 산뜻한 느낌을 주는 민트나 비누 향 쪽이 어울린다.

실제로 그다지 마음에 드는 향이 아닌지, 유키노시타는 살짝 인상을 찌푸렸다. 그리고 영역을 침범당한 고양이처럼 흘끗흘끗 룸 프레그런스를 곁눈질하면서도 일단 부엌으로 들어가 물을 끓이기 시작했다. 손님용 홍차를 내올 생각인가 보다.

하지만 유키노시타가 언짢아하거나 말거나 하루노는 마냥 즐거운 기색이었다. 콧노래를 흥얼거리며 냉장고를 열더니 샴페인 병과 글라스를 챙겨들고 폴짝폴짝 뛰어와 힘차게 소파에 다이빙하고는 그대로 뒹굴 드러누웠다.

술병과 글라스를 협탁에 올려놓은 하루노가 몽실몽실한 재질의 핫팬츠에서 뻗어 나온 늘씬한 다리를 쭉 펴고 기분 좋게 기지개를 켰다.

그 흐트러진 모습에 저절로 시선이 가려는 것을 꾹 참으며 괜스레 눈을 굴리는데, 하루노가 이리 오라고 손짓하듯 살랑살랑 손을 흔들었다.

"자자, 편한 데 앉아."

"왜 언니가 주인 행세를 하는 건데?"

거실로 돌아온 유키노시타가 어처구니없다는 듯 한숨을 쉬며, 준비해온 홍차를 낮은 테이블에 늘어놓았다.

차려진 찻잔은 총 네 개. 그 위치로 우리도 대충 앉을 자리를 가늠할 수 있었다.

하루노도 눈앞에 놓인 찻잔으로 손을 뻗어 꿀꺽 마시고는 푸하 만족스런 숨결을 토해내더니, 이번에는 직접 샴페인을 글라스에 따랐다. 그 모습을 흥미진진한 기색으로 지켜보던 유이가하마가 물었다.

"그거요, 와인……이에요? 자주 마셔요?"

"아무거나 다 마셔. 맥주든 와인이든 청주든 소흥주든 위스키든."

"우와, 멋지다! 술을 잘 알다니 뭔가 멋져요!"

유이가하마의 반응에 하루노가 후훗 웃었다.

"근데 사실은 아는 게 별로 없어. 괜찮은 가게에 가면 웬만한 건 다 맛있으니까, 그때그때의 기분이나 취향을 말해주고 알아서 골라달라고 하거든."

그게 뭐야, 오히려 더 주당 같아서 폼 나잖아…….

왜냐면 말이지요, 뭔가 주절주절 설명을 늘어놓기 시작하는 패턴은 왠지 잘난 척하는 느낌이 나잖습니까? 모리이조니 마왕이니 닷사이니 한가락 한다는 술 이름을 나불나불 읊어대며 한껏 거드름을 피우는 갓 술에 눈뜬 대학생의 짜증스러움은 가히 병적인 수준이라고.

그런 면에서 하루노의 술 선택법은 어떤 의미에서는 영리하다고 평가할 수 있다.

얄팍한 지식을 뽐내려고 온갖 잡소리를 주워섬기며 마시는 인간, 성가시잖아. 예컨대 벨기에 맥주를 과도하게 신격화하며 일본 드라이 맥주를 부정하는 족속들이라든가. 사회생활 2년차에 흔히 나타나는 그런 증상을 사2병이라고 부른다고! 어째서 우리 남자들은 아무도 궁금해 하지 않는 지식을 설파하고픈 충동에 시달리는 걸까요……. 어쩌겠습니까, 그게 남자들의 자기 과시인 것을.

하지만 완전히 일자무식인 것도 조금 안쓰럽다. 이를테면…….

"소믈리에, 소믈리에다!"

"잘 모르면 그냥 가만히 있어라……."

우와 탄성을 지르며 눈을 초롱초롱 빛내는 가하마 양처럼 어휘력이 빈사상태인 아이도 다소 문제가 있지 않나 싶습니다. 하여튼 요즘 젊은 세대의 어휘력 빈곤은 빈곤하다 못해 알거지가 될 수준이라니까. 빈곤 대잔치.

하지만 술의 위력을 얕잡아보면 곤란하다. 실제로 세상에는 주(酒)사소통 운운해대는 작자들도 있으니 어느 정도는 그 효능을 인정할 필요가 있겠지. 예를 들어 쌍욕을 퍼부었다 할지라도 술김에 그랬다고 발뺌하면 그만이라는 풍조도 있다.

없거든? 욕먹은 사람은 죽어도 잊지 않는다고.

그래도 지금 이 순간만으로 따지면 하루노가 취한 탓에 평소보다는 접촉 난이도가 낮아진 게 사실이었다.

덕분에 유이가하마도 다소 친근한 느낌이 드는지, 한결 허물없는 태도로 하루노를 대했다.

글라스를 빙글 돌려 피어오르는 향을 음미한 하루노가 샴페인을 쭉 들이켰다. 그 동작이 꽤나 그럴싸했다. 옆에서 지켜보던 유이가하마도 후아 탄성을 질렀다.

"우와…… 뭔가 멋지다…….."

"……멋지냐?"

그야 물론 하루노 그 자체는 그림이 됩니다만, 그렇다고 무턱대고 칭송해도 되는 걸까요……? 음주 자체가 멋진 거라면 나카야마 경마장 근처에 우글거리는, 어찌된 영문인지 앞니가 없는 아재들도 멋진 셈이 되어버리거든? 코이와(小岩)나 카사이(葛西) 같은 동네에서 백주대낮부터 신나게 퍼마시는 아재들도 미남이라는 소리거든?

그러나 유이가하마의 이미지 속에는 술독에 빠져 사는 애잔한 어른들의 모습 따위 존재하지 않는지, 반짝반짝 존경 어린 눈빛으로 하루노를 바라보았다.

"여자인데 술 잘 마시는 사람, 왠지 멋져!"

"야야, 너 그 생각 지금 당장 버려라……."

아이참! 그런 반응을 보이면 무진장 걱정되잖니! 대학에 가더라도 가입할 동아리는 꼭 건전한 곳으로 고르려무나! 오빠랑 약속한 거다, 알았지?

말은 그렇게 했지만 유이가하마가 왜 멋지다고 하는지 어느 정도 이해는 갔다. 아마도 우리 마음속 어딘가에는 그런 식의 어른스러움에 대한 동경이 존재하는 거겠지.

어쩌면 사회에서 술과 담배는 어른의 전유물이라 규정했기에 동경을 품는 것뿐인지도 모른다. 그런 아이템을 손에 넣음으로써 어른이 되었다는 감각을 쉽고 즉각적이며 또한 편리하게 맛볼 수 있을 테니까.

하지만 주위에 진상 술꾼이 있으면 그런 인상도 희박해지는 법이다. ……우리 집만 하더라도 아버지가 술에 떡이 돼서 돌아온다든가, 거래처와의 술자리에서 툭하면 홀러덩 벗어젖힌다는 소리를 들으면 그건 좀…… 이라는 생각이 들어버린단 말이지.

그렇게 생각하자 저절로 메마른 한숨이 새어나오고 말았다.

그 한숨에 또 다른 한숨소리가 겹쳤다. 고개를 돌리자, 다시 부엌에 갔다 왔는지 생수병을 든 유키노시타가 거실로 돌아오는 모습이 보였다. 그 생수병을 하루노에게 건네준 다음, 샴페인 병을 내놓으라는 듯 손을 내밀었다.

"음주라는 행위가 멋진 게 아니라, 양식과 절도에 맞게 즐길 줄 아는 품격을 지녔다는 점이 멋진 것 아니겠니?"

"그래그래, 바로 나처럼."

하루노는 능구렁이처럼 웃으며 술병을 꼭 끌어안아 넘겨주기를 거부했다. 그러자 유키노시타가 질린 표정으로 허리에 손을 얹었다.

"더 마시려고?"

"취하고 싶은 날도 있는 법이야. 게다가 술은 인생의 윤활유라고."

"······말썽의 씨앗이 되는 경우가 더 많을 것 같은데?"

맞아맞아, 윤활유를 자칭하는 놈치고 멀쩡한 경우를 본 적이 없다니까. 면접 볼 때도 본인이 사물로 치면 윤활유 같은 존재라고 주장했다가는 무조건 불합격이라고. 회사는 늘 톱니바퀴를 찾고 있거든!

그래도 가끔은 있기 마련이다. 윤활유 못지않게 느물느물하게, 또는 매끄럽게 많은 것을 흘려 넘길 줄 아는 사람이.

실제로 하루노는 유키노시타의 잔소리 따위 어디서 개가 짖느냐는 투로 깨끗하게 무시하고는 또다시 샴페인을 한 모금 마셨다.

"걱정 마. 이야기는 똑바로 들어줄 테니까."

대꾸하는 음성에서 취기라고는 찾아볼 수 없었고, 확고한 안정감이 느껴졌다. 유키노시타도 그 사실을 깨달았는지 하루노가 밀어낸 생수병을 치우고 엷은 미소를 지었다.

"……그래. 하기는 맨 정신일 때도 남의 이야기를 제대로 듣는 사람은 아니니까."

"응응, 바로 그거야~."

장난스럽게 응수하며 술잔을 빙빙 돌리더니 얇은 유리 너머로 유키노시타에게 시선을 향했다. 은은한 황금빛 필터를 거쳤음에도 그 눈빛의 예리함은 조금도 사그라지지 않았다.

"그건 그렇고, 할 얘기란 게 뭔데~?"

가벼운 말투로 그렇게 물으며 나긋나긋한 손가락으로 글라스 가장자리를 핑 튀겼다. 그것은 몹시 조용하고 맑은 울림을 지닌 소리였지만, 마치 살얼음판을 밟는 듯한 섬뜩함이 감돌았다. 그 후에는 속삭이듯 쏴아아 거품 꺼지는 소리만이 이어졌다.

그 소리의 여운이 완전히 잦아들 때까지의 짧은 시간. 그 침묵은 제삼자의 개입을 용납하지 않았기에 유이가하마와 나는 힘겨운 숨결을 토해내는 게 고작이었다.

유키노시타는 우리에게 분명히 이야기했다. 지켜봐달라고. 그래서 그 어떤 말도, 단 한마디도 하지 않고 그저 유키노시타가 입을 열기만을 기다리며 이리저리 눈을 굴렸다. 그러다 우연히 서로 시선이 마주쳐도 부자연스럽게 피해버렸고, 최종적으로는 유키노시타의 입가로 시선을 향했다.

그 사이 유키노시타는 잠자코 하루노의 눈빛을 마주했다. 그리고 말을 고르듯 신중하게 입을 열었다가 다시 다물었다.

숨을 들이쉬었는지 내쉬었는지조차 알 수 없을 정도로 미미한 움직임이었다.

그러나 망설이는 기색을 내비친 것은 오로지 그 순간뿐이었다.

유키노시타는 입가에 희미한 미소를 머금고, 꾹 다물었던 입을 천천히 열었다.

"우리 이야기. ……앞으로의 우리에 관한 이야기야."

그 음성은 의연하고 차분했다. 결코 큰 목소리는 아님에도 신기하게 방 전체에 울려 퍼지는 것처럼 느껴졌다. 어쩌면 유키노시타의 눈빛이 그런 착각을 불러일으켰는지도 모른다. 결코 회피하지 않고 정면을 응시하는 그 올곧은 눈동자가 듣는 이의 마음을 뒤흔든 게 아닐까.

하루노도 예외는 아닌지 감탄한 기색으로 말했다.

"그 이야기를 나한테도 들려주겠다는 거구나."

"그래. ……언니와 나, 그리고 엄마 이야기이니까."

그 말을 들은 하루노의 눈초리가 가늘어지더니 살짝 고개를 갸웃했다. 그리고 한순간 생각에 잠긴 기색으로 침묵하더니, 이내 납득했는지 낙담한 기색으로 어깨를 으쓱했다.

"……아하, 그쪽이었어? 그럼 내가 듣고 싶은 이야기는 아닌 모양이네."

그리고 나직하게 한숨을 쉬더니 흘끗 시선을 돌렸다.

"그렇지?"

동의를 구하듯 그렇게 물은 곳에는 유이가하마가 있었다. 그 시선에 유이가하마가 움찔 몸을 굳혔다.

하지만 그 말을 가로막듯 유키노시타가 쓱 몸을 내밀었다.

"그래도 들어주었으면 해."

강한 의지가 담긴 음성이었다. 어조 자체는 평소와 다를 바 없었고 딱히 큰 소리를 낸 것도 아니었으며, 속도 역시 빠르지 않았다.

그렇기에 그 속에 담긴 결의를 엿볼 수 있었다.

망설임도 머뭇거림도 없는, 하물며 잘못된 구석 따위 있을 리 없는 유키노시타 유키노의 말은 분명 하루노의 마음을 움직였다.

그동안 내내 팔을 괸 자세로 소파에 기대고 있던 몸을 천천히 일으키더니, 들고 있던 샴페인 글라스를 협탁에 올려놓았다. 그 동작만으로 유키노시타에게 뒷말을 재촉한다.

"그러니까 집으로 돌아갈게. 거기서 내 장래 희망에 대해 엄마에게 분명하게 이야기해둘 생각이야. ……이루어지지 않는다 해도 후회가 남지 않도록."

설명하던 유키노시타가 잠시 뜸을 들였다.

긴 속눈썹이 살며시 아래를 향하고, 떨리는 숨결이 흘러나온다. 가냘픈 어깨가 흔들리며 윤기 있는 긴 흑발이 사르륵 흘러내려 유키노시타의 얼굴을 가렸다.

그 표정을 살필 수 없는 상태에서도 유키노시타의 말은 이어졌다.

"이건…… 최소한 이것만큼은 확실하게 말로 해서, 납득할 수 있는 형태로 매듭짓고 싶어."

그렇게 말하고 머리카락을 쓸어 올린다.

다시 드러난 희고 갸름한 얼굴에는 온화한 미소가 감돌았다.

그 표정을 본 순간, 숨이 턱 막혔다. 아마 나뿐만 아니라 유이가하마도 그랬으리라.

그 정도로 유키노시타의 모습은 아름다웠다. 생생한 결의가 서린 눈동자는 시리도록 맑았고, 수줍은 미소가 어린 뺨은 은은하게 상기되어 있었다.

그래서였을까. 유키노시타의 말에 아무도 입을 열지 못했다.

유일하게 하루노만이 탄식 같은 숨결을 흘렸다.

그 소리에 이끌려 시선을 돌린 순간, 또다시 숨이 턱 막혔다. 눈에 들어온 것은 유키노시타의 미소와 흡사한 표정이었다.

고혹적이고 다정하고 부드러운 미소. 그럼에도 어딘가 차가운 느낌을 풍긴다.

"그래? 그게 유키노의 답이란 말이지?"

하루노가 다정하게 웃고는 부드러운 목소리로 말했다.

유키노시타는 그 말에 잠자코 고개를 끄덕여보였다. 하지만 하루노는 여전히 차가운 눈빛으로 한동안 관찰하는 듯한 시선을 보냈다. 그래도 유키노시타의 자세에 한 치의 흔들림도 없음을 확인한 하루노가 나직하게 한숨을 쉬었다.

"음, 뭐 됐어. 조금은 나아졌네."

혼잣말처럼 뇌까린 하루노가 다시 초탈한 표정으로 글라스를 향해 손을 뻗었다. 그리고 남은 샴페인을 단숨에 마셔버리고는 빈 술잔을 눈앞으로 들어올렸다.

하루노의 시선이 향하는 곳, 굴절된 유리가 비추는 시야에 무엇이 담겨 있는지는 알 수 없다. 다만 한 줄기 물방울이 그 가장자리를 타고 조용히 흘러내렸다.

그 모습을 흡족하게 바라보던 하루노가 이윽고 가볍게 고개를 끄덕였다.

"무슨 말인지는 알겠어. 유키노 네가 진심이라면 나도 협력할게."

"……협력?"

뭔가 석연치 않은 느낌을 받았는지, 유키노시타가 미심쩍은 눈길을 보냈다. 그러자 하루노가 싱긋 웃으며 대꾸했다.

"응."

그 명확하고 짧은 긍정의 대답에도 불구하고 유키노시타의 표정은 밝아지지 않았다. 그 점은 나 또한 마찬가지였다. 유키노시타 하루노라는 인간의 일면을 엿본 이상, 그 말을 곧이곧대로 받아들이기는 불가능했다.

그래서 주제넘은 참견임을 알면서도 그만 끼어들고 말았다.

"저기, 구체적으로는 어떤……?"

"엄마도 쉽사리 방침을 변경하지는 않을 테니까, 시간을 들여 설득할 필요가 있을 거 아냐? 그러니까 상황을 봐서 나도 거들어줄게."

내 질문에 하루노가 장난스러운 윙크와 함께 대답했다. 하긴 하루노의 말처럼 유키노시타의 어머니가 그리 호락호락 자신의 결정을 번복하지는 않을 테지. 딱히 깊은 이야기를 나눈 적도 없거니와 오래 알고 지낸 사이도 아니지만, 옆에서 주워들은 유키노시타와의 대화로 미루어볼 때 그 정도는 충분히 상상이 갔다. 지극히 개인적인 인상만을 토대로 말하면, 그 사람은 남의 의견을 필요로 하지 않는 타입처럼 보였다.

그 사람이 하는 말은 겉으로는 딸을 향하는 것 같지만, 실제로는 자기 자신을 향하는 것처럼 느껴졌다. 만약 평상시에도 저런 태도라면 유키노시타 혼자 이야기해봤자 헛돌기만 할뿐 제대로 된 대화가 성립하지 않을지도 모른다.

그 완고한 이미지는 처음 만났을 때 유키노시타가 풍겼던 인상과 흡사했고, 들어주는 척하며 흘려 넘겨버리는 모습은 하루노와도 일맥상통하는 부분이 있었다. 과연 모녀지간이라고 해야 하려나.

그렇다면 언니인 하루노 쪽이 부대낀 세월이 긴 만큼 어머니를 다루는 법도 한 수 위일 테니 그 가세에도 다소 의미가 있을지 모른다.

하지만 그렇게 생각했을 때, 하루노가 느닷없이 키득 웃음을 터뜨렸다.

"사실 그래봤자 효과가 있을지는 미지수지만 말이야~."

본인이 한 말을 깔깔대며 비웃더니, 술병을 거꾸로 들어 남은 술을 모조리 글라스에 따랐다. 믿음직한 건지 아닌 건지 도무지 종잡을 수가 없구만, 이 양반…….

웃음을 거두고 술잔의 내용물도 속으로 거두어들인 후, 하루노가 아까와는 딴판으로 정색을 하고 유키노시타를 바라보았다.

"아무튼 당분간 여기 돌아올 생각은 안 하는 게 좋을걸?"

"……그렇겠지."

"어?"

유이가하마가 허를 찔린 듯한 반응을 보이자, 하루노가 쓴웃음을 지었다.

"나를 이 집에 보낸 건 유키노를 걱정하기 때문이야. 그런데 무려 제 발로 돌아왔으니 그리 간단히 풀어주지는 않겠지."

노골적으로 말하면 감시다.

아니, 그보다는 관리라는 표현이 적합할지도 모른다. 그야 미성년자이니 당연하다면 당연한 이야기다. 보호 아래 두니까 보호자라고 할 수 있다.

"짐 싸놔. 그리고 엄마한테도 연락하고. 느닷없이 온다고 해도 맞이하는 쪽에서는 어느 정도 준비가 필요한 법이니까."

아하, 그거 아버지가 충동적으로 할아버지 댁에 갈 때면 할머니가 입버릇처럼 하는 말이잖아. 그리고 그 후에 꾸역꾸역 배 터지게 밥을 먹게 되는 패턴이다. 할머니, 아무리 제가 젊다지만 배 용량에는 한계가 있거든요……?

그렇게 히키가야 집안의 사정이나 떠올리고 있을 때가 아니다. 문제는 유키노시타 집안의 사정이다. 유키노시타는 한동안 묵묵히 생각한 끝에 순순히 고개를 끄덕였다.

"알았어. 그렇게 할게."

"그럼 유키노는 집으로 돌아간다고 치고……. 나는 당분간 여기서 지낼까 하는데, 그래도 괜찮지?"

"어차피 내 개인 소유물도 아니니 마음대로 해."

묻는 말에 유키노시타가 서슴없이 대답했다. 그러자 하루노가 흠흠 진지한 표정으로 고마움을 표했다.

"땡큐. 또 이것저것 챙기기가 귀찮았거든. 유키노는 꼼꼼하게 준비해가지고 가."

말투로 미루어보아 유키노시타의 귀성은 꽤나 장기화될 눈치였다. 그 말은 곧 통학도 부모님 댁에서 해야 한다는 뜻이고, 결국 생활 기반 자체를 옮기는 셈이 된다. 남자인 내 입장에서는 준비할 게 뭐 얼마나 있다고 그래? 라는 생각이 들기도 하지만, 여자 입장에서는 그렇게 말할 수도 없는 노릇이겠지. 그 왜 여자들은 옷이라든가 드라이어라든가 스킨케어라든가 뭔가 이것저것 엄청나게 필요하잖아. 코마치도 여행갈 때 보면 짐을 한 무더기씩 바리바리 싸들고 가는걸.

그쪽 방면의 고충은 나로서는 알 수 없지만, 같은 여자인 유이가하마는 그 노고를 짐작하고도 남는지 번쩍 손을 들었다.

"앗! 그럼 나두 거들게!"

"아니야, 그런 것까지 부탁하기는……."

"사양할 것 없대두! 오히려 돕구 싶어! 나 정리하는 거 좋아하거든!"

"그래도……."

「괜찮다니까! 걱정 말래두!」 하고 유이가하마가 밀어붙이자, 유키노시타가 「그래도 그럴 수는……」 하고 마다하는 바람에 실랑이가 벌어지고 말았다. 그 교착 상태가 영원히 이어지는 게 아닌가 싶었을 때, 유이가하마가 입을 우물거리며 고개를 수그렸다.

"그치만 그 정도밖에는 해줄 수 있는 게 없을 것 같구……."

중얼거리듯 흘러나온 목소리는 침울했다. 본인도 그 사실을 깨달았는지 유이가하마가 얼른 고개를 들고 아하하 힘없이 웃었다. 그 모습에 유키노시타가 말을 잃고 미안한 표정을 지었다.

그 광경을 보자 어쩐지 나까지 가슴이 아파왔다. 본인의 의지로 결정한 사안에 왈가왈부하는 것은 유키노시타의 바람과는 상반되는 일이다.

그럼에도 어떤 식으로든 힘이 되기를 원하는 유이가하마의 고매함은 분명 숭고하다. 그렇다면 지금 내가 해야 할 일은 무엇인가?

애써 생각해볼 필요도 없이 그 결론은 매끄럽게 입 밖으로 흘러나왔다.

"그냥 오케이하지 그러냐? 요즘 세상에 공짜 노동력은 귀하다고. 악덕 기업도 요새는 바로 노동부에 신고당하는 판국이니까."

언제나 그렇듯 지극히 나다운 소리를 생각나는 대로 적당히 늘어놓았다. 정해진 결론에 꿰어 맞추는 식으로 과정이고 나발이고 죄다 무시해버린 즉흥적인 발상치고는 꽤나 그럴싸한 대사였다. 열정페이, 무급 서비스 야근, 주5일제(주말마다 쉬게 해준다는 말은 안 했음)……. 아아, 황홀해.

불행히도 그렇게 희열에 젖은 사람은 나뿐이었다. 하긴 당연하지! 유키노시타와 유이가하마는 못마땅한 표정으로 내게 따가운 눈총을 보내왔다.

피식 웃은 사람은 단 한 명, 하루노뿐이었다.

"하긴 그게 좋을지도 모르겠네. 기왕이면 아예 자고 가는 게 어때? 유키노가 집으로 돌아가면 편하게 놀러올 기회도 별로 없을 테니까."

그 제안은 몹시 언니다웠고, 평소보다 훨씬 다정다감했다. 그리고 어딘지 모르게 안쓰러움이 묻어났다. 그 지적대로 유키노시타가 부모님 댁으로 돌아가면 유이가하마가 자고 가는 빈도는 전보다 줄어들겠지.

그 사실 하나만으로도 지금까지와는 무언가가 조금씩 달라져간다는 징조를 느낄 수 있었다. 그 인식은 고집스레 거절해온 유키노시타의 태도를 누그러뜨리기에 충분했던 모양이다.

줄곧 난색을 표하던 유키노시타가 어깨를 살짝 움츠리고 눈만 약간 들어 유이가하마에게 흘끗 시선을 주었다.

"······부탁해도, 되겠니?"

새삼 확인하자니 쑥스러웠는지, 뺨에 희미한 홍조를 띄운 채 조심스러운 목소리로 띄엄띄엄 묻는 말에 유이가하마가 활짝 웃으며 유키노시타의 허벅지를 찰싹찰싹 때렸다.

"응! 당연하지!"

"고마워······."

허벅지를 때리는 게 싫은지 아니면 너무나도 티 없는 미소가 눈부셨는지, 유키노시타가 얼른 고마움을 표하고 은근슬쩍 시선을 돌렸다. 그 시선이 향한 곳에는 하루노가 있었다.

"······하지만 유이가하마가 자고 간다고 치면, 손님용 이불이 모자란데······."

그렇게 운을 떼며 유키노시타가 흘끔 하루노의 눈치를 살폈다. 그러자 하루노가 자신이 앉아 있는 소파를 툭 쳤다.

"하룻밤 정도야 여기서 자면 돼. 게다가 어차피 밤새 혼자 마실 것 같고."

비어버린 술병을 달랑달랑 흔들며 하루노가 대답하자, 유키노시타가 나직하게 한숨을 쉬었다.

"······그래? 그러면 그렇게 할게."

"응."

이제 볼일은 끝났다는 듯 하루노가 벌떡 일어섰다.

"나 편의점 갈 건데 뭐 필요한 거 있어?"

질문을 받은 유키노시타와 유이가하마가 고개를 저었다. 그 반응에 알았다는 뜻으로 고개를 끄덕여 보인 하루노가 의자에 걸쳐놓은 코트를 쓱 집어 들고 집을 나서려 했다. 그 움직임을 눈으로 좇다 보니 자연스럽게 시계가 시야에 들어왔다. 제법 늦은 시간이다. 퇴장하기에 딱 좋은 타이밍이다.

"그럼 나도 이만 가보마."

이대로 어영부영 죽치고 있다가는 나까지 유키노시타의 짐 정리를 거드는 신세가 되고 만다. 그랬다가는 여자의 이런저런 물건을 들고 아다치 미츠루의 주인공마냥 「므훗」 하고 중얼대는 꼴이 될 테고, 심지어 자고 가라는 분위기가 조성되어버릴지도 모른다.

그런 상황만은 피해야 해! 잘못하면 타츠야나 히로[#9]와 똑같은 얼굴이 되어버럿! 뭣보다 여자 방은 내가 발붙일 곳이 못 된다는 느낌이 강해서 영 껄끄럽단 말이지…….

하루노를 뒤따르듯 나도 쓱 몸을 일으켰다. 그러자 그에 호응하듯 유키노시타와 유이가하마도 소리 없이 일어나 나를 따라왔다. 눈치로 보아 배웅해주려는 모양이다.

현관에서 신발을 신으려고 몸을 굽힌 사이, 하루노가 샌들을 척 꿰어 신더니 먼저 문을 열고 나가버렸다. 이럴 때도 남의 페이스에 맞추지 않는 저 당당함, 멋지군요…….

그렇지만 나라고 같이 나가서 엘리베이터 안에서 거북한 시간을 보내고 싶은 것은 아니었다. 그래서 일부러 시간차를 두듯 천천히 신발을 신었다.

그러자 등 뒤에서 구두주걱이 쓱 나타났다.

#9 타츠야, 히로 청춘 야구만화로 유명한 아다치 미츠루의 작품 「터치」와 「H2」의 주인공.

"엇, 땡큐."

그것을 고맙게 받아들고 뒤돌아보자 유키노시타가 면목 없다는 표정으로 서 있었다. 구두주걱을 건네준 손이 갈 곳 없이 흔들리더니 그대로 자기 팔을 감쌌다.

"미안해. 왠지 두서없는 이야기에 끌어들여버려서……."

고개를 떨구며 하는 말에 가볍게 고개를 끄덕여 보였다. 그 말마따나 두서없는 이야기였다. 실제로 뭔가 크게 달라지는 것도 아니다. 단지 유키노시타가 스스로 결정한 일을 자기 힘으로 해낸다는, 따지고 보면 그저 당연한 사실을 확인한 것에 지나지 않는다.

"됐어. 다 필요한 과정이었을 테고."

십중팔구 유키노시타에게도, 그리고 나에게도.

일어나서 탁탁 가볍게 발을 굴러 착용감을 확인한 후 제 역할을 다한 구두주걱을 돌려주자 유키노시타가 그것을 받아들며 말했다.

"……고마워."

"아니 뭐 난 딱히 아무것도 한 게 없다만. 그런 말은 유이가하마한테 해야지. 짐 정리 잘 도와줘라."

희미한 미소와 함께 들려온 인사가 낯간지러워 괜스레 딴청을 피우며 유키노시타 뒤에 있는 유이가하마에게 말을 걸었다. 그러자 유이가하마가 가슴 앞에서 주먹을 불끈 쥐었다.

"염려 마! 나 정리는 문제없으니까!"

어쩐지 다른 집안일은 꽝이라는 말을 돌려 하는 느낌이었다. ……아니 뭐 사실 정리를 잘할 것 같은 이미지도 별로 없다만. 하지만 엉망진창이었던 요리 솜씨도 개선되고 있을 정도니까 나머지도 차차 나아지겠지.

깨닫지 못할 만큼 느린 속도에 눈치채지 못할 정도로 사소한 변화지만, 그래도 우리는 조금씩 달라져간다.

"그럼 잘 있어라."

문손잡이를 잡은 채 고개만 돌려 뒤를 보았다. 유이가하마는 가슴 앞에서 양손을 살랑거렸고, 유키노시타는 허리보다 조금 위의 어중간한 높이에서 보일락 말락 손을 흔들었다.

"응. 잘 가, 힛키."

"조심해서 들어가렴."

그렇게 배웅을 받으니 어쩐지 조금 낯 뜨거웠다. 그래서 어, 하고 살짝 고개만 까닥해 보이고 서둘러 현관을 나섰다.

×　×　×

혼자 탄 엘리베이터에서 내리자 아파트 로비는 여전히 정적에 휩싸인 채였다.

시간이 시간인지라 드나드는 사람도 많지 않은 모양이다.

이 일대는 한적한 주택가, 부내 나는 아파트촌이므로 밤이 깊어짐에 따라 인적이 뜸해지는 것도 당연지사다. 그 사실을 새삼 실감하며 로비로 한 발짝 내디뎠다.

그리고 그곳에서 고급 주택가에 걸맞지 않는 차림새의 여자를 발견했다.

　나보다 먼저 나갔을 터인 유키노시타 하루노였다.

　연분홍색 줄무늬가 들어간, 폭신폭신 부들부들해 보이는 타월지 소재의 후드 점퍼는 풀 지퍼 형식인데도 앞섶을 느슨하게 풀어헤친 데다, 몽실몽실한 원단의 핫팬츠 밑으로는 탄력 있고 날씬한 다리가 훤히 드러나 보였다.

　그 위에 코트를 살짝 걸친 모습은 화려한 인테리어의 로비와는 다소 겉도는 느낌을 주어, 그 불균형함이 위태로운 아름다움을 자아냈다.

　가뜩이나 시선을 끄는 외모에 그 무방비하기 짝이 없는 옷차림은 좀 비겁한 것 아닙니까……?

　평소에는 적극적으로 대화를 나누고픈 상대가 못 되지만, 저렇게 아파트 입구 앞에 떡 버티고 있으니 무시하기도 부자연스럽다. 무엇보다도 생긋 미소 지으며 손짓을 해오는 데야 안 가고 배길 방도가 없다.

　"……먼저 간 거 아니었어요?"

　물어보자 하루노가 키득 웃더니 소곤소곤 비밀스럽게 속삭였다.

　"이런 거, 뭔가 약속 장소에서 대기하는 것 같아서 좋지 않아?"

　"……이건 대기가 아니라 매복 같은데요."

　똑같이 기다리는 행위라도 아밍과 유밍[10]만큼 다릅니다만.

#10 아밍과 유밍 『기다릴게』와 『매복』을 부른 가수. 두 노래 모두 딴 여자와 사귀는 남자를 내 것으로 하려고 하는 내용.

엇, 근데 곰곰이 생각해보니 『기다릴게』나 『매복』이나 스타일만 다를 뿐이지 결론은 같잖아? 결국 양쪽 다 무섭기는 마찬가지란 말이지…….

하지만 가장 무서운 사람은 바로 이 유키노시타 하루노다. 내가 따라오리라는 것을 한 치도 의심하지 않는 기색으로 하루노가 걸음을 옮겼다. 여기서 가까운 편의점이라면 아마 역 앞일 테고, 어차피 가는 방향은 같으니 별 상관은 없지만…….

한 발짝 앞장서가는 하루노를 따라 아파트 앞길을 걸었다. 탁 트인 대로변으로 나오자 겨울 밤바람이 불어왔다.

뺨을 어루만지는 냉기에 하루노가 목을 움츠려 덧입은 코트 속으로 얼굴을 파묻었다.

그러다 뭔가를 깨닫고 킁킁 냄새를 맡더니, 코트 어깻죽지 쪽을 돌아보고 얼굴을 찡그렸다. 왜 저래……? 하고 지켜보는데, 하루노가 이쪽으로 팔을 쑥 내밀었다.

"우웅~."

언짢은 목소리로 그렇게 말하며 내 옆으로 다가온다. 그리고 변함없이 살짝 옆으로 뻗은 팔을 무언가 어필하듯 까닥까닥 흔들었다.

엥……? 뭐야, 이 상황은 뭐냐고……?

자자, 진정해. ……손을 잡으라는 뜻인가? 헉, 왜? 지문을 채취하려고? 바로 그거야, 명추리! 난 몰라 아이폰 인증당해서 쥐도 새도 모르게 과금당하고 말 거야! 안 돼! 제발 별 다섯 개가 뜰 때까지 돌리지는 말아줘!

싱숭생숭한 마음을 가누지 못하고 쩔쩔매며 시선을 피한 순간, 불현듯 담배 냄새가 내 코끝을 스쳤다.

"······아, 냄새 나서요?"

"응."

대답은 했지만 정신은 딴 데 팔려 있는지, 하루노가 팔을 도로 내리더니 또다시 킁킁거리며 냄새를 맡았다.

십중팔구 하루노가 술집에 있을 때 코트에 배어버린 거겠지. 나도 주점에서 아르바이트하던 시절에 비슷한 일을 겪었다. 어쩌면 샤워를 한 까닭도 머리카락에 찌든 냄새를 씻어내고 싶어서였는지도 모른다.

흡연자 본인이야 워낙 익숙하니 딱히 거슬리지 않을지도 모르지만, 비흡연자에게 그 냄새는 말 그대로 코를 찌르듯 독하게 느껴진다. 특히 지금 하루노가 신경 쓰는 이런 종류의 담배, 타르가 진득하게 들어간 쌍팔년도식 거친 야성미를 풍기는 담배 냄새라면 더더군다나 그렇다.

멘솔 계열이나 바닐라나 과일처럼 달달한 향이 나는 가향 담배, 여자들이 선호할 법한 슬림 타입은 그나마 조금 낫지만 말이다.

······그렇다면 오늘의 술동무는 남자일까.

남자인가? 남자로군. 남자친구인가? 엉? 정말? 남자친구가 있단 말이야? 그야 한창 꽃다운 나이니까 남자친구가 있어도 전혀 이상할 게 없다고 생각하지만 말입니다. 하지만 막상 그런 정보를 접하면 어쩐지 무진장 속이 쓰리다니까. 성우의 결혼 발표 같은 느낌이랄까. 부디 블로그 타이틀을 『공지』로 바꾸는 것만은 자제해주었으면 한다. 가슴이 철렁 내려앉으니까. 실신해버리니까. 설상가상으로 졸도하고 최종적으로는 사망해버릴 정도다.

그나저나 이렇게 이루 말할 수 없는 충격에 사로잡혀 있을 때가 아니다. 그보다 별로 전혀 충격 안 받았으니까! 그거야! 조금 예기치 못한 사태에 직면하는 바람에 놀란 것뿐이라니까! 너, 너 같은 거 전혀 좋아하지 않거든?!

십 년 감수했다……. 만약 이게 하루노가 아니라 더 가까운 존재였더라면 꽤나 진심으로 충격 받을 뻔했잖아. 구체적으로는 코마치라든가 코마치라든가 코마치라든가. 또 코마치라든가!

한동안 현실도피를 한 끝에 가까스로 냉정을 되찾았다. 과연 코마치다. 급성 발열과 빈맥과 호흡곤란에 효과가 있다니, 그 녀석 혹시 청심환 아냐?

그나저나 하루노의 코트에 이 정도로 담배 냄새가 배어들었다는 말은 꽤 오랫동안 그 술집에 머물렀다는 소리다. 아마 섬유 탈취제 정도는 뿌렸을 텐데 그 수준으로는 감당이 안 될 만큼 찌들어버렸다.

"……꽤 오래 마셨나 봐요?"

"응. 좀처럼 놔주질 않아서. 자칫하면 아침까지 코스를 탈 뻔했지 뭐야."

하루노가 신물이 난다는 표정으로 한숨을 쉬었다.

"아, 아하."

아침까지 코스라니 뭔가 무진장 외설적인데. 나로 말할 것 같으면 「아침까지 생방송」은 분명히 야한 프로그램인 게 확실하다고 생각했던 인간이라고. 그래서 「아침이야! 생(生)입니다 여행 샐러드」도 야하게 느껴버린다니까?

그나저나 하루노의 알고 싶지 않은 정보를 입수하고 말았다……. 또다시 주간 하치만#11의 하치만포가 작렬해버렸는가. 저기, 이번에는 축포였거든? 우리도 가끔은 경사스러운 보도를 한다니까! 라고 누구한테 하는 말인지도 모를 구차하기 짝이 없는 변명이나 해댈 때가 아니다. 오히려 그만큼 마셔준 덕택에 오늘 같은 태도가 나왔다는 점을 감안하면 감사를 할지언정 충격을 받을 이유가 없다.

실제로 평소 같았더라면 하루노는 절대 추궁의 손길을 늦추지 않았을 테니까. 하지만 지금은 어딘가 후련한 얼굴을 하고 있었다.

그 표정에 자꾸만 눈길이 가는 바람에 한 발짝 뒤쳐지고 만 내 앞에서 하루노가 웃차 힘차게 기지개를 켰다.

"그래도 빨리 올 수 있어서 다행이야. 덕분에 유키노 이야기도 들을 수 있었고."

"……"

후우 안도하는 듯한 숨결과 함께 흘러나온 하루노의 말에 그만 말문이 막혀버렸다. 그 침묵이 의아했는지 하루노가

#11 주간 하치만 스캔들 보도로 유명한 잡지 주간 문춘(文春)의 패러디. 성우 하나자와 카나와 오노 켄쇼의 열애설을 특종으로 보도했으나 반응이 신통치 않자 SNS에 변명글을 올려 화제가 됨.

「응?」 하고 이쪽을 돌아보았다. 그 시선은 내 침묵의 의미를 가늠해보는 듯했다.

그 눈빛에 별것 아니라는 뜻으로 가볍게 고개를 저으며 말했다.

"……아뇨, 그냥 좀 의외여서요."

내 대답에 하루노가 발뒤꿈치를 축으로 빙그르르 몸을 돌리며 익살스럽게 물었다.

"뭐가아~?"

"으음, 뭐랄까…… 얌전히 이야기를 들어준 게요."

"그야 당연하지. 이래 봬도 언니니까."

피식 어이없다는 웃음소리를 낸 하루노가 그대로 천천히 몇 발짝 뒷걸음질 치나 싶더니, 다시 빙글 앞으로 돌아섰다.

"히키가야도 코마치의 부탁은 들어줄 거 아냐?"

"……하긴 그렇게 설명하니 알 것 같은 기분은 드네요."

나와 코마치의 관계에 비추어보면 확실히 그 주장에도 일리가 있다. 코마치의 부탁이라면, 하물며 그것이 진심에서 우러난 진정성 어린 부탁이라면 나는 두말없이 그 바람에 부응하려 할 테니까.

코마치를 예시로 드는 바람에 으음 신음하자, 그 소리에 하루노가 웃는 기색이 느껴졌다.

"그렇지? 유키노가 그 길을 선택했다면 나는 그걸 응원해. 그게 정답이든 오답이든."

"오답이면 말리는 게 도리 아닌가요?"

"그런다고 들을 애가 아니니까. 게다가 나는 어느 쪽이든 상관 없어. 어느 쪽이든 달라질 게 없거든. 잘 풀리든, 포기하든……."

나직한 목소리로 그렇게 대꾸하는 하루노의 얼굴은 보이지 않았다. 그 표정이 어쩐지 마음에 걸려 따라잡으려고 발걸음을 재촉했다.

그럼에도 나와 하루노의 거리는 크게 좁혀지지 않았고, 옆 얼굴을 흘끗 곁눈질하는데 그쳤다. 이윽고 큰길에 놓인 육교를 건너 한밤의 공원을 통과하는 샛길로 접어들었다.

밀짚색 벌판에는 은은한 주황색 가로등이 줄지어 서 있었다.

한 발짝 내디딜 때마다 흐르는 빛이 하루노의 하얀 얼굴에 따스한 빛과 차가운 그림자를 드리웠다. 그래서 하루노의 표정을 살피기는 힘들었다. 모순된 것처럼 느껴지는 모호한 말과 마찬가지로.

나무들이 늘어선 구역을 벗어나자 별안간 시야가 탁 트였다. 공원 중앙에 자리한 산책로로 들어선 것이다.

길게 이어지는 분수를 따라 조성된 가로수 길로 접어들자, 하루노가 불현듯 걸음을 늦추고 하늘을 올려다보았다. 덩달아 고개를 들자 그곳에는 반달이 떠 있었고, 그 밑에는 쌍둥이처럼 닮은 고층 트윈 타워 아파트가 잔잔하고 어슴푸레한 빛을 머금은 채 서 있었다.

경계석을 폴짝 뛰어넘은 하루노가 이쪽을 돌아보았다.

"그렇게 많은 것을 포기하며 어른이 되어가는 법이니까."

"아, 네에. 그런가요……."

세계의 축소는 틀림없이 어른이 되어가는 과정이다. 무수한 선택의 여지를 잘라내고 가능성을 깎아내어 확고한 미래상을 빚어나간다는 면에서.

그 점은 나도 이해가 가고, 어쩌면 유키노시타의 결단도 그러한 과정의 일부일지 모른다.

다만 그렇게 말하는 하루노의 쓸쓸한 눈동자에는 안타까움을 닮은 빛이 깃든 것처럼 보여, 그 점이 마음에 걸렸다. 그 말투에서 마치 남의 이야기를 하는 듯한 거리감이 느껴진 탓인지도 모른다.

"저기, 혹시 그런 경험이 있으신지……?"

"글쎄? 있을까, 없을까?"

하루노가 후훗 능글맞은 웃음을 지어 보였다.

"나야 어쨌건 상관없잖아? 지금은 유키노 이야기를 하는 중이니까. ……그 애가 그렇게 확실하게 말한 건 아마 처음일 테니까. 히키가야도 옆에서 지켜봐줘."

관여하지 말라고 넌지시 못 박는 느낌이 들었다. 언젠가 전화상으로 「착하다」는 말을 들었을 때와 비슷한 뉘앙스였다.

유키노시타의 의사를 존중하라는 요구 자체에는 아무런 이견이 없다. 어차피 내가 감 놔라 배 놔라 할 문제도 아니다. 그러니 하루노의 말에 수긍하지 못할 까닭도 없다.

아마도 이것이 바람직한, 그리고 바람직하게 여겨지는 형태일 테지. 그것을 유키노시타 하루노가 긍정한다면 거기서 굳이 문제를 찾아낼 필요는 없을 것 같았다.

"……그래야죠."

내 대답에 만족했는지, 하루노가 뒷짐 지듯 살짝 손깍지를 낀 채 가슴을 쭉 펴며 기분 좋게 웃었다.

"후훗, 또 언니 노릇을 해버렸네……."

"그냥 계속 하시는 건 어때요?"

"싫어."

농담조의 말에 장난스럽게 받아쳐봤지만 하루노의 대답에는 망설임이 없었다. 하루노가 어깨 너머로 흘끗 시선을 주고는 나를 향해 미소 지었다.

"너하고는 달라. 넌 언제나『오빠』노릇을 하잖아?"

"……그야 뭐, 오빠니까요."

무슨 그런 당연한 말씀을. 이 몸은 코마치가 태어난 이래 줄곧 오빠로 살아온 베테랑 오빠다. 따로 의식할 필요도 없이 불철주야 오빠로 살아가게끔 길들여진 상태다. 심지어 자랑스러운 마음으로 그렇게 선언할 수 있을 정도다.

지그시 내 눈을 응시하던 하루노가 갑자기 피식 웃었다.

"그래? 오빠라, 좋은걸~? 나도 이런 오빠가 있었으면 좋았을 텐데~."

농담인지 진담인지 모를 말과 함께 깔깔 웃으며 하루노가 술김인 듯 내게 어깨동무를 해왔다. 친근하게 몸을 기대며 체중을 실어오는 바람에 부드러운 감촉과 향긋한 냄새가 무진장 신경 쓰였다.

"저기요…… 술주정 짜증나거든요……?"

"안 취했어, 안 취했어."

부드럽게 밀어내려 해도 휘청휘청 불안정한 발걸음은 일정한 간격을 유지하며 스텝을 밟아, 좀처럼 나를 놓아주지 않았다.

그렇게 아웅다웅하며 걸어가는 사이 가로수 길도 끝나고, 역 앞으로 향하는 길로 접어들었다.

횡단보도를 두 개 건너면 바로 아울렛 몰로 연결된다. 영업 시간은 끝났으나 역 앞 광장으로 이어지는 통로에는 따스한 조명이 켜져 있었다. 아직도 어깨동무를 한 상태였지만 이쯤 되니 남의 이목을 의식하지 않을 수 없었다.

오른쪽으로 꺾으면 역, 왼쪽으로 가면 편의점이 나오는 길목까지 와서야 가까스로 하루노를 부드럽게 떼어놓는데 성공하고 잽싸게 한 발짝 거리를 벌렸다.

"저기…… 갈 때 괜찮으시겠어요?"

"와, 자상해라~. 굉장해. 신사구나, 신사~."

넌 여자에게 매너를 갖출 줄 아는 신사 프렌즈로구나![#12] 라고 말하듯 하루노가 내 어깨를 찰싹찰싹 때렸다. ……으아, 성가셔. 저절로 딱딱하게 굳어버린 뺨을 억지로 움직여 몹시 불쾌한 표정을 지었다.

"신사 아니거든요? 그냥 내버려두고 갈 거니까요."

그러자 하루노가 다시 유쾌하게 웃었다.

"괜찮아."

#12 ~프렌즈로구나! 애니메이션 『케모노 프렌즈』의 유행어. 「슷꼬―이」라는 유행어와 함께 사용되는 경우가 많으며 「넌 ~가 특기인 프렌즈로구나!」라고 하는 밈이 형성되었다.

그러나 미소가 사라지며 돌아온 음성은 지극히 냉정했다. 몽롱했던 눈동자는 예전처럼 등골이 오싹할 만큼 차가운 빛을 뿜어냈다.

"고작 그 정도로 취할 리 없잖아?"

그렇게 말해봐야 하루노가 얼마나 마셨는지 모른다. 하지만 그 음성만 들어도 이미 아까와는 달리 흐트러짐도 떨림도 흥분도 찾아볼 수 없는 평상시의 유키노시타 하루노 그 자체임을 알 수 있었다.

아름답고 고혹적인, 듣는 이의 마음을 사로잡아 죽음으로 이끄는 울림을 지닌 하루노의 평소 목소리.

그래서 그 목소리에 정신을 빼앗기지 않도록 나도 여느 때와 다름없는 태도를 취했다. 한숨을 쉬며 시선을 돌리고, 들리든 말든 상관없다는 투로 빈정대듯 이죽거렸다.

"……주정뱅이치고 취했다는 사람 없다던데요?"

"정말 안 취했다니까. ……어쩌면 못 취하는 걸지도."

나직하게 덧붙인 말에 그만 정신을 빼앗겨, 다시 하루노에게 시선을 향하고 말았다. 그러자 하루노는 어딘가 먼 곳을 바라보고 있었다.

뺨은 희미하게 상기된 채이건만 눈빛은 얼음처럼 싸늘했고, 입가에는 미소가 어렸지만 웃고 있지 않았다.

"술을 아무리 마셔도 뒤에는 냉정한 나 자신이 있어. 내가 어떤 표정을 하고 있는지도 보일 정도야. 시끄럽게 웃고 떠들어도 어딘가 남의 일처럼 느껴져."

지금 이 순간조차도 하루노의 말에서는 어딘가 남의 이야기를 하는 듯한 거리감이 묻어났다. 본인의 이야기임에도 지독하게 객관적인 인상을 풍겨, 주관이 개입되기는 했는지 의심스러울 정도였다. 그래서 혼잣말처럼 느릿하게 흘러나온 그 말 속에는 사실과 거짓이 혼재되어 있는 것처럼 느껴졌다.

말없이 지그시 응시하는 시선을 느꼈는지, 하루노가 마치 얼버무리듯 혀를 쏙 내밀었다. 그 몸짓으로 전부 농담이었음을 암시한다.

"……그러니까 진탕 퍼마시고 속이 뒤집혀서 게워내고, 그 후에는 그냥 곯아떨어지는 거지."

"최악의 술버릇 같습니다만……?"

"진짜 최악이지."

분위기에 편승해 덩달아 너스레를 떨자 하루노가 입을 손으로 가리고 쿡쿡 웃었다. 그리고 한동안 멈추었던 걸음을 다시 옮겼다. 그렇게 한 발 두 발 내게서 멀어져간다. 이대로 편의점으로 들어가려나 싶어 그 뒷모습을 눈으로 좇는데 하루노가 이쪽을 돌아보았다.

조금 떨어진 곳에서 나를 향하는 미소에는 자애로움과 연민의 빛마저 감돌아, 내가 여태까지 보아온 것 중 가장 다정한 얼굴을 하고 있었다.

"하지만 아마 너도 마찬가지일 거야. ……예언할게. 너는 취할 수 없어."

"그런 말씀은 삼가주시죠. 저는 훗날 눈물을 머금고 회식

자리에 끌려가는 슈퍼한 사축(社畜)이나, 아내가 벌어온 돈으로 대낮부터 밥상에 맥주를 곁들이는 울트라한 전업주부가 될 예정이니까요."

작별 인사치고는 무척 불길한 말에 불손하고 불쾌한 미소로 응수한 후, 나도 한 발짝 걸음을 옮겼다.

그런 다음 돌아보니 하루노는 변함없이 그 자리에 서서 평소보다 천진난만한 표정으로 나를 바라보고 있었다. 도합 세 발짝의 그 편안한 거리감이 하지 않아도 될 말을 꺼내게 만들었다.

"……그보다 역시 취한 거 같은데요."

그런 말을 하다니. 그렇게 진심으로 즐거운 듯한 미소를 짓다니. 마치 진짜 유키노시타 하루노를 내보이는 것 같아 역시 취했다고 생각할 수밖에 없었다.

그러자 하루노가 의아한 표정을 지었다.

"그런가……? 응, 그래. 그런 걸로 해두지 뭐."

어렴풋이 번지는 미소를 감추듯 입가로 손을 가져가며 하루노가 해맑게 고개를 끄덕였다.

잘 가라며 손을 흔드는 하루노에게 고개를 숙여 보이고 발걸음을 돌렸다.

저 사람은 알코올을 핑계 삼아 또 하나의 가면을 쓴 것이다. 술은 흉금을 터놓는 윤활유라는 새빨간 거짓말을 하며.

결국 언제나 민낯은 보여주지 않으면서 일부러 틈새를 내보인다. 무엇이 하루노의 진실인지는 여전히 알지 못한다.

그 모순된 언동을, 또는 그 처세술을 경험이 많은 교활함이라 평가한다면 분명 하루노는 어른이리라. 끝내 삼켜버릴 수 없는 무언가를 잊어버린 척할 수 있으니, 최소한 나보다는 훨씬 더.

어느덧 밤도 깊어 거리는 조용한 어둠에 잠겨 있었다. 눈에 띄는 빛이라고는 흐릿하게 번지는 빌딩의 불빛과 손님을 기다리는 택시의 미등이 고작으로, 역 앞을 벗어나자 그 소음도 차츰 멀어져갔다.

그 고요함 탓에 아까 들은 한 마디가 끊임없이 귓가를 맴돌았다.

취할 수 없다.

그 예언은 틀림없이 적중하리라는 예감이 들었다.

interlude…

정리하기를 좋아하는 건 사실이다.

잘하는 것하고는 거리가 멀지만.

그래도 좋아한다.

뒤엎고, 어질러놓고, 내팽개쳐두어 수습할 수 없게 된 것들을 하나하나 정리해나가는 게 좋다.

그러고 있으면 이걸로 됐다는 생각이 드니까.

둘이 방에 남아 어디서부터 시작할까 의논하다가 빈 상자나 쓰레기봉지 같은 게 필요하다며 나가버리는 바람에, 나 혼자 잠시 기다리게 되었다.

한 바퀴 둘러보았지만 깨끗하게 정리된 방이었다. 굳이 정리할 필요조차 없어 보일 만큼. 내 방하고는 달리 쓸데없는 잡동사니가 별로 없는 느낌이랄까.

오로지 방 안의 한 쪽, 침대 머리맡 쪽만 아기자기했다.

인형이라든가 고양이 캐릭터 상품이라든가, 아마도 좋아하는 물건이나 소중한 물건들이겠지. 그것들이 조용히 늘어서 있었다.

전체적으로는 모노톤에 파란색과 하늘색, 은색처럼 시원한 색조가 돋보이는 방에서 그쪽만 유독 여자답고 부드러운 인상을 풍겼다.

귀엽고 흐뭇한 마음에 나는 그 팬더 인형을 살며시 어루만졌다.

그러다 마치 숨겨둔 것처럼 그 인형 뒤에 놓여 있는 비닐 봉투 하나를 발견하고 말았다.

아기자기한 그 공간에서는 조금 겉도는 네모나고 납작한 검은색 봉투.

그 봉투가 어쩐지 눈에 익어 무심코 손을 뻗고 말았다.

입구를 살짝 벌려 틈새로 들여다보니, 그 안에는 기념사진이 들어 있었다. 옛날에 나도 같은 것을 갖고 있었다. 가족들과 놀러갔을 때, 그 놀이기구를 탄 후에 받은 사진.

보지 않는 편이 좋다는 사실을 알면서도 나는 봉투를 열고 말았다.

그 속에 담긴 것은 낯익은 얼굴 둘.

살짝 놀란 티가 나는, 어쩐지 바보 같지만 그래도 즐거워 보이는 표정.

그리고 몸을 웅크리고 눈을 꼭 감은 채 등 뒤에 숨는 듯한 자세지만, 그래도 세게 꽉 움켜쥔 손.

─아아, 역시.

그 이상 다른 생각은 들지 않았다.

그때 둘이 문제없이 이야기를 나눴을지만 걱정했었는데, 순수하게 다행이라고 생각했다.

귀엽다고 생각한다. 사진도, 그것을 소중하게 간직해둔 것도, 감추어두고 마는 것도.

그래서 나는 그것을 살며시 한쪽 구석으로, 원래 있던 위치로 되돌려놓았다.

잊어버려.

못 본 척해.

없었던 일이 되지는 않지만 잊어버릴 수는 있으니까.

틀림없이 그녀도 그럴 작정일 테니까.

장식해두지도 않고, 그러면서도 고이고이 보물들 맨 안쪽에 넣어두고서.

말할 마음도 없이, 행동으로 옮기는 것 따위 고려해보지도 않고.

어쩌면 내가 먼저 물어보면 될지도 모른다. 장난스럽게 놀리면 될지도 모른다. 그리고 응원할 테니 힘내라고 웃으며 말하면 될지도 모른다.

하지만 그랬다가는 아마도 전부 끝나버릴 테니까.

내가 물어보면, 질문을 던지면, 그녀는 분명히 아니라고 부정하고, 말도 안 되는 이야기라고 부인하고, 그대로 마침표를 찍어버릴 테니까.

인정하지 않고, 눈감아버리고, 간과하고, 묵과하고.

없었던 일로 하고, 잊어버리고, 잃어버리고 만다.

그러니 나는 절대로 묻지 않는다.

그녀의 마음을 묻는 것은 비겁한 짓이다.

내 마음을 털어놓는 것은 비겁한 짓이다.

하지만 그의 마음을 아는 게 무서우니까.
그녀의 탓으로 돌리는 게 가장 비겁하다.

사실은 아주 오래 전부터 알고 있었다.
내가 비집고 들어갈 수 없는 곳이 어딘가에 존재해서 여러 번 그 문 앞에 서보지만, 방해하면 안 될 것 같은 기분이 들어 그저 문틈으로 엿보고 귀를 가져다댈 뿐.

사실은 아주 오래 전부터 알고 있었다.
나는 그곳에 가고 싶다는 것을.
단지 그게 전부여서.

그러니까, 사실은.

—진짜 따위, 원하지 않았다.

기습적으로
히키가야 코마치는
예의를 차린다.

　서늘한 공기에 잠에서 깨어났다.

　졸린 눈으로 바라보는 창가에 희미한 아침햇살이 부서진다. 차츰 하얗게 물들어가는 집들의 처마 끝이 은은한 빛을 반사한다.

　오늘 날씨는 다소 흐림. 여전히 희뿌옇게 안개 낀 머릿속과 잘 맞아떨어지는 하늘이었다.

　돌아누우며 흘끗 시계를 곁눈질했다. 평소 같으면 부랴부랴 침대를 박차고 나왔을 시간이지만 다행히도 오늘은 입학시험 날이라 휴교일이다. 몽롱한 머리와 스르르 감기는 눈꺼풀에 몸을 맡기고 다시 게으른 단잠을 만끽하려 했다.

　하지만 그 순간 방금 머릿속을 스쳐간 단어가 재차 내 뇌리를 강타했다.

　입학시험! 맞다! 오늘이 코마치 입시 둘째 날이었지! 부모님은 이미 출근하셨을 테니 최소한 나라도 배웅해줘야 하는데!

　네 눈을 떠봐 넌 활기차지고! 라는 느낌으로 벌떡 일어나서

부리나케 방을 뛰쳐나가 쿵쾅쿵쾅 계단을 내려갔다. 그래도 떨쳐내지 못한 잠기운에 새어나오는 하품을 삼키면서 거실로 가니 사랑스런 드림 걸 코마치가 막 집을 나서려는 참이었다.

중학교 교복을 교칙에 맞추어 반듯하고 단정하게 차려입고 아끼는 머리핀을 반짝 빛내며, 내 사랑하는 여동생이 나를 보았다. 그리고 왔느냐는 듯 손을 들어 보였다.

"아, 잘 잤어?"

"어."

대답하며 테이블에 앉자 내 몫으로 짐작되는 랩을 씌운 아침식사와 커피가 놓여 있었다.

아침 인사를 대충 마무리한 코마치가 도로 가방에 담을 내용물로 시선을 돌렸다. 나가기 전에 최종 점검을 하는 중인가? 하지만 챙겨가야 할 물건은 수험표와 필기도구 정도인지, 전부 다 집어넣은 다음 가방을 탁탁 두들겨 납작하게 만들었다.

코마치가 멘 헐렁하고 판판한 가방이 어쩐지 초라해 보였다. 그 쓸쓸한 분위기가 입시도 이제 끝자락으로 접어들었음을 상기시켜주었다.

어제 전 과목의 필기시험을 치렀으니 오늘 일정은 면접뿐일 터였다. 그러니 참고서나 단어장 같은 공부거리를 가져갈 필요도 없다.

게다가 면접에도 어차피 그리 큰 의미는 없다. 치바의 공립 고등학교 입시는 필기시험 성적에 중점을 두는 경향이 있으니까.

그러므로 첫날 결과로 당락은 이미 판가름 난 것이나 마찬가지였다.

코마치도 다른 수험생들처럼 답안을 적은 시험지를 챙겨 와서 가채점을 했을 터였다. 만족할 만한 결과를 얻었다면 바랄 나위가 없지만, 실수나 오답에 얽매여 면접에 집중하지 못한다면 그만큼 안쓰러운 일도 없다.

그 점이 신경 쓰여 넌지시 물어보았다.

"느낌은 어떠냐?"

방치해두었던 커피잔을 집어 들고 후룩 들이켜며 애서 가볍게, 최대한 밝은 음성과 추상적인 표현을 써서 무심한 척 물어보았다.

그러자 코마치가 내게 의아한 눈길을 보내더니, 곧게 편 손가락을 턱에 대고 고개를 비스듬히 꼬며 생각에 잠긴 표정을 지었다.

"으음…… 뭐 그럭저럭? 이제 와서 허둥댄다고 달라질 것도 없으니까."

웃음기를 머금은 그 음성은 지극히 차분했다.

각오 한번 야무지다. 세기말이 온다[#13]는 말을 듣기라도 한 것 같은 차분함이랄까. 자칫하면 밀랍인형이 되어버릴 만큼 차분했다. 아참, 밀랍인형 쪽은 세이키마츠(聖飢魔)Ⅱ의 노래였지. 어쨌거나 지금의 코마치는 담담한 기색이라 조금이나마 마음이 놓였다.

#13 세기말이 온다 시부가키대가 부른 『NAI・NAI 16』의 가사 「허둥대지마 세기말이 온다」와 관련된 농담. 참고로 세기말의 일본어 발음은 세이키마츠.

다만 그 담담함이 반드시 긍정적인 요인에 뿌리를 두고 있다는 보장은 없다.

"게다가 어제 시험으로 거의 결정된 거나 다름없고."

쓴웃음을 지으며 덧붙인 말에는 희미한 불안감이 묻어났다. 어떤 종류의 체념은 때로 조용한 깨달음을 가져다주는지도 모른다. 코마치는 지금 겉으로는 잔잔한 수면처럼 평온해 보이지만, 한 줄기 미풍만 불어와도 거센 파문이 일어날 것 같았다.

그러니 전혀 상관없는 이야기를 하자. 그것이 단순한 현실도피에 지나지 않을지라도. 눈앞의 상황에서 도망치는 것에 불과하다 할지라도. 진실을 들이대고 정론을 내세우는 것만이 정답은 아님을 알기에.

"……끝나거든 같이 밥이라도 먹을래?"

미지근한 온기가 감도는 커피에 설탕과 우유를 듬뿍 쳐서 검지도 희지도 않은 내 취향의 갈색으로 바꿔나가는데, 코마치가 덧니를 드러내며 생긋 웃었다.

"와, 그거 좋은데?"

"그렇지?"

"응응!"

씩 마주 웃어보이자 코마치가 짝짝 손뼉을 치더니, 그 손으로 자기 뺨을 감쌌다. 그리고 살랑살랑 티 나게 애교를 떨기 시작했다.

"고생했다는 뜻으로 오빠가 한턱 쏜다면 코마치 잘할 수 있을 것 같아 부끄부끄. 방금 한 말, 코마치 기준으로 포인트가 높은 것 같아 부끄부끄."

"쏠 생각도 없거니와, 포인트는 낮다만……."

심지어 내 쌈짓돈은 어제 거의 다 바닥나 버렸단 말이지……. 그렇지만 빈말이라도 잘할 수 있을 것 같다면 약간의 무리는 감수할 수 있다.

"그래, 뭐 여동생과의 데이트니까 밥값쯤이야 어떻게든 내주마."

후훗 농담 삼아 거만하게 대꾸하며 왕의 재력을 과시하려는 찰나, 코마치가 백팔십도 돌변해 냉담한 표정을 지었다.

"으음, 아니 사실 데이트라고 하니까 가고 싶은 마음이 싹 사라지지만, 거마비[#14]를 부담해준다면 참아드리지요."

"안 돼 제발 정색하지 마……. 참아준다니 뭐냐고. 그 말을 들으니 가슴이 미어지잖아. 악의 없는 오라버니 조크잖니……. 이런 소리는 코마치한테밖에 못 하니까 좀 봐주라……."

"으아, 그런 반응이 또 소름끼쳐……."

질질 짜는 나를 향해 코마치가 성가셔 죽겠다는 투로 후속타를 날렸다. 신랄해……. 그나저나 어느새 밥값뿐만 아니라 교통비까지 나한테 떠넘겼잖아……. 뭣보다 어째서 그런 전문용어를 익힌 건데? 어른 행세를 하고플 나이라? 어쩜 좋아 우리 코마치가 조금씩 어른이 되어가……!

#14 거마비(車馬費) 원문은 아고아지(アゴアシ). 누군가를 초빙할 때 지불하는 별도의 식사비와 교통비를 말한다.

흘끗 곁눈질하니 코마치는 쿡쿡 웃고 있었다. 그러다가 웃차, 가방을 고쳐 메더니 휴대폰을 살랑살랑 흔들며 거실을 나섰다.

"그럼 끝나거든 연락할게."

"그래. 차례를 기다리면서 심심풀이 겸 먹고 싶은 거 생각해 놔라."

알아차리지 못해도 상관없다고 생각하며, 넌지시 너무 부담 가지지 말라는 뜻을 담아 그렇게 말하고는 현관까지 따라 나갔다.

그러자 로퍼를 신고 착용감을 확인하듯 탁탁 가볍게 발을 구르던 코마치가 나를 돌아보았다.

"······응, 그럴게."

차분한 분위기로 어딘가 어른스러운 미소를 머금은 채 대답한다. 내가 무언가를 구체적으로 이야기하거나 묻지 않아도 세상에서 단 한 사람, 코마치만은 틀림없이 내 말을 이해할 거라고····· 자기만족임을 알면서도 멋대로 그렇게 해석했다.

이윽고 코마치가 미소를 거두고는 깊이 심호흡을 하더니, 유달리 쾌활한 표정으로 절도 있게 척 경례를 붙였다.

"그럼 다녀오겠습니다!"

"그래, 잘 다녀와라."

발꿈치를 축으로 빙글 몸을 돌려 총총히 멀어져가는 코마치를 배웅했다.

자아, 그럼 어디 나도 짬짬이 맛집 정보를 검색하며 나갈 준비를 해보실까?

×　　×　　×

슬슬 점심때가 가까워올 무렵, 학교 근처 역까지 와서 한동안 그 근방을 배회했다.

코마치의 시험이 언제 끝날지는 예측하기 어렵다. 왜냐하면 입시 둘째 날 스케줄은 면접뿐. 그리고 그 면접은 끝난 사람부터 순서대로 귀가하는 방식이라, 코마치의 수험번호를 모르는 나로서는 언제 끝날지 가늠할 방도가 없었다. 하기야 수험생들도 지금은 머릿속이 시험 생각으로 가득해 종료 시각이나 따지고 있을 여유는 없겠지.

그렇다면 내가 취할 행동은 하나뿐이다.

학교 근처에서 매복하는 것. 아밍도 유밍도 새파랗게 질릴 만큼 하치만 기다려버려. 귀여운 척하면서 꽤나 앙큼해.

그렇다고 호시 휴마[15]의 누나처럼 학교 바로 옆 나무 그늘에 몸을 숨긴 채 「코마치……」 하고 중얼거리자니 여러모로 부끄럽다. 구체적으로는 남 보기가 부끄럽다. 또다시 히키가야 씨네 아드님이 요주의 인물 명단에 올라 온 동네에 망신살이 뻗칠 뻔했잖아. 인상착의는 검은 옷이야! 왠지 툭하면 검은 옷 타령인데, 다들 검은 옷을 너무 사랑하는 거 아닙니까……?

#15 호시 휴마(星 飛雄馬) 1960년대 야구만화 「거인의 별」의 주인공. 최근에는 「하라는 공부는 안하고!!」라는 짤방의 얻어맞는 역으로 유명하다.

아무튼 그렇게 사건 발생 즉시 신고당해도 큰일이므로 오늘은 가까운 곳에서 시간을 때우며 코마치를 기다리기로 했다.

그리하여 찾아왔습니다. 이나게 해안 역 바로 옆 마린피아! 지금은 이온으로 상호를 변경한 구(舊) 저스코 마트 안으로 들어가 서점을 기웃거린다. 그곳에서 마음에 드는 책을 몇 권 산 다음, 본격적으로 시간을 죽이고자 역 인근의 사이제로 이동하기로 했다. 역시 사이제! 혼자 가도 문제없지!

게다가 이나게 해안의 사이제는 역 앞 빌딩 2층에 위치해 거리를 오가는 행인들을 관찰하기에 제격이다. 중학교 교복을 입은 애들이 곳곳에서 눈에 띄기 시작하면 시험이 끝났음을 알 수 있다는 계산이라고나 할까!

어쩌면 치바에서 시간을 때우는 데는 천재일지도 모르겠는걸……? 그렇게 내 재능에 전율을 금치 못하며 밖으로 나왔다.

바다와 인접한 동네이다 보니 탁 트인 대로변에 휘몰아치는 칼바람에 부르르 몸서리를 쳤다. 가뜩이나 따뜻한 실내에 있다 나와서 춥게 느껴지는데, 이 바람은 좀……. 그렇게 생각하며 목도리를 칭칭 동여매고 얼굴을 파묻었다.

그러다 문득 시야 한구석에서 낯익은 얼굴을 발견했다.

마린피아 출구 바로 옆, 대로변에 자리한 산 마르크 카페. 그 창가 쪽 카운터석의 유리 너머에서 푸르스름한 흑발의 포니테일이 부산하게 흔들렸다.

어라? 하고 미심쩍은 시선을 보내는데, 가만 보니 그 포니테일 양, 본인처럼 푸른빛이 감도는 갈래머리를 달랑달랑 흔드는 어린 소녀의 입가를 닦아주거나 코를 팽 풀게 하는 등, 살뜰하게 챙겨주는 중이었다.

저 연령대의 여자아이 중 내가 알 만한 사람이라면 한 명밖에 짚이는 구석이 없다. 카와사키 케이카다. 그리고 그 아이의 보호자라면…… 오호라, 카와 어쩌고 양이로구나!

그나저나 저 자매는 정말 사이가 좋은걸? 어딘가의 누구 씨자매하고는 딴판일세. 그렇게 생각하며 카와사키 자매가 연출하는 훈훈한 광경을 무심코 주시하다가, 유리 뒤쪽에서 깜빡이는 커다란 눈망울과 그만 눈이 딱 마주치고 말았다.

케이카가 앗 탄성을 지르듯 입을 벌리고 유리 너머에 있는 나를 가리켰다. 그리고 빠끔빠끔 뭔가 열심히 입을 놀렸다. 꺄아 난 몰라! 뭐야 이 귀여운 생명체는…….

하지만 그렇게 케이카의 사랑스러움에 정신이 팔려 있을 때가 아니다. 카와사키도 이내 나를 발견했고, 시선이 마주쳤다.

서로 상대방을 향해 고개를 까닥해 인사를 나눈다.

그리고 인사를 마치자마자 둘 다 뻣뻣하게 굳어버리고 말았다.

바야흐로 돌부처 타임이 발동되었다. 어쩌나 돌부처 같은지 공양물뿐 아니라, 삿갓마저 얻어 쓰는 게 아닌가 싶을 지경[#16]이었다. 그 돌부처 타임이 로딩 타임으로 작용해 마침내 씽킹 타임에 돌입했다. 이렇게 되면 남는 시간에 자동으로 퀴즈가

#16 삿갓마저 얻어 쓰는 게 아닌가 싶을 지경 어느 착한 노부부가 눈 오는 날 돌부처에게 장사 밑천인! 삿갓을 씌워주고 그 대가로 복을 받았다는 일본 민담이 있음.

시작되는 게 세상의 이치다.

자아, 문제 드립니다! 동급생과 길에서 마주쳤을 경우, 어떤 행동을 취하는 게 정답일까요?! 선착순입니다! 일곱 문제 맞히면 다음 단계 진출, 세 문제 틀리면 탈락. 703×야!

다만 이 퀴즈는 딱히 문제를 여러 개 낼 필요조차 없다. 정답이 뻔하니까.

딱히 말을 섞어본 적도 없는 사이라면 그냥 모른 척 하는 편이 낫겠지. 또 별로 친하지 않은 동급생이라면 가벼운 인사만 나누고 헤어지는 게 현명하다. 반대로 친한 친구라면 친하니까 언제든 만날 수 있으므로 구태여 수다를 떨 필요도 없고, 고로 역시 자리를 떠도 상관없다. 뭐야, 결국 밖에서 누구를 만나든 그냥 가는 게 정답이잖아!

그 결론에 입각해 자연스럽게 발길을 돌렸으면 좋았으련만, 상대는 카와사키다. 무심코 나와 카와사키의 관계를 따져보게 되는 바람에 그만 발이 멈추어버리고 말았다.

그래서인지 유리 너머로도 카와사키가 당황해하는 게 느껴졌다. 왠지 집에서 키우는 고양이와 밖에서 딱 마주쳤을 때와 흡사한 느낌이다. 한 발짝 다가가면 두다다다닷! 하고 전속력으로 도망칠 것만 같은 그 미묘한 거리감.

오도 가도 못하겠는 게 완전히 진퇴양난이라, 보험 광고에 출연한 츠츠미 신이치[17]마냥 「누구 없어요~?!」라고 절박하게

#17 보험 광고에 출연한 츠츠미 신이치 악사 다이렉트 자동차 보험 광고 중 배우 츠츠미 신이치가 사고로 외진 산길에서 멈춰버린 차 옆에서 누구 없어요~?! 라고 소리치는 유명한 CF가 있음.

도움을 청하고 싶어질 정도였다. 누구 없어요~?!

그렇게 내심 약사 다이렉트에게 도움을 청했으나, 구원의 손길을 내민 사람은 약사가 아니라 케이카였다.

케이카가 방글방글 웃으며 까닥까닥 열렬한 손짓으로 나를 불렀다. 안녕하세요, 다른 사람이 부르면 「갈 수 있으면 갈게」라고 딱 부러지게 거절하지만, 꼬마 아가씨의 초대에는 홀랑 넘어가버리는 저입니다.

그러나 상대는 미성년자! 망했다! 아무리 유혹해 와도 보호자의 동의 없이는 일방적으로 내가 체포당하고 만다고!

보호자의 허가를 받아야 하나 싶어 그쪽을 흘긋 곁눈질하자, 카와사키가 약간 난감한 얼굴로 케이카를 살살 달래며 타이르기 시작했다. 하지만 케이카는 뺨을 볼록 부풀리고 심통난 표정으로 고개를 돌려버렸다. 그러자 카와사키가 힘없이 한숨을 쉬었다.

뒤이어 옆자리에 올려놓았던 짐을 치우고, 내 눈치를 살피는 듯한 시선을 보내왔다. 그리고 잠시 입을 오물거리는가 싶더니 살짝 입술을 달싹여 속삭이듯 딱 한마디를 건넸다.

입술 모양으로 보건대 아무래도 「들어올래?」라고 물어본 눈치였다. 그래봤자 바로 휙 고개를 돌려버리는 통에 제대로 보지는 못했지만.

아무튼 허락이 떨어졌으니 성은이 망극할 따름이다. 인사차원에서 가볍게 두세 마디, 꾸벅 굽실 공장장은 굽실 꾸벅 공장장이고 굽실 꾸벅 공장장은 꾸벅 굽실 공장장인 정도의 대화는 나누다 가도 되겠지.

×　×　×

카페로 들어서자 저절로 나직한 탄성이 새어나왔다.

그러한 반응을 일으킨 주된 원인은 아마도 온도와 습도일 테지만, 개인적으로는 눈앞에 있는 생글생글 웃는 얼굴에 한 표 던지고 싶다. 그만큼 카와사키 케이카의 사랑스러운 모습은 보는 이의 가슴을 따스하게 했다.

"하아 오빠다!"

"이야, 오랜만인걸? 아니지 참, 얼마 전에도 만났던가? 잘 지냈냐?"

체감상으로는 2년 넘게 못 본 느낌이 든다만…….[18] 그런 반가움도 한몫해 잠시 동안 케이카의 머리를 다정하게 쓰다듬어주자, 케이카가 「응~!」 하고 배시시 웃으며 자기 왼쪽 의자를 탁탁 쳤다.

아무래도 여기 앉으라는 뜻인가 보다.

이 얼마나 세련되고, 폼 나고, 멋진 권유법이란 말인가……. 아하, 요놈 사실은 꽃미남이구만? 그리고 나는 꽃미남에게 약하기로 정평이 난 인간이므로, 권하는 대로 고분고분 케이카 옆에 앉았다.

#18 2년 넘게 못 본 느낌이 든다만 『역시 내 청춘 러브코메디는 잘못됐다.』의 11권에 케이카가 등장한 이후, 12권이 출판 되기까지 2년 이상의 발매 공백이 있었다.

게다가 사실은 어차피 여기밖에 앉을 자리가 없다. 왜냐하면 카와사키 양 옆이라니, 뭔가 좀 무섭잖아! 어깨가 살짝 닿기만 해도 가슴이 두근거려버렷! 안 돼! 제발 시비 걸어서 삥뜯지 말아주세요! 그야 물론 카와사키가 삥이나 뜯고 다닐 사람이 아니라는 사실은 알지만, 누가 뭐래도 겉모습이 가끔 비교적 상당히 무진장 무서울 때가 있으니까 말이지요. 어쩌겠습니까.

그래서 케이카를 사이에 두어 비무장 중립지대를 확보한 후에 대화에 임했다.

"근데 넌 왜 이런 데 있냐……?"

피차 이야깃거리가 무궁무진한 것도 아니니, 이럴 때는 역시 무난하고 일상적인 공통 화제로 말문을 트는 게 정석이겠지. 게다가 모처럼 쉬는 날인데 굳이 학교 근처 이온 주변을 서성대다니, 까놓고 말해서 이상하다. 무릇 치바의 고등학생은 입시 휴교일에는 집에서 빈둥대거나 디스티니 랜드 같은 데서 노느라 바쁜 법이니까. ……아하, 요놈 사실은 괴짜구만? 으음, 하긴 나도 남 말할 처지는 못 되나……?

그런 내 속마음을 아는지 모르는지, 카와사키가 부스럭 소리를 내며 아까 의자에서 발밑으로 치워놓은 장바구니를 보여주었다.

"장을 좀…… 보러 왔다가, 잠깐 쉴까 하고……."

바구니에 담긴 대파 등등이 얼핏 눈에 들어왔다.

그렇다고 쉬는 날 구태여 여기까지 올 필요가 있나? 카와사키가 사는 동네에도 마트 정도는 있을 텐데……? 새롭게 싹튼 의문이 살짝 형태를 바꾸어 입 밖으로 흘러나왔다.

"그래? 힘들게 여기까지 온 거냐?"

"늘 여기서 장을 보니까."

꼼지락꼼지락 창피한 기색으로 눈을 피하며 카와사키가 설명했다. 그러자 옆자리의 케이카가 서슴없이 번쩍 손을 들었다.

"포인트 카드!"

에헤헷 의기양양하게 웃으며 씩씩한 목소리로 외친 케이카의 손에는 강아지 캐릭터가 인쇄된 카드가 들려 있었다.

아하, 계산할 때 와웅~ 하고 개 짖는 소리가 나는 그 이온 포인트 카드인가? 그렇게 생각하며 훈훈한 눈빛으로 케이카를 바라보는데, 뺨을 살짝 붉힌 카와사키가 「케이……」 하고 작은 소리로 주의를 주며 그 손을 내리게 했다. 으음, 하기야 애들은 버스 하차 벨을 누르고 싶어 하거나 카드를 내고 싶어 안달을 하니까……. 아무래도 카와사키네 집에서 각종 카드 제시는 케이카 담당인 모양이다. 평소 어린이집을 오가는 길에 마트에 들러 장을 봐가는 거겠지.

하지만 이온 계열의 마트라면 다른 곳에도 있는데 휴일에 굳이 번거롭게 여기까지 발품을 팔 필요가 있나 싶어 고개를 갸우뚱하자, 내 의문을 눈치챘는지 카와사키가 중얼거리듯 나직한 목소리로 덧붙였다.

"……나온 김에, 타이시도. 그게…… 오늘, 시험 끝나니까."

그 시선은 이쪽이 아니라 창밖을 향한 채였다.

아하, 그런가. 결국 이유는 그거였구만. 카와사키의 동생 카와사키 타이시도 소부 고등학교를 지망한다고 들었다. 십중팔구 타이시를 걱정하는 마음이 커진 나머지 저도 모르게 이쪽으로 발길이 향했다는 이야기겠지. 윽, 그거 어째 좀 깬다만……

"야, 너 그거 중증 브라콤이거든 심각하거든 병이거든……?"

"뭐? 네가 할 소리는 아닐 텐데?"

"히익……"

째릿 노려보는 바람에 그만 쫄고 말았다. 실제로는 착한 마음씨를 가졌음을 알지만, 가끔씩 보여주는 험악한 모습은 역시 무섭다고요……

공포에 질려 어깨를 움츠리고 와들와들 떨다가 불현듯 추위를 느꼈다.

창가 쪽 자리는 난방이 잘 들지 않는지 바깥의 냉기가 유리창을 통해 새어드는 느낌이 났다. 그 으슬으슬한 한기에 대화가 끊겼다는 어색함까지 더해지자 어쩐지 마음이 편치 않았다.

거북하기는 나란히 앉은 카와사키도 마찬가지인지, 그 시선이 창밖과 나, 케이카 사이를 계속 왔다 갔다 했다. 그 바람에 내 시선도 자연스레 케이카 쪽으로 쏠렸다.

케이카는 어린이용 컵을 두 손으로 들고 빨대를 쪽쪽 빨며 오렌지 주스를 마시는 중이었다. 이윽고 컵을 비운 케이카가 푸하 만족스러운 숨결을 토해냈다.

돌아보니 카와사키의 컵도 비어 있었다. 아무래도 카와사키는 케이카가 다 마시기를 기다리고 있었던 눈치였다. 상황상

이쯤에서 일어나자는 분위기로 흘러가려나……? 하고 생각했을 때, 카와사키가 나를 흘끗 곁눈질했다.

"저기…… 넌?"

짧은 질문이었지만, 그 속에는 우리는 이제 그만 가볼까 하는데…… 라는 뉘앙스가 포함되어 있는 것 같았다. 그렇다면 이 기회를 빌려 나도 슬슬 나가보려던 참이라고 넌지시 일러두는 편이 좋겠지.

"아, 난 마침 밥 먹으러 가던 참이라."

"그렇구나……."

내 대답에 카와사키가 어쩐지 맥 빠진 듯한 반응을 보였다. 그리고 케이카에게 시선을 주더니 그 등을 툭 쳤다.

"하아 오…… 아니, 오빠 이제 간대."

한순간 말을 더듬는가 싶더니 곧바로 정정했다. 아니 뭐 그냥 케이카가 부르는 대로 따라한 것뿐이니 저야 별 상관은 없습니다만……. 그보다 오히려 카와사키한테 오빠 소리를 듣는 게 더 낯간지럽다고……. 민망함에 살짝 몸을 꼬는데 누군가 내 소맷자락을 잡아당겼다.

"우웅…… 벌써 가게?"

옆을 내려다보니 섭섭함에 못 이겨 팔자 눈썹을 하고 나를 바라보는 케이카가 보였다. 소매를 살짝 붙잡았던 손에는 어느새 힘이 가득 들어가 있었다. 그런 반응을 보이면 일어나기가 영 껄끄럽다만……. 취직하면 회사에서 듣게 될 「벌써 가게?」만큼이나 일어나기 껄끄럽다.

어떡하면 좋을지 몰라 난감해하는데, 우리를 지켜보던 카와사키가 눈꼬리를 확 치켜 올렸다. 당장이라도 목소리를 쫙 깔고 「케이……」라고 부르며 호되게 나무랄 기세였다. 밸런타인데이 이벤트 때도 봤지만, 그거 꽤나 살벌하단 말이지…….

케이카에게 날벼락이 떨어지게 내버려두기도 가엾어 적당히 끼어들기로 했다. 피뢰침(避雷針, 히라이신)이 되는 것도 히라이 켄[19]이 되는 것도 내 주특기다. 아니, 그 정도로 짙지는 않나.

"……같이 갈래? 난 사이제에 갈 생각이다만."

그 말에 순간적으로 카와사키의 눈이 휘둥그레지더니, 입을 마구 뻐끔거렸다.

"어…… 뭐? 그, 그건 좀……."

"하긴."

그럴 줄 알았다. 여자는 남자랑 사이제 가기를 싫어한다고 인터넷에서 봤거든. 네트는 광대해,[20] 새로운 정보가 속속 손에 들어와!

토라진 채인 케이카를 달래려고 머리를 가볍게 쓰다듬어준 다음 몸을 일으켰다. 그때 가냘픈 음성이 나를 불러 세웠다.

"……아, 저기."

엉? 하고 돌아보자, 카와사키가 은은하게 상기된 얼굴로 입술을 삐죽 내밀고 눈을 살짝 내리깔았다. 그리고 기어들어가는 목소리로 덧붙였다.

#19 히라이 켄 일본의 유명한 싱어송라이터. 눈 아래를 비롯해 얼굴의 음영이 무척 짙은 서구적 외모를 하고있다.
#20 네트는 광대해 「공각기동대」에 등장하는 쿠사나기 모토코의 대사.

"……여, 여기서 차 한 잔 정도라면……."

"엉? 아, 네에. 그, 그렇군요, 차 한 잔 정도라면……."

예상치 못한 제안에 반사적으로 존댓말로 대꾸하고는 엉거주춤 도로 의자에 앉았다. 그러자 케이카가 와아~ 하고 내게 덥석 매달렸다.

망했다. 나갈 타이밍을 완전히 놓쳐버렸잖아……. 이렇게 된 이상 나도 뭔가 주문하는 수밖에 없다.

"뭐 좀 마실래?"

의자에서 일어서며 묻자, 카와사키가 그제야 정신을 차리고는 얼른 케이카의 컵을 살폈다.

"앗, 아, 그, 그럼 핫초코. ……그리고, 덤으로 아이스커피."

"오케이."

본인보다 케이카를 먼저 챙기다니 그야말로 언니의 귀감이다. 그 광경에 헤벌쭉 풀어지려는 입가를 감추듯 후다닥 계산대로 향했다.

신속하게 주문을 마친 후 음료가 담긴 쟁반을 받아들고, 우드 합판 재질의 카운터석을 향해 서둘러 걸음을 옮겼다.

쟁반에 담긴 메뉴는 요청한 핫초코와 아이스커피, 그리고 뜨거운 카페라떼. 서비스로 갓 구운 초코 크루아상을 곁들였다.

자리로 돌아가자, 케이카가 초롱초롱한 눈망울로 크루아상을 응시했다. 그 입에서 호~ 하고 소니 치바[21] 못잖은 탄성이 흘러나왔다. 역시 꼬맹이들은 단것이라면 사족을 못 쓴다니

#21 소니 치바 1960년대부터 활동한 무술 액션배우. 치바 신이치.

까. 나도 꼬마 유경험자인지라 꼬마들의 마음은 손바닥 보듯 훤히 보인다. 이른바 꼬마이스터다.

그 이점을 살려 지금 이 순간 케이카가 가장 듣고 싶어 할 말을 해주었다.

"……먹을래?"

그러자 케이카가 그 초롱초롱한 눈망울을 휙 내게로 돌렸다. 훗, 아무래도 작전 대성공인가 보군……. 나는 선거철만 임박했다 하면 느닷없이 노인 복지와 연금 지급 문제를 들먹여대는 정치가처럼 안이한 선심성 정책을 남발할 줄 아는 남자다. 덤으로 정치에 관심 있다는 티를 마구 내줌으로써 다음 18세 선거권 캠페인 콜라보레이션 기획#22을 노리는 남자이기도 하다. 정부 관계자님, 보고 계십니까~?

그런 내 음흉한 속내는 짐작조차 못한 채, 케이카는 잔뜩 들떠 수선을 피웠다.

"먹을래~! 이래서 하아 오빠가 좋아!"

신난 목소리로 외치며 내 팔을 탁탁 때렸다.

"하하하, 그래그래 물론이지. 다만 그런 가벼운 스킨십, 남자들은 쉽게 오해하니까 딴 사람한테도 막 그러면 안 된다?"

"응! 하아 오빠한테만 할게!"

어머나 얘 좀 봐. 벌써부터 남심을 저격하는 파워 워드를 터득하다니, 무서운 아이……! 저런 말을 들으면 세상 남자들

#22 18세 선거권 캠페인 최근 시행된 만 18세 투표권 정책을 선전할 목적으로 일본 정부에서 실시한 캠페인. 「내 여동생이 이렇게 귀여울 리가 없어」의 키리노를 모델로 기용해 화제가 되었음.

은 죄다 한방에 저세상으로 갈 테니, 케이카는 순식간에 대량 학살자로 역사에 이름을 떨치고 말겠는걸……? 그 위령비에 새겨질 첫 번째 희생자는 아마도 나. 세계 평화를 위해서라도 이 여성성 테러리스트에게 조속히 손을 써야 해! 혼자 사명감에 불타는데, 그 옆에서 숨은 여성성 테러리스트가 한숨을 푹 쉬었다.

"너 지금 애한테 뭘 가르치는 거야……?"

당장이라도 혀를 찰 것처럼 이마에 손을 얹은 카와사키가 케이카 뒤로 손을 뻗어 내 소매를 살짝 잡아당겼다. 그리고 까닥까닥 손짓을 하더니, 케이카 머리 위로 얼굴을 내밀고 소곤소곤 귓속말이라도 하듯 목소리를 낮추었다.

"그리고 저기…… 그런 거, 좀 곤란한데."

"엉?"

곤란하다니 뭐가? 아하, 지금부터 케이카를 살살 구슬려서 멋진 레이디로 키워내려는 나만의 키다리 아저씨 계획 말인가? 현재 절찬리 후원 중! 미래를 위한 투자, 적극적으로 환영합니다! 라는 느낌이다만……

시답잖은 생각을 하는데, 카와사키가 중천에 접어들기 전인 창밖의 태양을 힐끗 곁눈질했다.

"점심도 아직이고……"

"아, 아하……"

옳거니, 하긴 애들은 먹는 양이 적으니까. 이 시간에 군것질을 했다가는 점심 먹는데 지장이 생기겠지. 뭘 먹을 생각인지

는 몰라도 남의 가정에 민폐를 끼쳐서야 면목이 없다. 영어로
는 No Ninja[#23].

하지만…… 하지만 말이지요. 제가요, 꼬마 아가씨의 환심
을 사려고 일부러 샀단 말이지요. 이 초코 크루아상……. 어
떡할까 고민하던 와중에 문득 좋은 아이디어가 떠올랐다. 크
루아상이 담긴 접시를 슬그머니 케이카 앞으로 밀어주고 속닥
속닥 귓속말을 건넸다.

"……그럼 반씩 나눠먹자. 언니한테는 비밀이다?"

"응! 비밀!"

쉿! 하고 입술에 집게손가락을 대자, 케이카도 따라했다. 비
밀의 공유나 공범 의식만큼 인간의 유대감을 강화하는 행위
도 없다.

반으로 자른 초코 크루아상을 오물오물 먹어치우는 케이카
를 흐뭇하게 바라보는데, 못마땅한 기색의 한숨 소리가 들려
왔다.

"다 보이거든……?"

카와사키가 다소 언짢은 눈빛으로 나를 지그시 노려보았다.

"너무 어리광을 받아주지 마."

"……그, 그래도 가끔은 괜찮잖아?"

"가끔이라니, 넌 항상 그러잖아."

"글쎄, 그 정도는 아니라고 본다만……. 케이카는 특별하달

#23 영어로는 No Ninja 면목 없다는 의미의 일본어 시노비나이(忍びない)는 닌자를 뜻하는
「시노비」와 없음을 뜻하는 「나이」를 합친 것과 발음이 같음.

까, 또 코마치하고."

"……자각이 없구나."

가느다란 눈초리 속 아이스블루의 눈동자가 뿜어내는 압력이 한층 강해졌다. 우웃…… 어쩜 좋아, 더 차가워졌잖아! 아까 그 명단에 카와사키도 포함시키는 편이 나았으려나……? 하여튼 여자들은 도무지 속을 모르겠다니까. 「내가 왜 화났는지 알아?」 만큼이나 난제잖아. 뭐라고 대답하든 무조건 오답 판정인 가드 불능 기술 아냐?

엄마 찾아 음매 아빠 찾아 음매 울상을 지으며 어쩔 줄 몰라 쩔쩔매는데, 갑자기 카와사키의 태도가 싹 바뀌더니 미안한 듯 눈을 내리깔았다. 그리고 말하기 껄끄러운 티를 내면서도 입을 열었다.

"케이카를 예뻐해 주는 건 고맙지만, 참는 법도 배워야 하니까……."

"네, 잘못했습니다……."

얼떨결에 순순히 사과하고 말았다. 야야, 화낸 사람이 풀죽은 표정을 짓다니 반칙이잖아……. 그렇게 나오시면 더 이상 뭐라고 할 수가 없잖습니까……. 그렇게 숙연한 태도를 유지하자 카와사키도 계속 추궁할 마음은 없는지 양쪽에서 동시에 침묵이 이어졌다.

머리 위에서 오가던 대화가 뚝 끊기자 의아했는지, 케이카가 뺨에 초콜릿이 묻은 얼굴을 들어 불안한 기색으로 우리를 번갈아보았다.

"싸우지 마, 응?"

"싸우는 거 아니야. 자, 케이. 언니 보렴."

다정하게 웃어 보인 카와사키가 장바구니에서 물티슈를 꺼내 케이카의 볼을 살살 닦아주었다. 그제야 마음이 놓이는지 케이카가 다시 크루아상을 먹는데 집중했다.

하기야 카와사키도 진심으로 화난 건 아니겠지. 저 녀석, 진짜로 열 받으면 살 떨리게 무서우니까…… 유키노시타나 미우라와 불꽃 튀는 신경전을 벌일 때면 그야말로 일진이 따로 없을 지경이고.

하지만 지금은 그런 인상도 한결 누그러졌다.

전에는 목검이나 체인, 요요 같은 게 어울릴 법한 느낌이었다면, 요새는 장바구니나 대파가 아주 찰떡궁합이다. 그보다 이분, 장바구니 든 모습을 너무 자주 보여주는 것 아닙니까……?

본인을 쏙 빼다 박은 어린애를 데리고 산 마르크에서 시간을 때우다니, 어디로 보나 리틀맘 같은 느낌인데. 리틀맘이라는 말, 요새는 잘 안 쓰는 모양이다만.

그 덕분에 나란히 앉아 있는 나까지 포함해서 한 식구 같은 분위기를 자아냈다. 여기다 만약 내가 엘그랜드나 알파드 같은 미니밴을 몰았으면 시골 이온 마트에서 흔히 보일 법한 풍경이 되어버렸을 거라고. 좋아하는 만화는 원피스와 나루토라고 할 것 같고, 차 뒷유리에는 아이가 타고 있어요 스티커가 붙어 있을 것 같고, 앞좌석에는 캐릭터 목 쿠션이 달려 있을 것 같다.

그런 상상을 하자 어쩐지 낯간지러웠다.

초콜릿을 입가에 묻혀가며 냠냠 크루아상을 먹느라 바쁜 케이카, 턱을 괸 채 물티슈를 들고 그 모습을 지켜보는 카와사키. 그리고 그런 두 사람을 물끄러미 바라보는 나라는 구도가 그 낯간지러움을 더욱 부채질했다.

계속 보고 있으려니 어쩐지 얼굴이 달아오르는 느낌이라 시선을 슬쩍 창밖으로 돌렸다.

그러자 중학생으로 짐작되는 교복이 가게 앞을 가로질러갔다. 슬슬 면접을 끝마친 수험생이 생겨날 때가 된 모양이다.

그 광경은 카와사키의 눈에도 들어왔는지 긴장으로 뭉친 어깨를 풀듯 휴우, 한숨을 내쉬었다.

그 심정은 십분 이해한다. 나만 해도 막상 다른 수험생을 보니 코마치가 신경 쓰이기 시작했으니까. 따지고 보면 코마치의 라이벌이자 장애물에 해당하는 존재가 내 눈앞에서 얼쩡대는 셈이니, 일찌감치 싹을 밟아놓는 게 낫지 않을까 싶은 생각이 뭉게뭉게 피어올랐다.

그렇다면 우선 제일 가까운 상대부터 밟아버리는 게 상책이지! 일순위는 코마치에게 접근하는 사내자식! 그래, 바로 카와사키 타이시다! 그렇게 결론짓고 적의 정보를 수집하기로 했다.

"타이시는 어떤 것 같냐?"

거두절미하고 물어보자, 카와사키가 생각에 잠긴 얼굴로 고개를 비스듬히 꼬았다.

"……모르겠어."

어머, 별일이네? 이 브라콤…… 아니, 잔걱정 많은 누나라면 동생의 가채점 결과쯤은 당연히 알고 있을 줄 알았더니만……. 그렇게 생각했을 때, 카와사키가 살짝 콧소리를 내며 인상을 찌푸렸다.

"그런 걸 물어보면 짜증내니까……."

"아하, 하긴 민감할 나이인가."

타이시의 마음도 모르는 바는 아니다. 비단 반항기에 국한된 이야기는 아니지만 가족 간에, 더 정확히는 가족이기 때문에 지극히 개인적이고 예민한 문제를 건드리거나 들쑤시면 울컥할 때가 있다.

예컨대 빚쟁이가 됐다거나, 월급이 쥐꼬리만 하다거나 하는 부정적인 화제를 친구들과 유쾌한 잡담을 나누는 자리에서 자학 개그로 승화시킬 수는 있지만, 가족에게 털어놓기는 껄끄럽기 마련이다. 이야기했는데 심각하기 그지없는 얼굴로 「너 정말 괜찮니?」라는 반응을 보이기라도 하면 죽고 싶어질 게 분명하다. 걱정 끼치기도 싫거니와 왠지 나를 못미덥게 여기는 것 같은 생각에 서운해져, 물어보지 말라는 식으로 방어적인 태도를 취하게 된다.

하긴 남자애들은 그런 경향이 있지……. 그렇게 세상 엄마들의 시선에 동조해 맞장구를 치자, 카와사키도 공감한다는 듯 엄마 같은 표정으로 힘주어 고개를 끄덕였다. 그러더니 대뜸 그냥 흘려 넘길 수 없는 발언을 했다.

"그래도 가채점 정답률은 80퍼센트쯤 되나봐."

"대체 어떻게 알아낸 거냐……."

장난 아니구만, 세상 어머님들. 완전히 한 수 위잖아? 엄마들, 왜 아들들이 비밀스러운 책을 숨겨놓은 곳을 금방 알아내버려?

뭣보다 동생 분, 누님한테 말 안했다고 하지 않으셨나요? 대체 어떻게 알아낸 건데? 의혹의 눈길을 보내자 카와사키가 슬그머니 시선을 피했다.

"아, 아니, 그게, 케이가……."

"응, 396점이랬어."

건성으로 들으면서도 대화의 맥락은 대강 파악하고 있는 눈치인 케이카가 에헴 가슴을 펴며 끼어들었다.

"흐음……. 아하, 케이가 들은 거였냐?"

타이시도 누나한테는 말 못할지언정 어린 여동생 앞에서는 저절로 입이 가벼워지고 만 건가. 그나저나 애들은 저런 건 또 기막히게 외운단 말이야. 참 대단하다니까, 그치? 하고 카와사키 쪽을 돌아보자, 어찌된 영문인지 카와사키가 또다시 슬쩍 시선을 피했다.

"……게다가 우, 우리 집, 그렇게 넓지 않으니까 눈에 띄고."

"아, 그러냐……."

그러니까 본인도 두 눈으로 똑똑히 보았다 그 말씀이시군요. 틀림없다. 굳이 드라마 속 우쿄 경감[#24]마냥 「마지막으로

#24 우쿄 경감 일본 형사 드라마 「파트너」의 주인공으로, 천재적인 추리력을 지녔다는 설정의 스기시타 우쿄를 가리킴.

한 가지만 더 여쭤보겠습니다」 하고 추궁할 필요도 없이 알아서 술술 불어버렸잖아…….

어쨌든 타이시의 가채점 점수는 알아냈다. 그리고 가채점을 할 때는 아무래도 다소 후해지는 경향이 있으므로, 실제 점수는 10점 가량 내려간다 치면 70퍼센트를 조금 웃도는 수준이겠지.

"미묘하구만……."

내 경험을 토대로 하여 다소 인색한 평가가 흘러나왔다. 오늘 아침 코마치가 보여준 반응으로 보아 그 녀석도 아마 비슷한 점수대겠지. 과거 데이터를 기준으로 대략적인 커트라인은 가늠해볼 수 있다.

마찬가지로 소부 고등학교 입시를 치른 카와사키도 내 의견에 동의하는지 복잡한 표정으로 고개를 끄덕였다.

"맞아, 그러니 이제 관건은 경쟁률과 내신 성적인데……."

카와사키의 입에서 흘러나온 한숨은 무거웠다. 우리 학교 입시 경쟁률은 해마다 2.5:1 안팎을 유지해왔다. 체감상으로는 80퍼센트면 간당간당하게 합격이라고 가정해도 무방한 수준이다. 그 점을 감안하면 타이시는 당락의 경계선상에 서 있는 셈이다.

"사실 우리 집은 사립이라도 상관없지만, 본인의 기분 문제도 있으니까……."

그 아슬아슬 넘을 수 없는 보더라인을 떠올렸는지 카와사키가 조금 착잡한 표정을 지었다. 나야 그쪽 집안 사정까지는 모르지만, 본인의 감정 면에서는 분명히 힘든 부분이 있으리라. 경제적인 문제를 따지기에 앞서 자신이 부정당했다는 사실, 또 패배자로 낙인찍혔다는 사실은 뇌리에 깊이 각인되어 끊임없는 고통을 안겨준다. 훗날 어른이 되면 별일 아니라며 웃어넘길 수 있을지 모르지만, 열대여섯 살 남짓한 청소년에게는 집과 학교가 인생의 전부나 다름없다. 학교에서 부정당하고 가족에게도 안쓰러운 시선을 받으면 견디기 어려운 법이다.

게다가 카와사키 타이시의 경우에는 또 하나의 이례적인 중압감이 존재한다. 그 사실을 떠올리자 주제넘은 참견인 줄 알면서도 그만 입을 열고 말았다.

"그야 뭐 내년을 생각하면 공립으로 진학하고 싶을 만도 하지."

"뭐? 내년?"

카와사키가 너 사람 말을 듣기는 한 거야? 라는 얼굴로 나를 째려보았다. 들었거든? 너야말로 사람을 뭐로 보는 거냐……. 의심 가득한 눈빛에 턱만 살짝 당겨 까닥 고개를 끄덕여보였다.

"그래. 너 국공립 지망이라며? 아무래도 부담이 되지 않겠냐? 잘은 모른다만."

"나 말이야?"

의아한 기색으로 고개를 갸웃하는 카와사키와 그 동작을 흉내 내어 흐음? 하고 고개를 꼬는 케이카. 판박이처럼 닮은 그 몸짓에 저절로 목소리에 웃음기가 서리고 말았다.

"아니, 너 말고. 아니, 맞기는 하다만 틀렸어."

"……무슨 소리야?"

카와사키가 신경질을 팍 내며 나를 째려보았다. 으아, 하지만 살려.

"아니 그게, 네 동생 입장에서는 이번에 본인이 공립에 들어가면 조금이나마 네 선택의 폭이 넓어질 거라고 생각하지 않겠냐? 잘은 모른다만. 그러니 반드시 붙고 싶겠지. 잘은 모른다만."

책임 회피용 멘트를 곁들여가며 서둘러 설명을 덧붙이자, 카와사키가 몇 번 눈을 깜빡였다. 그러다 피식 웃는가 싶더니 홱 고개를 돌려버렸다.

"……고등학교와 대학교는 학비의 차원이 다르잖아."

엇, 그래? 이 녀석 잘 아는구만. 학비를 내 돈으로 낼 마음 따위 털끝만큼도 없다 보니 따로 알아본 적도 없었단 말이지……. 혹시라도 생각 없이 조사해봤다가 강의 한 시간당 수업료가 얼마인지 알게 되면 본전을 뽑겠다는 일념으로 땡땡이라고는 못 치게 되어버릴 것 같고.

"……하지만 정말 그렇게 말할 것 같기도 해."

아이스커피에 꽂힌 빨대를 손끝으로 빙글 돌리며 카와사키가 부드러운 음성으로 중얼거렸다. 독기 빠진 말투에 나도 한결 가벼운 분위기로 응수했다.

"그렇지? 시스콤의 심정이라면 내가 누구보다도 잘 안다고."

"그게 뭐야, 기분 나빠."

직설적인 표현에 비해 어딘가 즐거운 느낌이 묻어나는 목소리였다. 그 덕분에 케이카도 천진난만한 얼굴로 덩달아 기분 나빠 기분 나빠를 연발했다.

참으로 정확한 지적이다. 정말이지 기분 나쁘다. 유리창에 비친 희미한 미소를 머금은 남자의 얼굴을 보니 그 평가에 전적으로 동감할 수밖에 없었다.

× × ×

창밖을 오가는 교복 차림의 중학생들이 눈에 띄게 늘어났다.

케이카와 놀아주면서 가끔가다 한 번씩 카와사키와 간헐적인 대화를 나누는 사이, 얼마간의 시간이 흘렀다.

갑자기 내 휴대폰이 부르르 떨렸다. 확인해보니 연락한 사람은 코마치였다. 역 앞 산 마르크 카페에 있다고 짧은 답장을 보냈다. 그러자 곧바로 반응이 왔다. 그것도 진동이 아니라 똑똑 무기질적인 소리였다. 소리가 들려온 방향, 즉 정면 유리창을 바라보니 코마치의 모습이 눈에 들어왔다. 똑똑 창문을 두들기고는 이쪽을 향해 살랑살랑 손을 흔들어 보인다.

그 모습에 이리 오라고 손짓을 하자, 코마치가 경쾌한 발걸음으로 후다닥 가게로 들어왔다. 그리고 들어오자마자 양손을 하늘을 향해 번쩍 치켜들었다.

"끝났다~! 아자~!"

"아자~!"

그 포즈와 환호성에 화답해 나도 쌍수를 들고 코마치를 환영했다. 뒤이어 둘이서 짝 손바닥을 맞부딪치는 건조한 소리

가 울려 퍼졌다. 그 여운이 채 가시기도 전에 코마치가 다시
걸음을 옮겨 짠 하고 카와사키와 케이카 앞에 섰다.

"사키 언니랑 케이카도! 안녕하세요! 아자~!"

"아자~!"

인사를 나눈 코마치와 케이카가 물 흐르듯 자연스럽게 하이
파이브를 했다. 그리고 그 여세를 몰아 카와사키하고도 하이
파이브를 시도했으나…… 카와사키 양, 당황한 기색이 역력하
군요……. 그래도 분위기를 맞추어주기로 마음먹었는지, 코마
치를 따라 엉거주춤 손을 들었다.

"아, 아자……."

하지만 쑥스러움을 타는지 귀까지 새빨개진데다가 목소리
도 모기만 했다. 그 반응에 코마치가 상체를 홱 뒤로 젖혔다.
더불어 세 발짝쯤 뒷걸음질 쳤다.

"으아 완전 작아 사키 언니 목소리 완전 작아! 자자, 한 번
더! 아자~!"

코마치가 물 흐르듯 하이파이브 제2탄을 요구해오자, 카와
사키가 반쯤 자포자기한 기색으로 목청을 높였다.

"아, 아자!"

그리고 곧바로 나를 매섭게 째려보았다.

"……네 동생, 왜 이래?"

죄송하지만 번지수를 잘못 찾으신 것 같은데요……? 라는
생각이 들었지만, 오빠니까 누이동생의 허물은 응당 내가 책
임져야겠지.

"미안하게 됐구나. 애가 좀 흥분했나 봐. 애, 코마치. 물이야. 이거 마시고 진정하렴."

성우 이벤트의 관객마냥 물 맛있어?! 라고 물어볼 준비를 하며 물컵을 건네자, 코마치가 생긋 웃었다.

"고마워. 하지만 오빠가 마시던 건 좀 기분 나쁘니까 가서 사올게."

지극히 자연스럽고 막힘없이 화려하게 패스해버렸다. 그 선언을 끝으로 코마치는 빙글 몸을 돌려 거침없는 발걸음으로 계산대로 직행했다. 우리를 지켜보던 카와사키가 쿡쿡 웃었다.

"코, 코마치……."

중간부터 쿵짝짝 리드미컬한 스텝을 밟으며 멀어져가는 코마치에게 내 눈물겨운 신음소리는 들리지 않는 눈치였다. 너희 오빠, 방금 엄청난 대미지를 입었거든……? 특히 좀이라는 말을 덧붙인 데서 기묘한 리얼리티가 느껴지는 바람에 무진장 쇼크 먹었다고……. 다소 마음 써준 기색이 엿보여서 그만 평소 내 행실을 되새겨봤잖아…….

내가 크윽 신음하며 털퍼덕 엎어져 있는 사이, 잽싸게 주문을 마친 코마치가 아이스 카페라떼를 들고 와서 내 옆자리에 앉았다.

"……고생했다."

"응, 지쳤어~."

위로의 말을 건네자 코마치가 살짝 고개를 끄덕였다. 그리고 쪼로록 목을 축이는가 싶더니 휴우, 땅이 꺼지라 한숨을 쉬었다. 면접을 보는 동안, 더 정확하게는 입시를 치르는 내 내 숨 막히는 기분을 맛보았던 거겠지. 마침내 해방된 기쁨을 온몸으로 표현하듯 코마치가 사지를 축 늘어뜨리고 카운터에 털썩 엎드렸다.

남매가 똑같은 자세를 취하자 케이카가 우웅? 하고 신기한 표정으로 우리를 빤히 바라보았다. 그러다 불쑥 입을 열었다.

"닮았어."

"……윽."

그 평가에 코마치가 한순간 벌레 씹은 표정을 지었다. 그 얼굴을 보고 케이카가 다시 우와~ 하고 감탄했다.

"하아 오빠랑 코마치, 닮았어. 누가 저장권 위반이야?"

"또 어디서 그런 이상한 말을 배워 와서는……."

신기한 기색으로 고개를 갸웃거리는 케이카와 이마에 손을 얹고 한숨짓는 카와사키. 아니 뭐 애들은 새로운 어휘를 곧잘 외우니까…….

그나저나 코마치는 방금 왜 그렇게 오만상을 찌푸린 거람? 사실 이유야 뻔하니까 묻지는 않을 거지만. 나만 해도 코마치가 나하고 안 닮아서 다행이라고 생각할 정도니까……. 굳이 따지면 나는 아버지를 닮았고 코마치는 엄마를 닮았다. 똑같이 물려받은 부분은 머릿결 정도려나. 하지만 이 녀석, 헬렐레 넋 놓고 있을 때나 질색할 때는 나하고 붕어빵이란 말이지…….

그렇게 생각하며 눈앞의 얼굴을 구석구석 뜯어보는데, 코마치가 흠흠 헛기침을 하며 자세를 바로 하더니 케이카를 향해 희미한 쓴웃음을 지어보였다.

"으음, 그야 남매니까……."

나직하게 중얼거리는 목소리에서는 체념인지 쑥스러움인지 모를 감정이 묻어났다. 하지만 곧 그 찜찜함을 떨쳐내듯 높은 의자를 슬금슬금 움직여 케이카 쪽으로 바싹 다가앉았다.

"케이카도 사키 언니랑 닮았어! 판박이야! 크면 분명 미인이 될 거야!"

그런 말은 자주 들어버릇해 익숙한지, 케이카가 수줍은 기색으로 살짝 고개 숙여 인사하고는 답례라는 듯 코마치를 치하했다.

"에헤헤, 코마치도 예뻐."

그러자 코마치가 「어라, 요고요고 말하는 것 좀 보게?」 하며 장난스럽게 케이카의 뺨을 콕콕 찔렀다.

……흐음. 이런 대화, 왠지 여자다운걸?

서로를 띄워주는 여자들의 기브 앤 테이크 관계란 끝내준다니까. 오른쪽 뺨을 맞으면 오른쪽 뺨을 후려갈기는 그 느낌, 짜릿해.

동쪽에 예쁘다고 칭찬해주는 이가 있거든 가서 답례로 예쁘다고 말해주고, 서쪽에 못생겼다고 한탄하는 이가 있거든 가서 「에이, 아냐~. 내가 더 못생겼는데 뭐. 봐, 완전 뚱보(자폭)」이라고 댓글을 달고, 남쪽에 중학교 동급생이 있거든 호들갑스럽게 눈과 입을 크게 벌리고 「어머머 세상에! 어떡해 진짜 오랜만이다~! 세상에, 우리 다음에 같이 놀자!」라며 상대의 팔을 붙잡고 지키지 못할 약속을 하고, 북쪽에 일단 여자로 보이는 이가 있거든 「맞아맞아」 하고 추임새를 넣어주는 식이랄까. 그런 느낌이라는 편견이 있다.

우리 케이도 나중에 그렇게 되는 거야? 어떻게 생각해? 하고 닮은꼴 양을 흘끗 곁눈질하자, 코마치에게서 미인 소리를 들은 카와사키 사키 양은 웃…… 하고 말문이 막힌 표정으로 한껏 수줍음을 타고 계셨습니다. 으음, 이래서야 여성 사회에서 소외될 만도 하군요. 미인 분께서 그렇게 평범하고 귀여운 반응을 해버리다니, 바람직하지 못하다고 생각합니다. 카와사키 집안, 완전 귀요미.

그렇게 생각하며 그 옆모습을 바라보는데, 카와사키가 견제하듯 흠흠 헛기침을 했다. 그리고 답례라는 듯 나와 코마치를 돌아보았다.

"여전히 사이가 좋구나."

쑥스러움을 상쇄해보려는 시도인지 카와사키가 그렇게 말했다. 그러자 코마치가 거의 시간차 없이 대꾸했다.

"아뇨, 상당히 비교적 진짜로 안 그래요."

"애, 코마치이~? 진지한 톤으로 부정하지 말아줄래?"

정색을 하고서 말도 안 된다는 듯 엄청난 속도로 손사래를 치는가 싶더니, 그 손을 깜찍하게 뺨에 얹고는 생긋 웃어 보인다.

"솔직히 가끔은 진짜로 짜증나♡"

"이……."

더 이상 말이 안 나와! 농담인 척 비수를 푹 꽂는 이 느낌이라니, 설마 이거 진심 아냐? 꿀 먹은 벙어리가 되어 후우우욱 갈라지는 숨결을 힘겹게 토해내는데, 아웅다웅하는 우리를 바라보던 카와사키가 피식 웃었다.

"슬슬 가볼게. 가서 밥해야 되거든."

그렇게 말하며 창밖을 내다본다. 해는 하늘 높이 떠올라 점심때로 접어들었음을 알려주었다. 타이시도 시험을 마치고 돌아올 무렵이겠지. 하지만 케이카는 이번에도 팔자눈썹을 하고 불만스러운 기색을 드러냈다.

"간다고?"

"타아 오빠가 기다리잖니."

그래도 카와사키가 등을 부드럽게 토닥이며 속삭이듯 한마디 하자, 우웅~ 하고 신음하면서도 팔짱을 끼고 내키지 않는 기색으로나마 고개를 끄덕였다.

"그럼 가야겠네."

그 몸짓에 쓴웃음을 짓는 사이, 카와사키는 재빨리 나갈 채비를 마쳤다. 그리고 케이카에게 코트를 입히고 목도리를 매준 후, 장갑을 단단히 끼워주었다. 그런 다음 마지막으로 코마치와 내게 살짝 고개를 숙였다.

"그럼……."

작디작은 목소리로 건넨 그 작별 인사에 나도 마주 고개를 끄덕여보였다.

"그래, 잘 들어가라."

"언니, 다음에 또 봐요! 케이카도 잘 가!"

"응!"

우리를 향해서 힘차게 손을 흔드는 케이카를 데리고 카와사키는 타박타박 역 쪽으로 걸음을 옮겼다. 그 뒷모습을 눈으로 좇다가 코마치를 돌아보았다.

"우리도 밥 먹어야지. 뭐 먹고 싶은지 생각해봤냐?"

"응, 심심풀이(暇つぶし, 히마츠부시) 겸 생각해봤더니……."

코마치가 고개를 끄덕이고는 잠시 뜸을 들였다. 그러다 배시시 웃더니 자신만만한 얼굴로 입을 열었다.

"히츠마부시[#25]가 떠올랐어!"

으음, 말장난이라……. 여느 때 같으면 바로 심사에 들어갔을 테지만, 귀여우니까 불문에 부쳐드립지요!

"그나저나 장어라. 장어, 좋지……. 얼마 못가 멸종해서 못 먹게 될지도 모르니까 지금밖에는 기회가 없다는 프리미엄한 느낌이 끝내주는데다가, 내가 말살했다고 생각하면 어쩐지 멋지지 않냐……?"

"으아, 이 오레기 진짜 악질이네……. 그런 이유로 잡아먹혀서야 장어도 편히 눈감지 못할걸……. 아, 하지만 완전 양식이랬나? 그거, 이제 일본에서 가능해졌다던데? 저번에 뉴스에서 봤어."

아하, 그러고 보니 코마치는 입시 면접 대비용으로 관심 가는 뉴스를 틈나는 대로 체크하곤 했지. 하지만 그 정도로는

***

[#25] 히츠마부시 나고야의 명물 장어덮밥.

택도 없다, 코마치!

"글쎄다, 어차피 소용없을 것 같다만."

"왜?"

"바로 그 일본이 번식을 못해서 저출산 고령화에 허덕이는 판국이잖아. 장어나 키울 여력이 있겠냐?"

"우와, 사회파~!"

우쭐한 얼굴로 대꾸하자, 코마치가 휘익~♪ 코브라 뺨치는 휘파람을 불며 좋은 지적이라는 듯 나를 척 가리켰다. 덕분에 완전히 하늘을 나는 듯한 기분!

"그렇게 생각하면 장어도 그리 쉽게 멸종하지는 않을지도 모르지. 일본산 천연 사축도 가혹한 노동 환경 속에서 어렵사리 명맥을 이어가는 중이니까. 하물며 일본인은 사축보다 장어를 더 소중히 여길 정도라고."

"둘 다 멸종하는 거 아니야⋯⋯?"

그러게나 말이다. 장어도 사축도 다 살아있는 생명체거든요? 이렇게 틈틈이 일본 노동환경을 언급함으로써 정치에 지대한 관심이 있음을 어필해, 최종적으로는 다음 18세 선거 캠페인의 콜라보 기획을 이하생략. 그렇게 원대한 야망에 가슴 설레 하는 나는 안중에도 없이 코마치가 고개를 비스듬히 꼬았다.

"게다가 사실은 꼭 장어가 아니라도 상관없어. 장어는 요전에 아빠 엄마랑 먹었으니까."

"그러십니까⋯⋯."

어째서 그런 가족 행사를 날 쏙 빼놓고 결정하는데 해치우는데 다녀오는데? 저도 장어 멸종에 기여하고 싶었습니다만? 하긴 내가 요즘 귀가가 늦었으니 별 수 없나. 그래, 그랬단 말이지. 셋이서 다녀왔단 말이지…….

하기는 재력 측면에서 내가 부모님을 당해내지 못하는 것은 당연지사. 그러니 고급스러움이나 맛으로 승부하는 식사 노선은 일단 제쳐두는 편이 나을지도 모른다.

그 말은 곧 지금은 역으로 나만의 강점을 이용해 코마치를 기쁘게 해줘야 한다는 뜻이다.

하지만 나밖에 못하는 서프라이즈! 라고 해봤자 딱히 특별한 재주가 있는 것도 아니다. 내가 남에게 자랑할 만한 요소라고는 세상에서 가장 귀여운 누이동생을 두었다는 것뿐이다. 하지만 이번에는 서비스해야 할 대상이 바로 그 코마치란 말이지……. 이걸 어쩐다? 난감한걸…….

끙끙거리다 보니 미콩! 하고 하늘의 계시가 내려왔다.

"아, 맞다. 어디 놀러가는 건 어떠냐? 한번 몸을 신나게 풀어본다든가. 구체적으로는 토츠카와 테니스를 치는 거지. 아니면 그래, 그냥 토츠카하고 논다거나!"

맙소사 나 천재 아냐? 세상에서 제일 귀여운 여동생을 즐겁게 해주려고 세상에서 제일 귀여운 친구하고 놀다니, 그 시점에서 이미 인생의 승리자잖아? 이겼다, 크하하!

하지만 코마치는 조금 떨떠름한 표정을 지었다.

"으음…… 아니, 그건 좀……."

내키지 않는 목소리로 그렇게 말하며 손가락으로 조그맣게 가위표를 친다.

　"그, 그래? 오빠로서 한껏 응석을 받아줄 작정이었다만……."

　토츠카와 노는 꿈을 버릴 수는 없고, 그렇다고 명분도 없이 일대일로 토츠카를 불러낼 용기도 없어 은근슬쩍 한 번 더 물고 늘어져보았다. 그러나 코마치는 도리도리 고개를 저었다.

　"아직 결과가 안 나왔으니까 그런 건 사양할게요."

　"아, 아하. 그러냐……."

　본인이 원치 않는 서비스 따위 아무런 가치도 없다. 코마치의 의향은 무엇보다도 우선시되어 마땅하다. 으음, 그럼 이제 어쩐다……? 진지하게 고민하는데 코마치가 내 소매를 잡아당겼다.

　"응. 그러니까 오빠하고 단둘이…… 같은 느낌이 딱 좋다고나 할까? 그렇게 코마치 기준으로 포인트 높은 생각을 해봤는데 말이지요……."

　은은하게 상기된 뺨을 감추듯 슬그머니 시선만 옆으로 비끼며 코마치가 중얼거렸다. 애틋한 그 모습에 그만 구태여 물어볼 필요도 없는 질문을 하고 말았다.

　"아니 뭐 나야 상관없다만…… 그래도 괜찮겠냐?"

　그러자 코마치가 이쪽을 돌아보더니 사뭇 당연하다는 얼굴로 고개를 끄덕였다.

　"응, 간단 간편 편리하니까."

　"야야, 그거 절대 칭찬이 아니잖아……."

어쨌거나 코마치가 그러기를 원한다면 내가 해야 할 일은 하나뿐이다. 오누이끼리 오붓하게, 최대한 재미나게 놀 수 있는 계획을 짜는 것.

"오케이. 그럼 어디로 갈까? 라라포트? 라라포트지? 라라포트구만. 라라포트밖에 없지. 지금 가면 맥캔만 파는 자판기가 있다더라. 거기서 맥캔 사먹자고. 분명 맛있을 테니까."

"맛도 내용물도 똑같거든⋯⋯?"

방금 전의 애틋함은 어디로 사라졌는지 코마치가 한심하기 짝이 없다는 표정으로 대꾸했다. 그리고 손가락을 좌우로 까닥거리며 타이르듯 말을 이었다.

"거창하지 않아도 되고, 특별하지 않아도 돼."

"호오, 그럼 어떤 걸⋯⋯?"

그러니까 대체 뭘 말하는 거냐고? 하고 몸을 내밀어 뒷말을 재촉했다. 그러자 코마치가 후우 크게 심호흡을 하더니 입을 열었다.

"집에 가서 집안일 하고 싶어~!"

"으잉? 그게 뭐야⋯⋯."

그게 무슨 썰렁한 소리냐. 으아, 썰렁썰렁⋯⋯ 썰렁 요정이 활개 치고 다니는 것을 온몸으로 느끼는데 코마치가 의자에서 벌떡 일어섰다.

"그러니까 시장 봐서 집에 가자!"

"⋯⋯오냐."

어쨌거나 코마치가 하고 싶다는 대로 하게 해주는 게 내 행복이다. 나도 뒤이어 몸을 일으켜 앞서가는 코마치를 따라 마트로 향했다.

× × ×

장을 봐서 돌아오자마자 코마치는 냉큼 집안일에 착수했다. 청소 빨래는 기본이고 저녁 준비까지 척척 해치운다. 방금 전까지 식칼이 통통 리드미컬하게 도마 위를 노니는가 싶더니, 어느새 싱크대에서 쏴아 물소리가 들려오며 달그락달그락 설거지하는 소리가 울려 퍼졌다. 요리를 하면서 각종 뒷정리도 병행하는 눈치다. 그야말로 감탄이 절로 나오는 일솜씨였다.

그동안 나는 고타츠에서 노닥대며 무릎에 올라탄 우리 집 고양이 카마쿠라를 쓰다듬어주었다. 쓰다듬는 모양새만 봐서는 악당 두목으로 착각해도 이상하지 않을 수준이었다.

하지만 사방팔방으로 분주하게 움직이는 코마치를 멍하니 바라보고 있자니, 나도 뭔가 거드는 편이 나으려나……? 하는 생각이 슬그머니 고개를 들었다.

"도와주랴?"

부엌에 있는 코마치에게 말을 걸었지만 돌아온 대답은 매정하기 그지없었다.

"아니, 됐어. 오빠는 그냥 가만히 있는 게 도와주는 거야. 솔직히 걸리적거려."

"너무해……."

따흐흑 눈물을 삼키며 카마쿠라의 등에 얼굴을 파묻었다. 그러자 카마쿠라가 인상을 팍 쓰며 나를 흘겨보았고, 코마치도 덩달아 성가시다는 기색으로 대꾸했다.

"그야 오빠는 손끝이 야무지질 못하잖아. 요리한 다음에 치우지도 않고."

"……응, 그야 그렇지. 안 치우지. 정리하기 귀찮으니까……. 미안해요, 코시누이 양."

"코시누이라니, 누가 시누이냐고요. 코마치는 코마치거든요?"

흥칫뿡 불만스러운 기색으로 응수하고는 싱크대 수도꼭지를 꽉 잠근다. 준비가 일단락됐는지 코마치가 앞치마에 손을 닦으며 거실 쪽으로 나왔다.

"게다가 코마치가 좋아서 하는 거니까 괜찮아. 시험 때문에 한동안 손을 못 댔고, 대청소도 하다가 만 느낌이고."

설명하며 코마치가 전기 포트에서 뜨거운 물을 따라 커피를 타기 시작했다. 인스턴트이기는 하지만 그윽한 커피 향기가 코끝을 간질였다. 벌름벌름 냄새를 맡는데, 코마치가 컵을 두 개 들고 쪼르르 이쪽으로 다가와서 나와 사선으로 앉더니 컵 하나를 내밀었다.

"……게다가 코마치가 못 도와주니까 엄마도 많이 힘들었을 테고."

그렇게 말하는 표정에서는 어딘가 미안해하는 기색이 묻어났다. 컵을 받아들고 땡큐, 짤막한 인사를 곁들인 후 내 생각을 밝혔다.

"엄마는 신경 안 써도 돼. 평소에 너한테 여러모로 도움을 받았으니까 미안해할 필요 없다고. 하여간 넌 생각이 너무 많아."

"으음…… 그럴지도 모르지만, 엄마아빠도 바쁘니까."

그래도 완전히 납득이 가지는 않는지, 코마치가 착잡한 미소를 지었다.

실제로 부모님이 바쁘다 보니, 언제부터인가 힘이 닿는 범위 내에서 집안일을 하는 게 우리의 일과로 자리 잡았다.

코마치가 아직 어렸을 때는 서투나마 내가 주로 집안일을 담당해왔다. 그러나 초등학교 고학년에 올라갈 무렵, 코마치의 살림 솜씨는 나를 까마득히 능가하고 말았다. 그 후로 우리 집안 살림의 핵심 전력은 코마치로 교체되었고, 덕분에 내 가사 실력은 초등학교 6학년 수준에서 더 이상 진전이 없는 상태다.

그렇게 생각하자 눈앞에 있는 누이동생의 어깨에 무거운 부담을 지우고 말았다는 자책감이 고개를 들었다.

입시철인데다 부모님은 변함없이 바쁘고, 심지어 결산을 앞둔 탓에 몸이 두 개라도 모자랄 이 시기에야말로 한가함의 화신인 내가 주도적으로 이런저런 집안일을 챙겼어야 했다.

"……미안하다. 나도 뭔가 해보려고는 했지만, 그게 영…… 알지?"

쌉싸름한 커피를 삼킨 직후여서인지, 흘러나오는 말에서도 다소 씁쓸한 뉘앙스가 배어나왔다.

저기, 그게요. 할 마음은 있었다니까요? 하지만 그게, 어설

프게 건드렸다가는 엄마한테 한소리 들으니까…….

내가 집안일에 손대면 아까 코마치에게 지적받은 것과 대동소이한 소리를 듣게 되는 경우가 대부분이다. 그럭저럭 무난하게 해낼 수는 있지만, 엄마는 아무래도 성에 차지 않는 눈치였다. 게다가 청소에는 영 소질이 없는 관계로, 네모난 방을 둥글게 쓸어버리는 초기 로봇 청소기 꼴이 나버리고…….

그래서 괜히 일거리만 늘려놓을 바에야 차라리 아예 손대지 않는 편이 낫겠다 싶어 안면에 철판을 깔았지만, 그래도 수험생이었던 코마치에게는 다소 미안한 마음이 드는 게 사실이다.

하지만 코마치는 크게 개의치 않는지 생글생글 웃어 보였다.

"미안해할 거 없어. 코마치 취미니까."

"집안일이?"

내 물음에 코마치가 뺨에 손가락을 대고 고개를 갸웃하더니, 뭔가 곰곰이 생각하기 시작했다.

"으음, 뭐 그런 셈이랄까? ……정확히는 오빠의 어리광을 받아주는 게 취미라고 해야 되나?"

그리고 에헷 애교스럽게 웃었다.

"꺄아 어떡해 연하의 풋풋한 모성애에 마구 칭얼대고 싶어져 최 to the 고야…… 대승리야, 코마치 마마……!"

코마치 마마! 라고 마음속으로 부르짖고픈 심정이었고, 심지어 육성으로 외쳐버리고 말았다. 그러자 코마치의 표정이 혐오로 일그러졌다.

"윽, 징그러워. 오빠, 그거 병이야."

"시끄러, 남이사. 게다가 너도 만만치 않거든? 취미 한번 고상하시네."

"그치그치? 포인트 팍팍 땄지?"

코마치가 의기양양하게 웃으며 내 팔에 느물느물 어깨를 비벼왔다. 아니, 이게? 너 그거 칭찬 아니거든?

째릿 날카로운 눈빛을 보냈지만, 코마치는 반성하는 기색조차 없이 눈을 감았다. 그리고 그 소박한 가슴에 손을 얹고 후아 희열에 찬 한숨을 흘리며 짐짓 황홀한 표정을 지었다.

"코마치 손으로 사람을 망쳐놓는구나 생각하면 엄청나게 짜릿해……."

"야, 너 그거 병이다……."

핀잔을 주자 코마치가 에헷☆ 하고 혀를 쏙 내밀며 윙크를 하더니, 제 머리를 콩 쥐어박았다. 그 작위적인 리액션 덕분에 농담임을 알 수 있었다.

한동안 둘이서 키득거리며 웃는데, 코마치가 불현듯 웃음을 거두었다. 그리고 눈앞에 놓인 컵 안에서 일렁이는 잔물결을 바라보며 천천히 입을 열었다.

"……하지만 집안일을 좋아하는 건 사실이야."

"그래?"

"뭐랄까, 오빠가 다방면으로 챙겨주던 때하고는 다르게, 이제 코마치도 이것저것 할 줄 알게 됐으니까."

곁눈질로 살펴보니, 코마치의 시선은 나도 컵 안도 아닌 저 먼 창밖을 향한 채였다.

"코마치도 할 수 있는 일이 있다고나 할까, 확실하게 도움이 되고 있다고나 할까……."

나직하게 읊조리는 옆얼굴에서 평소의 앳된 느낌은 찾아볼 수 없었고, 맑은 눈동자에는 어른스러운 빛이 감돌았다.

"……그런 거, 나쁘지 않은 느낌이야."

덧붙인 그 말은 어쩐지 장난스러운 분위기를 풍겼고, 이야기하는 그 표정은 어딘가 부끄럼을 타듯 수줍어하는 코마치의 평소 얼굴이었다.

아마 어린 시절의 코마치에게는 내가 짐작할 수 없는 답답함이 있었던 거겠지. 일반적으로는 더 응석을 부려도 되었을 나이부터 부모님은 집을 비우기 일쑤였고, 그 자리를 대신한 사람은 한없이 못미덥기만 한 나였다. 그럼에도 코마치는 투정과 불평불만을 늘어놓을지언정 나와 함께 시간을 보냈고, 어느새 나를 챙겨줄 정도로 성장했다.

"넌 그냥 나쁘지 않은 정도가 아니라 지나칠 정도로 야무지다고."

정말이지 야무진 여동생이다. 그리고 한심하기 짝이 없는 오빠다. 진심으로 그렇게 생각하며 말하자, 코마치가 뻐기듯 에헴 가슴을 폈다.

"그야 노력했으니까. 못난 오빠를 두면 위기감으로 무럭무럭 성장하는 법이랍니다!"

"그렇지? 내가 바로 최고의 반면교사라니까? 아아, 또 인재를 키워내고야 말았는가. 모쪼록 고마운 마음을 잊지 말도록."

그래서 받아치는 나도 앞머리를 사락 쓸어 올리며 후훗 거만한 자세로 천장을 올려다보았다. 그러자 코마치가 고개를 끄덕였다.

"응, 고맙게 생각해."

"엉?"

아니, 그렇게 순순히 인정해도 곤란하다만……. 뭐야, 왜 뜬금없이 진지해지고 그래? 당황한 나머지 코마치를 빤히 쳐다보고 말았다. 그 시선에 코마치가 흠흠 헛기침을 하더니, 슬그머니 눈길을 피하며 중얼중얼 뭔가 알 수 없는 말을 늘어놓기 시작했다.

"이런 말, 합격이 확정된 다음에 하는 게 낫겠지만, 붙고 나서 새삼 각 잡고 말하기도 뭔가 민망하고, 떨어지면 그럴 상황이 아닐 테고, 분명 지금밖에 말 못할 테니까……."

그렇게 운을 뗀 코마치가 조용히 고타츠에서 빠져나왔다.

그리고 반듯하게 무릎을 꿇고 앉아 두 손을 무릎 위에 가지런히 올려놓았다.

"뭐, 뭐야? 왜 그래?"

등을 곧게 펴고 똑바로 이쪽을 응시하는 코마치의 모습에 그만 동요하고 말았다. 그 바람에 무릎 위에서 꾸벅꾸벅 졸던 카마쿠라도 화들짝 놀라 잠에서 깨어나 후다닥 내게서 떨어졌다.

당혹감을 숨기지 못하는 한 명과 한 마리의 반응에도 불구하고, 코마치는 단아한 미소를 띠며 말했다.

"오빠, 고마워. 그동안 저 때문에 고생 많으셨습니다."

그렇게 말하며 다소곳이 모은 손끝으로 살며시 바닥을 짚고, 천천히 고개 숙여 절을 했다.

　그 광경에 그만 숨이 턱 막혔다. 사고회로도 정지했다. 그저 코마치의 행동이 완전히 예상을 뛰어넘었기 때문만은 아니다. 아마 그 동작이 코마치의 평소 모습에서는 상상할 수 없을 만큼 아름다웠기 때문에 넋을 잃고 쳐다보고 만 거겠지.

　그러다 내가 입을 헤 벌린 채 바라보고 있음을 깨닫고 서둘러 할 말을 찾았다.

　"……야 이 바보야, 뭐하는 짓이야? 쑥스럽잖아 하지 마."

　"에헤헤, 그냥 한번 말해보고 싶었어. 코마치 기준으로 포인트 높으려나 싶어서."

　코마치는 뒷머리를 쓸어 올리며 농담조로 대꾸했지만, 얼굴이 발그스름하게 물든 탓에 부끄러워하는 티가 났다.

　바보, 쑥스러움을 탈 바에야 아예 말을 꺼내지 말라고. 괜히 나까지 쑥스러워지잖아. 그리고 시치미를 뗄 셈이면 더 확실하게 잡아떼던가. 쑥스러움을 감출 때는 좀 더 이런저런 잡소리를 늘어놓으면서 논점을 흐려야지. 네 오빠는 그쪽 방면으로는 아주 이골이 난 몸이라고.

　이쯤에서 한번 시범을 보여줘야겠다고 생각하며 입을 열었다.

　"포인트는 바닥이고, 게다가 그거 어째 시집가는 것 같잖아. 뭐냐고 시집이라니 난 절대 인정 못하고, 또 그 뭐냐……. 진짜, 하지……."

　말을 미처 끝맺기도 전에 목이 콱 메어왔다.

콧속이 찡하고 호흡이 가빠온다.

그동안 호기롭게 흘러나오던 목소리는 무참하게 갈라지고, 되는 대로 주워섬기던 말들도 뚝 끊겨 나중에는 억눌린 거친 숨결만이 느릿느릿 새어나왔다.

뜨겁게 달아오른 눈시울이 시큰거려 눈을 깜빡인 순간, 작은 물방울이 뺨을 타고 흘러내렸다.

"어, 어라……? 갑자기 눈에서 웬 물이…… 이게 뭐지? 뭐야, 왜 이러는 건데? 이게 뭐냐고?"

반사적으로 천장을 바라보고 말았다. 입술을 살짝 깨물고 그 틈새로 떨리는 숨결을 내뱉는다. 그런 내 모습을 바라보던 코마치는 조금 놀랐는지 눈을 휘둥그레 떴지만, 이윽고 피식 나직한 웃음소리를 내며 말했다.

"그건 눈물이야, 오빠. 꼭 난생 처음 감정에 눈뜬 로봇 같네."

"이, 것, 이…… 눈, 물……? 이, 것, 이…… 감, 정……?"

"왜 갑자기 말투가 어눌해지는데……?"

코마치가 어이없다는 기색으로 핀잔을 주었지만, 이렇게 개 그 소재로라도 써먹지 않으면 정말 눈물이 나와 버리고 말 테니 어쩔 수 없다.

딱히 슬프거나 괴롭지는 않고, 당연히 눈이 아픈 것도 아니다. 아마 그저 순수한 기쁨의 산물이었으리라.

동시에 어딘가 안도를 닮은 일말의 쓸쓸함이 가슴을 스쳤다.

그러나 그 감각을 말로 표현하기는 쉽지 않아, 아무리 애를 써도 심기가 불편한 개처럼 그르렁대는 신음소리를 내는 게 고작이었다.

자꾸만 목이 메어와 우웃 고개를 수그리자, 코마치가 못 말리겠다는 듯 피식 웃으며 가볍게 눈가를 훔쳤다. 그리고 그 손을 뻗어 내 머리를 토닥토닥 가볍게 쓰다듬었다.

"코마치, 목욕물 받으러 갈 거야. 그리고 먼저 씻을게, 알았지?"

속삭이듯 말하는 그 음성은 약간 잠긴 것처럼 느껴졌다. 살짝 코를 훌쩍인 코마치가 쓱 몸을 일으켰다. 그리고 뒤돌아보지도 않고 잰걸음으로 거실을 빠져나갔다.

멀어져가는 그 발소리를 들으며 나는 마침내 커다란 한숨을 내쉬었다. 번듯한 말이라고는 단 한마디도 나오지 않았고, 대신 그저 한숨만 수없이 새어나왔다.

그러자 아까 펄쩍 뛰쳐나가 방구석으로 자리를 옮겼던 카마쿠라가 돌아와서 내 등에 부비부비 머리를 비벼댔다.

누구를 닮았는지 분위기 파악을 할 줄 아는 착한 고양이다.

나는 카마쿠라를 휙 안아 올려 다시 무릎에 앉혔다.

"……오빠 품을 떠날 때가 된 걸까요? 어떻게 생각하십니까? 카마쿠라 씨. 졸업하기에는 아직 좀 이르지 않을까요?"

물어보았지만 카마쿠라는 긍정도 부정도 야옹도 하지 않고, 묵묵히 내 손길에 몸을 내맡길 따름이었다.

그 대신 내 코에서 훌쩍 소리가 났다.

**오늘까지
그 열쇠에는 한 번도
손댄 적이 없다.**

2월. 아직 새싹이 움트기는 이른 시기다.

일시적으로 봄기운이 느껴질 때도 있지만 도로 기온이 뚝 떨어지는 날도 많아, 달력상으로만 계절이 바뀌어가는 중이었다. 앙상한 겨울 나뭇가지에 새순이 돋으려면 조금 더 기다려야 할 테지. 강변 공원과 소박한 가로수 길처럼 눈에 들어오는 경치에는 여전히 다소 황량한 기운이 감돌았다.

게다가 매일같이 이용하는 통학로인 자전거 길은 바다에서 불어오는 찬바람의 영향도 한몫해 겨울 분위기를 물씬 풍겼다.

연휴 때문인지 아니면 코마치의 인사가 끼친 여파인지 나사 빠진 것처럼 멍한 기분이었지만, 얼굴을 때리는 차디찬 공기에 정신이 번쩍 드는 느낌이었다. 총 사흘간의 입시 휴일이 끝나고 다시 일상으로 복귀하는 중이라는 사실이 비로소 실감이 났다.

몸도 그런 심리적 변화에 순응하는 눈치였다. 벌써 2년 가까이 뻔질나게 왕복한 길이다 보니 무의식적으로 꺾어야 할 길목, 멈춰서야 할 신호에서 자동으로 최적의 행동을 취하게 된다.

이 짓을 앞으로 일 년이나 더 해야 하니 막판에는 눈 감고도 학교에 도착해버리는 게 아닐까? 아니, 정확히 말하면 이 길을 오갈 날도 앞으로 일 년밖에 남지 않았다. 먼 훗날 향수에 젖어 즉흥적으로 이 길을 거니는 일이 생길지도 모르지만, 통학로라고 부를 수 있는 기간은 이제 일 년뿐이다.

언제 어디에나 또 무엇에나 특정한 순간에만 누릴 수 있는 것들은 존재하기 마련이다. 매일 아침저녁으로 뜨고 지는 태양조차도 새해 첫 일출이니 명산의 해돋이니 하는 식으로 특별한 의미를 부여하는 순간, 그 영속성을 상실하고 만다.

어쩌면 인간관계에도 동일한 논리가 적용될지 모른다. 코마치와 내가 남매지간이라는 사실 그 자체는 영구불변이다. 하지만 이제 더 이상 어린 시절의 우리와 똑같을 수는 없다는 인식이 관계의 성격을 다소 바꿔놓을 여지는 있다.

아마 아주 조금 더 성숙한 오누이가 되지 않을까 한다. 물론 그렇다고 해서 무언가 결정적인 변화가 생기는 것은 아니라는 사실을 코마치나 나나 지난 15년간의 경험을 통해 익히 알고 있지만 말이다.

코마치야 가족이니까 그래도 상관은 없다. 그저 못난 형제를 둔 자신의 기구한 팔자를 탓하며 포기하고, 한평생 지지고 볶으며 사는 수밖에 없다. 평생 오라버니와 지옥에서 구르자꾸나.

—하지만 그렇지 않은 사람과는 과연 언제까지 함께 할 수 있을까.

그런 부질없는 생각을 하는 사이, 어느새 쪽문 앞까지 왔다.

브레이크를 가볍게 잡아 속도를 줄이며 사람과 자전거 사이를 가로지른다. 그리고 그 상태로 핸들을 살짝 꺾어 매끄럽게 빈자리로 파고든다.

삐걱거리는 소리를 내며 멈추어선 자전거에 자물쇠를 채우고 고개를 들어 보니, 주차 공간은 생각했던 것보다 훨씬 널널했다.

이 자전거 주차장이 이렇게 넓었던가? 내심 고개를 갸우뚱하며, 현관을 향해 터벅터벅 걸음을 옮겼다.

연휴의 여운인지 등교하는 학생들은 아직 들뜬 기분이 남아 있는 눈치라, 교실로 가는 내내 신나게 떠들어댔다. 그 소리가 평소보다 더 크게 메아리치는 느낌이 들었다.

그 바람에 아까 느낀 위화감의 정체를 깨달았다.

대학 입시가 한창이라 3학년은 자율 등교 기간이고, 그래서 대부분이 학교에 나오지 않았다. 그러다 보니 자전거 주차장에는 자리가 넘쳐났고, 1층과 2층도 한산했다. 현관에서 계단으로 가는 길목에 위치한 교실에는 하나같이 인적이 없었고, 그 영향으로 학생들의 목소리가 유독 크게 울려 퍼지는 느낌이 났다.

그리고 그 적막하고, 싸늘하고, 조용한 분위기가 그들에게 불안감을 심어주어 한층 더 열심히 입을 놀리게 되는 거겠지.

그렇게 생각하니 그 소란스러움이 견딜 수 없을 만큼 쓸쓸하게 느껴졌다.

그래도 2학년 교실이 있는 3층으로 올라오자 소음에서도 따스함이 묻어나기 시작했다. 됐고, 솔직히 그냥 시끄럽다. 네가 지난 연휴를 어떻게 보냈든 내 알 바 아니거든? 그러니까 그 입 좀 다물지 그래? 됐다고. 각자 휴대폰 꺼내서 사진 보여주지 말라고. 어차피 너희들 그거 SNS에 올렸을 거 아냐? 아마 그 친구도 다 봤을 거라고. 그리고 반사적으로 좋아요 누르고 바로 기억에서 삭제했을 거라고. 아하, 그래서 일부러 다시 보여주는 거구나. 어쩜! 용의주도하기도 해라! 빈틈없는 2단 자세~!

그렇게 내심 투덜거리며 복도에 우글대는 인스타그래머들을 피해 걸어가는데, 뒤에서 경쾌한 발소리가 다가왔다. 길을 터주려고 반 발짝 오른쪽으로 비켜선 순간, 누군가 내 왼쪽 어깨를 탁 쳤다.

"하치만! 좋은 아침~!"

뒤돌아보자 그 어떤 피사체보다도 인스타그램에서 빛을 발할 게 분명한 고귀한 자태가 눈에 들어왔다. 바로 학교 체육복을 입고 바람막이 점퍼를 걸친 토츠카 사이카였다.

"어, 어어, 그래…… 좋은 아침."

가까스로 대꾸하자, 토츠카가 속여 넘기는데 성공했다는 양 장난기 어린 미소를 지으며 「깜짝 놀랐지?」 하고 놀리는 듯한 말투로 소곤소곤 물어왔다. 그 바람에 나는 숨도 못 쉬고

그저 고개를 끄덕일 수밖에 없었다. 아이참! 요놈의 장난을 잘 치는 토츠카 군 같으니라고![#26]

아니 그게 놀랄 만도 하잖습니까. 이 녀석 도대체 뭘 믿고 이렇게 귀여운 건데? 바람막이의 헐렁한 소매 끝으로 입을 가리고 생글생글 웃는 모습이라니 여성스러움의 극치 아냐? 자자, 다들 다이칸야마(代官山)나 나카메구로(中目黑) 같은 핫플레이스에서 팔 법한 멋들어진 음식 사진이나 올려댈 때가 아니라고. 이거라고, 이게 바로 여성스러움이라고. 여성 여러분은 반성하시길! 일단 내 맘속 인스타에서 「좋아요」 버튼을 난타해두도록 하지요!

그리하여 16연타[#27]를 시전하는 사이 심박수도 떨어지고 호흡도 안정되어 토츠카를 살필 여유가 생겨났다.

반들반들 은백색 빛을 반사하는 약간 길고 결 고운 머리카락은 살짝 헝클어진 채였고, 라켓 가방을 고쳐 메는 동작은 기민했다. 얼굴에 감도는 미소도 발랄하고 상큼했으며, 혈색 좋은 뺨은 복숭앗빛을 띠었다. 흐음, 보아하니 아침 연습을 마치고 급히 여기까지 온 모양이군.

은은한 시트러스 향이 감도는 데오도란트 스프레이의 향기는 일종의 매너일까. 그렇다면 그 향기를 한껏 들이마셔 가슴속에 한가득 채워 넣고 적혈구로 온몸 구석구석까지 퍼뜨리는 게 신사의 매너겠지. 그래서 후읍 힘차게 숨을 들이쉬었다

#26 장난을 잘 치는 토츠카 군 같으니라고! 소학관의 만화 『장난을 잘 치는 타카기 양』.
#27 16연타 게임기 버튼을 초당 16번 연타하는 기술로, 일본 프로게이머의 효시격인 다카하시 명인의 특기.

가 내쉼과 동시에 말을 걸었다.

"아침부터 연습하느라 고생 많았다. 추운데 대단하네."

"응, 그래도 이젠 익숙하니까."

토츠카가 나와 나란히 걸으며 활짝 웃는 얼굴로 대답했다. 그 말투에서는 겸손함보다도 자신감이 더 강하게 느껴졌다.

"곧 신입생도 들어올 테고, 멋진 모습을 보여주기 위해서라도 열심히 해야지."

가슴 앞에서 두 주먹을 꼭 움켜쥐며 힘내자오![28] 라는 느낌으로 기합을 넣는 그 모습은 참으로 사랑스럽고 훈훈하고 믿음직스럽고 귀엽고 그 외 기타 등등, 긍정적인 의미로 쓰이는 웬만한 형용사는 거의 다 해당되는 수준이었다. 그러다 보니 결과적으로 어휘력이 빈사상태인 나는 그저 감동에 젖은 눈망울로 바라볼 수밖에 없었다. 아아, 더 이상 말은 필요 없어……. 하지만 계속 물끄러미 쳐다만 보는 내 모습에 위화감을 느꼈는지, 토츠카가 의아한 기색으로 고개를 갸웃하더니 눈만 살짝 들어 나를 올려다보았다.

"하치만, 너희는 신입생 어떡할 거야?"

"허?"

생각지도 못한 질문을 받은 데다가 넋 놓고 빤히 쳐다보고 있었던 터라 그만 괴상한 소리를 내고 말았다. 그러자 설명이 부족했다고 여겼는지, 토츠카가 황급히 손사래를 치며 덧붙

#28 힘내자오! 호분샤의 만화 「NEW GAME!」에서 스즈카제 아오바의 대사. 「오늘 하루도 힘내자오!」.

였다.

"그게, 봉사부도 어엿한 동아리잖아. 신입생이 안 들어오면 곤란하지 않아?"

뭐랄까, 어엿하다고 해도 될지는 좀 의심스럽다만……. 그렇게 생각하면서도 나 역시 고개를 비스듬히 꼬았다.

"글쎄다……. 난 말단이라 잘 모르겠는데. 애당초 어떤 내력을 가진 동아리인지조차 잘 모를 정도라……. 사실상 납치 감금 후 협박 같은 방식으로 입부했고."

"아하하, 그랬구나……."

"그러니까 신입은 안 들어올 것 같다만."

그렇게 덧붙이자, 쓴웃음을 짓던 토츠카가 살며시 눈을 내리깔았다.

"그렇구나……. 그건 좀 아쉬운걸."

신입생이 들어오지 않으면 봉사부라는 동아리는 역시 머지않아 그 명맥이 끊기겠지. 당연한 이야기임에도 새삼 그 사실을 인식했다. 그래서 일부러 토츠카보다 한 발짝 앞으로 나섰다. 그렇게 표정을 살필 수 없는 위치에서 짐짓 맥없는 한숨을 쉬어 보였다.

"그러게나 말이다……. 한 번쯤은 후배한테 『너만 힘든 게 아니야, 다들 거쳐 온 길이라고』라든가 『여기서 그만둘 정도면 어디를 가든 통용되지 않을걸?』처럼 선배다운 훈수를 둬보고 싶었는데……."

"꺼, 껄끄러운 선배네……."

뒤에서 조금 난감한 기색의 쓴웃음 소리가 따라왔다.

"아, 근데 그런 이야기가 아니라! 그냥 봉사부, 좋은 동아리니까 오래오래 계속되면 좋겠다고 생각했거든……"

탁 하고 힘차게 걸음을 내딛어 토츠카가 다시 나와 어깨를 나란히 했다. 그 상태로 나를 살짝 올려다보는 시선에는 이쪽을 염려하는 기색이 어른거렸다.

"……글쎄다. 뭐 부장과 고문에게 달린 문제 아니겠냐? 난 말단이라 그런 재량권이 없거든."

그래서 진실이라고는 티끌만큼도 섞이지 않은 순수한 사실만을 입에 담았다.

그러자 토츠카가 피식 웃었다.

"그렇게 말하니까 꼭 회사원 같네."

약간 어이없다는 듯한 반응이었지만 어쩌면 그 지적은 정곡을 찔렀는지도 모른다.

실제로 나는 그동안 줄곧 그런 입장을 고수해왔다. 의뢰와 상담이라는 형식을 빌려 일거리가 생겨나고, 그러한 일들은 대개 문제 과제 난제를 수반하므로 내가 할 수 있는 범위 내에서 그 골칫거리를 처리한다. 그 과정에서 내 의사는 그다지 중요하지 않다. 그저 번번이 일이니까 어쩔 수 없다는 말만을 되풀이해왔다.

그래서 대꾸하는 말에도 자학적인 뉘앙스가 섞였다.

"그렇지? 취직하면 지금보다 더 힘들다니 제정신이냐고. 죽어도 일하기 싫다니까?"

너스레를 떨며 함께 웃는 사이 교실에 도착했다. 우리는 가볍게 손을 흔들어 보이고 각자의 자리로 향했다.

난방을 틀어놓은 덕분에 교실은 복도보다는 다소 따뜻했고, 그만큼 어딘가 느슨한 분위기가 흘렀다. 문과 가까운 자리는 웃풍이 들어와 싸늘했지만, 창가로 갈수록 히터의 은총에 힘입어 나른한 느낌을 자아내는 학생이 많았다. 창가 앞쪽에 앉아 있는 카와사키 사키에 이르러서는 턱을 괴고 눈을 감은 모습이 조는 것처럼 보이기까지 했다.

반면 창가 뒤쪽 자리에 모여 앉은 멤버들에게 시선을 돌리자, 그들은 여전히 활기가 넘쳤다. 지난번 밸런타인데이 이벤트가 별 탈 없이 마무리된 덕분인지, 토베를 중심으로 화기애애하게 이야기꽃을 피우기에 바빴다.

그 이벤트는 저들의 관계에 변화를 가져왔을까? 미우라 유미코는 올바른 거리를 가늠하는데 애를 먹으면서도 아주 조금 다가섰고, 에비나 히나는 적절한 거리를 두면서도 전진했고, 토베 카케루는…… 아무려면 어떠랴. 어쨌거나 즐거워 보였고. 어차피 토베니까 상관없다.

다만 좋은 아이디어라고 평가했던 녀석은……. 그렇게 관찰의 시선을 보내고 만 탓인지, 그 무리에 섞여 있던 유이가하마가 나를 발견했다.

유이가하마가 살짝 입을 벌리고 조심스럽게 손을 흔들었다. 그런 반응, 왠지 낯 뜨거우니까 자제해주라……. 하지만 그렇다고 무시할 수도 없는 노릇이라, 나도 슬그머니 고개를 끄덕여주었다.

그러자 유이가하마의 시선 끝을 좇아, 미우라를 비롯한 그쪽 그룹 멤버들이 흘끗 내게 눈길을 주었다. 미우라는 컬이 들어간 머리카락을 쭉쭉 잡아당기며 도로 스마트폰을 들여다보았고, 에비나 양은 요오~ 하는 입모양만으로 나를 인식했다는 사실을 알려왔다. 그리고 토베 삼인방 역시 제각기 엽이니 여어니 이여니 하는 탄성 같은 소리들로 인사를 대신했다.

그리고 하야마 하야토는 미소와 눈짓만으로 왔느냐는 뜻을 전해왔다. 그래서 나도 그렇다는 의미로 고개를 끄덕여 보이고는 의자를 쓱 뺐다.

책상에 턱을 괴고 눈을 감는다.

생각해 보면 확실히 달라졌다.

제대로 된 형식을 갖추어 따로 아침 인사를 주고받지는 않지만, 그래도 눈이 마주치면 꾸벅 고갯짓 정도는 하는 사이가 되었다.

언제부터 이렇게 변한 걸까? 자신을 향해 던진 그 질문의 정답은 참으로 단순명쾌해서, 내가 그들이 있는 쪽으로 시선을 보내기 시작하면서부터다.

처음 이 교실에 배정된 1학기 초에도 하야마 일행의 모습 그 자체는 내 시야에 들어왔었다. 교실을 구성하는 풍경의 일부로서 인지한 것이기는 했지만. 그래도 어쨌거나 이름은 알았고 소속 동아리 등의 주변 정보도 파악한 상태였으며 그 존재도 인식하고 있었다.

하지만 그들을 알고 있었다고는 말하기 힘들다.

······지금이라고 딱히 잘 아는 것도 아니지만.

그런 생각을 한 탓인지 아니면 그들과 인사를 나눈다는 어색한 행동을 한 탓인지, 이상하게 낯간지러워 자꾸만 엉덩이가 들썩거렸다.

좀처럼 마음이 가라앉지 않아 얼른 자리에서 일어났다.

이럴 때는 화장실로 튀는 게 상책이다. 도망치는 건 부끄럽지만 도움이 된다. 과거 어느 인기 만담 콤비도 차량 충돌 사고를 낸 후 도주해서 자숙 기간을 가졌지만, 지금은 멀쩡하게 복귀해서 자학 개그 소재로 쏠쏠하게 써먹는 중이고 말이지!

스슥 교실을 빠져나와 잽싸게 볼일을 본 다음, 기왕 나온 김에 음료수라도 사갈까······? 하고 매점 자판기로 향했다. 시간이 시간인지라 지각을 면하려고 종종걸음으로 복도를 가로지르는 학생들도 간혹 눈에 띄었지만, 그래도 아까보다는 훨씬 조용했다.

그러다 보니 내 뒤를 따라오듯 울리는 발소리가 신경을 건드렸다. 뒤에서 느껴지는 인기척은 일정한 거리를 유지한 채 차분한 걸음걸이로 나를 쫓아왔다.

자판기 앞에서 멈추어 서자, 뒤따라오던 발소리도 한 박자 늦게 그쳤다.

신속하게 늘 먹는 맥캔을 사고 쓱 자리를 비켜주자 발소리의 주인공이 유유히 앞으로 나와 블랙 캔 커피 버튼을 눌렀다.

"들었어."

음료 나오는 곳 앞에 웅크리고 앉은 그 녀석은 이쪽에 눈길 한 번 주지 않고 말을 걸어왔다. 마치 내가 그곳에 머물러 있음을 확신하는 듯한 태도였다.

예전 같으면 그런 행동이 비위에 거슬려 내 말투에도 가시가 돋쳤을 테지만 지금은 그렇지도 않다.

하야마 하야토가 원래부터 이렇게 성가신 화법을 구사하는 녀석임을 알기에 다소 짜증이 나는 수준에 그쳤다.

무엇보다도 하야마가 내게 무언가를 전하려고 일부러 따라왔다는 사실을 안다. 그래서 약간 짜증이 나는 수준에 그쳤다. 어떡해! 나 무진장 짜증났잖아!

저놈의 화법, 진짜 어떻게 좀 안 되나……? 저런 식으로 사람을 떠보는 듯한 말투, 누구하고 진짜 비슷하단 말이지…….

하기는 남의 말투라든가 말버릇이 전염되는 경우는 드물지 않다. 그만큼 오랫동안 알고 지낸 사이라는 증거겠지.

따라서 하야마가 그 문제를 언급하는 것은 지극히 자연스러운 일이라고도 할 수 있다.

"고생이 많았나 보던데. 조금은 어깨의 짐을 덜었으려나?"

뜨거워 보이는 캔 커피를 살짝 던졌다 받았다 하며 마침내 이쪽을 돌아본 하야마가 다 안다는 듯한 표정으로 덧붙였다. 알고 있는 건가, 라이덴…….[29] 내심 그렇게 중얼거리며 짐짓 고개를 갸우뚱해보았다.

---

[29] 알고 있는 건가, 라이덴 1980년대의 격투 만화 『돌격! 남자훈련소』에서 설명역 캐릭터인 라이덴에게 묻는 대사. 일본 웹에서 자주 쓰이는 밈이다.

"엉? 뭐가? 아하, 내 동생? 시험 말이냐?"

"아니야."

한숨지으며 대답한 하야마가 어깨를 으쓱했다.

"그것도 힘들었을지는 모르지만…… 아참, 맞다. 네 동생한테 시험 치르느라 고생했다고 전해주지 않겠어?"

"싫거든? 뭐냐고, 왜 네 말을 전해줘야 하는 건데? 그래도 어쨌거나 마음만은 고맙게 받으마, 땡큐."

서글서글한 미소에 흐리멍덩한 눈빛으로 대꾸하자 하야마가 놀란 기색으로 눈을 깜빡였다.

"겨우 이런 일로 네게 고맙다는 말을 듣게 될 줄은 몰랐는데."

캔 커피 뚜껑을 칙, 따서 한 모금 마신 하야마가 씁쓸한 미소를 지으며 말했다. 저기요, 저도 감사 인사 정도는 합니다만? 그 이전에 이럴 때조차도 수고했다는 전언을 부탁하는 것을 잊지 않는 네 착실함이 더 놀랍거든……?

하지만 착실하다 보니 하야마는 곁길로 새버린 화제마저도 성실하게 원위치로 되돌려놓았다.

"네 동생은 그렇다 치고…… 다른 동생 말이야."

다른 동생이라, 누구지? 케이카인가? 이야, 하긴 그때는 땀 꽤나 뺐지. 진심으로 장래가 염려스러운 꼬마 숙녀였다니까? 그렇게 딴청을 피울 수도 있었지만, 그러기에는 하야마 하야토의 표정이 지나치게 진지했다.

이번에도 또 능청을 떨었다가는 「아하, 그래? 그렇구나. 넌 그런 인간이구나」라느니 뭐라느니 하며 제멋대로 납득해댈 게 뻔했다.

이제 서로의 스타일은 대강 파악이 끝났다.

사실대로 말하면 하야마나 나나 안이하게 상대를 이해했다고 착각하고, 그래서 지레 실망하고 포기하는 것도 모자라 그 사실을 받아들이고, 이기적이다시피 한 감상을 강요해온 데 지나지 않는다.

내뱉는 말은 항상 질문의 형태를 띠지 않고 어딘가 다른 곳을 향한다. 제대로 전해졌는지의 여부조차 확인하지 않으면서도 말하지 않고서는 견디지 못한다.

서로의 입장이 양립할 수 없음을 알면서도 무시하자니 배 알이 뒤틀려, 묻지도 않은 혼잣말과 아니꼬운 빈정거림의 응수만이 오간다.

"……글쎄다. 힘들어지는 건 지금부터 아니겠냐? 잘은 모르겠다만."

"하긴."

하야마는 씁쓸한 기색으로 빙그레 웃고는 빈 캔을 휙 던졌다. 포물선을 그리며 날아간 깡통은 실수 없이 쓰레기통으로 들어갔고, 고요한 건물 1층에 땡그랑 날카로운 소리가 울려 퍼졌다.

그 모습을 지켜보던 하야마가 웃음을 거두듯 나직한 한숨을 쉬었다. 그 숨결에 담긴 감정이 만족감인지 착잡함인지는 알 수 없었다. 결론을 내리지 못하는 사이, 하야마는 성큼 걸음을 옮겨버렸다.

"……그래도 옛날보다는 훨씬 나아. 난 결코 변하지 않을 거라고 생각했었으니까."

어깨 너머로 들려온 나직한 목소리는 내 대답을 기다리는 느낌이 아니었다. 애초에 내가 뭔가 반응을 보이리라는 생각 자체가 없어 보였다.

아아, 역시 여느 때와 다름없는 우리의 대화다. 아니, 애초에 대화라고 부를 수도 없으리라.

사실은 하고 싶지도 않은 이야기를 쥐어짜내듯 토해내듯 입에 올리고, 그것을 멋대로 해석해 의미를 부여하는데 지나지 않는다. 그런 면에서는 오히려 해석(解釈, 카이샤쿠)보다 참수(介錯, 카이샤쿠)라는 표현이 더 적합할지도 모른다. 본디 대화가 될 수 있었을 터인 말들을 번번이 잘라내어 그 최후를 지켜본다는 점에서.

하야마는 이미 몇 발짝 앞을 걷고 있었다. 그 뒤를 일정한 간격을 두고서 따라가며, 아까 한 이야기를 되새겨보았다.

하야마는 유키노시타가 집으로 돌아갔다는 이야기를 누구에게 들었을까. 부모님일까? 어쩌면 하루노가 말해주었을지도 모른다. 아니면 유키노시타 본인에게서 들었나? 혹시 유이가하마가 화제로 삼기라도 한 걸까? 하기야 누가 이야기했든 별 차이는 없다. 그 사실이 의미하는 바는 하나뿐이니까.

요컨대 하야마 하야토조차도 결코 변하지 않으리라 생각했던 무언가가 유키노시타 유키노의 행동으로 인해 바뀌어가고 있다고 느꼈다는 뜻이다.

다만 하야마가 그 사실을 긍정적으로 받아들이는 눈치라는 점은 다행이다. 유키노시타 집안, 그리고 그 자매와 오랫동안 교류해온 하야마가 그렇게 평가했다면 그 말은 믿을 만하다.

그 덕분에 다소나마 마음이 편해졌다. 유키노시타는 내가 모르는 곳에서 잘 해나가고 있구나 싶어 안도감이 들었다.

어깨의 짐이라는 말을 들었을 때는 짐짓 코마치와 헷갈린 척하기도 했지만, 어쩌면 그 표현도 완전히 잘못된 것은 아니었을지도 모른다. 가슴 한구석이 욱신거리는 감각 역시 코마치가 내게 감사를 표했을 때와 상통하는 구석이 있었다.

그러니 이 저릿한 통증은 올바름의 증표다.

교실로 되돌아가는 사이, 나와 하야마 사이의 거리가 좁혀지는 일은 없었다.

조례 시간이 임박하자 아슬아슬하게 등교한 학생들이 복도를 뛰어가다가 그 옆을 스쳐 지나며 하야마에게 아침 인사를 건넸다. 그때마다 하야마는 일일이 손을 들어 화답했다.

어느새 내 시선은 분주하게 움직이는 하야마의 팔을 향했다.

어쩌면 하야마도 같은 심정이었던 걸까. 불현듯 그런 생각이 들었다. 내가 코마치를 지켜봐온 것처럼 하야마도 가까운 존재였던 유키노시타 혹은 유키노시타 자매에게 그런 감정을 품었던 걸까. 교실에 도착하기까지의 짧은 시간, 멋대로 그런 상상을 하고 말았다.

하야마가 교실 문으로 손을 뻗은 그 찰나의 순간, 우리의 거리는 아주 조금 줄어들었다.

×　×　×

　아침에는 조용한 분위기가 감돌던 교실도 수업이 끝나감에 따라 떠들썩함을 되찾았다. 건물 전체에도 뭉근한 열기가 고여 있는 느낌이 들었다.

　입시 기간에는 동아리 활동이 없었던 탓인지 운동부원들은 특히나 더 활기가 넘쳐 보였다. 운동장에서는 아까부터 야구부와 럭비부의 함성 소리가 들려왔다.

　하야마 일행을 비롯한 운동부원들은 진작 교실에서 자취를 감추었고, 다른 학생들도 하나둘 그 수가 줄어들었다.

　동아리라……. 동아리 활동, 있는 거 맞지? 아닌가? 아무튼 일단 가보기나 할까……? 그렇게 생각을 거듭하며 천천히 가방을 싸서 슬그머니 자리를 뜨려는데, 탁탁 부산스러운 발소리가 이쪽을 향해 뛰어왔다.

　이 발소리는……. 그 정체를 짐작하고 뒤돌아본 순간, 상대방도 어깨 너머로 내 얼굴을 살필 생각이었는지 불쑥 고개를 내밀었다. 그 바람에 양쪽의 얼굴이 소스라칠 만큼 가까웠다.

　"으헉! 간 떨어질 뻔했네……."

　"아, 미, 미안!"

　둥글게 틀어 올린 당고머리째 찰랑 흔들리는, 복숭앗빛 감도는 갈색 머리카락. 커다랗게 뜬 순진무구한 인상의 눈동자. 따스한 숨결이 새어나오는 보드라워 보이는 입술. 당황한 나머지 크게 젖혀져 강조되는 가슴. 마주친 시선을 피하려 고개를 돌린 순간 풍겨오는 시트러스 향.

그 모든 것이 코앞에 있다 보니 심장이 걷잡을 수 없이 뛰었다.

크게 숨을 고르는데 유이가하마가 흘끗 이쪽을 곁눈질했다.

"근데 너무 놀라는 거 아니야?"

못 참겠다는 얼굴로 푸흡 웃음을 터뜨리더니, 유이가하마가 내 어깨죽지를 찰싹찰싹 때리며 쿡쿡 웃었다. 꺄아 난 몰라 이것저것 다 창피해서 그냥 이대로 일백 번 고쳐죽고 싶어……. 큰 소리를 내는 바람에 어쩐지 시선도 집중되기 시작했단 말이지요……. 일단 팔뚝은 좀 건드리지 말아줄래? 그거 진짜 효과 발군이니까. 무심코 힘을 팍 줘서 허세를 떨어버리고 마니까.

"부실에 가려구?"

"……그, 그래. 일단은."

여전히 아까의 충격으로 쿵쾅대는 가슴을 억누르며 어정쩡하게 대답하자, 유이가하마는 잠시 무언가 생각하는 눈치였다. 하지만 이윽고 힘주어 고개를 끄덕였다.

"……글쿠나. 하긴. 잠깐만 기다려."

냉큼 미우라 일행 쪽으로 뛰어간 유이가하마가 두세 마디 인사를 나누는가 싶더니, 가방이니 뭐니 유난히 많은 짐을 바리바리 챙겨서 후다닥 서둘러 이쪽으로 돌아왔다.

"갈까?"

그렇게 말하며 재촉하듯 내 등을 떠밀었다. 저, 저기, 안 그래도 갈 거니까 밀지 말아줬으면 좋겠다만……. 이런 비상시에야말로 밀지 않고 뛰지 않고 떠들지 않는 정신이 중요하다. 나 정도 경지에 오르면 안전 의식이 투철한 나머지 대피할 필요가 없는 평상시에도 남들과 대화하지 않을 정도다.

게다가 실제로도 개인적으로는 비상 사태였다. 전에도 부실에 같이 간 적은 있었다. 하지만 교실에서부터 같이 가는 것은 이번이 처음이라는 느낌이 들었다.

그러다 보니 저절로 남의 시선을 의식해 주위를 둘러보고 말았다. 그러나 교실에 남아 있는 사람은 얼마 안 되는 데다, 대부분 눈앞에 있는 상대에게 정신이 팔려 이쪽은 안중에도 없는 눈치였다.

방금 전까지 유이가하마와 이야기를 나누었던 둘은 어떤가 싶어 그쪽도 흘끗 살펴보았지만, 에비나 양은 잘 가라며 손을 흔들었고 미우라는 말려있는 머리카락을 잡아당길 따름이었다. 딱히 이쪽의 행동을 수상쩍게 여기는 기미도 없었다.

그 사실에 남몰래 안도했다.

내 속마음이야 어찌됐든 남들 눈에 이 광경은 일상의 범주로 비칠 터였다.

유이가하마가 수업을 마치고 봉사부 부실에 가는 것은 이미 기정사실로 간주되는 눈치였고, 내가 봉사부 부원이라는 사실은 두 사람도 알고 있다. 그러므로 우리가 함께 부실로 향하는 모습은 지극히 자연스러운 풍경인 셈이다.

예전 같으면 기이한 시선이 쏟아졌을 게 틀림없다. 나뿐만 아니라 유이가하마에게도.

고위 카스트로 싸잡아 분류하던 시절에는 생각지도 못했던 일이지만, 개인적인 관계를 맺고 각자의 사정과 배경을 어렴풋이 엿보게 된 덕분에 그것을 실마리로 이런저런 부분을 추측해볼 수 있게 되었다. 그런 변화를 이해라고 규정할 생각은 없지만, 무언가 이유를 붙여 수긍해줄 만큼은 서로에 관해 알게 된 셈이다.

물론 그러한 태도는 지금 나란히 걸어가는 유이가하마에게도 적용된다고 할 수 있다.

수업이 끝난 지도 꽤 시간이 흘렀기 때문인지 특별관으로 향하는 복도는 평소보다 더 인적이 없었다. 그저 변함없이 차갑고 메마른 공기로 가득했다.

그럼에도 결코 스산하게 느껴지지는 않았다.

그 이유는 옆에 있는 유이가하마……가 들고 있는 푹신푹신한 털 담요 때문이려나……? 흘끗 곁눈질하니 유이가하마는 품에 안은 담요에 턱을 폭 파묻은 채 걷고 있었다. 이 녀석 대체 왜 담요를 가져온 거람? 라이너스? 라이너스라서? 치바는 땅콩의 명산지니까, 피너츠 관련으로 연결된 거니……?

말없이 걷기만 하기도 어색해서 대화의 물꼬나 터볼까 하고 별 생각 없이 물어보았다.

"근데 그 담요는 뭐냐? 뭐에 쓰려고?"

그러자 유이가하마가 응? 하고 고개를 갸웃했다.

"담요? 아, 블랭킷 말이야?"

"그게 그거잖아……. 뭐야, 엄밀히는 다른 거냐고? 파스타하고 스파게티 같은 거냐? 무조건 외국어를 갖다 붙인다고 다가 아니라고."

"뭐어~? 그치만 블랭킷이라구 돼 있었구……."

불만스러운 기색으로 입술을 삐죽거리며 항의하는가 싶던 유이가하마가 문득 뭔가를 깨닫고 이맛살을 찌푸렸다.

"웅? 근데 그거 둘 다 외국어잖아……?"

눈치채고 말았나……. 하지만 그 반응에는 특별히 개의치 않고 블랭킷을 빤히 응시했다. 접어서 둘둘 말기는 했지만 크기 자체는 그렇게 커 보이지 않았다. 대충 싱글 사이즈 침대의 반쯤 될까 말까 했다. 불현듯 그 사이즈에 딱 들어맞는 명칭이 떠올랐다.

"아하, 그래. 무릎 담요구만."

내 말에 유이가하마가 담요에 얼굴을 담뿍 파묻은 채 고개를 끄덕였다.

"아, 맞아맞아. 그런 느낌."

"흐음……. 너 무릎 담요 갖고 있지 않았냐?"

불현듯 부실에서 보았던 풍경이 떠올랐다. 언젠가 유이가하마와 유키노시타가 나란히 앉아서 간이 고타츠처럼 무릎 담요 하나를 같이 덮고 온기를 나누었던 적이 있었다. 따뜻해 보이네, 부러워라. 여기는 춥구나. 얼른 집에 가고 싶어라…… 하고 생각했던 터라 생생하게 기억한다.

내가 앉는 자리, 이상하게 춥단 말이지. 그렇게 생각하며 조금 부러운 심정으로 유이가하마가 안고 가는 담요에 눈길을 주었다. 그러자 유이가하마가 눈을 깜빡이며 말했다.

"의외루 유심히 봤네⋯⋯?"

"엇, 아니 그게, 봤다기보다는 그냥 저절로 눈에 들어오니까⋯⋯."

"저절로⋯⋯?"

"어, 으음, 뭐랄까. 내가 은근히 시야가 넓다 보니⋯⋯."

적당히 대꾸했지만 실제로 내 시야는 제법 넓은 편인지도 모른다. 낯간지러운 나머지 고개를 돌렸는데도 시야 한구석에는 블랭킷에 상기된 뺨을 파묻는 유이가하마의 얼굴이 보이니까.

조용한 복도에 발소리가 울려 퍼졌다. 그 밖에 들려오는 소리라고는 유리창을 두들기는 바람 소리와 옆에서 쌕쌕 새어나오는 작은 숨소리뿐.

망했다! 이 침묵, 무진장 긴장되는뎁쇼! 어쩐지 엄청나게 제 무덤을 파버린 기분이다. 이대로 가만히 있다가는 5초 경과로 타임오버 되어 오답 처리, 배드 커뮤니케이션[#30]이 되어버린다고! 업무 보상이 줄어들어버려! 퍼펙트는 바라지도 않는다만 적어도 굿, 아니 노말 커뮤니케이션정도는 따내고 싶다. 하기는 퍼펙트를 받아도 친애도가 올라가지는 않지만 말이지요.

[#30] 배드 커뮤니케이션 『아이돌 마스터』 게임의 커뮤니티 시스템. 선택지를 고를 수 있는 시간이 5초 정도 주어지고, 대답 여하에 따라 커뮤니케이션의 등급에 영향을 미친다.

그런 고로 생각나는 대로 적당한 잡소리를 주워섬겼다.

"그나저나 무릎 담요 있으면서 또 샀냐? 무릎이 몇 개길래 그래? 지네냐?"

"아니거든?! 잡지 샀더니 부록으로 딸려온 것뿐이라구!"

유이가하마가 휙 고개를 치켜들고 반격했다. 하지만 그 기세도 금세 사그라졌다. 시무룩한 기색으로 팔자눈썹을 한 유이가하마가 뭔가 우물우물 중얼거리기 시작했다.

"……그런 식으루 깨닫구 보니까 어느새 엄청 늘어나서, 솔직히 처리하기 곤란해."

"그, 그래……? 그러냐……?"

처리할 작정이냐……. 하기야 겨울철이면 부록이니 특전이니 사은품이니 해서 블랭킷 종류가 기하급수적으로 늘어나기는 하지. 그리고 보니 우리 집에도 사방에 굴러다니는 느낌이 든다. 해마다 실시하는 야마자키 제빵의 봄 빵 축제에서 주는 접시만큼이나 자주 목격된다니까. 그 접시, 죽어도 안 깨지니까 점점 증식한단 말이지…….

흠흠 고개를 끄덕거리며 납득하자 유이가하마도 미소 띤 얼굴로 고개를 끄덕여 보였다.

"그니까 집에서 챙겨왔어. 아직 춥구, 게다가……."

불현듯 유이가하마가 말문을 흐렸다. 그 시선이 쓱 저 앞쪽을 향했다. 덩달아 시선을 향하자 그곳에는 봉사부 부실이 있었다.

마치 말을 고르듯 잠시 뜸을 들인 후, 유이가하마가 살짝 숨을 들이쉬었다.

"……만약, 동아리 활동이 좀 더 계속된다면 부실에 놔둘까 하구."

나직하게 뇌까리듯 그렇게 덧붙이고는 곧바로 입을 꾹 다물더니, 조금 난처한 기색으로 눈을 내리깔았다. 그 옆모습을 보아버린 탓에 나는 「아하」나 「그러냐」 같은 공허한 맞장구밖에 칠 수 없었다.

그냥 여느 때처럼 실없는 소리를 지껄여도 됐을지 모른다. 하지만 그런 꼼수는 전혀 떠오르지 않았다.

─계속된다면…… 이라.

유이가하마의 말투에는 끝을 확신하는 듯한 뉘앙스가 담겨 있었다.

던져진 말에 올바른 답을 내놓지 못한 채, 우리는 부실에 도착하고 말았다. 그리고 입을 여는 대신 문 손잡이로 손을 뻗었다.

그러나 문은 덜컹 요란한 소리만 낼 뿐 꿈쩍도 하지 않았다.

"……잠겼는데?"

그렇게 말하자 유이가하마가 내 어깨 너머로 고개를 쏙 내밀어 문을 들여다보았다.

"유키농, 아직 안 왔구나……."

중얼거린 유이가하마가 짐을 옆구리에 끼고 코트 주머니를 부스럭부스럭 뒤지기 시작했다. 그 모습을 곁눈질하며 터벅터벅 걸음을 옮겼다.

"가서 열쇠 가져오마."

"웅? 앗……."

유이가하마가 다급히 입을 열려 했다. 그 반응에 손짓만으로 괜찮다는 신호를 보내고, 잰걸음으로 교무실로 향했다. 봉사부 문은 유키노시타밖에 연 적이 없다.

새삼스레 깨달았다.

그 열쇠는 항상 그녀만이 가지고 있고, 나는 손댄 적조차 없다는 사실을.

×　×　×

입시가 막 끝난 탓인지 문을 열고 들여다본 교무실은 전체적으로 어수선한 분위기였다.

시야에 들어오는 범위 내의 책상에는 온갖 잡다한 서류가 산더미처럼 쌓여 있었고, 사방에서 회의하는 소리와 통화하는 소리가 들려왔다. 이래서야 열쇠 어디 있느냐고 물어보기가 영 껄끄러운걸……?

이럴 때는 히라츠카 선생님을 이용하는 게 상책이다. 그 양반, 애니메이션을 보거나 밥 먹으면서 허구한 날 교무실에 죽치고 있으니까.

현장 기습 몰래카메라라도 찍는 기분으로, 실례합니다…… 하고 소심하게 양해를 구하며 살짝 교무실로 들어가 히라츠카 선생님 책상으로 향했다.

여태까지도 여러 차례 불려갔던, 아니 찾아갔던 자리다. 하지만 오늘 그곳에 펼쳐진 광경은 다소 낯설었다.

평소에는 각종 서류와 봉투, 캔 커피는 물론이고 피규어까지 너저분하게 널려 있어 그야말로 아수라장을 방불케 하는 책상이 오늘은 웬일인지 깔끔하게 정리된 상태였다. 책상 위에 놓여 있는 물건이라고는 끈으로 묶는 검은색 표지의 서류철과 볼펜 한 자루뿐이었다.

한순간 자리를 잘못 찾은 줄 알았다. 다만 회전의자 등받이가 엉뚱한 방향으로 돌아가 있어, 그 부분에서만큼은 히라츠카 선생님다운 구석이 엿보였다. 하지만 정작 본인의 모습은 눈에 띄지 않았다.

두리번두리번 주위를 살펴보는데, 조금 떨어진 곳에서 나를 부르는 소리가 들렸다.

"어라, 히키가야잖아. 무슨 일이지?"

돌아보니 칸막이를 쳐서 구분해놓은 접객용 공간에서 담배를 입에 문 히라츠카 선생님이 빼꼼 얼굴을 내밀었다. 아하, 그러고 보니 저 양반 저기를 흡연실 대용으로 써먹고는 했지⋯⋯?

살랑살랑 흔들던 손이 까닥까닥 손짓하는 모양으로 바뀌는 것을 확인하고 그쪽으로 다가갔다. 아무래도 뭔가 필기 작업을 하다가 잠깐 쉬는 중인 눈치였다. 니코틴 타임의 벗인지 손에는 아직 따지 않은 캔 커피를 쥔 채였다. 선택받은 것은 물론 MAX 커피. 왜냐하면 그 또한 특별한 존재이기 때문입니다[31].

#31 선택받은 것은~때문입니다 웨더스 오리지널 캔디 CF 문구 패러디. 손자에게 주는 것은 물론 웨더스 오리지널. 왜냐하면 그 또한 특별한 존재이기 때문입니다」.

"저기, 열쇠 가지러 왔는데요."

권하는 대로 접객용 공간의 소파에 앉아 용건을 밝혔다. 그러자 히라츠카 선생님이 응? 하고 의아한 표정을 지었다.

"열쇠는 아까 유키노시타가 가지고 갔다만……?"

그렇게 말하고 후우 연기를 내뿜으며 담뱃재를 재떨이에 톡톡 떤다. 독한 타르 냄새와 길이 엇갈렸다는 허탈감에 인상을 찌푸리는데, 히라츠카 선생님이 못 말리겠다는 듯 웃었다.

"확인차 연락이라도 해보지 그랬나? 보고 연락 상담은 사회생활의 기본이다."

"연락처를 모르는데요."

"……유이가하마도 모르나?"

"어…… 아뇨."

미심쩍은 시선에 냐하핫 웃으며 얼버무렸다. 그냥 열쇠를 가지러 와보고 싶었을 뿐이라고는 입이 찢어져도 말 못한다.

그러나 말하지 않았음에도 뭔가 눈치챘는지, 히라츠카 선생님이 살짝 어깨를 으쓱하며 나를 향해 미소 지었다. 그 뜨뜻미지근한 눈빛이 영 거북하게 느껴져 슬그머니 몸을 뒤틀었다.

그러자 바빠서 경황이 없어 보이는 다른 교사들과 사무원들의 모습이 눈에 들어왔다.

"어쩐지 정신없어 보이네요."

옳다구나 싶어 냉큼 화제를 돌리자 히라츠카 선생님도 눈을 가늘게 뜨고 그쪽을 보았다.

"응? ……아아, 뭐 그렇지. 이번 학년도도 이제 막바지니까.

이맘때는 항상 이렇다."

흐음, 입시 때문에 바쁜 줄 알았더니만 꼭 그래서만은 아닌가? 하기야 졸업과 진급을 둘러싼 크고 작은 업무들이 있을 테니까. 게다가 히라츠카 선생님은 관할로 따지면 우리 2학년 담당이므로 내년도 신입생하고는 별 상관이 없을지도 모른다.

"기말이나 결산 전에 바쁘기는 어디나 마찬가지인가 보군요. 저희 부모님도 요새 바빠 보이시던데."

"그야 결산을 언제로 잡느냐는 회사마다 다르겠지만, 아무래도 3월 말을 기준으로 하는 곳이 많으니까. 결과적으로 거기에 맞추게 되다 보니 진짜 눈 돌아가게 바쁘다……. 집에 갈래……. 결산 기말 마감, 다 죽어버려……."

히라츠카 선생님이 고개를 푹 수그리고 우는소리와 함께 저주를 퍼부었다.

그렇게 불평하는 것치고 어째 여유로워 보이십니다만……? 그렇게 생각하며 빤히 가만히 뚫어지게 쳐다보자, 히라츠카 선생님이 그 무언의 질문을 감지했다.

"웃, 나, 나도 바쁘거든? 진짜거든?"

후다닥 자세를 바로 하더니만 보란 듯이 뺨을 부풀린다. 으음, 아까운걸. 조금만 더 젊었으면 순수하게 귀엽다는 생각이 들었으련만……. 하지만 히라츠카 선생님 연세에 저런 만행을 저지르면 돌고 돌아서 오히려 귀여울 정도다. 꺄아, 어떡해! 결국은 귀엽잖아!

"지금은…… 휴식 중이랄까? 잠깐 쉬는 거랄까? 내 말 무슨 뜻인지 알지? 응? 응?"

집요하게 강조한 히라츠카 선생님이 담배를 재떨이로 가져가 의혹과 함께 꾹꾹 짓이겨 껐다. 죄송하지만 말이지요. 옛말에 「아니 땐 굴뚝에 연기 나랴」라는 속담도 있거든요……?

"말씀과는 달리 책상이 유난히 깨끗하던데요."

"그, 그게……. 바쁘면 무심코 그런 현실도피를 하게 돼서 말이다……."

히라츠카 선생님이 아하하 머리를 긁적이며 둘러댔다.

하긴 그 심정은 이해가 간다만……. 죽도록 바쁘면 이성이 날아가서 그만 게임 삼매경에 빠져버리고 만다니까! 으음, 이건 정상참작감이로군. 무죄. 애먼 선생님을 탓할 수야 없지. 이것도 다 일 때문이다. 일이야말로 만악의 근원. 일은 미워할지언정 사람은 미워하지 말라는 정신을 되새기자고.

팔짱을 끼고 흠흠 고개를 끄덕이는데, 히라츠카 선생님이 휴우 나직한 한숨을 쉬었다.

"하지만 이제 슬슬 마무리해야겠지……."

그 중얼거림은 나를 향했다기보다 무의식적으로 흘러나온 혼잣말 같았다. 히라츠카 선생님의 시선은 탁자 위의 재떨이를 향한 채였다. 그 속에는 이제 불꽃도 연기도 없었고, 오로지 잔향만이 감돌았다.

그 냄새에는 이미 익숙해졌다고 생각했건만 반사적으로 눈살을 찌푸리고 말았다. 하루노와 나눈 대화를 떠올리고 만 탓인지도 모른다. 그날 밤 맡았던 냄새도 이렇게 답답하고,

어딘가 불안을 부추기는 냄새였다. 그 생각을 떨쳐내고자 조용히 자리에서 일어났다.

"……이만 가보겠습니다."

"음, 그래라."

히라츠카 선생님도 배웅하듯 나를 따라나섰다.

그대로 칸막이 밖으로 나가려 했을 때, 뒤에서 선생님이 나를 불러 세웠다.

"히키가야."

"네?"

부르는 소리에 뒤돌아보자 히라츠카 선생님이 입을 살짝 벌린 채 아무 말 없이 가만히 나를 바라보고 있었다.

그 시선에 평소의 예리함은 없었지만, 이따금 내비치는 다정한 눈동자와도 다른 느낌이었다.

저런 눈빛은 처음 보았다. 그래서 숨소리 같은 말의 뒷부분이 유난히 마음에 걸려, 재촉하듯 고개를 갸우뚱해 보였다.

그러나 히라츠카 선생님은 눈을 지그시 감고 살짝 고개를 젓더니, 이내 마치 소년처럼 씨익 웃었다.

"……아니다. 그냥, 잘 받으라고! 웃차."

나직한 기합소리와 함께 들고 있던 캔 커피를 언더스로로 나를 향해 획 던져주었다. 아슬아슬 가까스로 받아내고 뭐하는 짓인가 싶어 히라츠카 선생님을 쳐다보았다.

그러자 선생님이 꺄하♪ 하고 뺨에 손을 얹더니 찡긋☆ 윙크를 하며 혀를 쏙 내밀었다.

"내가 여기서 농땡이 피운 건 비밀이다☆"

으윽, 짜증나……. 그 퇴폐적인 소녀미는 또 뭐냐고. 어라? 그럼 이 캔 커피는 입막음조로 준 건가? 이런 거 따로 안 챙겨주셔도 딱히 고자질할 상대도 없습니다만……?

어쨌거나 반격 차원에서 나도 가로 V로 알겠슴돠!#32 하고 응수하고는 교무실을 뒤로했다.

부실 문이 이미 열려 있다면 구태여 서두를 필요도 없다.

지금쯤이면 유키노시타도 부실에 도착했을 테고, 유이가하마도 안에서 기다리고 있을 테지. 선물 받은 맥캔을 던졌다 받았다 하며 부실까지 가는 길을 느릿느릿 걸었다.

아나나 다를까 부실 앞에 유이가하마의 모습은 보이지 않았고, 안쪽에서 두 사람의 이야기소리가 새어나왔다. 그 소리 덕분인지 방금 전까지는 살풍경했던 복도에 온기가 감도는 것처럼 느껴졌다.

아까는 덜컹대기만 하고 열릴 줄 모르던 문도 이번에는 스르르 움직였다. 난방의 힘으로 따스해진 공기 속에 홍차 향기가 감돌았다. 두 사람은 문 안쪽, 그들의 지정석인 창가 쪽 자리에 앉아 있었다.

짤막한 인사를 건네며 나도 늘 앉는 복도 쪽 자리의 의자를 뺐다.

"여어."

"왔구나."

#32 알겠슴돠! 여아용 콘텐츠 「프리♡파라」에서 라라의 대사. 일본어로는 「카시코마(かしこまっ)」

때마침 다 우린 홍차를 컵에 따르던 유키노시타가 숙였던 고개를 들고 미소 지었다. 하지만 이내 면목 없다는 듯 양쪽 눈썹 끝을 내렸다.

"미안해. 엇갈리고 만 모양이구나. 연락했어야 했는데."

"아아, 아냐. 괜찮아."

이걸 사러 가는 김에 겸사겸사 다녀왔을 뿐이라고 설명하듯 캔 커피를 흔들어보였다. 그러자 유키노시타가 안도한 기색으로 한숨을 쉬었다. 하지만 옆에 있는 유이가하마는 반대로 숨을 멈추고 토라진 듯 뺨을 부풀렸다.

"그니까 전화한다구 말했는데……."

종알종알 투덜투덜 불평을 늘어놓는 유이가하마의 모습에 그만 쓴웃음을 짓고 말았다.

"아니, 그런 말은 못 들은 것 같다만……."

"말하기두 전에 힛키가 가버렸잖아."

"아니, 하지만 맥캔을…… 네, 아무것도 아닙니다. 잘못했어요……."

새치름한 눈빛이 돌아오는 바람에 맥캔을 들고 변명 비슷한 말을 해보았으나, 유이가하마의 눈초리가 싸늘해져감을 느끼고 넙죽 사과하고 말았다.

"……뭐 그럴 것까진 없구."

부풀렸던 볼에서 푸식 바람을 뺀 유이가하마가 양손으로 감싼 머그컵을 입가로 가져갔다. 그 모습을 지켜보던 유키노시타가 쿡쿡 웃더니 티포트를 들고 나를 돌아보았다.

"일단 홍차를 타놓기는 했는데…… 마시겠니?"

"어, 주라. 단 게 들어가는 배는 따로 있다고들 하니까."

"커피에두 그런 말을 써?! 그야 엄청 달긴 하지만!"

유이가하마가 반쯤 공포에 질린 눈빛으로 맥캔을 바라보았다. 쓰지 그럼. 심지어 이거, 요즘 대세인 저탄수니 저지방이니 하는 디저트보다 몇 배는 달잖아…….

아무튼 맥캔은 출출할 때 마시기로 하고, 지금은 갓 끓여낸 홍차로 방과 후 티타임을 즐겨보자고.

"자, 마시렴."

"어, 땡큐."

유키노시타가 건네준 찻종지로 홀짝 목을 축이고 나직한 한숨을 내쉬었다. 경직되었던 몸이 느슨하게 풀리는 느낌이 났다.

그래서 그만큼 줄곧 긴장한 상태였음을 자각하게 되었다.

그리고 지금 이 순간 긴장이 풀려버렸다는 사실도.

그 바람에 방금 전까지만 해도 잘만 흘러나오던 실없는 소리들이 쑥 들어가 버려, 그저 습한 숨결을 토해내는 게 고작이었다.

예전에는 침묵 따위 개의치 않았건만, 이제는 어색한 공간이 지독하게 두려운 존재처럼 느껴졌다.

흘끗 곁눈질로 반응을 살피자 유이가하마는 머그컵 속에서 일렁이는 잔물결에 시선을 고정한 채였다. 그 모습으로 보아 유이가하마도 나와 같은 심경임을 추측해볼 수 있었다.

그러나 유키노시타는 달랐다.

유이가하마와 내가 침묵하는 가운데, 유키노시타는 차분한 미소를 지으며 말문을 열었다.

"일전에는 정말 고마웠어……."

무릎에 손을 얹고 조용히 고개 숙여 인사한다. 그 동작은 군더더기 없이 아름다웠다.

그 모습에 조금 안도했다. 근거라고는 아무것도 없지만, 허리를 곧게 편 단아한 자세와 앙증맞은 가마, 그리고 은은한 미소를 예전에도 어디선가 본 것 같은 느낌이 들었다. 그 기시감 덕분에 생각보다 다정한 음성으로 물을 수 있었다.

"……이사는 무사히 잘 마쳤냐?"

오늘 아침에 하야마에게 들어서 이미 알고 있지만, 일부러 물어보았다. 역시 이런 이야기는 본인에게 직접 듣는 게 맞겠지. 내 물음에 유키노시타가 고개를 끄덕이며 대답했다.

"그래. 이사라고 부를 만큼 거창한 일도 아니었고……. 또 유이가하마도 거들어주었으니까."

유키노시타가 따스한 눈길을 보내자 유이가하마가 가슴 앞에서 휘휘 손사래를 쳤다.

"에, 에이, 무슨! 난 별루 한 것두 없구……."

일종의 겸손인지 유이가하마가 아하하 쑥스러운 기색으로 난감한 미소를 짓더니 당고머리를 만지작거리며 고개를 돌려 버렸다. 하지만 유키노시타는 결코 시선을 피하지 않았다.

"정말 큰 도움이 되었어. 고마워……."

그 미소는 꿈꾸듯 온화했고, 티 없이 맑은 인상을 풍겼다.

떠날 줄 모르는 시선에 유이가하마도 흘끗 유키노시타를 곁눈질했다. 그리고 눈이 마주치자 울 것 같은 미소를 띤 채 힘주어 고개를 끄덕이고는 깊고 떨리는 숨결을 내뱉었다.

그 반응에 쑥스러워졌는지 유키노시타가 살짝 수줍은 기색을 드러냈다.

"뭔가 다과라도 내올까?"

그렇게 부실은 한결 따스해졌고, 달콤함을 머금은 홍차 향기가 퍼져나갔다. 저물어가는 저녁 햇살이 스며들어 공기도 포근한 빛으로 물들어가는 듯 보였다.

불현듯 그 공기가 요동쳤다. 똑똑 문을 노크하는 소리가 울려 퍼진다.

"들어오세요."

유키노시타가 차분한 음성으로 대답하자, 천천히 문이 열렸다.

× × ×

창문으로 쏟아져 들어오던 빛 한 가닥이 빼꼼 열린 문틈으로 새어나간다. 바깥에서 스며든 냉기가 정체된 따스함을 휘저어놓아 마치 한 줄기 바람이 불어온 것처럼 느껴졌다.

복도에 난 창문 중 하나를 환기하려고 열어둔 모양이다. 히터를 켜놓은 부실에 새로운 공기가 넘실거리기 시작했다.

"실례합니다~."

그 바람을 불러들인 장본인, 잇시키 이로하는 사근사근한 미소를 지으며 문 바로 옆에 섰다. 하지만 안으로 들어오려는 기색은 없었다. 뭐야, 왜 안 들어오는데? 그보다 문을 열어놓으니 오히려 더 춥다만……? 그렇게 못마땅한 눈초리를 보내자 잇시키가 집게손가락으로 뺨을 콕 찌르며 고개를 갸웃했다.

"저기요, 여기 컴퓨터 있죠~?"

대뜸 던져온 질문에 유키노시타가 약간 떨떠름한 기색으로 대답했다.

"있기는 하지만……."

그러자 잇시키가 천연덕스럽게 거듭 물었다.

"그거요. DVD 볼 수 있나요?"

그 물음에 유키노시타가 긴가민가한 얼굴로 고개를 갸웃하더니, 책상 서랍에 넣어둔 노트북을 꺼내려 했다. 하지만 구태여 확인해볼 필요도 없이 내가 정답을 알고 있다.

"구형이라 오히려 재생될걸?"

"우와……."

어찌된 영문인지 감탄을 사고 말았다…….

"그게 왜?"

"아뇨, 그냥 확인하느라고요."

"나 참……. 그러니까 뭘 확인한 거냐고……."

살랑살랑 가볍게 손사래를 치면서 별것 아니라는 표정으로 대꾸해온다. 다만 그 과정을 거친 후에야 비로소 부실에 들어

올 마음이 났는지, 잇시키가 등 뒤로 문을 닫고 종알종알 뭔가 알 수 없는 말을 늘어놓으며 이쪽으로 다가왔다.

"사실 그냥 다운로드 판이라도 상관없지만요, 그럼 영수증을 못 끊어서요. 그런 거는 카드가 필요하잖아요?"

"그렇게 물어봐도 뭐라고 할 말이 없구나……."

곤혹스러운 목소리를 낸 사람은 유키노시타였지만, 표정은 우리 셋 다 똑같았다. 얘가 지금 뭔 소리를 하는 거래……? 하나같이 수상쩍은 눈길을 보내는 와중에도 잇시키는 빠릿빠릿한 손놀림으로 노트북을 켰다.

"그래서 DVD를 빌려왔는데요, 학생회 컴퓨터는 새것이라서 DVD를 재생할 수가 없더라고요."

호오…… 새것이란 말이지, 그렇단 말이지……. 돈 많은 곳은 좋겠구나……. 하긴 최신 기종의 노트북은 ODD가 없는 경우가 더 많으니까……. 그렇게 생각하는 사이 잇시키가 가방 속에서 부스럭 무언가를 꺼냈다.

손바닥만 한 사이즈의 희고 네모난 상자였다.

"……이게 뭐야?"

유이가하마가 쭈뼛거리며 그 상자를 콕콕 찔렀다. 그러게. 이게 뭐냐? 두부? 그렇게 생각했으나 자세히 보니 렌즈 같은 물건과 버튼 등등이 달려 있었다. 그러니까 두부는 아니구만…….

그 상자를 덥석 집어든 잇시키가 케이블을 푹 꽂아 노트북에 연결하기 시작했다. 그 과정을 지켜보던 유키노시타가 감탄한 소리를 냈다.

"그거, 상당히 작지만 프로젝터구나."

"네, 맞아요. 아, 스크린 좀 내릴게요."

잇시키가 고개를 끄덕여 보이고는 몸을 일으켜, 부실 구석에 달려 있는 롤 스크린을 차르륵 내렸다.

대체 무슨 일이 일어나려는 겁니까? 그렇게 생각하며 지켜보는 사이, 잇시키가 상자의 버튼을 꾹 눌렀다. 그러자 낮은 구동음이 들려오더니 잠시 후 노트북 화면이 스크린에 투사되었다.

"우와~ 굉장하다!"

"꽤 선명하게 보이는구나."

입을 헤 벌린 채 쳐다보는 유이가하마와 팔짱을 끼고 턱에 손을 얹은 유키노시타. 두 사람의 반응에 잇시키가 손가락을 까닥까닥 흔들며 에헴 가슴을 폈다.

"듣기로는 스마트폰 화면도 띄울 수 있다나 봐요."

"후아~ 아, 그치만…… 이거, 비싸지?"

재차 놀라워하던 유이가하마가 문득 생각났다는 듯 음흉한 미소를 지으며 장난스럽게 물었다. 그러자 잇시키가 여봐란 듯 팔을 내저으며 대답했다.

"놀라지 마세요! 지금 구입하시면 학생회 경비 처리되어 제 입장에서는 사실상 무료랍니다!"

"최악의 쇼 호스트구만……."

사실상 무료라는 말만큼이나 수상한 선전문구도 없다. 사실상 무료로 플레이 가능한 게임도, 중장기적으로는 확실한 수익이 보장된다고 꼬드기는 다단계 판매도 섣불리 믿어서는 안 된다. 난 안 속는다고. 과금도 안 한다고. 긴급 점검 보상 석으로만 가챠를 돌릴 거라고. 그렇게 굳게 다짐하며 유심히 관찰했다.

"그나저나 이 프로젝터, 뭐냐?"

프로젝터는 아직 따끈따끈한 새것인지 투명한 보호용 필름이 붙어 있었다. 내 질문을 받은 잇시키가 프로젝터를 빤히 응시하며 고개를 비스듬히 꼬았다.

"새로 산 비품……이려나요?"

아니, 그렇게 「점프력, 이려나요……?」[#33]라는 식으로 설명하면 어쩌라고…… 이로하스 형, 좀 더 자신감 있게 이 학생회의 새로운 프렌즈, 프로젝터 양의 매력을 해설해달라고요…….

"그게 아니라 프로젝터를 가지고 온 목적을 묻는 거잖니……."

유키노시타가 두통을 참듯 관자놀이에 손을 얹었다. 그래, 맞아. 나도 바로 그게 궁금했다고.

"그건 말이죠……."

그렇게 운을 뗄 땐 잇시키가 손가락으로 빙글빙글 돌리던 DVD를 노트북에 세팅했다. 그 모습을 보자 뭔가 감이 온 듯 유이가하마가 벌떡 일어섰다.

"영화? 영화야? 영화 보려구?"

어쩐지 설레기 시작했는지 유이가하마가 들뜬 기색으로 창

#33 점프력, 이려나요……? 애니메이션 『케모노 프렌즈』에서 서벌 캣에 대해 해설. 1화에서 신자키 형이라는 동물원 사육사의 해설이 뜬금없는 흐름으로 점프력을 언급해 밈이 되었다.

문에 커튼을 쳤다. 뒤이어 탁탁탁 부실 전등도 꺼버렸다. 야야, 설마 부실에서 영화를 보기야 하겠냐……?

그렇게 생각하자마자 스크린에 왠지 모르게 낯익은 화면이 떠올랐다.

자유의 여신상과 어흥 울부짖는 사자, 서치라이트 불빛에 비춘 글자와 철썩거리는 파도 같은 종류의 영상이었다. …… 엉? 진짜로 영화 보게?

내가 당혹스러워 하거나 말거나 잇시키는 스크린이 잘 보이는 위치로 의자를 옮겼다. 더불어 유이가하마는 군것질거리가 놓인 책상까지 앞으로 가져와 만반의 준비를 갖추었다. ……엉? 진짜로 영화 보게?

상황이 이쯤 되자 그냥 맞춰줄 수밖에 없다고 판단했는지 유키노시타도 홍차를 새로 우리기 시작했다. ……아무래도 진짜로 영화를 볼 작정인가 본데?

× × ×

커튼을 전부 쳐놓아 깜깜한 방 안. 광원이라고는 프로젝터가 스크린을 향해 쏘아내는 어슴푸레한 빛뿐이다. 만약 여기가 영화관이나 씨어터 룸처럼 보다 감상에 적합한 환경이었더라면 그럭저럭 집중해서 이야기에 몰입할 수 있었을지도 모른다.

하지만 지금 우리가 있는 곳은 봉사부 부실이다. 요컨대 일상적으로 시간을 보내는 곳이며, 그런 공간이 비일상적인 색채로 물들자 아무래도 위화감이 앞서 마음이 안정되지 않았다.

게다가 노트북에 내장된 스피커 말고는 따로 음향이 나오는 곳이 없다 보니, 더 잘 들으려고 전원이 자연스럽게 그 근처로 모여들어 지나치게 인구밀도가 높았다.

그러다 보니 자꾸 안절부절못하고 몸을 뒤틀게 되었다. 그리고 그때마다 옆에 있는 누군가를 건드리고는 했다. 교복끼리 스치며 내는 소리, 또는 실수로 몸이 맞닿았을 때 들려오는 놀란 숨소리, 소곤소곤 귓가를 간질이는 비밀스러운 대화들.

그런 것들만 기억에 남았고 영화 내용은 거의 생각나지도 않았다.

파악한 점이라고는 우리가 본 게 영화가 아니라 해외 드라마, 이른바 미드라는 사실과 간략한 작품 개요 정도가 다였다. 뭔가 미국 고등학교에서 벌어지는 청춘 군상극 같은 스토리였다. 그래봤자 운동부원이란 진짜 무시무시하구만, 저쪽 동네 스쿨 카스트도 장난 아니구만 같은 생각이 드는 게 고작이었다. 게다가 솔직히 중간부터는 멘탈이 나가 그냥 멍하니 보는 시늉만 했고, 그 뒤로는 오로지 번뇌와 싸우는 수도승 같은 시간을 보냈다.

그리하여 내가 득도의 경지에 이르기 직전에서야 마침내 드라마가 끝났다. 생각보다 짧았던 엔딩 롤까지 빠짐없이 챙겨 본 후, 잇시키가 프로젝터 전원을 꾹 눌러 껐다.

"아, 잘 봤다~."

그렇게 중얼거리며 일어선 유이가마하가 커튼을 걷자 창밖

은 어느덧 어둑어둑했다. 전등이 팟 하고 켜지자 유키노시타가 눈을 감고 흠흠 만족스레 고개를 끄덕이는 모습이 똑똑히 눈에 들어왔다.

다들 만끽하신 모양이군요……. 저는 다른 데 정신이 팔려 내용조차도 가물가물합니다만……. 그렇게 생각했을 때, 한층 더 신난 눈치인 잇시키가 조그맣게 콧노래를 흥얼거리며 뒷정리에 착수했다.

"댄싱 퀸~ 우후후, 후우후우후~."

들어보니 막판에 본 기억이 나는 장면에서 흘러나온 곡 같았지만, 가사를 전혀 모르는지 뒷부분은 죄다 허밍으로 때워버렸다.

그나저나 한껏 흥이 올라 계시는데 산통을 깨려니 대단히 가슴 아프지만, 그래도 내게는 꼭 물어봐야 할 게 있었다. 그래서 잇시키가 작업을 끝마치기를 기다렸다가 천천히 말을 걸었다.

"……근데 넌 왜 여기서 영화를 본 거냐?"

"영화가 아니라 드라마인데요?"

"요점은 그게 아니잖아……."

미국인이 소란을 피워대면 죄다 할리우드로 치자니까, 성가시게스리. 뜬금없이 춤을 춰대면 발리우드로 치고. 원래 영화라는 게 다 그런 법이잖아. 하긴 이건 미드였지……. 반사적으로 한숨을 푹 쉬자 잇시키가 뜻밖이라는 표정을 지었다.

"선배님, 별로 마음에 안 드셨나 봐요?"

"아니 그야 각 잡고 보면 재미있기는 할 테지만, 대충 보기에는 솔직히 끔찍하고 고통스러운 부분이 더 인상적이라서 말이지⋯⋯."

얼핏 눈에 들어온 장면들도 그렇지만, 무엇보다도 밀실에서 밀착 상태로 얘들한테 둘러싸여 있는 게 아주 고문이 따로 없었답니다⋯⋯.

"그나저나 너희들, 이런 작품 좋아하는구나⋯⋯."

"그야 그럴 수밖에요. 무난하게 재미있으니까요."

"응, 맞아."

잇시키가 사뭇 당연하다는 기색으로 대꾸하자 유이가하마가 그 말에 동조했다. 유키노시타도 말은 하지 않았지만 힘주어 고개를 끄덕였다.

"아아, 그러냐⋯⋯."

나도 『24』라든가 『프리즌 브레이크』 같은 계열은 슬쩍 접하고 재미있다고 생각했지만, 방금 강제 관람한 미드는 뭔가 가끔 엄청나게 질척질척해서 보기 피곤할 것 같은 느낌이 든다.

"⋯⋯뭐 그래도 여자들한테는 이런 게 잘 먹힐지도 모르지."

나직하게 중얼거리자 그 말투가 비위에 거슬렸는지 유이가하마와 잇시키가 발끈했다.

"여자들뿐만 아니라 남자들두 거부감 없이 잘 볼 거라구 생각하는데⋯⋯."

"동감이에요. 게다가 여성 취향의 작품을 좋아하는 편이 안전하다고요. 반대로 『매드맥스』나 『어벤져스』 같은 걸 좋아한다고 하는 여자는 무조건 남자친구 영향이고 말이죠."

"엉? 정말?"

그냥 흘려 넘길 수 없는 정보가 들어오는 바람에 반사적으로 되묻고 말았다. 그러자 잇시키가 사악한 미소를 지었다.

"십중팔구 그럴걸요~?"

"야야, 하지 마. 좋아하는 영화가 같다고 기쁨에 겨운 남자를 나락으로 떠미는 소리 좀 하지 말라고……. 가끔은 있다니까 그러네, 그런 걸 좋아하는 여자……."

출처는 히라츠카 선생님. 참고로 히라츠카 선생님이 좋아하는 영화는 『불가사리』와 『배틀쉽』, 『퍼시픽 림』이야! 그 이야기를 들었을 때는 실수로 반해버릴 뻔했다니까……? 하지만 뭐랄까, 출처가 전혀 미덥지 못하구만. 평범한 여자들은 과연 어떤 영화를 좋아할꼬? 궁금한 마음에 흘끗 시선을 향하자 잇시키가 의기양양하게 웃었다.

"그러니까 『아멜리에』처럼 뭔가 어처구니없다 싶을 정도로 스타일리시하고 감성적인 영화를 좋아한다고 하는 여자 쪽이 낫다니까요!"

이 녀석, 갑자기 열변을 토하기 시작했잖아……? 덤으로 작품 선정이 꽤나 올드하다만……? 하기야 유명한 영화고 지금이야 구해볼 수단이 얼마든지 있으니, 의미전달에는 별로 문제가 없지만 말이야…….

"흐음……. 참고로 네가 좋아하는 영화는 뭐냐?"

물어보자 잇시키가 아잉~ 하고 깜찍하고 애교스러운 표정을 짓더니, 뺨을 손으로 감싸고 앙큼하게 웃었다.

"『아멜리에』요♡"

"나 참 어처구니가 없어서……."

"게다가 왠지 가식적으루 들리구……."

덤으로 예술 뽕에 찬 힙스터 같은 작품 선정이다만. 난감한 기색의 유이가하마의 말에 그렇게 덧붙이려고 한 순간, 옆에서 홍차를 음미하던 유키노시타가 눈을 감고 불쑥 입을 열었다.

"……그래도 좋은 영화지만."

허걱! 말 안하기를 잘했다! 영화뿐만 아니라 어떤 분야든 사람에 따라 취향과 관점이 다르기 마련이니까 그런 부분은 존중해줘야 한다고! 어디에 지뢰가 묻혀 있을지 모르거든!

하지만 세상에는 존중해준 보람도 없이 태연하게 지뢰를 밟아버리는 인간이 있기 마련이다.

"아~ 하긴 유키노시타 선배님이라면 그런 거 좋아할 거 같네요."

"……어쩐지 말투에서 악의가 느껴지는구나."

꿈틀 눈썹을 치켜세운 유키노시타가 차가운 눈으로 쏘아보자 잇시키가 우왓, 몸을 움츠리고 작은 동물처럼 내 뒤에 숨었다. 그 반응에 유키노시타가 관자놀이에 손을 얹고 어이없다는 듯 한숨을 쉬었다.

"그보다 뜬금없이 여기서 상영회가 열린 이유를 설명해주겠니?"

"엇, 그래그래. 나도 그게 궁금했다고."

나도 아까 하려던 질문을 떠올리고 어깨 너머를 돌아보았다. 그러자 잇시키가 생각났다는 듯 손뼉을 탁 치며 대답했다.

"자료 차원에서 감상한 거예요. 학생회실에서 보면 농땡이 피우는 줄 알 거 아니에요~?"

"그런 이유로 여기를 선택하는 것도 문제가 있지 않니⋯⋯?"

"집에서 보라고, 집에서."

"그래도 기왕 산 프로젝터니까 써보고 싶잖아요? 학생회실에도 저희 집에도 스크린은 없고요. 게다가 시간 외 근무는 안 한다는 게 제 철칙이라서요~."

유키노시타와 내가 쓴소리를 해도 잇시키는 활짝 웃기만 할 뿐 기죽은 기색이라고는 조금도 없었다. 심지어 스피커까지 경비로 구매해서 한 세트를 맞추고 로하스한 삶을 누려버릴 기세였다. 이로하스니까⋯⋯.

그렇게 생각하는데 유이가하마가 손을 척 들었다.

"근데 자료라니? 우리, 그냥 별 생각 없이 보기만 했는데⋯⋯?"

"조만간 졸업식이 있을 예정이잖아요? 그래서 그 후에 사은회라고 하나요? 그 행사를 학생회 주관으로 시행해야 해서요. 그것 때문에 본 거예요."

"호오, 사은회라⋯⋯."

향후의 전개를 예상하고 절대로 돕지 않겠다는 강한 의지를 담아 의자 째로 슬금슬금 물러나 방어 태세를 취했다. 그러나 잇시키는 이쪽의 힘을 빌릴 생각은 없는지 흐음, 팔짱을 낀 채 복잡한 표정으로 뭔가 곰곰이 생각하기 시작했다.

"……사실 톡 까놓고 말해서 평범한 사은회, 그러니까 구색 갖추기 용으로 테이블이나 몇 개 늘어놓고 적당히 환담이나 나누는 식이어도 상관은 없지만요. 제가 졸업할 때를 생각하면 이 기회에 화끈하게 판을 벌이는 편이 나으려나 싶어서요. ……아, 그 편이 졸업생들도 기뻐할 테고요."

세상에! 막판에 잊지 않고 졸업생을 챙겨주다니! 우리 이로하스도 성장했구나! 라는 생각이 들 리 만무하다. 오히려 저토록 자기중심적이니 차라리 호쾌한걸……? 하고 반대로 감탄해버리고 말았다. 그러자 근처에서 비슷한 소리가 들려왔다. 흘끗 곁눈질하자 유키노시타가 이해했다는 표정으로 흠흠 고개를 끄덕이는 모습이 보였다.

"아하, 그래서 프롬을 떠올린 거로구나."

"아, 역시 유키노시타 선배님이라니까~! 역시 대단하세요~!"

잇시키가 짝짝 박수를 치며 유키노시타를 마구 띄워주었다.

"대단할 게 뭐 있다고 그러니? 그 정도는 이야기의 흐름으로 알 수 있잖니."

입으로는 그렇게 냉정한 척하지만 후훗, 다소 뿌듯한 기색으로 가슴을 펴고 계십니다. 얼굴도 발그레하게 상기되어 쑥스러움을 타는 티가 났다. 쉬운 여자구만…….

어쨌든 유키노시타가 무사히 정답을 맞힘으로써 나도 상황을 이해했다. 문제는 프롬이다. ……그런데 프롬이란 게 대체 뭔가요?

"프로? 그게 뭐냐? 프로폴리스?"

면역력 증강제냐? 생소한 단어가 등장하는 바람에 되물었으나 질문할 상대를 잘못 골랐다. 유이가하마도 똑같이 아리송한 기색으로 되물었다.

"프롬…… 복숭아?"

"저기, 그건 플럼이고……. 너 복숭아 참 좋아하는구나……."

"웅? 응. 복숭아 좋아~."

유이가하마가 에헤헤, 환한 미소를 지으며 대답했다. 그 반응 뭐냐고 무진장 귀엽잖아. 아차, 지금 중요한 건 그게 아니지. 프롬이 뭔지 궁금하다고.

그래서 알려주세요 유키피디아 양! 하고 그쪽을 돌아보자, 유키노시타가 찬스라는 듯 어깨에 내려앉은 긴 머리카락을 사락 쓸어 넘기며 득의양양하게 미소 지었다.

"플럼은 자두야. 같은 장미목 장미과이지만 엄밀히 따지면 별개의 종이고. 오히려 체리와 더 가깝다고 할 수 있어."

"알고 싶었던 건 그게 아니거든……?"

"웅? 웅? 그치만 자두두 복숭아두#34…… 자두두 복숭아두 체리?"

유이가하마 양, 착란(錯乱, 사쿠란)중이시군요……. 체리(さくらんぼ, 사쿠란보)라서 그런 걸까요……. 한 번 더! 라고 요청하고 싶어지는 잰말놀이 문구였지만, 그건 다음 기회로 미루기로 하자.

#34 자두두 복숭아두 자두도 복숭아도 복숭아의 일종(스모모모 모모모 모모노우치)이라는 일본의 잰말놀이용 문장.

"아무튼 그 프롬이라는 게 뭔데?"

내 질문에 유키노시타가 흐음 고개를 끄덕이더니 그건…… 하고 생각을 정리한 다음 설명을 시작했다.

"프롬이란 프롬나드, 즉 무도회의 약칭이야. 서양 고등학교에서 학년말에 여는 댄스파티…… 정도로 표현하면 되려나? 한마디로 성대한 졸업 파티라고 생각하면 큰 문제는 없겠지. 아까 그 드라마에서도 그런 장면이 나왔잖니?"

호오…… 그 지지리도 미국스럽고 댄싱퀸한 파티 장면이 프롬이라는 거구만. 오호라…… 하고 그 이미지를 되새기다가 퍼뜩 깨달았다.

"엉? 그게 픽션이 아니란 말이야? 정말 그냥 일반인들이 하는 거라고?"

"그렇다나 봐요~. 상당히 대중적인 모양이던데요? 잠시만요……."

잇시키가 스마트폰을 꺼내 들고 톡톡 쓱쓱 검색을 시작했다. 그러다 마침내 원하는 것을 발견했는지 스마트폰을 척 내밀었다.

"짜잔~."

"호오……."

화면에는 턱시도와 드레스로 한껏 멋을 부린 소년소녀가 화려한 파티를 즐기는 모습이 담겨 있었다. 체육관, DJ 부스가 있는 클럽, 댄스홀, 야외 등 행사별로 파티가 열리는 장소는 천차만별이지만 하나같이 화려한 분위기였다. 그나저나 아무리 봐도 고등학생으로 보이는 인간은 하나도 없구만…….

"보세요! 보시라니까요! 이거요, 인스타에 올리면 끝내줄 것 같지 않아요? 꼭 하고 싶어요!"

"그딴 쓰레기 같은 기준으로 만사를 결정하지 마……."

잇시키가 가리킨 것은 휘황찬란한 리무진을 타고 파티장에 내리는, 드레스 차림의 여학생들을 찍은 사진이었다. 남자 입장에서는 리무진보다 템진[#35]이 더 흥분된다만…….

그렇게 버추얼 온이나 생각하고 있을 때가 아니다.

아무래도 방금 스마트폰으로 조사한 프롬이라는 행사는 우리가 흔히 생각하는 졸업 파티와는 스케일이 다른 눈치였다. 게다가 흥부자들이나 파티 피플이 모여드는 나이트 풀장 같은 분위기하고도 다소 차이가 있어 보였다. 쥬시 포리 예이[#36] 같은 느낌도 아니고 말이야…….

외국 문화라서인지 아니면 내 개인적인 취향과 호불호의 문제인지는 알 수 없는 노릇이지만, 도통 감이 잡히지 않아 우리 학교에서 프롬을 여는 모습을 상상하기가 힘들었다.

"그냥 평범한 사은회를 해도 되지 않냐……? 왜 하필 프롬인데……?"

내 질문에 잇시키가 분홍색 조끼를 입은 가슴을 손끝으로 살짝 훑으며 낭랑하게 선언했다.

"후훗, 그야 제가 프롬 퀸이 될 거니까요!"

#35 템진 SEGA에서 개발한 메카닉 게임 「전뇌전기 버추얼 온」 시리즈에 등장하는 기체.
#36 쥬시 포리 예이 성우 타카하시 치아키 고유의 인사법.

④ 오늘까지 그 열쇠에는 한 번도 손댄 적이 없다.207

"호오……."

이건 또 무슨 귀신 씨나락 까먹는 소리냐……? 그렇게 생각하면서도 프롬 퀸이라는 물건의 정체를 구글 선생님께 여쭈어보았다.

문의 결과 프롬 퀸이란 한마디로 학교 전체 또는 특정 학년에서 가장 매력적인 여학생을 다 함께 뽑아보자고! 라는 인기투표의 결과물인 모양이었다. 그 프롬 퀸과 한 쌍을 이루는 프롬 킹도 남학생들 중에서 선발된다나 뭐라나…….

"옳거니……. 우리 학년이라면 프롬 킹은 백퍼센트 하야마겠구만……."

"그야 그렇겠죠. 즉 하야마 선배가 킹이고, 제가 퀴…… 앗."

잇시키도 타임 패러독스를 깨달았는지, 설명하다 말고 크흠 헛기침을 하더니 나를 향해 생긋 미소 지었다.

"그런데요, 선배님. 전혀 딴소리지만요, 유급은 안 하세요?"

"하겠냐……."

"아이참, 선배님도! 어차피 재수할 거니까 이러나저러나 마찬가지잖아요. 오히려 학생 할인도 받을 수 있으니까 남는 장사라고요."

"단정 짓지 말아줄래? 심지어 그거 총합으로 따지면 적자거든? 보험용 원서도 넣을 거니까 재수도 안 할 거고."

단단히 못을 박자 잇시키가 샐쭉하게 뺨을 부풀리고 입술을 삐죽 내밀었다.

"그래요……? 아, 그럼 대신 프롬 준비를 거들어주시는 건 어때요?"

"대신은 뭔 놈의 대신이냐……."

언제 토라졌냐는 듯 선배님을 위해서 절충안을 채택했어요! 같은 표정으로 돌변한 잇시키가 태연하게 물어왔다. 심지어 그 내용이 그냥 흘려 넘길 수 없는 문제라 더 골치 아프다.

"잠깐만, 너 정말 프롬을 할 작정이야?"

"네."

게슴츠레한 시선과 음성에 부정적인 뉘앙스를 듬뿍 담아서 물었으나, 잇시키는 천연덕스러운 얼굴로 대답했다.

"지금부터 준비해서는 죽어도 시간에 못 댈 텐데? 게다가 난 그런 거 영 별로라 안 그래도 싫다만."

"우, 우움……. 난 재밌을 것 같다구 생각하지만…… 좀 힘들기는 할지두."

"그러게……."

유이가하마는 난감한 미소를 지었고, 유키노시타는 관자놀이에 손을 얹고 눈을 감았다. 우리 봉사부원 세 명의 입장은 거의 일치하는 눈치였다. 두 사람마저 난색을 표명하자 잇시키의 기세도 다소 수그러들었다.

"휴우…… 그건 저도 알고 있지만요. 그래도 꼭 하고 싶어서요. ……안 될까요?"

그 음성에서 아까 같은 뻔뻔스러움은 찾아볼 수 없었고, 재킷 자락을 꼭 움켜쥔 채 눈만 살짝 들어 애원하듯 이쪽을 응시해왔다. 계산적인 몸짓이기는 하지만 파괴력도 충분해서,

그 부탁을 들어주고 싶은 마음이 싹텄다.

하지만 여기서 프롬 개최의 야망을 분쇄하지 않으면 훗날 피를 보게 될 게 눈에 선하다.

미안한 마음에 좀처럼 입이 떨어지지 않았지만, 그래도 어렵사리 거절의 말을 꺼냈다.

"안 된다기보다는 솔직히 불가능하다는 느낌인데……. 이유는 몇 가지 있다만…… 아마 너도 잘 알겠지."

구구절절 설명할 필요는 없으리라 판단했다. 시간, 자금, 인력, 경험, 정보 기타 등등, 부족한 점이 너무 많다. 내가 구태여 지적하지 않아도 그 정도쯤은 잇시키도 이해하고 있을 터였다.

그럼에도 무리한 요구를 해온 데에는 뭔가 이유가 있을 테니……. 우선 그 사정부터 들어보고 타협점을 찾는 게 가장 현실적인 방안이려나?

큰 틀에서의 결론을 내리는 사이, 잇시키도 잠자코 뭔가 생각해보는 기색이었다.

"그런가요……? 알겠어요. 그럼 저희 학생회 단독으로 해볼게요."

"어, 그래라…… 엉?"

잘못 들었나 싶어 잇시키를 다시 빤히 쳐다보고 말았다. 하지만 아무래도 환청도 허언도 아닌 눈치였다.

쓱 고개를 든 잇시키가 당찬 표정으로 이쪽을 바라보았다. 그 눈동자에는 뚜렷한 결의가 서려 있었다.

"……내 말 못 들었냐?"

"들었어요. 그러니까 저희들끼리 해볼게요."

그렇게 말하고는 생긋 당돌하게 웃었다.

거듭된 단호한 선언에 나도 더 이상은 할 말을 찾을 수 없었다. 포기하라는 말도 잘해보라는 말도 하지 못하고, 그저 숨소리처럼 어정쩡한 대답만이 흘러나왔다.

"어, 어어…… 그러냐……?"

어안이 벙벙해 보이기는 나뿐만이 아니라 유이가하마도 마찬가지였다. 덕분에 무심코 얼굴을 마주보고 말았다. 눈짓만으로 어떻게 된 일이냐고 묻자 유이가하마가 모르겠다는 듯 보일락 말락 고개를 저었다. 그 사이에 내내 눈을 감고 있던 유키노시타는 그 눈빛 대화에 참여하지 않았다.

결국 정답을 알려줄 만한 사람은 한 명밖에 남지 않았으므로 잇시키를 빤히 쳐다보았다.

"저기요, 그렇게 뜻밖이라는 표정을 하실 것까지는 없잖아요……. 처음부터 어려울 거라고는 생각했어요. 거절당하는 것도 예상 범위 안이었고요. 저도 그 정도로 바보는 아니거든요?"

잇시키는 상당히 울컥한 기색으로 항변했지만 유이가하마와 나는 그 말에 흐음 납득했다.

"아, 그니까 밑져야 본전이었단 거구나?"

"아하, 그래서 아무런 준비도 없이 맨주먹으로 협상하러 온 거냐?"

그러자 잇시키가 조금 껄끄러운 표정으로 입을 오물거리더니 시선을 피했다.

"이, 일단 그 드라마를 같이 감상해서, 프롬 분위기를 돋우자는 생각 정도는 했는데……."

그게 바로 맨주먹이거든……? 그래도 솔직하게 털어놓다니, 기특한걸……? 푸근하고 뜨뜻미지근한 눈길을 보내자 잇시키가 흠흠 헛기침을 했다.

"아무튼 만약 생각이 달라지거나 흥미가 생기시면 학생회실로 놀러오세요. 적극 환영해드릴 테니까요! 집에 안 보내드릴 만큼이요!"

"부려먹으려고 아주 작정을 했구만……. 그보다 프롬 자체는 여전히 할 생각인가 보지……?"

"네."

잇시키의 대답은 변함없었다. 이미 결론은 내려진 모양이다. 다만 원래 그 결론을 도출하는데 필요한 증명 부분은 무엇 하나 성립되지 않은 상태다. 이거 아무래도 꽤 성가시겠는걸……?

어떡할까 고민하는데 유키노시타가 불쑥 입을 열었다.

"물어봐도 되겠니? 왜 그렇게까지 프롬을 하고 싶은 건지?"

유키노시타의 느닷없는 질문에 놀랐는지 잇시키가 어깨를 움찔 떨었다. 그 말투도 잇시키를 향하는 것 같지만, 실제로는 계속 무언가 다른 생각에 잠겨 있는 것처럼 보이기도 했다.

그래서 잇시키도 반응하는데 시간이 걸린 것이겠지.

"네? 아, 그러니까 그게, 프롬 퀸을……."

"그건 2년 후의 이야기잖니?"

잇시키가 더듬거리는 틈을 파고들듯 유키노시타가 재차 질문을 던졌다. 그러자 잇시키가 뺨을 긁적이고 뒷머리를 빙글 꼬면서 대답했다.

"으음~ 그러니까, 지금부터 그 때를 위한 사전 작업을……."

"가령 2년 후에 프롬이 열린다면, 굳이 사전 작업을 하지 않아도 너는 퀸으로 선택돼."

"어, 음…… 네?"

무슨 소리인지 통 못 알아듣겠다는 표정으로 잇시키가 유키노시타를 빤히 쳐다보았다. 유이가하마와 나도 거의 비슷한 심정으로 시선을 교환했다. 의아한 눈길이 쏟아지자 유키노시타가 조용히 한숨을 쉬었다.

"반드시 올해 해야만 하는 이유가 없다는 뜻이야."

"아뇨, 그런 이야기는 한 마디도 안 했는데요……?"

잇시키가 당황한 기색으로 대꾸했지만, 유키노시타는 그 말을 무시했다. 그리고 그저 질문에 대한 대답만을 기다리듯 잠자코 냉철한 시선을 보냈다. 그 눈빛에 주눅이 든 잇시키가 우웃 몸을 움츠렸지만, 이내 대답할 말을 떠올리고 손뼉을 쳤다.

"아, 왜냐면 내년에도 제가 학생회장을 맡는다는 보장이 없잖아요! 그러니까 이번에 진행할 수밖에 없고……."

"그럴 마음만 있다면 당선은 기정사실이겠지. 애초에 출마하는 사람 수도 적고, 결선 투표를 하게 되더라도 능력과 실적이 있는 네가 이길 테니까. 그렇다면 내년에 해도 문제는 없잖니?"

유키노시타의 입에서 흘러나오는 말 한마디 한마디는 의미상으로는 분명 다정하련만, 날카로운 음성 탓에 마치 몰아세우는 것처럼 들렸다. 추궁하는 듯한 대화에 잇시키가 말문이 막힌 표정을 지었다.

"그건…… 그야…… 네, 그럴지도 모르지만요……."

"그렇다면 내년 이후에 해도……."

"안 돼요."

잇시키가 유키노시타의 말허리를 잘랐다. 방금 전까지 일방적으로 밀리는 상황이었음에도 그 한마디는 결코 흔들리지 않았다. 그 의도를 묻듯 유키노시타가 잇시키를 똑바로 응시했다.

"……내년에 프롬을 하겠다고 해도 아마 안 될 테니까요. 선배님들이 아까 말씀하신 것처럼 역시 무리라고 부정당하고, 너무 늦었다는 이유로 포기하게 돼서……. 그러니까 아무리 힘들어도, 설령 실패한다 해도, 다음 한 수를 위한 포석을 깔아야만……."

띄엄띄엄 이어가던 말은 끝내 끊겨버렸다. 감정을 억누르듯 떨리는 숨결만이 어렴풋이 귓가에 와 닿았다.

괜찮으냐고 물어보려 한 순간, 황갈색 머리카락이 찰랑 나부꼈다.

"지금 해야만 해요. 지금 시작하면 늦지 않을지도 모르니까."

휙 고개를 치켜든 잇시키가 거침없이 강한 눈빛을 향했다. 하지만 그 시선을 정면으로 받아내면서도 유키노시타의 표정에는 변화가 없었다.

"……그건 무엇을 위해서, 누구를 위해서지?"

냉정한 질문에 잇시키가 허를 찔린 기색으로 눈을 깜빡였다. 살짝 입을 벌린 채 잠시 생각에 잠긴 눈치인 그 얼굴은 어딘가 앳된 인상을 풍겼다. 하지만 그것도 잠시뿐, 이내 씨익 호전적으로 웃었다.

"물론 저를 위해서죠!"

가슴에 손을 얹고, 상체를 젖히고, 오만하고 당당한 목소리로 잇시키 이로하는 선언했다.

대단한걸, 잇시키. 방금 한 말이 사실이든 아니면 무언가를 감추기 위한 거짓부렁이든, 그렇게 끝까지 관철해낸다면야 칭찬해줄 수밖에 없다. 이제 와서 이유나 사정을 묻는 건 무신경함의 극치일 테지.

유키노시타도 놀란 얼굴로 몇 번 눈을 깜빡였지만 비로소 미소를 지었다.

"그래? 대답해주어서 고마워."

진심으로 듣고 싶었던 이야기라는 것처럼 정말로 기뻐 보이는 미소였다. 어쩌면 그저 순수한 호기심에서 물어보았는지도 모른다. 그렇게 생각될 정도로 유키노시타가 뒤이어 한 말은 매끄럽게, 마치 준비라도 한 듯 흘러나왔다.

"그럼 같이 해보자."

"네? 헉! 진짜로요? 정말 도와주시는 건가요? 꺄 어떡해! 유키노시타 선배님 완전 사랑해요! 그보다 아까 왜 그러신 거

예요 저 엄청 겁먹었다고요 그런 건 정말이지 사양하고 싶다
고요."

환호성을 지르며 냅다 달려간 잇시키가 유키노시타를 와락
끌어안았다. 그러자 유키노시타가 무진장 거북한 표정을 짓더
니, 작지만 차가운 목소리로 놔주렴…… 하고 잇시키를 밀어
냈다.

그렇게 가슴 훈훈해지는 광경에 나와 유이가하마도 거의 동
시에 피식, 나직한 숨결을 흘렸다.

"뭐 윗선의 판단으로 그렇게 결정 났다면야 하는 수 없지.
일이나 해보실까……."

"……응, 그러게."

푸념 섞인 내 혼잣말에 유이가하마가 쓴웃음을 지으며 고
개를 끄덕여주었다.

어쨌든 이로써 봉사부 차원에서의 방침은 결정되었다. 일거리
가 생겨난 이상 해치울 뿐이다. 가볍게 기지개를 켜고 빙글 어
깨를 푸는데, 유키노시타가 조심스런 목소리로 우리를 불렀다.

"……저기, 잠깐만."

"응?"

유이가하마와 내가 빤히 쳐다보자 유키노시타가 약간 긴장
한 듯 자세를 바로 했다.

"아까 그건 내 개인적인 의사니까, 너희에게 강요할 마음은
없어."

"……그, 그래? 그건 또 무슨 소리냐?"

갑자기 왜 이러나 싶어 그 눈을 가만히 응시하자 유키노시타가 조용히 심호흡을 하고 허리를 반듯이 폈다.

"그러니까, 내 말은…… 부장으로서 내린 결단이 아니니 그럴 권한은 없다고 생각해. 그러니 봉사부 전체의 활동으로 간주할 필요는 없어. 물론 힘을 빌려준다면 기쁘겠지만. 단지 나는 혼자서라도 이번 프롬 건을 책임지고 완수할 생각……이라고 해야 하나……."

유키노시타의 목소리는 갈수록 작아졌고, 표현도 점차 모호해졌다. 본인도 어떤 식으로 설명해야 좋을지 모르겠는지 무릎 위에 올려놓은 손은 치맛자락을 꼭 움켜쥐었고, 수그린 얼굴은 말하기 껄끄러운 듯 입술을 살짝 깨문 채였다.

어딘가 두서없는 대답에 한순간 고개를 갸웃할 뻔했다. 하지만 언젠가 이것과 흡사한 궤변을 입에 담았던 기억이 났다. 십중팔구 잇시키 이로하도 그 점에 생각이 미쳤을 테지.

다만 그때의 궤변보다는 다소 폭넓은 해석이 가능했다.

"한마디로 우리는 자유참가라고 생각하면 된다는 뜻이냐?"

내 말에 유키노시타가 나를 흘끗 보더니 망설이는 기색으로 입을 열려 했다. 하지만 그보다 먼저 한없이 다정한 음성이 들려왔다.

"그게 아니야, 힛키."

내 잘못을 지적하는 말이련만 그 목소리에는 나무라는 기색도, 훈계하는 기색도, 또 타이르는 기색도 없었다. 한 가닥 깃털이 내려앉듯 덧없는 울림을 지닌 그 목소리에 이끌리듯 고개를 돌리자, 유이가하마는 살며시 고개를 저었다. 그리고 책상으로 시선을 떨구고 나직한 숨결을 흘렸다.

그렇게 찰나의 텀을 두었다가, 유키노시타를 향해 부드러운 미소를 지었다.

"유키농은…… 자기 힘으루 해보구 싶은 거지?"

유이가하마의 말에 유키노시타가 서슴없이 고개를 끄덕였다.

아아, 그런가. 가슴 후련해지는 납득이 찾아왔다. 분명 다르다. 잘못되었다.

언제나 수많은 말들을 늘어놓으며 그 말들로 겹겹이 포장해, 결과적으로 매번 중요한 말은 입 밖에 내지 않는다. 그것을 유이가하마는 단 한마디로, 다정한 목소리로 짚어내 준다.

유키노시타의 입술이 파르르 떨리며 가냘프게 숨을 들이마셨다.

"지금 해야만 하고, 지금 시작하면 늦지 않을지도 모른다는 건……. 나도, 아마 그럴 테니까."

잇시키의 눈이 놀라움으로 커졌다. 그리고 유키노시타의 옆얼굴을 멍하니 바라보았다. 여기서 침착함을 유지하고 있는 사람은 아마 유이가하마뿐이겠지. 언제나 그녀만이 아마도 올바르게 유키노시타의 목소리를 듣고 있었을 테니까.

"그러니 제대로 시작하고 싶어. ……그 과정을 지켜봐주었으면 해."

"응. 그럼 난 참견하지 않을게. 그치만 약속해."

유이가하마가 치켜세운 새끼손가락을 쓱 내밀었다. 그 동작에 당황했는지 유키노시타의 손이 어정쩡한 위치에서 멈춰버렸다. 하지만 참을성 있게 기다리는 사이, 머뭇머뭇 다가와 마침내 두 손가락이 하나로 얽혔다.

"절대루 무리하지 않기. 그리구 일손이 필요해짐 무조건 부르기. 꼭 봉사부로서가 아니어두 친구니까. 그럴 때는 반드시 돕구 싶어……."

"그래, 약속할게. ……고마워."

새끼손가락을 마주 걸자 유이가하마의 입가에 웃음기가 번지더니, 어딘가 앳된 기색이 남아 있는 평소의 밝은 미소로 변했다.

"응, 됐어. 난 이제 괜찮아. 힛키는?"

옥구슬 구르듯 낭랑한 목소리로 물어왔지만, 나는 곧바로 반응을 보이지 못했다.

"아아……."

단순한 탄성과 다를 바 없는 대답을 하고 말았다. 무엇에 대한 대답인지조차도 불분명하다. 그러자 유키노시타가 불안한 눈빛으로 나를 올려다보았다.

"……나, 잘못하는 걸까?"

"……아니, 그걸로 된 거 아니냐? 잘은 모르겠다만."

"무성의하기 그지없구나."

유키노시타가 웃었다. 내 음성에도 웃음기가 서렸다. 마침내 이해했기 때문이다. 그 아름다운 인사에서 무엇을 발견했는가를. 그 우회적인 설명이 무엇을 말하려고 했는가를. 기시감이 들 만도 하다. 납득하고 만 것도 너무나 당연하다. 그 안도감도 쓸쓸함도 나는 이미 맛본 적이 있으니까.

"……그렇군요. 대강 이해했어요."

잇시키가 불쑥 입을 열었다. 그 얼굴은 약간 지친 것처럼 보이기도 했다. 흘러나오는 숨결도 다소 무거웠다. 그 사실을 눈치챘는지, 유키노시타가 조심스러운 기색으로 말을 걸었다.

"잇시키, 미안해. ……그렇게 해도 상관없겠니? 나 혼자라서 불안할지도 모르지만……."

"네? 아, 아뇨. 그쪽 방면의 불안은 딱히 없으니까 괜찮아요."

고개 숙여 사과하는 유키노시타에게 잇시키가 생긋 웃어 보였다. 그리고 뒤이어 쓱 일어서서 유키노시타 쪽으로 한 발짝 다가가더니, 시선을 맞추듯 몸을 살짝 옆으로 기울였다.

"그럼 내일부터 학생회실로 와 주시겠어요?"

"그래. 잘 부탁해."

"네, 저야말로 잘 부탁드려요. 유키노 선배님."

장난스럽게 경례를 붙인 잇시키가 잽싸게 짐을 챙겨들고 빙글 몸을 돌렸다.

말끝에서 위화감을 느꼈는지 고개를 갸웃거리는 유키노시타를 내버려둔 채 성큼성큼 걸음을 옮기더니, 문을 닫기 직전에 그럼 안녕히 계세요~ 하고 손을 흔들며 부실을 뒤로했다.

잇시키를 배웅하고 나자 부실에는 우리 세 사람만 남았다. 규정된 하교 시각은 이미 지났다. 슬슬 돌아가지 않으면 문제가 생길 시간이다.

"……우리도 이만 돌아갈까?"

시계를 확인했는지 유키노시타가 말했다. 그 말에 유이가하마와 나도 동의하고 재빨리 귀가할 채비를 했다. 유이가하마는 무릎에 덮였던 블랭킷을 개켜 옆구리에 끼고 부실을 나섰다.

나도 복도로 향했고, 그 뒤로 유키노시타가 따라왔다.

건물에 도사린 어두움으로 복도는 얼어붙을 듯 추웠고, 고작 문 하나를 사이에 두었을 뿐이건만 마치 별개의 공간처럼 느껴졌다.

하지만 피부에 와 닿는 이 냉기야말로 저 부실이 아늑한 공간이었다는 증거다.

의뢰로 받아들이지 않은 이상, 내일부터는 내가 이곳에 올 일도 없다. 그렇게 생각하자 다소 아쉬운 마음이 들었다.

그러나 자립이란 본디 이런 성질을 띠는 것이리라. 코마치가 천천히 오빠 품을 떠나가듯 조금 서운하면서도 자랑스러운 그런 것. 그러니 이 일은 축복해야 마땅하다.

소중한 것을 그곳에 간직해두듯 찰칵 자물쇠를 잠갔다.

그 열쇠는 그녀만이 가지고 있고, 나는 손댄 적이 없다.

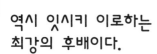

**역시 잇시키 이로하는
최강의 후배이다.**

　부실에서의 그 대화로부터 하룻밤이 지난 그날은 웬일인지
따뜻했다.

　아침부터 바람이 거세더니 수업이 끝난 후에도 창문이 덜컹
덜컹 흔들렸다. 유리를 통해 새어드는 햇살은 교실 안을 따스
하게 데우기에 충분해, 히터도 직위 해제라는 양 일찌감치 전
원을 꺼버렸다.

　겨울철이면 추위에 인상을 찌푸리고 온기를 갈구하며 늑장
을 부려대기 일쑤인 동급생들 역시, 오늘은 속속 교실을 빠져
나갔다.

　한산해진 교실에 남은 나도 그 대열에 합류하고자 든 것도
별로 없는 가방을 집어 들었다.

　그때 누군가 내 어깨를 톡톡 두들겼다. 돌아보니 이미 코트
를 챙겨 입은 유이가하마였다.

　대충 용건을 짐작하고 자리에서 일어섰다. 그러자 유이가하
마가 머플러를 칭칭 감으며 고개를 비스듬히 꼬았다.

"힛키, 오늘 어떡할 거야?"

"어……."

그 물음에 잠시 말문이 막히고 말았다. 예상과 다소 어긋난 질문을 받은 탓인지도 모른다.

필요할 때는 친구로서 돕겠다고 선언한 유이가하마와는 다르게 나는 별다른 의사표명을 하지 않았다. 그 점에 관해 질문을 받거나 확인을 요구해온 적도 없다. 그렇다면 현재 시점에서 내 일거리는 발생하지 않은 셈이다.

해야만 하는 일이 있으니 하는 것뿐이라고 그동안 입버릇처럼 말해왔다. 그 말에는 한 치의 거짓도 없었고, 앞으로도 그러한 자세는 변하지 않겠지. 의뢰도 상담도 접수하지 않았고, 완수해야 할 책임이나 이행해야 할 계약, 또는 치러야할 죗값도 존재하지 않는다.

그러니 부실에 갈 필요는 없다.

그 결론이 도출되기까지 이상하게 시간이 걸리는 바람에, 어느새 내 표정은 쓴웃음으로 바뀐 후였다.

"아니, 집에 가야지."

대답함과 동시에 대체 뭐가 아니라는 건지 전혀 알 수 없다는 사실을 깨달았지만, 그 생각을 떨쳐버리고 다른 이야기를 꺼냈다.

"넌?"

내 물음에 유이가하마도 잠시 생각하듯 뜸을 들이며 입가의 머플러를 꼼지락꼼지락 매만졌다.

"우움…… 나두 갈래."

"그러냐."

"응."

털실 속으로 얼굴을 파묻듯 유이가하마가 고개를 끄덕이자, 대화는 거기서 끊어지고 말았다.

아주 잠깐이기는 했지만 명백한 침묵이 그곳에 존재했다. 그 사실을 의식한 사람은 십중팔구 나 혼자만은 아니었다. 그 증거라고 하기는 어렵지만 유이가하마와 나는 흘끔흘끔 몇 차례 시선을 교환하고 말았다.

……뭐야?! 방금 그 침묵, 뭐냐고?!

당혹스러운 마음에 뭔가 덧붙여야 하나 싶은 생각도 들었지만 딱히 떠오르는 게 없었다. 그 침묵을 수습하듯 별로 무겁지도 않은 가방을 슬쩍 고쳐 멨다.

"……그럼 간다."

"아, 응. 잘 가."

내 말에 유이가하마가 살랑살랑 손을 흔들었다. 그 모습에 고개를 끄덕여주고 발길을 돌리자 뒤에서 탁탁 경쾌한 발소리가 울려 퍼졌다.

흘끗 곁눈질하자 유이가하마가 미우라에게 찰싹 달라붙는 모습이 보였다.

"오늘 동아리 활동 없는 모양이니까, 나두 같이 갈게~!"

"으응…… 헉~? 뭐어~?! 유이도 간다고~?! 대박! 어쩌지? 암것도 생각 안 해놨는데. 어쩌지? 우리 어디 갈까?"

미우라는 스마트폰을 만지작거리며 머리카락을 빙글빙글 꼬고 있었지만, 유이가하마의 말이 뜻밖이었는지 화들짝 놀라 그 얼굴을 다시 쳐다보고 바로 에비나 양에게 시선을 돌렸다. 그러자 에비나 양이 우후후 웃었다.

"유미코 마음대로 해. 어차피 치바일 거 아냐? 아님 말고."

"뭐래? 나아, 고르라 그럼 무조건 쿠시야 이야기[#37]거든?"

"와우~ 후끈후끈한데?"

허둥대던 모습이 무색하게 미우라가 영문 모를 거만을 떨자, 에비나 양이 짝짝 박수를 치며 지극히 무성의한 추임새를 넣었다. 그런 대화조차도 기쁜지, 유이가하마는 「꼬치 튀김? 꼬치 튀김? 진짜루?」하고 천진난만하게 좋아했다. 쿠시야 이야기라니, 뭐냐고……. 모두 함께 꼬치튀김에 관해 논하는 거냐? 꼬치튀김 이야기? 위에서 볼까 밑에서 볼까[#38]를 둘러싸고 다툼이 벌어질 것 같구만…….

아무튼 유이가하마는 방과 후의 일정이 잡힌 모양이다.

반면에 내 스케줄은 완벽히 미정이다. 뭘 할까 생각하며 교실을 나와 묵묵히 복도를 걸었다.

지난 연휴 덕분에 비축해놓았던 녹화분도 고갈되어버렸고, 사다놓은 책은 부실에서 거의 다 독파하고 말았다. 그럼 이제 남은 것은 밀린 게임 정도인가……? 코마치가 수험생이었던

#37 쿠시야 이야기 직역하면 「꼬치집 이야기」로, 꼬치튀김 가게 이름..
#38 위에서 볼까 밑에서 볼까 꼬치튀김 이야기(串揚げ語り, 쿠시아게 가타리)와 이와이 슌지의 드라마 원작 애니메이션 「쏘아올린 불꽃(打ち上げ花火, 우치아게 하나비). 밑에서 볼까 옆에서 볼까」의 발음이 비슷한 데서 나온 말장난.

탓에 비디오 게임기로 플레이하는 종류는 가급적 자중해왔으니까. 그렇게 생각하면서 계단을 내려갔다.

오랜만에 마음 놓고 빈둥대며 게임을 만끽하는 상상을 하자 가슴이 마구 설레어 왔다. 특히나 기대되는 빅 타이틀의 정식 넘버링 신작쯤 되면 사흘 밤 정도는 가뿐하겠는걸……? 또다시 용사 에이트맨[#39]이 세계를 구하고 마는가.

생각하다 보니 차츰 신바람이 나기 시작해 나중에는 반쯤 깡충깡충 뛰다시피 했다.

그러고 보면 봉사부에 강제 입부당하기 전에는 항상 이런 자유로운 시간을 누려왔던 셈이다.

계단을 내려가서 현관으로 향했다.

그러다 코트를 옆구리에 끼고 걸어가는 유키노시타를 발견했다. 위치 관계로 미루어보면 한창 학생회실로 가는 중인 모양이었다. 그 걸음걸이는 다소 서두르는 것처럼 보이기도 해서 말을 걸기가 망설여졌다. 결국 그 모습을 먼발치에서 지켜보는데 그쳤다.

오늘부터 유키노시타와 잇시키는 프롬 준비에 착수하겠지.

그 건에 관해 자세히는 알지 못한다. 유키노시타와 나는 봉사부라는 사실을 제외하면 접점이 없다시피 하므로 동아리에 나가지 않으면 물어볼 방도가 없다. 일반과인 나와 국제교양과인 유키노시타는 체육이나 실기 수업도 따로 듣는다.

#39 에이트맨 사이보그 탐정의 활약상을 그린 만화 제목. 하치(일본어로 8)+맨(man의 일본식 발음)=에이트맨.

따라서 스쳐가는 우연이 아니고서야 얼굴을 마주할 기회가 없지만, 프롬에 관해서 따로 캐묻지는 않았다.

　물론 말을 붙일 기회가 없었던 탓도 있으나, 가장 큰 이유는 거들어줄 것도 아니면서 상황은 어떠냐는 등 잘하고 있느냐는 등 실속 없는 소리를 지껄이자니 주제넘게 느껴진다고나 할까, 무슨 자격으로 입을 놀리는 거냐 이 재수 없는 놈이라는 느낌이 들어 말 걸기가 껄끄러웠다. 이런 생각을 하는 시점에서 이미 상당히 재수 없지만. 진정 두려운 것은 자의식일지니…….

　그렇게 제풀에 좌절하는 사이, 유키노시타가 코너를 돌았다.

　그 발걸음에는 망설임이 없는 것처럼 느껴졌다.

　허리를 반듯이 펴고 의연한 눈빛으로 똑바로 정면을 응시하며, 한 발짝 한 발짝 규칙적으로 내딛는다. 그때마다 길고 윤기 나는 검은 머리카락이 너울거렸다.

　그 모습이 시야에서 완전히 사라진 후에야 비로소 내가 집에 가던 길이었음을 떠올렸다.

× × ×

　오랜만에 즐기는 콘솔 게임이었던 탓에 그만 밤을 꼴딱 지새우고 말았다. 졸린 눈을 비비며 학교에 갔다가 집에 돌아와서는 다시 하염없이 플레이한다.

　스토리가 착착 진행되어가는 동안에는 존잼꿀잼이라는 말

을 입에 달고 플레이했지만, RPG를 하다 보면 반드시 막히는 순간이 찾아오기 마련이다.

그 원인은 바로 레벨 업과 수집 요소다. 레벨이야 난이도 면에서 그렇게까지 빡센 것을 요구하지는 않지만, 수집 요소가 복병이다. 특히 포켓몬으로 자라난 몸이다 보니 도감은 반드시 채워야만 한다는 강박관념에 시달려, 주말 일정이 공란으로 남아 있는 다이어리를 눈앞에 둔 새내기 대학생 못지않은 기세로 죽도록 메우고 또 메워나갔다.

트로피, 칭호, 도감, 그리고 2회차 이후 하드 모드의 존재 등등…….

하지만 아등바등 대학 생활을 시작한 신입생이 기를 쓰고 불타는 여름방학을 보낸 결과, 개강 후에 「……걔, 너무 애쓰는 거 아니냐?」, 「솔직히 가끔 부담스러워」, 「보다 보면 때로는 진짜 안쓰럽다니까」, 「역시 근본적인 성향이 다르다는 느낌이지?」라는 식으로 뒷담의 대상이 되어 2학기부터 홀연히 종적을 감추는 것처럼 내 의욕도 중간에 상실되고 말았다. ……대학생 너무 무서워!

결국 취미나 놀이도 일상이나 의무로 변해버리면 일이나 별 차이가 없기 마련이다. 그 사실을 깨닫는데 도합 사흘 밤을 허비하는 바람에 오늘도 역시나 죽도록 졸음에 겨워 학교로 향했다.

수업이란 수업은 모조리 수면에 투자하다시피 했고, 그 결과 방과 후가 되자 허리가 격렬하게 아파왔다.

종례가 끝나자 삐걱삐걱 신음하고 욱신욱신 쑤셔오고 지끈지끈 결려오는 허리를 간신히 들어 빙글빙글 돌려보았다. 그야말로 빙글빙글 돌아가며 춤을 추고 싶을 만큼 빙글빙글.

지독한 허리 통증과 졸음기로 랄랄랄라 즐거웁게 춤추고 싶을 만큼 빙글빙글 허리를 돌리며 흐느적흐느적 교실을 나섰다.

그러자 그 모습을 먼발치에서 지켜보았는지, 토츠카가 잰걸음으로 뽀르르 내게 다가왔다.

"하치만, 오늘 계속 자더라. 오늘뿐만 아니라 요 며칠간 계속 그랬지만. 괜찮아?"

나란히 서서 걱정스러운 기색으로 내 얼굴을 들여다본다. 붙임성 있는 토끼 같은 그 몸짓에 저절로 미소가 새어나왔다. 더불어 괜한 걱정을 끼쳤다는 생각에 미안한 마음이 들었다.

"그럼, 괜찮아. 그냥 게임하느라 사흘 밤을 새웠을 뿐이니까."

"그, 그렇구나……."

일부러 밝은 목소리로 대답했으나 왠지 토츠카가 약간 깬다는 표정을 지었다. 왜기는 왜겠냐. 밤샘 자랑이라니 깨는 게 당연하지……. 밤 샜어~ 사흘 연속으로 게임하느라 밤 샜어~. 뭐어? 내가 밤을 새웠다니 그거 어디 정보야? 어디 정보냐고, 그거~. 그렇게 누가 봐도 짜증날 게 분명한 내 앞에서 토츠카가 마음을 다잡듯 허리에 손을 얹더니, 못마땅한 기색으로 뺨을 볼록 부풀렸다.

"그래도 건강을 해치면 못써. 게임은 하루에 한 시간만이야!"

떼찌! 라는 듯 손가락을 척 세우고 룰을 지키며 즐겁게 듀얼!#40 같은 분위기로 단단히 나를 타이른다. 착하구나, 이 녀석…….

토츠카가 뒤쪽, 즉 방금 나온 우리 교실 쪽을 흘끗 곁눈질하더니 목소리를 낮추고 소곤소곤 덧붙였다.

"게다가 자꾸 그러면 유키노시타랑 유이가하마한테 혼날걸?"

그 말에는 나도 쓴웃음을 지을 수밖에 없었다. 하기는 걔들도 이럴 때는 확실하게 잔소리를 해주는 착한 애들이다.

"……뭐 봉사부 활동이 없어서 가능한 일이다만."

불쑥 새어나온 중얼거림에 토츠카가 납득한 기색으로 두세 번 고개를 끄덕였다.

"아, 쉬는 중이구나."

"어, 당분간. 그러다 보니 딱히 할 일도 없고 해서……."

그렇게 대답하는 와중에도 후암, 하품이 흘러나오고 말았다. 파트라슈, 나 왠지 너무 졸려……. 심지어 눈앞에 천사가 아른거릴 지경이다. 안 돼, 정신 차려! 그렇지 않아도 방금 토츠카한테 포상……이 아니라 야한…… 아니아니, 야단을 맞은 참이지 않은가. 지금 졸린 모습을 보였다가는 또다시 포상을 받고 만다. 그런 짓을 강요했다가는 아무리 토츠카라도 나를 쓰레기 보는 듯한 눈빛으로 바라볼 게 틀림없다. 엇, 그것도 괜찮은데……?

그렇게 진심으로 마음이 동해서야 마음 써준 토츠카를 볼 낯이 없다. 무엇보다도 아까부터 나, 무진장 소름 끼치고 말이

#40 룰을 지키며 즐겁게 듀얼! 유희왕 OCG팩에서 자주 남발하는 대사.

야! 수면의 중요성! 아무튼 오늘 하루쯤은 게임을 멀리하고 건전한 시간을 보내야겠다.

"하긴 맨날 게임만 붙들고 있기도 좀 그렇지……. 토츠카, 조만간 시간 되냐?"

내 평생 이토록 스마트하면서도 폼 나게 남의 일정을 물어본 적은 없었다. 오죽하면 방금 나 자신에게 홀딱 반해버렸을 정도라고. 꺄악 하치만님 안아주세요~! 으윽, 이렇게라도 나 자신을 고무하지 않으면 민망함과 쑥스러움으로 돌연사하고 말 것 같다……. 만약 상대가 여자였으면 흑역사는 약과고 기록용 역사 다큐멘터리만큼이나 내 기억 속에 선명하게 아로새겨졌으리라. 하치만사(史)에 길이 남을 어둠의 유산으로 박제되어버렷!

다만 토츠카는 나에게 아마도 거의 유일하게 친근한 대화를 나눌 수 있는 남자다. 이 관계를 친구라도 불러도 될지는 상대의 허락 여하에 달렸을 테지만, 적어도 내 안에서는 한없이 그에 가까운 카테고리로 분류된다.

그럼에도 막상 일대일로 약속을 잡는 것은 꽤나 부담이 되는 일이다. 나뿐만 아니라 십중팔구 토츠카에게도.

여럿이 함께 있다가 자연스럽게 같이 놀러가게 되는 식이면 그나마 마음 편하다. 일대 다수의 구도에서 개인의 책임은 항상 다양한 방향으로 분산되니까. 하지만 단둘이면 나와 상대방이 모든 책임을 져야 한다. 고로 제안을 거절하는 상대가 느끼는 미안함도 가중된다. 단체라면 「갈 수 있으면 가마」라고 말해두면 장땡이라는 풍조도 있고 말이야. 그 결과 「걔는 매번 말만 그렇게 하지 한 번도 안 오더라. 앞으로는 부르지 말자」라는 결론을 이끌어내는데 성공하면 매우 원만하게 절교할 수 있으므로 강력 추천.

그렇게 자신을 향해서 초스피드로 변명을 늘어놓는 사이, 토츠카는 어안이 벙벙한 기색으로 입을 헤 벌리고 커다란 눈망울을 깜빡이고 계셨습니다. 응? 뭐야? 그 리액션 무슨 뜻이야?

유심히 반응을 살피자, 「아」와 「오」 중간쯤에서 입을 빠끔거리며 팔을 허우적대던 토츠카가 우웃, 신음하며 양손을 척 모으고 꾸벅 고개를 숙였다.

"미안! 평일은 테니스부 때문에…… 아무래도 연습을 빼먹을 수는 없으니까……. 아, 그래도 밤에……는 스쿨에 가야 하고, 놀기에는 좀 늦지……? 으음, 다음 주말에는 연습 시합이…… 우웃……."

앞으로의 일정을 따져보면서도 부장의 책임을 외면하지 못해 갈등하는 모습을 보고 있노라니 가슴이 미어진다. 동시에 저토록 진지하게 고민해주다니 정말 눈물 나게 기쁘다……. 이중의 의미로 하마터면 눈시울이 촉촉해질 뻔했다. 하여튼 요새 갑자기 눈물이 헤퍼져서 큰일이다. 매주 프리큐어가 분연히 일어서기만 해도 눈물이 왈칵 쏟아진다니까…….

사실 정말로 곤란한 사람은 내가 아니라 오히려 토츠카 쪽이겠지. 평소에 먼저 뭔가 제안하는 경우가 없다 보니 제안

받은 쪽은 이럴 때 대응에 애를 먹게 된다니까! 앞으로는 주의해야지. 구체적으로는 세 달쯤 전부터 스케줄 파악에 나서야겠군……. 그렇게 새삼 다짐하며 그때를 위한 포석을 깔아 두기로 마음먹었다.

"저기, 그럼 다음에 봐도 된다만. 정말로."

미래를 향한 희망의 불씨를 이어가고자 다음이라는 부분을 다소 강조해서 말하자, 토츠카가 불쑥 몸을 내밀어 나와의 거리를 좁혔다.

"진짜? 꼭이야! 내가 꼭 연락할게!"

"어, 그, 그래……."

주먹을 불끈 쥐고 반짝이는 눈망울로 쳐다보는 바람에 살짝 주춤하는데, 토츠카가 후웃 거친 숨결을 토해냈다.

"하치만이 먼저 놀자고 하는 경우는 드무니까! 약속이야! 다음에 꼭 보기야! 알았지?"

나를 척 가리키며 하는 말에 쓴웃음을 지으며 고개를 끄덕였다. 그러자 토츠카도 마주 미소를 지어 보이고 웃차, 라켓 가방을 고쳐 멨다.

"그럼 난 테니스부에 갔다 올게."

"그래, 잘 다녀와라. 파이팅."

뛰어가다 말고 조금 떨어진 곳에서 힘차게 손을 흔들어오는 토츠카에게 나도 살짝 손을 들어 화답했다. 복도 끝으로 멀어져가는 뒷모습을 눈으로 좇다가 다시 걸음을 옮겼다.

아마도 누구나 평범하게 해온 일을 나는 이제야 겨우 할 수 있게 된 것이리라. 여전히 잔뜩 의식하고 고심을 거듭하고 작전을 세우고 계획을 짜고 논리를 내세워 자신을 설득해야만 겨우 가능한 일이기는 하지만.

달라지기를 원한 적도 없고 달라지려고 생각한 적도 없으며, 되는대로 흘러오다시피 한 데다 거의 전적으로 토츠카의 호의에 기대는 형태이기는 하지만 그래도 착실하게 다가서고 있다는 자각은 있었다.

다만 그것 또한 상대가 토츠카 사이카이기에 성립하는 상황일 테지.

실제로 지금의 나는 다른 일은 무엇 하나 제대로 해내지 못하고 있으니까.

집에 가서 게임을 할 마음도 나지 않아 결국 방과 후의 일정은 완벽하게 백지로 남아버렸다. 일거리가 없으면 정말이지 할 일이 없다. 오늘은 졸리기라도 하니 그나마 나은 편이랄까.

허리도 아프니 얼른 가서 누워야겠다고 생각하며 복도 모퉁이를 돌아 계단에 발을 디뎠다. 그 순간 계단 전체에 쩌렁쩌렁 메아리치는 우렁찬 웃음소리가 울려 퍼졌다.

"후하하하하하하하하하치만~! 다 보았노라! 다 들었노라! 네놈은 어차피 한가하단 사실을 다 알고 있노라!"

그 목소리의 주인공은 굳이 확인하지 않아도 알 수 있었다.

그래서 확인하지 않고 그대로 계단을 내려가 곧장 집에 가기로 했답니다!

× × ×

그렇게 쌈빡하게 무시함으로써 그냥 집에 갈 수 있었더라면 좋았으련만, 그렇게 호락호락하지 않다는 게 자이모쿠자 요시테루라는 인간의 무서운 점이다.

나를 어르고 달래고 때로는 도발하고 최종적으로는 울며불며 애원해서, 어버버하는 사이 역 앞 사이제로 끌어들이고 말았다. 그래서 깨닫고 보니 어느새 밀라노 풍 도리아를 우물우물, 드링크 바를 홀짝홀짝 하고 있었다.

배도 부르고 어느 정도 정신이 든 시점에서 한숨을 쉬며 입을 열었다.

"……야, 나 집에 가고 싶다만."

"재촉하지 마라. 이건 미팅이다."

"엉?"

"라노벨 작가의 미팅 장소라 하면 역시 사이제 아니겠는가……."

"후아……."

그러냐. 난 또 평범하게 출판사 사무실이나 카페에서 하는 줄 알았더니만……. 또 인터넷에서 뭔가 정보를 입수한 건가. 하긴 이 녀석도 그냥 놀기만 하는 건 아니란 말이야. 그저 열의가 헛돌아서 자꾸 엉뚱한 방향으로 폭주하는 데다 실질적인 작업이라고는 쥐뿔도 안 할 뿐이지. 어쩜 좋아! 칭찬할 만한 구석이라고는 눈곱만큼도 없잖아!

어이없음 반 비웃음 반으로 도합 경멸 백 퍼센트의 시선을 보냈지만, 불행히도 하품이 섞인 탓에 목소리만 들으면 꼭 감탄하는 것 같은 맞장구를 치고 말았다. 그 리액션에 자이모쿠자는 뻐기듯 웃으며 흡족한 기색을 드러냈지만, 그래도 내가 끊임없이 후암후암 하품을 해댄다는 사실은 깨달은 눈치였다. 쓱 안경을 추켜올리더니 눈물 고인 내 눈을 빤히 응시했다.

　"뭐냐, 네놈. 유난히 졸려 보이는군."

　"아, 요즘 좀 한가해서 계속 게임했거든. 그러다 그만 밤을 새워버리는 바람에."

　내 대답에 자이모쿠자가 움찔 반응을 보였다.

　"한가해서 게임을 했다고……? 어리석도다, 참으로 어리석어."

　어깨를 으쓱하며 덤으로 두 손을 들어 마치 서양인 같은 제스처를 취한다. 제길, 보나마나 또 일장연설을 늘어놓게 생겼구만……. 왜 우리 같은 남자들은 자기 전문 분야와 관련된 화제만 나왔다 하면 원래는 말수도 적은 주제에 난데없이 달변가로 변신하는 걸까요……? 그래놓고 나중에 집에 가서 「으아, 분명 엄청 깼겠지. 말도 진짜 빨라졌었고……」라고 후회할 줄 뻔히 알면서 말이야…….

　하지만 어느 정도 스스럼없이 지내는 사람을 상대로는 그런 염려가 없는 모양이다. 자이모쿠자가 손을 높이 치켜들고 열변을 토하기 시작했다.

　"자고로 게임이란 토할 만큼 바쁘고 여유라고는 일절 없을 때 해야 진정한 즐거움을 누릴 수 있는 법. 안 돼 안 돼 안 돼…… 지금 게임이나 할 때가 아닌데…… 아뇨 진짜 정말 죽도록 바빠서 게임 같은 거 절대 안 했다니까요 정말이라니까요 이번에는 거짓말이 아니에요! 같이 뜻 모를 변명을 늘어놓으며 플레이하면 배덕감도 더해져서 재미가 극대화되지. 출처는 본관. 시험을 코앞에 두고 밤새 놀다가 학교에 갈 때의 고양감은 병적인 수준!"

"동의는 못하겠다만 부정도 못하겠는데……."

실제로 나도 뜬눈으로 밤을 새우고 등교한 오늘은 「미쳐~. 나 한숨도 못 잤어~. 미쳐~」 같은 느낌으로 뭔가 뽕 맞은 상태가 되어 하루 종일 혼자 실실거렸다. 으아, 미쳐~. 나 소름 끼쳐~. 미쳐~.

내 어정쩡한 대답을 긍정으로 받아들였는지, 자이모쿠자도 득의양양한 기색으로 실실거렸다. 으아, 미쳐~.

"헌데 무슨 게임을 하였나?"

"아, 이거."

깔짝깔짝 스마트폰을 조작해 그 게임의 공식 사이트를 보여주자, 자이모쿠자가 안경을 추켜올리더니 지극히 덤덤한 분위기로 아아…… 하고 다소 아련하기까지 한 목소리를 냈다.

"아하, 이거~. 히로인이 도중에 이탈하는 게 뼈아프지……."

컨셉은 어따 팔아먹었는지 완벽한 본모습으로 자이모쿠자가 중얼거렸다. 그 말을 들은 순간 나는 인상을 팍 구겼다.

"……뭐? 야야 너 왜 뜬금없이 스포하고 난리냐? 벌써 씨앗 써버렸거든요? 젠장 할 마음이 싹 사라져버렸잖아……. 그보다 게임이나 하지 말고 원고나 쓰라고⋯⋯."

"어? 아직 클리어 못했어? 미안⋯⋯ 앗, 하지만⋯⋯ 하지만 말이다! 출시 직후에 플레이하지 않고 꾸물거리니까 그딴 스포나 당하는 거다! 느리군, 느려!"

자이모쿠자가 푸하하하 웃어젖히며 거들먹거렸다. 아니 뭐 처음에 사과하고 시작했으니까 별 상관은 없다만⋯⋯.

게다가 현실적으로 뒷북을 치는 쪽도 그쪽 방면으로는 어느 정도 마음의 각오를 해두는 편이 좋다. 비단 게임뿐만 아니라 영화나 드라마에도 동일한 논리가 적용된다. 역사 교과서를 읽고 「맙소사, 그 장군 죽는 거냐! 대하드라마 스포 당했잖아!」라고 탄식하면 안 된다. 지금까지 살아 있는 그 시절 장군은 아무도 없으니까.

하지만 플레이 환경과 시청 환경에는 당연히 개인차가 있기 마련이니 그 점을 늘 유념하고, 모두가 재미를 느낄 수 있도록 가급적 서로를 배려하며 콘텐츠를 즐겨나갔으면 좋겠군요!

"발매되자마자 샀지만 내내 쟁여뒀던 거라고⋯⋯. 코마치가 수험생이다 보니 집에서 하는 게 영 내키지 않아서 말이야."

내 설명에 자이모쿠자가 포카치오를 질겅질겅 씹으며 흐음 고개를 끄덕였다.

"흐음, 그렇군. 그러고 보니 누이가 중3이라 하였던가. 헌데 어디를 지망했지?"

"엉? 어디기는, 우리 학교잖아 우리 학교. 어라, 말 안했던가?"

"노노노노노노 금시초문이오만ㅋㅋㅋㅋㅋ."

"아, 그러냐. 하긴 우리 개인적인 이야기는 안 하니까. 진로나 장래나 가정사 같은 거."

"했다만~?! 본관 틈날 때마다 이야기했다만~?! 장래 희망이나 진로 이야기했다만~?! 심지어 오늘도 그것 때문에 불렀단 말이다!"

펄펄 뛰는 자이모쿠자에게 그래서 용건이 뭐냐고 눈빛으로 물었다. 그러자 자이모쿠자가 커흠커흠 과장스럽게 헛기침을 하더니 한 손으로 천천히 얼굴을 감쌌다. 손가락 틈새로 엿보이는 그 표정은 고뇌로 가득했다. 그리고 그 상태로 다른 손을 가슴 포켓에 넣어 두 번 접은 종이 한 장을 꺼내들었다. 검지와 중지를 세우고 그 사이에 끼운 종이는 전등 불빛을 받아 글자가 어슴푸레하게 비쳐 보였다.

"일전에 도서실에서 네놈과 기획을 짜지 않았더냐. 그 플롯이 완성되어서 말이다……."

"호오……."

기억났다. 2월 초쯤 느닷없이 부실에 쳐들어와 편집자가 되겠다는 둥 깝죽댔던 때 말이로군. 그나저나 이 녀석 항상 플롯을 짜고 있구만. 완성된 원고를 읽어본 적은 한 번도 없다만……. 그렇게 생각하면서도 내밀어오는 종이를 쓱 잡아 빼서 곧바로 펼쳐보려 했다.

그러자 손바닥 장갑이 내 시야로 쑥 들어오더니 그 종이를 휙 낚아챘다.

"타, 타임~! 부, 부끄러우니까 집에서 봐……."

"뭔 개소리야 이게 무슨 러브레터냐? 그보다 얼굴, 얼굴 빨개지지 마. 뭔가 무진장 비위 상하니까."

그렇게 말하며 자이모쿠자의 플롯을 도로 빼앗았다. 여기서 보지 말라고 간청한 이상 가지고 돌아가는 수밖에 없다. 나는 그것을 엄숙하게 접어 가방 속 깊은 곳에 고이 집어넣었다. 아마 이대로 까맣게 잊어버려 영영 들여다보지 않겠지. 그러니 최소한 예의를 갖춰서 장례를 치러주도록 하자…….

그런 속내를 알 리 만무한 자이모쿠자는 종이를 곱게 챙기는 내 모습을 흐뭇하게 바라보다가, 문득 시선을 먼 곳으로 향하며 탄식하듯 중얼거렸다.

"내년이면 고3이니…… 마지막 도전이다."

마지막이고 뭐고 너 애초에 최초의 도전은 했냐……? 그런 의구심이 들기는 했지만, 씁쓸한 기색이 감도는 진지한 표정을 지어버려서 그 의문은 속으로 삭일 수밖에 없었다.

이것 역시 자이모쿠자에게는 하나의 마침표이리라.

입시라는 말 만큼 우리가 무언가를 포기하는데 적합한 핑계거리는 없다. 십중팔구 취직이라는 말도 같은 효과를 발휘하겠지. 꿈과 취미, 동아리 활동 등, 미래로 뻗어나갈 터인 가능성들을 한번 확실하게 짓이겨 세상이 요구하는 어른이라는 틀에 끼워 맞춘다.

그러니 그 전에. 이 세상에 휩쓸리고 길들여져 무언가를 잃어버리기 전에. 도전하고 저항하고 몸부림치며 무언가가 되기 위한 실마리를 손에 넣으려 한다. ……아마도 그녀 역시.

그런 상념에 빠져든 탓인지 저도 모르게 입을 다물어버리고 말았다. 그 침묵을 어떤 의미로 해석했는지, 자이모쿠자가 내 어깨를 툭 치더니 덤으로 엄지를 척 치켜세웠다.

"걱정 마라. 어디까지나 고교 마지막이라는 것뿐이니."

으아, 너 얼굴에 너무 힘준 거 아니냐……?

"아니, 딱히 널 걱정한 적은 없다만……."

"또오 시치미 뗀다! 요 츤데레~!"

푸흡 손을 입가에 대고 품 키득 품 키득 쪼개는 자이모쿠자가 죽도록 짜증난다……. 하지만 지금 반박해봤자 오히려 더 얼토당토않은 소리를 할 게 뻔했다. 그래서 신물 난다는 표정으로 네네 맞아요 맞습니다요 하고 초스피드로 고개를 끄덕여주고 뒷말을 재촉했다. 아까 그 잔뜩 힘준 표정으로 미루어 보아 아마 아직 뭔가 할 말이 남았을 터였다.

그러자 아니나 다를까 자이모쿠자가 훗, 나직하게 웃더니 끝내주게 근사한 목소리로 말했다.

"딱히 포기하는 건 아니다. 고등학생인 지금이기에 쓸 수 있는 글도 있지만, 대학에 진학한 덕분에 쓸 수 있는 글도 있을 터이니. 질러가는 것만이 능사는 아니잖나. 둘러가는 것 또한 패왕의 길일진대……."

고등학생인 지금도 부지런히 쓰고 있다면야 멋진 대사겠다만……. 그런 생각이 들었으나 그 부분은 걸고넘어지지 않기로 했다. 내용 자체만 보면 그렇게 틀린 소리도 아니니까. 그러니 대신 다른 이야기를 하자. 눈부신 미소로.

"그렇기는 하지. 재수한 덕분에 쓸 수 있는 글도 있을지 모르니까."

"핫핫핫핫핫! ……어쩐지 리얼하니까 그 이야기는 하지 말자. 비교적 진짜로 리얼하게 실제로 재수할 것 같아 생각하기 싫다. 오케이, 스톱."

자이모쿠자가 하늘을 향해 호탕하게 웃어젖히나 싶더니 이내 정색을 했다. 그 모습에 저절로 쓴웃음이 흘러나왔다. 하여튼 이 녀석, 진짜 구제불능이라 왠지 안심된다니까……?

그러고 보면 자이모쿠자는 봉사부에 들어가기 전의 나를 아는 몇 안 되는 사람들 중 하나다. 체육 시간에 남는 인간들끼리 강제로 짝이 된 것뿐이지만, 어쨌거나 같은 처지이기는 했다. 봉사부에 들어가지 않았더라면 방과 후에는 오늘 같은 시간을 보냈을지도 모른다.

……하긴 그것도 의외로 나쁘지 않았으려나.

하지만 이런 건 가끔으로 충분해! 자이모쿠자하고 놀아주는 거, 솔직히 그냥 피곤하거든!

× × ×

수도권에도 매화가 피었다는 소식을 아침 뉴스로 접했다. 그 덕분에 일전의 세찬 바람이 매년 이맘때 부는 봄맞이 남풍임을 깨달았다. 지난 며칠간은 이따금 기습적인 한파가 찾아오기는 했어도 삼한사온이라는 말의 표본처럼 따스한 바람이 불 때도 많아, 기나긴 겨울도 막바지로 접어들었음을 실감하게 했다.

「동풍 불거든 향기 전해다오 매화꽃이여」라고 수험의 신[#41]께서도 노래한 바 있지만, 바로 그 타이밍에 코마치의 합격 발표일이 찾아왔다.

매화는 피었는가 벚꽃은 아직인가. 그렇게 민요라도 한 곡조 뽑고픈 심경으로 아침부터 전전긍긍하는 사람은 나뿐이고, 정작 당사자인 코마치는 차분한 표정으로 후루룩 녹차를 들이켤 따름이었다.

"저기…… 난 슬슬 학교 갈 거다만……."

"응, 코마치도 이제 갈 거야. ……그리고 발표 나거든 연락할 테니까 걱정 마."

뭐라고 말을 붙여야 하나 고민한 끝에 기껏 그런 소리밖에 하지 못한 내게 코마치는 담담하고 태연한 기색으로 찡긋 윙크를 해왔다.

어디로 보나 본인의 합격 발표일보다 동요한 눈치인 내 긴장을 풀어줄 요량이었을까. 일종의 여유마저 느껴지는 그 태도를 보고 나서야 나도 가까스로 진정이 되었다.

그날 이후로 코마치는 부쩍 성숙한 면모를 보이기 시작했다. 사회적으로는 아직 중학생이자 미성년자임에는 변함이 없지만, 이제는 어린아이가 아니라는 자각 같은 것이 엿보였다.

#41 수험의 신 헤이안 시대의 학자 스가와라노 미치자네. 키타노텐만구, 다자이후 같은 신사에서 학문의 신으로 섬긴다.

옛날부터 이상하게 어른스럽다고 할까, 세상에 찌든 느낌이 있는 아이였지만 그런 면에 침착함과 온화함이 더해진 눈치였다. 그러한 변화는 코마치의 성장이라 부르기에 손색이 없었고, 어떤 의미에서는 홀로서기를 시작했다는 증거이기도 했다. ……정말로 오빠 품에서 떠나가는 느낌인걸.

불현듯 치미는 일말의 쓸쓸함을 미소 뒤로 감추고 허둥지둥 집을 나섰다. 그리고 현관 앞에서 코마치를 향해 외쳤다.

"그럼 다녀오마."

"응~ 이따 봐~."

비록 모습은 보이지 않았지만 거실 쪽에서 태평한 느낌의 대답소리가 돌아왔다.

그리고 여느 때처럼 끼익끼익 힘겨운 소리를 내는 자전거를 타고 매일 다녀버릇해 익숙해진 등굣길을 달렸다. ……만약 코마치가 합격하면 함께 등교하게 될까? 아니, 십중팔구 그러지는 않을 것 같은 예감이 든다. 가끔 우연히 동시에 집을 나서는 일 정도는 생길지도 모르지만, 작정을 하고 붙어 다니지는 않을 테지. 그런 식으로 코마치와 나는 또다시 올바르고 편안하고 적절한 거리감을 착실하게 구축해나간다.

그렇게 계속 코마치 생각을 하다 보니 학교에 도착해 조례가 시작되고 수업이 진행되는 와중에도 내 마음은 내내 콩밭에 가 있었다.

2교시가 슬슬 끝나갈 즈음, 흘끗 시계를 곁눈질했다. 오늘은 아침부터 하염없이 시계만 쳐다봤는데 마침내 그 바늘이 내가 줄곧 의식해온 숫자를 가리켰다.

이제 곧 합격자 명단이 게시된다⋯⋯.

후우, 남몰래 심호흡을 하는데 이윽고 2교시 종료를 알리는 종소리가 울려 퍼졌다. 성큼성큼 교실을 나서는 담당 교사를 배웅하고 뭉친 어깨를 풀듯 팔을 빙글 돌리는데, 휴대폰이 부르르 떨렸다.

황급히 집어 들고 화면을 보니 푸시 알림창에 『새로운 메시지가 도착했습니다』라는 문구와 함께 코마치의 이름이 표시되어 있었다.

이 메시지에 코마치의 합격 여부가 적혀 있다고 생각하니 더럭 겁이 나서 열어보기가 망설여졌다.

그래도 마음을 단단히 먹고 당장이라도 떨려올 것만 같은 손끝으로 화면을 터치하려 했다.

하지만 그보다 먼저 한 마리 날렵한 짐승이 내 눈앞을 가로질렀다. 서러브레드의 꼬리가 나부끼듯 선명한 푸른 궤적을 그리며 한 줄기 바람이 불어왔다.

깜짝 놀라 시선을 향하자 카와사키 사키는 이미 달려 나가는 중이었다. 십중팔구 동생 타이시에게서 비슷한 타이밍에 연락이 온 것이리라. 그 바람에 나도 덩달아 벌떡 일어나 교실을 뛰쳐나갔다.

평소 같으면 얌전히 교실 구석을 지킬 두 사람이 느닷없이 자리를 박차고 나간 탓인지 「뭐야뭐야?」 하고 교실 안이 순식간에 소란스러워졌다.

"뭔데?! 뭔데 그래?! 무슨 일인데?! 갈까?! 우리도 갈까?! 에잇, 가즈아~!"

복도로 뛰쳐나가는 내 뒤에서 토베가 오두방정을 떠는 소리가 들려왔다. 하지만 지금은 뒤돌아볼 여유가 없다. 쉬는 시간은 10분밖에 되지 않는다. 카와사키는 이미 유려하게 스퍼트해 복도 저 너머로 사라진 후였다.

카와사키가 향한 곳은 합격자 명단이 게시되는 정문 앞이겠지. 당연히 내 목적지도 같았다. 예상대로 1분도 채 못 되어 사람들이 와글와글 모여 있는 공간에 다다랐다.

수험생들이 대거 운집한 상황에서도 코마치의 모습은 금방 눈에 들어왔다. 코마치도 때마침 나를 발견한 눈치였다.

이마에 맺힌 땀을 닦으며 헉헉 어깻숨을 몰아쉬는 나와 대조적으로, 코마치는 지극히 평온한 기색으로 손을 들어 보이며 천천히 이쪽으로 다가왔다.

"아, 오빠. 붙었어."

그리고 달랑 그 한마디를 천연덕스러운 표정으로 내뱉었다.

그 바람에 나도 맥이 탁 풀려버렸다. 뛰어오느라 턱 끝까지 차올랐던 숨도 땅이 꺼지라 내쉰 한숨 덕분에 가라앉았고, 뒤이어 허탈감과도 닮은 안도감이 서서히 퍼져나갔다.

"그러냐……"

겨우 언어의 형태를 갖추고 입 밖으로 흘러나온 말은 그것뿐이었다. 어찌나 기쁜지 코마치를 입에 침이 마르도록 칭찬하며 덩실덩실 춤이라도 추고 싶은 심정이었지만, 막상 당사자가 사뭇 당연하다는 반응을 보이자 나도 그 분위기에 맞추어줘야 할 것 같은 느낌이 들었다.

마음 같아서는 머리라도 쓰다듬어주고 싶었지만 그러기에는 어느새 너무 커버렸다. 철부지 오빠가 아니라 성숙한 오라버니로서, 성장한 누이동생에게 걸맞게 냉정하게 행동하도록 하자.

그렇게 생각하며 성인 남성이 건넬 법한 다소 격식 있는 축하 메시지를 생각해내려 애썼다.

"다행이네. ……다행이다, 정말 다행이야."

하지만 입 밖으로 흘러나온 말은 그렇게 유치하기 짝이 없는 소리뿐이었다. 하여튼 못 말리는 오빠다. 동생에 비하면 성장한 구석이라고는 전혀 없구나 싶어 지독한 자괴감에 사로잡혔다. 평소에는 시답잖은 소리를 잘도 늘어놓는 주제에, 정작 필요할 때는 그럴듯한 말 한마디 하지 못한다.

기막혀하고 있을 게 분명하다고 생각하며 코마치를 보았다.

말로 능숙하게 표현할 수 없다면 최소한 표정으로라도, 최대한 밝은 미소로라도 축하해주자. 문제는 내 미소가 썩 보기 좋은 편은 못 된다는 점인데, 그 부분은 부디 눈감아주기를 바라는 수밖에.

그러나 코마치는 눈을 감아주지 않았다. 그저 미소 어린 눈빛으로 내 눈을 물끄러미 응시할 따름이었다.

"응, 다행이야. 정말……."

그렇게 뇌까리며 고개를 끄덕이는 코마치의 커다란 눈동자가 햇살에 반짝였다. 뒤이어 코에서 훌쩍 소리가 나며 말이 끊어졌고, 거칠게 내쉰 숨결은 가냘프게 떨렸다. 감정을 억누르려고 코마치가 크게 숨을 들이쉬었다. 뒤이어 흘러나온 숨소리에는 오열이 묻어났다.

"정말, 정말로…… 다행이야…… 정말 다행이야~!"

반쯤 들이받다시피 나를 향해 달려든 코마치가 교복 재킷 가슴팍에 거칠게 머리를 비벼왔다. 피부에 닿는 축축한 숨결이 불규칙적으로 꺽꺽대며 음파의 덩어리로 변해 내 가슴을 때렸다.

이런 식으로 엉엉 우는 코마치를 본 게 얼마만일까. 우는 모습은 어릴 때와 조금도 달라지지 않았다. 오늘 아침에는 그렇게 어른스러워 보였는데 말이야. 쓴웃음을 짓다가 문득 깨달았다.

아니, 틀렸다. 코마치는 침착했던 게 아니라 애써 담담한 척했던 것뿐이었다. 불안과 긴장에 시달리면서도 부모님과 내게 걱정을 끼치지 않으려고, 어쩌면 걱정을 사서 뭔가 질문을 받게 되는 스트레스 상황을 피하려고 했다. 무자비할 만큼 명확하게 주어지는 결과를 앞에 두고, 그것을 오롯이 받아들이고자 떨리는 다리로 필사적으로 일어서려고 했던 것이다.

그 노력이 보상받아서 정말 다행이다. 진심으로 그렇게 생각했다.

내 손길은 자연스럽게 코마치의 머리로 향했다. 톡톡 가볍게 토닥여주고 그대로 머리카락을 마구 헝클어뜨렸다. 그러자 품속의 코마치가 다시 대성통곡을 했다.

"우와아아아앙, 오브아아아아~ 드아행이야아아아아~."

하도 울어서 영화 카이지의 후지와라 타츠야처럼 발음이 뭉개진 코마치의 등을 부드럽게 토닥이며 달래주었다.

보아하니 오빠 졸업, 여동생 졸업에는 아직 조금 더 시간이 필요할 모양이다. 싫어도 조만간 코마치는 어엿한 어른으로, 멋진 여성으로 거듭나겠지. 아마도 그리 멀지 않은 시기에.

그래도 그때까지는, 앞으로 한동안은 오빠 노릇을 하게 해주려나……?

그렇게 잠시 코마치와 기쁨을 나누고 있자니, 뒤에서 카와사키 사키의 날카로운 외침소리가 들려왔다.

"타이시!"

"누나, 해냈어!"

흘긋 고개만 돌려 시선을 향하자, 합격자에게 주는 서류를 받으러 갔다 왔는지 그것을 높이 치켜든 타이시가 이쪽으로 걸어오는 모습이 보였다.

뿌듯함에 가득 찬 타이시의 음성은 희대의 명작 『록키』를 방불케 할 정도로 에이드리언해서, 꽤나 큰 성량을 자랑했다.

그 소리가 귓가를 파고드는 바람에 다른 사람의 존재에 생각이 미쳤는지, 퍼뜩 정신을 차린 코마치가 나를 밀어냈다. 그리고 교복 소매로 눈가를 쓱쓱 닦았다.

하긴 그야 아는 사람한테 대성통곡하는 모습을 보이고 싶지는 않겠지. 나는 쓴웃음을 지으며 코마치를 등 뒤로 숨겼다.

그러자 나를 발견했는지 타이시가 이쪽으로 걸어왔다. 카와사키는 어떠냐 하면 구석에서 혼자 하늘을 바라보며 이따금 눈가를 훔치는 중이었다. 그래그래, 그쪽 누님도 참 잘 됐구나…….

그렇게 카와사키의 심정을 공감해 가슴 뭉클해하는데, 타이시가 내 앞에서 주먹을 불끈 쥐고 승리 포즈를 취했다.

"형님, 저 해냈어요!"

"형님이라고 부르지 마, 죽는다. 선배라고 부르라고. 해냈구나, 축하한다. 근데 누구냐?"

"감사합니다! 카와사키 타이시입니다! 으음…… 히키가야 선배!"

씨익 웃는 그 얼굴은 예전보다 한결 선이 날카로워져, 어엿한 남자의 표정으로 탈바꿈한 상태였다. 그 모습을 보자 나도 저절로 남자다운 대응으로 축하해주고 싶은 마음이 들었다.

"……그래, 잘 됐구나. 좋아, 내가 헹가래를 쳐주마."

"형님 혼자서요?! 그건 헹가래가 아닌데요?! 그냥 집어던지는 거잖아요! 아래 콘크리트거든요! 죽는다고요!"

타이시가 양손을 앞으로 내밀며 후다닥 내게서 떨어졌다. 철저한 거부 태세였다. 그 반응에 쓴웃음을 지으며 농담이라고 말하려 했다.

"오옷, 헹가래치는겨? 진짜로? 거 좋지~!"

그러나 입을 떼기도 전에 토베가 불쑥 얼굴을 내밀었다. 기회는 이때다 싶어 축하를 핑계로 한바탕 요란법석을 떨 심산이겠지. 그 뒤로 야마토와 오오오카도 보였다. 유심히 살펴보니 그 밖에도 우리 반과 다른 반 애들이 군데군데 눈에 띄었다. 그러고 보니 하야마는……? 그렇게 생각하며 주위를 둘러보자, 교사들과 화기애애하게 담소를 나누는 중이었다. 보아하니 쉬는 시간이기는 하나 멋대로 밖에 나와 돌아다니는 우리를 커버해주려는 눈치였다. 하지만 그런 친절도 토베 일당 앞에서는 말짱 도루묵이랍니다…….

예이~! 하고 함성을 지른 토베가 야마토와 오오오카 등을 이끌고 저항하는 타이시를 빙 둘러싸더니 으쌰으쌰 헹가래를 치기 시작했다.

그 사이 나는 여전히 등 뒤에 숨은 채인 코마치를 돌아보았다.

"코마치, 학교에 연락해라. 그리고 집에도. 알겠냐?"

"……응."

아직도 눈은 빨갛고 코맹맹이 소리가 났지만, 코마치는 스마트폰을 톡톡 두들겨 우선 학교에 전화를 걸었다. 통화하는 소리를 들으며 시계를 확인했다. 슬슬 교실로 돌아가지 않으면 위험하려나……? 그렇게 생각하며 교사들을 회유 중인 하야마를 돌아본 순간, 그 옆으로 황급히 뛰어오는 유이가하마의 모습을 발견했다.

"코마치~!"

부르는 소리에 코마치가 고개를 들었다. 그리고 얼른 통화를 끝내고 그쪽으로 달려갔다.

"유히 헌니이~!"

가까스로 진정됐나 싶었더니만, 유이가하마의 얼굴을 본 순간 코마치의 눈물샘이 도로 왈칵 터지고 말았다. 서슴없이 뛰어가 유이가하마를 와락 끌어안더니, 동료가 되라는 권유를 받고 미, 밀짚모자……! 하고 감격하듯 눈물을 뚝뚝 흘린다. ……어쩐지 나랑 있을 때보다 더 펑펑 우는 거 같다만? 기분 탓인가?

코마치가 울음 섞인 목소리로 합격했음을 알리자, 유이가하마는 그 한마디 한마디를 꼬박꼬박 고개를 끄덕여가며 들어준 다음 꼭 안아주었다. 그리고 가슴에 얼굴을 묻은 코마치와 이마를 맞대고 생긋 미소 지었다.

"축하해……. 잘 됐다……. 정말 애 많이 썼어……. 나두 너무너무 기뻐!"

속삭이듯 건넨 말의 끝자락에는 눈부시도록 환한 미소가 따라왔다. 그러자 코마치도 눈물로 얼룩진 얼굴로나마 활짝 마주 웃어 보였다.

"유키농한테두 알려줘야지!"

유이가하마의 말에 코마치도 힘차게 고개를 끄덕이며 스마트폰을 꺼냈다. 하지만 이내 움찔 몸을 굳혔다.

"네! 우웃, 근데 눈물이 앞을 가려서 화면이 하나도 안 보여요……."

"아…… 내가 전화할게."

유이가하마가 쓴웃음을 지으며 전화를 걸기 시작했다. 셀카를 찍는 듯한 자세로 스마트폰을 들고 본인과 코마치의 모습을 전면 카메라에 담는다. 보아하니 영상 통화를 시도하려나 보다. 아마 코마치의 얼굴을 보여주려는 배려일 테지만…… 유키노시타, 과연 그런 기능을 쓸 줄은 알려나……?

걱정하는 사이, 비록 악전고투를 거치기는 했지만 세 사람은 곧 화면 너머로 이야기를 나누기 시작했다. 스마트폰 액정에 얼굴을 바짝 들이댄 코마치가 또다시 「유기노 헌니이~!」 하고 울음을 터뜨렸다. 하는 꼴을 보니 집에 연락하는 건 까맣게 잊어버린 모양이구만……

부모님, 특히 아버지는 못내 가슴 졸이며 기다리고 있을 게 분명하다. 연락이 없는 걸 보니 설마……? 혹시 그 사실을 비관해서……? 하고 상상의 나래를 활짝 펼쳐도 곤란하다. 그러니 일단 낭보를 전해두도록 하자. 하지만 아버지는 코마치한테서 직접 듣고 싶었다고 투덜댈 게 뻔하단 말이지. 아이참! 하여간 부전자전이라니까!

그리하여 어머님 전상서.

벚꽃 피다[#42]. 이상.

× × ×

코마치를 돌려보내고 교실로 돌아온 후에도 변함없이 어딘가 싱숭생숭한 느낌이 남아 있어, 다소 멍한 상태로 시간이 흘러갔다. 심지어 코마치의 합격 사실을 확인한 덕분에 가슴

#42 벚꽃 피다 합격했음을 뜻하는 말로, 과거 일본에서 대학 수험생의 합격 사실을 알릴 때 썼던 전보 문구에서 유래되었다.

속이 완전히 안도로 물들어버린 나머지, 수업 내용은 거의 머릿속에 들어오지도 않았다.

정말 다행이야……. 그렇게 사무치는 행복을 곱씹고 또 곱씹는 사이, 한 시간 두 시간 수업이 끝나갔다. 옛날부터 밥은 꼭꼭 씹어 먹으라고 교육받아온 덕분인지 희소식 하나면 두세 번씩 음미하고도 남는다. 오죽하면 젖소도 울고 갈 기세로 되새김질마저 해버렸을 정도다.

그러다 보니 점심시간의 시작을 알리는 종소리가 딩동댕동 시끄럽게 울려 퍼져도 크게 허기진 느낌은 들지 않았다. 평소 같으면 배를 채우기에 충분한 양을 확보하고자 종이 치기가 무섭게 매점으로 전력 질주했을 테지만, 오늘은 자리에서 뭉그적거릴 만큼 여유가 넘쳤다.

뭘 먹을까 생각하며 엉거주춤 몸을 일으키려는 순간, 교실 앞쪽에서 노크 소리가 몇 번 들려오더니 천천히 문이 열렸다. 교무실이나 부실이라면 또 모를까, 일반 교실에 들어오는데 굳이 노크씩이나 할 필요가 있나……? 그렇게 미심쩍은 눈길을 보내는데, 문 틈새로 얼굴을 내민 사람은 다름 아닌 유키노시타 유키노였다.

보기 드문 방문객의 등장에 한순간 교실에 술렁임이 일었다. 하지만 모두의 이목이 집중되는 가운데에서도 유키노시타는 눈썹 하나 까닥하지 않고 용건을 밝혔다.

"카와사키, 있니?"

"……어? 나, 나 말이야?"

약간 상기된 목소리로 자기 얼굴을 가리키며 물은 카와사키가 놀란 기색으로 눈을 깜빡였다. 그 말에 유키노시타가 고개를 끄덕였다. 양쪽 다 뭇사람의 시선을 끄는 외모라는 점도 한몫해 한층 주목도가 높아졌다. 호기심 어린 시선이 쏟아지자, 카와사키가 쑥스러운 기색으로 이맛살을 찌푸리고 입가를 씰룩거리더니 새빨개진 얼굴로 후다닥 유키노시타 쪽으로 향했다.

이윽고 두 사람은 문 옆에서 뭔가 소곤소곤 대화를 나누기 시작했다. 으음…… 카와사키 양, 수줍음을 타서 그런가 목소리가 모기만 하군요……. 유키노시타도 상대방의 페이스에 맞추어주기로 마음먹었는지 이야기소리가 거의 밀담을 나누는 수준이라, 내용은 전혀 알아들을 수 없었다.

주위에서도 무슨 일인가 싶어 귀를 쫑긋 세우고 엿듣는 기색이었지만, 리액션으로 미루어보아 제대로 들리는 사람은 아무도 없는 눈치였다.

하지만 상황상 십중팔구 프롬과 관련된 이야기겠지. 특별히 관여할 예정도 없는 사안에 관한 이야기를 집요하게 엿듣는 것도 몰상식한 짓이다.

그래서 이번에야말로 미련 없이 자리를 떨치고 일어나 교실 뒤편 출입문으로 향했다. 그러다 창가 쪽 자리가 평소보다 조용하다는 사실을 깨닫고 무심코 그쪽을 곁눈질하고 말았다.

그러자 유키노시타와 카와사키 쪽을 바라보는 유이가하마의 모습이 눈에 들어왔다. 아마 유이가하마도 유키노시타가 찾아온 이유를 짐작한 거겠지. 그래서인지 아무 말 없이 그저 가만히 지켜보기만 했다.

그러나 미우라의 눈에는 그 광경이 약간 기묘하게 비친 모양이었다.

"유이~ 넌 안 가?"

질문은 무뚝뚝했고 드러나는 말투도 뾰족했다. 그런데도 신기하게 염려하는 기색이 느껴졌다. 십중팔구 수많은 단어가 생략된 대신 한마디 한마디에 다양한 의미가 함축된 복잡한 맥락의 질문일 테지만, 유이가하마는 별다른 어려움 없이 이해한 눈치였다.

"우움~ 응. 꼭 지금 끼어들지 않아두 필요한 이야기다 싶음 아마 나중에 알려줄 테구. 게다가 이따가 나두 부실 갈 거니까 괜찮아."

잠시 생각해보듯 뜸을 들이면서도 유이가하마가 미소 띤 얼굴로 대답하자, 미우라가 납득한 건지 아닌지 헷갈리는 반응을 보이며 컬이 들어간 머리카락을 빙글 꼬았다.

"흐음~."

뒤이어 에비나 양과 흘끗 시선을 교환하더니, 둘 다 보일락 말락 고개를 갸웃했다.

하기는 그런 반응도 이해는 간다. 예전하고는 다소 구도가 달라졌으니 위화감이 느껴질 법도 하다.

하지만 그 구도가 달라진 까닭은 틀림없이 조금이지만 앞으로 나아갔기 때문이다.

유이가하마 일행 쪽을 곁눈질하며 성큼성큼 교실을 나섰다.

×　×　×

매점에서 남은 물건을 적당히 골라와 한 손에 맥캔을 들고 항상 앉는 위치에 자리 잡았다. 테니스 부원들의 점심 연습 소리와 동박새의 지저귐을 벗삼아, 평소보다 조금 늦은 런치 타임이라며 분위기를 내보았다.

밖에서 먹기에는 아직 바람이 찼지만, 코마치의 합격 발표 가 남긴 여운 덕분인지 못 견디게 춥지는 않았다.

저녁에는 합격 축하 파티 겸 진수성찬을 먹을 테니 점심은 가볍게 때워도 되겠다 싶어 식사용 조리빵을 두 개쯤 해치우 고 HOT한 맥캔을 후룩 들이켰다.

그렇게 멍하니 앉아 있자니 뒤에서 콧노래와 함께 경쾌한 발소리가 들려왔다. 어라, 이 콧노래는……? 하고 뒤돌아보니 역시나 잇시키였다. 나를 발견한 잇시키가 입을 딱 벌리고 다 소 뜨악한 기색으로 놀라움을 드러냈다.

"맙소사, 진짜 이런 데 있네……."

"어, 그래. 웬일이냐?"

뭔가 무례한 소리를 들은 것 같은 느낌도 들었으나, 어차피 어제오늘 일도 아니므로 적당히 흘려 넘기고는 용건을 물었 다. 그러자 잇시키가 「아, 잠깐 드릴 말씀이 있어서요……」라고 대답하며 내 옆으로 다가오더니, 갑자기 무언가가 생각났는지 불쑥 화제를 돌렸다.

"……그보다 선배님, 왜 교실에 얌전히 붙어 계시지 않는 거예요?! 일부러 거기까지 갔는데 헛수고만 했잖아요! 선배님 없느냐고 물어보는 거요, 엄청나게 창피했다고요!"

수치스런 기억이 되살아나는지, 얼굴이 새빨개져서는 내 어깻죽지를 마구 잡아당기며 거칠게 항의해왔다. 그 기세는 잦아들 줄 몰랐고, 또다시 격앙된 기세로 성토하기 시작했다.

"게다가! 게다가요! 토베 선배가 글쎄 주위 사람들한테 막 우렁찬 목소리로 물어보더라니까요! 제가 선배님을 찾는데 늬들 뭐 아는 거 없냐 예이~! 라고요! 어떻게 그럴 수가 있어요?!"

으아, 그 광경이 눈에 선하다……. 단지 거기서 예이가 튀어나올지는 잘 모르겠다만. 그래도 확실히 토베라면 그러고도 남을 놈이다. 그게 순수한 선의에서 비롯된 행동이면 미워하려야 미워할 수 없겠지만, 토베의 경우 그중 어느 정도는 에비나 양을 향한 『나 이래 봬도 사실은 꽤 착한 녀석이걸랑? 안 그래?』라는 어필이 포함되어 있는 탓에 자연스럽게 미워하게 되어버린다는 점이 골치 아프다.

"응, 그래. 뭔가 미안하구나. 내 잘못은 하나도 없지만 전부 토베 잘못이지만. 그래, 아무튼 그래서 하야마가 도움의 손길을 내밀어줬다는 이야기로구나?"

이어질 전개를 내다보고 그렇게 말하자 잇시키가 내 어깨에서 손을 떼고 살래살래 손사래를 쳤다.

"아뇨, 그 전에 미우라 선배가 시끄럽다며 버럭 성질을 내는 바람에 조용해졌어요."

아하, 그 패턴이었나……. 그것도 충분히 상상이 간단 말이지……. 그 장면이 생생하게 눈앞에 그려졌을 때, 잇시키가 다시 덧붙였다.

"그래서 하야마 선배가 유이 선배한테 물어보라고 조언해주셔서, 여기까지 오게 된 거예요."

"흐음, 그래. ……할 말이 있다고 했던가?"

"네. 부탁드릴 게 있어서요."

다시 한 번 묻자 잇시키가 몸가짐을 바로 하더니 무릎을 살며시 감싸 안았다. 그리고 고개를 살짝 기울이는가 싶더니 올려다보는 듯한 시선을 보내왔다. 가느다란 손가락이 내 소맷자락을 살며시 잡아끈다. 산들바람에 황갈색 머리카락이 나부꼈고, 갈색 눈동자에는 물기가 어렸다.

"선배님…… 도와주시면 안 될까요……?"

"싫다니까 그러네……. 프롬, 영 체질에 안 맞고."

앙큼한 이로하스 공격은 이제 안 통한다고……! 그렇게 생각하면서도 그만 고개를 돌려버리고 말았다. 빤히 응시했다가는 얼떨결에 승낙하고 말 테니 어쩔 수 없지!

게다가 한 번 거절한 체면이 있으니 손바닥 뒤집듯 말을 바꾸기도 껄끄럽다. 덤으로 여기서 고집을 꺾었다가는 잇시키의 애교에 넘어간 꼴이 되어버릴 테고 말이야…….

그런 태도는 불순하고 불성실하기 그지없다. 자신의 의사를 관철한 그녀에 대한, 자신의 존재 증명을 내건 그녀에 대한,

자신의 판단에 따라 결연하게 선택한 그녀에 대한 지독한 결례다. 그렇다면 나 역시 최소한 자신이 내놓은 결론에 긍지를 가져야 하지 않겠는가. 애초에 나는 프롬에 찬성하는 입장이 아니다. 봉사부로서가 아니라 개인의 판단에 따른다는 전제가 붙는 이상 그 결론은 달라지지 않는다.

그러나 말이란 때로 받아들이는 쪽에 의해 그 의미가 완전히 달라지기도 하는 법인가 보다. 잇시키는 내 대답을 듣고도 어쩐지 만족스러운 미소를 지었다. 그리고 꿈꾸는 듯한 표정으로 눈을 감고는 살며시 가슴에 손을 얹은 채 고개를 들더니, 작은 새가 옛날이야기를 노래하듯 나직하게 읊조렸다.

"말은 그렇게 하면서도 제가 의지해오자 무척 기뻐 보이는 선배님이었답니다."

"……이 얼굴이 그래 보이냐?"

일부러 한껏 불쾌한 표정을 지어보였다. 말로 해서 못 알아들으면 눈이다. 눈으로 보여주는 수밖에 없다.

그러자 눈에는 눈이라는 듯 잇시키도 갑자기 정색을 했다. 평소에는 커다랗게 떠 반짝반짝 빛나는 눈동자가 불현듯 가늘어지더니, 칼날을 연상케 하는 매서운 빛을 뿜어냈다.

"……그 질문, 솔직하게 대답해드려요?"

"엇, 뭐야. 뭔가 무섭잖아. 대놓고 정색하지 말라고."

어찌나 진지한 표정으로 묻는지 그만 살짝 쫄고 말았다. 얼른 얼렁뚱땅 화제를 바꿔야겠어!

"어차피 유키노시타가 잘 하고 있을 거 아냐? 무슨 문제라도 있냐? 아, 사실은 별로 안 친하다던가 뭐 그런 이야기라면 하지 말아줄래? 듣기 괴로우니까."

"저기요, 일단 말해두겠는데요. 저는 유키노 선배를 꽤 좋아한다고요. ……하긴 유키노 선배가 저를 좋아하느냐는 또 별개의 문제고, 친하다고 해도 될지는 잘 모르겠지만요."

잇시키도 처음에는 발끈한 기색으로 대꾸했지만, 나중에는 약간 시무룩한 표정이 되었다.

아니, 유키농은 이로하스를 좋아한다고 봐……. 그것도 상당히……. 하지만 침묵은 백합, 아니, 침묵은 금이라고들 하니까. 어차피 조만간 본인도 실감하게 될 테고.

그렇게 진지하게 생각하는 사이, 잇시키가 쓱 고개를 들더니 손가락을 까닥까닥 흔들며 현재 상황을 알려주었다.

"게다가 진행 자체는 솔직히 일사천리예요. 엄청 유능하다는 거야 전부터 알았지만요. 실제로 같이 일해 보니까 대체 왜 유키노 선배가 학생회장이 아닌지 이해가 안 되는 수준이더라고요. 오죽하면 부회장을 자르고 저희 쪽에 계속 붙들어놓고 싶을 지경이라니까요?"

"네가 아니라 부회장이 잘리는 거냐……. 걔도 자기 딴에는 열심히 하는 눈치던데. 잘은 모른다만."

서기 양과 시시덕댈 때만 빼면 성실한 타입……이었던 것으로 기억한다. 그러니까 염장질하지 말고 일하라고. 일이 물로 보이냐.

어딘가 부러움과 질투와 선망이 묻어나는 잇시키의 말투로 보아 유키노시타는 본인의 능력을 유감없이 발휘하며 그 기량을 뽐내고 있는 눈치였다. 유키노시타의 역량과 경험치를 감안하면 그 정도는 쉽게 상상이 갔고, 그러다 보니 그 후에 펼쳐질 상황 역시 단박에 눈앞에 그려지고 말았다.

"관계도 원만하고 일도 순조롭다면야 잘된 일이다만…… . 문제는 순조로움에도 종류가 있다는 거지."

"네?"

나직하게 내뱉은 말에 잇시키가 뜬금없이 무슨 헛소리냐는 듯 입매를 일그러뜨리고 의혹에 찬 눈빛으로 고개를 갸웃했다. 거참 되묻는 방식이 사람 열 받게 만드는구만…… . 하지만 어쩔 수 없는 일이다. 지난번 문화제 때 잇시키는 아직 학생회장도 뭣도 아니었으니까.

그래서 누군가에게 희생을 강요함으로써 원활하게 돌아가는 형태의 순조로움을 알지 못하는 것이다.

더 정확히 말하면 이번 프롬을 진행하는 멤버 가운데 그 사실을 아는 사람은 없다. 이번 건에 한해서는 유이가하마도 함께 하지 않는다. 유키노시타에게 무리하지 않겠다는 약속을 받아내기는 했지만 상황이 급박해지면 이 정도는 괜찮겠지, 여기까지는 문제없겠지 하고 자신을 속여 가며 무리를 거듭할 가능성이 있다. 따라서 그 사실을 눈치채고 적시에 제동을 걸어줄 사람이 필요하다. 그렇지 않으면 파국으로 치닫고 만다.

그러니 잇시키에게는 반드시 말해두어야 할 테지.

"충고라고 할 정도는 못 된다만, 유키노시타에게 지나치게 의존하지는 마. 웬만한 일은 척척 해치우니까 죄다 떠맡겨버리기 십상인데, 그러다가 그 녀석이 나가떨어지면 프로세스 전체가 중단되어버리거든. 어이없을 만큼 저질 체력인데 고집은 죽도록 세고, 승부욕이 강해서 가끔 아무렇지도 않게 무리를 해버린다고. ……그러니까 일단 조심은 해두는 편이 나을 거야."

일을 거들지 않는 입장이니 쓸데없는 참견도 삼가는 편이 좋겠지만, 최소한 이것만큼은 일러두어야겠다 싶어 주제넘게 느껴지지 않을 정도의 말투로 설명했다. 잇시키의 이해력이라면 내 말뜻 정도는 충분히 파악할 수 있겠지.

"……그렇군요."

내 말을 잠자코 듣고 있던 잇시키가 이윽고 흐음, 납득한 기색으로 중얼거렸다. 그리고 흘끗 내게 의심스럽다는 시선을 보내왔다.

"예전부터 느꼈던 건데요, 선배님은……."

엇, 뭐야. 뭔데 그래……? 뭔가 무섭다만……. 수상쩍다는 듯 빤히 쳐다보는 그 눈빛에 쩔쩔매는데, 잇시키가 삐죽 내밀었던 입술로 피식 웃었다.

"과보호예요."

입가에는 희미한 미소가 감돌았지만 그 속에는 왠지 모르게 비웃음이 담긴 것처럼 보였고, 그 음성에는 모진 차가움이 묻어났다. 그러나 이내 가늘게 뜬 눈을 두세 번 깜빡이는가 싶더니 장난스럽게 크고 동그란 눈동자를 드러내 농담임을 암시했다.

그제야 나는 슬그머니 고개를 돌리고 막혔던 숨을 토해낼 수 있었다.

"아니, 그건 아니라고 본다만……."

가쁜 숨을 고르며 대답하자 잇시키가 턱에 손가락을 대고 고개를 갸웃했다.

"그럼 뭐라고 해요? 오빠 기질?"

"아, 그건 있는지도 모르겠는데."

"그러니까 역시 연하 취향인 거죠?"

잇시키가 불쑥 몸을 내밀며 물어오자 그만큼 뒤로 물러나며 내가 대답했다.

"아니라니까……."

그러자 이번에는 잇시키가 살짝 몸을 뒤로 젖혀 거리를 벌리며 놀리듯 말했다.

"과연 그럴까요~?"

"과연이고 뭐고 여동생이 있으면 그렇게 되는 법이라고. 습관이랄까, 저절로 여동생을 대할 때하고 비슷해져."

몸을 젖히지도 내밀지도 않고, 등줄기를 꼿꼿이 편 채 「버릇이 돼서 말이야, 오빠 노릇 하는 게……」라는 느낌으로 한껏 폼을 잡으며 호주머니에 손을 찔러 넣고 대답했다. 그러자 잇시키가 어이없다는 듯 픽, 헛웃음 섞인 나직한 한숨을 내쉬었다. 무섭도록 빠른 태세 전환. 내가 아니었더라면 눈치채지 못했을걸.

"그거요, 그만두는 편이 나을 것 같은데요."

"그, 그러냐……."

싸늘한 음성으로 매몰차게 대꾸하는가 싶더니, 잇시키가 세우고 앉은 무릎에 양손으로 턱을 괴고 심드렁한 기색으로 교정을 바라보았다.

"동생 취급을 받고 기뻐할 여자는 없으니까요."

서글픈 울림을 품고 찬바람 속으로 흩어져간 말에서는 기묘한 실감이 묻어났다.

어쩌면 그런 경험이 있는지도 모른다. 잇시키는 연상에게 인기 있을 타입이니 여동생 취급을 받은 적이 있다고 해도 이상할 게 없다. 무엇보다도 영악하기 짝이 없는 이 여우같은 후배를 여동생과 동격으로 놓는다는 게 나로서는 이해가 안 간다만. 누가 뭐래도 내 여동생은 세계의 여동생 히키가야 코마치니까. 코마치 이전에 코마치 없으며, 코마치 이후에 코마치 없나니[43]. 코마치를 능가하는 여동생을 나는 알지 못하며, 내 여동생은 오직 코마치뿐이다. 심지어 『여동생만 있으면 돼』라고 전전전세부터 누누이 말해왔을 정도라니까.

어라, 잠깐만? 그럼 세계의 여동생 코마치도 다른 남자들로부터 「넌 어쩐지 동생 같다니까」 같은 소리를 듣는 건가……?

그건 어째 좀…… 그렇게 내심 찜찜해하다 보니 자연스럽게

#43 코마치 이전에 코마치 없으며, 코마치 이후에 코마치 없나니 일본의 전설적인 유도선수 키무라 마사히코를 칭송하는 대표적인 멘트 「키무라 이전에 키무라 없으며, 키무라 이후에 키무라 없나니」의 패러디.

육성으로 내뱉고 말았다.

"그야 그렇지. 멋대로 오빠 행세를 하는 놈은 아무래도 기분 나쁘고, 홀딱 깬다니까. 심지어 범죄일 정도라고."

"네? ……아, 네에. 그야 뭐 기분 나쁘기는 하지만요……."

잇시키가 휙 이쪽을 돌아보더니 뜬금없이 웬 헛소리야 기분 나쁜데 이 인간이라는 표정으로 떨떠름한 기색을 드러냈다. 하지만 이내 마음을 가다듬고 흠흠 헛기침을 했다.

"그런 뜻이 아니라요, 왠지 이성으로 보지 않는 느낌이 들잖아요? 선배님도 오빠 같다고 하면 좀 싫지 않아요?"

"아니, 실제로 오빠니까 딱히 싫지는 않다만……."

"으음…… 남자는 그럴지도 모르겠네요. 아, 그럼……."

좋은 아이디어가 떠올랐는지, 잇시키가 음음 목을 풀더니 눈을 감고 조용히 심호흡을 했다. 마치 여배우가 촬영을 앞두고 감정을 잡는 모습 같았다. 그렇게 이로하스 대기를 타고 있자니 잇시키가 천천히 눈을 뜨고 무표정한 얼굴로 나를 바라보았다. 자, 그럼…… 레디, 액션!

잇시키가 어색한 미소를 띠는가 싶더니 입가에는 변함없이 미소를 머금은 채로 시선만 살짝 피했다.

"아, 아하하……. ……선배님은 왠지 아빠 같아요. 음, 그게…… 뭐랄까, 그러니까…… 언제나 감사하게 생각한달까? 으음, 뭐 그런 느낌……?"

그 보고는 하치만에게 충격을 주었다.

그렇게 마음속으로 내레이션을 해가며 요코야마 삼국지의

공명 컨셉이라도 잡지 않고서는 못 배길 만큼 꽤나 비교적 진심으로 상처 입었다. 무엇보다도 말투와 태도 곳곳에서 상대방에게 무례하게 굴지 않으려는 노력, 그리고 상처주지 않으려는 노력이 엿보인다는 점이 뼈아팠다. 그나저나 고등학생한테 아빠라니 그거 무조건 욕 아냐? 하기야 내가 서른이 됐을 때 몇 살 연하한테 듣는다 하더라도 상처 입기는 마찬가지일 테지만 말입니다!

거의 완벽에 가까운 명연기를 선보인 잇시키가 시선만으로 어떠냐고 물어왔다. 그래서 나도 힘주어 고개를 끄덕였다.

"……타격이 엄청나겠는데. 대놓고 연애 대상으로는 논외라는 느낌이 나는데다, 무엇보다도 나한테서 노인네 냄새 나나? 쉰내 쩐다는 뜻인가? 싶어서 자살 충동이 솟구치고…… 아마도 죽어버릴걸."

"냄새 이야기는 제쳐두고요, 감각적으로는 딱 그거예요. 논외라는 느낌이요."

잇시키가 팔짱을 끼고 흠흠 고개를 끄덕였다. 그리고 추가원 포인트 레슨이라는 듯 손가락을 척 세우고 말을 이었다.

"애초에 『동생 같다』면서 접근하는 남자는 나중에 높은 확률로 『더 이상 동생으로 느껴지지 않아……』를 작업 멘트로 써먹는다고요. 그것까지 한 세트니까요."

"으윽, 미친……. 그게 뭐야……. 여동생을 뭐로 보는 거냐고……. 여동생이란 신성불가침이자 성역이라고……. 여동생이라는 개념을 다시 한 번 깊이 되새겨보고 회개하라고……."

"왠지 예상했던 반응하고는 다르지만, 그냥 넘어갈게요……. 아무튼 그러니까요."

냉랭한 눈빛으로 못마땅한 듯 쏘아붙인 잇시키가 허리에 손을 얹고 훈계용 포즈를 취하더니 조곤조곤 나를 타이르기 시작했다.

"앞으로는 여자한테 동생 같다는 소리를 함부로 하지 않는 게……."

말하다 말고 갑자기 움찔하더니, 잇시키가 후다닥 몸을 뒤로 빼며 우왓 손으로 입을 가렸다.

"헉! 설마 나중에 『더 이상 동생으로 느껴지지 않아……』라는 멘트로 저를 꼬실 작정이셨던 건가요 아무리 그래도 말이 나오자마자 그러시면 설렐 여지가 없으니까 다음 기회에 재도전 부탁드릴게요 죄송해요."

"그래그래 알았어 알았다고 안 해 안 한다고."

쉴 새 없이 장황한 대사를 늘어놓은 탓에 숨이 가빠오는지 후우 심호흡을 하는 잇시키의 숨소리에 내 한숨소리가 겹쳐졌다.

"그 반응은 뭐예요? 선배님 제 말 하나도 안 들으신 거 맞죠?"

잇시키가 못마땅한 기색으로 뺨을 볼록 부풀렸다. 아니 그게 말도 너무 빠르고, 매번 결론은 무조건 죄송하다로 끝나잖아……. 진지하게 들을 리 있겠냐고…….

맥 빠진 표정을 짓자 잇시키가 몹시 언짢은 기색으로 흥 콧방귀를 뀌며 고개를 돌렸다.

"네 뭐 맘대로 하세요. 아무튼 도와주시는 걸로 알게요."

"엉? 뭐? 아니, 그러니까……."

남에게 뭔가를 부탁하는 것치고는 말투가 다소 뾰족했지만, 그 음성에서 약간 토라진 기색이 묻어난 탓에 거절의 말을 꺼내기가 껄끄러워 그만 말끝을 흐리고 말았다.

그런 찰나의 침묵 끝에.

"저는 선배님 여동생이 아니니까요."

방금 전과는 딴판으로 녹아내릴 듯 달콤한 울림을 지녔지만, 그 속에는 어딘가 강한 심지가 엿보이는 말투로 잇시키 이로하가 내 귓가에 대고 속삭였다.

화들짝 놀란 내가 미처 반응을 보이기도 전에, 치맛자락을 툭툭 털며 몸을 일으킨 잇시키가 싱긋 웃었다.

그리고는 왈츠라도 추듯 탁탁 리드미컬한 스텝을 밟았다. 나풀대는 옷자락이 그리는 궤적도, 가느다란 손가락의 나긋나긋한 움직임도, 흘러내린 모래알의 반짝임도 차츰 멀어져 갔다.

"이따 수업 끝나고 학생회실에서 봬요~!"

몇 발짝 떨어진 위치에서 손을 흔들며 그렇게 말하고, 잇시키는 다시 콧노래를 부르며 걸음을 옮겼다.

항변하기에는 너무 멀고, 쫓아가기에는 너무 늦었다. 나보다 몇 수는 위인 잇시키를 어떻게 여동생처럼 여길 수 있단 말인가.

우리는 인식을 수정해야 한다. 저 분이야말로 세계의 후배 · 잇시키 이로하 되시겠다…….

×　×　×

　수업이 끝나고 학생회실로 향하는 복도를 터덜터덜 걸었다.

　잇시키의 부탁을 그 자리에서 거절하지 못한 이상 갈 수밖에 없다. 갈 수밖에 없지만, 이제 와서 무슨 염치로 거길 가나 싶은 생각에 저절로 발걸음이 무거워졌다.

　하지만 그렇게 먼 거리도 아닌지라 금방 학생회실 앞에 도착하고 말았다.

　노크를 하자 곧바로 문이 열리며 잇시키가 그 틈새로 빼꼼 얼굴을 내밀었다.

　"아, 선배님. 늦으셨잖아요~."

　"어, 그래. 미안하다."

　늑장을 부린 것은 사실이라 순순히 사과하고 학생회실로 발을 들여놓았다.

　잇시키의 마중을 받으며 안으로 들어가 보니 유키노시타와 유이가하마가 있었다. 다른 학생회 멤버들은 눈에 띄지 않았지만, 어디선가 일하는 중인지도 모른다.

　유키노시타가 맨 먼저 도움을 청할 사람은 유이가하마일 테니, 유이가하마가 있다 해도 별로 이상할 것은 없다. 내가 온다는 사실을 잇시키에게서 전해 들었는지 유이가하마가 왔느냐며 가볍게 손을 흔들어 보였다.

　반면 유키노시타는 내 등장에 조금 놀란 기색으로 눈을 크게 뜨고, 의아함과 당혹감이 뒤섞인 목소리로 나직하게 중얼거렸다.

"히키가야……?"

"어, 그래. ……그게, 잇시키가 불러서 말이야. 좀 도와주러 왔다."

유키노시타의 반응으로 보아 아무래도 잇시키에게서 내가 도와주러 온다는 연락을 받지 못한 모양이었다. 아이참, 이로하스~! 보고 연락 상담은 중요하단 말이야~! 부르지도 않았는데 와버리다니, 모두가 가장 불행해지는 패턴이라고…….

그러나 유키노시타는 당황은 했을지언정 나를 천덕꾸러기 취급하는 기색은 아니었다. 오히려 미안한 기색으로 난처한 미소를 지었다.

"그랬구나. 미안해. 오늘은 조금 일손이 필요한 상황이라 솔직히 한시름 놓았어. 고마워."

"됐어. 어차피 한가한데 뭐."

하긴 그 한가함도 이 바쁘고 고된 일감으로 인해 곧 사라질 테지만……. 그렇게 생각했으나, 유키노시타는 흐음, 턱에 손을 얹고 딱히 초조하지도 무겁지도 않은 목소리로 입을 열었다.

"아마 오늘은 집에서 코마치의 축하 파티를 하겠구나. 가급적 빨리 끝마칠 수 있도록 노력할 생각이지만, 만약 다음 일정이 있을 경우 미리 말해주면 조율해보도록 할게."

그 말에 살짝 얼이 빠지고 말았다. 어째 여유가 넘치잖아……? 훨씬 더 살벌한 분위기일 줄 알았더니만……. 당혹스러운 나머지 내 대답에도 얼떨떨한 기색이 배어나고 말았다.

"어, 그, 그래……? 어차피 우리 아버지도 늦게 퇴근할 테니 딱히 신경 쓸 필요는 없다만. ……물론 빨리 끝나서 나쁠 거야 없지."

"그래. 그러면 바로 시작할까?"

살짝 미소 지은 유키노시타가 유이가하마 옆에 앉으라고 권했다. 시키는 대로 자리를 잡자 서류 다발을 쓱 내 쪽으로 밀어주었다.

"도움을 받기에 앞서 간단하게 이벤트 개요를 설명할게."

그렇게 말하며 유키노시타가 그 서류를 펼치고 행사 요강을 낭독하기 시작했다. 그런데 읽어 내려가는 사이사이 허밍이 끼어들었다. 흘끗 그쪽을 곁눈질하자 잇시키가 콧노래를 부르면서 차를 끓이다가, 초콜릿 과자 포장지를 보고 신기한 듯 호오, 소리를 내더니 오물오물 잡수시기 시작했습니다. ……하긴 저 녀석은 다 알 테니 설명을 들을 필요도 없겠지. 그래도 할 때는 똑 부러지게 하는 애니까…….

"기획서와 더불어 진행 계획표도 있으니까 대강 살펴봐주겠니?"

요구하는 대로 서류를 팔랑팔랑 넘기며 쭉 훑어보았다. 내용으로 보아 프롬의 형식은 우리가 보았던 미드 속의 댄스파티를 약간 간략화한 버전으로 설정한 눈치였다.

체육관을 꽃과 풍선으로 장식하고 스테이지를 포함한 강당 앞쪽을 댄스 플로어로 확보한 후, 뒤쪽에는 의자와 테이블을 소량 배치하고 먹거리와 음료수를 비치해 담소용 공간으로 삼는다.

이벤트 구성은 맨 먼저 거창한 건배를 시작으로 학생회장과 각 부장들의 인사말이 있은 후, 어느 정도 분위기가 무르익으면 클럽 음악과 함께 댄스타임이 막을 올린다. 때로는 록밴드가 난입해 라이브를 펼치고 덤으로 공개 고백 이벤트도 간헐적으로 삽입되다가, 프롬 킹과 프롬 퀸이 선발되면 블루스 타임에 돌입한다. 그러다가 막판에는 다 함께 우당탕탕 대소동! 다만 환담의 시간을 따로 마련하지는 않을 예정이므로, 각자 댄스 플로어 바깥의 담소용 공간을 적절히 활용하도록 한다…….

오케이, 하나도 모르겠다. 프롬에 대한 이해가 부족한 탓도 있지만, 클럽이라든가 댄스 같은 문화에도 조예가 없다 보니 반도 채 못 알아듣겠다. 공개 고백이라니 뭐냐고. 새로운 처형법이냐?

그래서 모르는 부분은 나중에 물어보든지 알아보든지 하기로 하고, 우선 아는 것부터 체크하기로 했다.

"이거, 돈이 꽤 들겠다만."

그게 내 첫인상이었다. 그러자 유키노시타가 종이 한 장을 쓱 내밀었다.

"경비 시산표는 작성해두었어. 견적서는 파일에 끼워놓았으니까 궁금하면 그쪽을 참조하도록 하렴."

"아니, 됐어. 세세한 숫자는 네가 확인하는 편이 더 정확할 테니까. 그보다 오히려 이 예산을 어디서 끌어왔는지가 더 궁금하다만. 지난번 무가지로 다 써버리지 않았냐?"

"프롬 자체는 3월이니까 청구서를 다음 달 이후로 끊어서 내년도 예산으로 처리할 생각이야. 부득이하게 선금을 치러야 하는 경우는 대신 지불하고 사후 정산하려고."

유키노시타는 살짝 어깨를 으쓱하며 대수롭지 않다는 기색으로 대답했지만, 이쪽 입장에서는 그래도 되나 싶은 생각이 들었다. 학생회 결산 시점이 2월 말이니 3월 안건에 관련된 비용을 차기로 돌리는 것까지는 이해가 간다. 하지만 내년도 예산은 이미 정해진 것 아니었나……? 의구심을 느끼는데, 약방의 감초마냥 등장한 댄싱 퀸 잇시키 이로하 양이 유쾌하게 콧노래를 흥얼거리며 뜬금없이 차 시중을 들기 시작했다. 이 녀석, 그냥 할 일이 없는 거 아냐……?

"사정이 그러니까 내년에는 이런저런 것들이 사알짝 변변찮아질지도 모르지만요. 뭐 어쩔 수 없죠."

"우움, 그래두 되나……?"

종이컵에 따른 차를 받아든 유이가하마가 쓴웃음을 짓자, 잇시키가 쟁반을 가슴에 끌어안고 긴가민가한 얼굴로 고개를 갸웃했다.

"글쎄요. 하지만 아무도 못 알아채지 않을까요~? 다들 학생회가 뭘 하는지도 잘 모를 거라고 생각하는데요."

"우, 우움……. 응, 하긴 나두 절대 못 알아챌 거 같아. 아는 것두 별루 없구……."

유이가하마는 사안의 옳고 그름을 열심히 따져보는 눈치였지만, 이내 종이컵을 테이블에 툭 내려놓고 힘없이 고개를 떨구었다. 이런, 논파당하고 말았나……. 그 반응에 잇시키가 갑자기 기가 확 살아나 불끈 쥔 주먹을 높이 치켜들며 외쳤다.

"그러니까요! 반대로 이거다 싶을 때 빵 터뜨려주면 열일한다는 인상을 심어줘서 이것저것 다 너그럽게 받아주게 된다니까요!"

논리 자체는 전혀 흠잡을 데가 없다는 점이 더 고약하구만……. 이럴 때 쓴소리를 해줄 만한 존재라면……. 그렇게 생각하며 유키노시타를 돌아보았다. 그러나 공교롭게도 업무를 보느라 바쁜 상황이셨다. 회계 자료라고 적힌 두툼한 파일을 한 팔로 받쳐 들고 페이지를 넘겨가며 컴퓨터 화면과 비교해보는 중이었다.

"시산표 상에는 각종 내역을 풀로 반영해놨지만 쳐낼 부분도 많으니까, 내년도 예산에 큰 영향은 없을 거라고 봐. 오히려 예산은 매년 남았다고 하니까, 그 여분으로 상쇄할 수 있지 않겠니?"

파일을 탁 덮으며 유키노시타가 살짝 의기양양한 미소를 지었다.

위험하다. 이거 어째 위험한 경향인 것 같습니다만……? 약아빠진 속물과 유능한 허당이라는 조합이 정체불명의 케미를 자아내고 말 것만 같아 분명 순조로운데도 왠지 불안해진다…….

그래서 조금이나마 불안요소를 줄이고자 시산표를 교차검증해보기로 했다. 각종 회계 항목을 확인해나가다 보니 불현듯 의문이 싹텄다.

"근데 이거 의상비는 포함 안 시켜도 되냐? 다들 뭔가 쫙 빼입을 거 아냐?"

"그래. 의상은 참가자 개인 부담으로 할 생각이야. 우리가 할 일은 대여업체를 알선해주는 것 정도고."

유키노시타가 대여 의상 카탈로그를 쓱 내밀었다. 물론 나 말고 유이가하마를 향해서. 과연 뭘 좀 아는 분이시다. 난 저런 데는 통 관심이 없으니까…… 반면 가마하 양은 와아~ 하고 눈을 초롱초롱 빛내며 카탈로그를 팔랑팔랑 넘기기 시작했다.

하긴 여자들이야 저런 드레스에 로망도 있을 테고, 기왕 열리는 파티이니 예쁘게 치장하고픈 마음도 들겠지. 다만 남자들은 어떨까. 어느 인터넷 정보에 따르면 만화가들이 모이는 출판사 파티장에서 여자 만화가는 드레시한 복장이 주를 이루는 반면, 남자 만화가는 평상복 차림인 경우가 많다고 들었다. 심지어 트레이닝복마저 등장할 정도다.

"……저런 거, 다 입어야 되냐?"

난 웬만하면 사양하고 싶다만……. 암묵적으로 그런 뉘앙스를 담아 묻자 잇시키가 그 심정 이해한다는 듯 고개를 끄덕였다.

"그야 물론 저런 차림새를 꺼리는 사람도 있을 테죠. 저희로서는 차려입는 쪽을 권장하지만, 드레스코드로 못 박지는 않으려고요."

"하지만 결국은 다들 차려입게 될 거야. 분위기에 휩쓸리거나 동조 압력에 굴복하는 식으로. 암묵적인 양해를 굳이 명문화해서 비난의 빌미를 제공할 필요는 없겠지."

그렇게 덧붙인 유키노시타가 후훗, 허무한 미소를 짓자 잇시키가 생긋 웃었다. 보기에는 분명 예쁘고 깜찍한 미소이건만, 어째서 공포로 등골이 서늘해지는 걸까요……?

미소 짓는 두 사람을 슬그머니 외면하고 눈앞의 시산표로 시선을 떨구었다. 솔직히 금액이나 수치의 타당성에 관해서는 정확한 정보가 없으므로 뭐라 평가하기 힘들지만, 현재까지 거론된 요소들은 대부분 들어가 있다는 인상을 받았다. 계획 추진 과정에서 새롭게 발생할 가능성이 있는 추가 지출에 관해서도 예비비와 잡비 항목으로 어느 정도의 액수는 확보해 둔 상태다.

"……뭐 특별한 문제는 없는 것 같다만. 인건비 항목이 빠진 점을 제외하면."

"그래? 확인해줘서 고마워. 그럼 합격 도장 대신 그 항목에 커다랗게 동그라미를 쳐주겠니?"

그렇게 말하며 사뭇 유쾌한 기색으로 생긋 미소 짓는 데야 나도 그저 웃을 수밖에 없었다.

유키노시타도 쿡쿡 웃었지만, 이내 그 미소를 거두고 내가 가지고 있는 시산표로 손을 뻗어 숫자 몇 개를 가리켰다.

"그렇지만 아직 확정된 상태는 아니야. 출장 뷔페는 그동안 학교에서 이용해온 업자에서 더 저렴한 곳으로 변경할 예정이라 비교용 견적서가 나오기를 기다리는 중이고, 장식용 꽃도

각 동아리에서 졸업생에게 주는 꽃다발을 합쳐 대량 발주할 계획이라 가격 할인 협상중이거든."

"그, 그래……. 그러냐……."

이러다가 부회장에 이어 회계도 해고 대상자 명단에 오르는 거 아냐……? 유키노시타의 실무 능력이 전보다도 향상된 느낌이 든다. 이 정도면 유키노시타 유키노 RX라고 불러도 손색이 없을 지경이다. 그냥 쟤 혼자 다 하게 내버려두자는 느낌이 팍팍 풍겨온다. 잇시키는 어떤가 보니…… 이번 일은 RX에게 맡겨두자는 느낌으로 힘주어 고개를 끄덕인다. 저기요, 회장님도 해고 대상자 같습니다만?

아무튼 준비된 자료를 보니 당초 내 예상보다 프롬의 실현 가능성이 부쩍 높아졌다는 사실만큼은 확실했다. 이론상으로는 실행 가능해 보이는걸……? 그렇다면 남은 일은 이론으로 해결할 수 없는 문제에 관한 대처다. 십중팔구 그 부분이 가장 난관이겠지.

예컨대 마감이나 납기나 스케줄 같은 문제에는 이론이 통용되지 않는다. 그놈들은 인정사정 봐주지 않는다. 『그게요, 아무래도 좀 어렵겠는데요.』, 『힘냅시다!』, 『솔직히 말해서 시간을 못 맞춰요.』, 『힘냅시다!』, 『죄송합니다, 불가능해요.』, 『힘냅시다!』, 『……네.』 같은 사태가 드물게 자주 벌어지는데, 그럴 때는 광속으로 이동해서 시간의 흐름을 느리게 만드는 것 말고는 대처법이 없다. 그쯤 되면 SF의 영역이잖아…….

자, 그럼 관건인 스케줄은 어떠려나 생각하며 다음 자료인 진행 계획표를 집어 들었다. 아마 유키노시타가 직접 작성한 것이리라. 체크리스트도 겸하는지 이미 완료된 항목의 셀에는 음영 처리가 되어 있었다.

덕분에 진행 상황이 가시화되어 일목요연하게 눈에 들어왔다. 초반부는 빽빽하게 색칠이 되어 있었지만 갈수록 흰 부분이 차지하는 면적이 넓어졌다. 아직은 갈 길이 멀어 보이는구만…….

하지만 그 말은 역설적으로 고작 며칠 만에 계획 수립과 시산표 작성을 마쳤다는 뜻으로, 그 사실 하나만으로도 충분히 칭찬해줄 만했다. 심지어 솔직히 좀 깰 정도거든……?

애초에 이 진행표도 벌써 너무 많이 채워 넣은 거 아니냐? 대체 얼마나 분발한 거냐고……. 이미 색칠이 되어 있는 부분도 상당한 난제투성이였다.

예컨대 맨 앞쪽에 위치한 『학교 및 학부모회를 대상으로 한 프롬 기획 제안 및 승인』이라는 항목. 그 단계가 완료된 시점에서 이미 어지간한 문제는 해결된 셈이나 마찬가지다. 당구장 표시와 함께 「다만 비공식 승인. 차후 중간보고를 거쳐 정식 인가 예정」이라는 주석을 달아놓기는 했지만, 내부적으로 이야기가 끝났다면 이미 결판이 난 거나 다름없잖아……? 이 겼다, 크하하!

게다가 그 뒤로도 예산 산출과 진행 대본 제작, 행사 공지 및 선곡 작업, 공식 사이트 개설, 부장 회의 소집 기타 등등의 항목이 줄줄이 이어졌고, 하나같이 완료 또는 완료 예정 체크가 되어 있어 기획 단계에서는 더없이 쾌조의 스타트라고 할 수 있었다.

남은 항목은 장식물 등의 실제 제작과 행사 당일의 각종 기자재 체크, 행사장 설치 운영 등 시간이 걸리는 것들과 실질적인 노동이 필요한 것, 개최 시기가 임박하기 전까지는 진행할 수 없는 사안들이 대부분을 차지했다.

하긴 그런 부분은 막상 부딪쳐보기 전까지는 알 수 없는 경우가 많으니 불안 요소가 있다면 이쪽이려나. 그리고 내가 투입되는 것도 아마 이쪽 계통이겠지.

앞으로 내가 맡게 될 일거리를 대충 가늠해보며 처음부터 다시 읽어 내려가다 보니, 불현듯 그중 한 항목에 시선이 꽂혔다.

"흐음, 행사 공지라. 그럼 프롬을 한다는 사실은 이미 알린 거냐? 몰랐네."

신선한 놀라움에 그만 감탄 섞인 목소리가 흘러나오고 말았다. 그러자 말이 끝나기가 무섭게 학생회실의 분위기가 찌적 얼어붙었다. 모두가 멀리서 희귀한 동물을 구경하는 듯한 눈으로 나를 바라본다. 그런 속내가 가장 노골적으로 드러난 사람은 잇시키였다. 영문을 모르겠다는 표정으로 나를 빤히 쳐다본다.

"네? 왜요?"

"엉? 그야 아무도 말 안했잖아? ……안 그러냐?"

프롬에 관한 정보량은 나와 비슷한 수준일 터인 유이가하마에게 동의를 구하자, 유이가하마는 꼼지락꼼지락 몸을 꼬며 말하기 껄끄러운 기색으로 입을 오물거리다 나직하게 대답했다.

"······난 알구 있었는데."

"뭐? 어째서? 왕따 시킨 거냐?"

"아니거든?! 오히려 나야말루 왜 모르지 싶은 느낌이라구······. 아, 글쿠나."

불현듯 무언가를 깨달은 유이가하마가 부스럭부스럭 스마트폰을 꺼냈다. 그 모습에 잇시키도 아하~ 하고 납득한 기색을 드러내며 덩달아 자기 스마트폰을 쓱 집어 들었다.

그리고 둘이 거의 동시에 똑같은 화면을 내 눈앞으로 척 내밀었다. 라인~! 하는 수수께끼의 효과음과 함께 표시된 것은 이제는 상식으로 자리 잡다시피 한 메신저 앱, 라인이었다.

"프롬 실행 위원회 공식 계정을 만들어서 그쪽에서 정보를 제공하거든. 우리 세대가 이용하는 미디어 중에서는 아마도 가장 접촉 빈도가 높을 테니까. 그게 이번 홍보의 중심 매체야."

유키노시타의 설명을 듣고서야 비로소 납득했다. 하기야 요즘 고등학생들은 누구나 라인으로 이어져 있으니 가장 효율적인 공지 수단이겠는걸······? 내가 모를 만도 하네! 어딘들 이어져 있어야 말이지!

"아하, 그랬구만······. 엉? 너도 라인 하냐?"

"시작했어. 제법 편리하던걸? 좋아하는 가게의 정보나 쿠폰도 쉽게 손에 들어오고, 답장하면 사진을 보내주기도 하거든."

흐뭇한 미소를 지으며 라인의 유용함을 설파하는 유키노시타의 말에 흐음 건성으로 맞장구를 치면서 흘끗 유이가하마를 곁눈질했다. 내 의미심장한 시선을 받은 유이가마하가 으응 맞아, 하고 난감한 미소를 지으며 고개를 끄덕여주었다. 그것 봐~. 역시 고양이 카페의 공식 계정 이야기잖아~.

그보다 더 중요한 문제가 있지 않나⋯⋯? 그렇게 생각했을 때, 그 점을 지적해줄 만한 인물이 불쑥 내 시야로 끼어들었다.

"그보다 선배님은 왜 안 하세요? 쓸 줄 몰라서요? 노땅?"

"팔팔한 현역 고교생이다만. 너 기성세대를 너무 무시하는 거 아니냐? 아재들도 별 문제없이 라인 쓰거든? 난 그냥 필요가 없으니까 자유의사로 안 쓰는 것뿐이라고."

잇시키의 무례하기 그지없는 평가에 욱해서 반박하자, 유키노시타가 턱을 살짝 괴더니 흐음 고개를 끄덕였다.

"하기는 그렇구나. 요즘은 기업에서도 일상적으로 활용한다고 하니까⋯⋯. 젊은 세대의 전유물은 아니라고 봐야겠지."

"그보다는 사람에 따라서 다른 거 아니냐? 아저씨든 할아버지든 필요성을 느끼면 연습할 거 아냐?"

손자들과 라인으로 대화하는 할아버지 할머니쯤이야 요새는 얼마든지 있을 테고⋯⋯. 그렇게 어딘가 가슴 훈훈해지는 광경을 연상하는데, 듣고 있던 유이가하마가 어찌된 영문인지 몹시 거북한 기색으로 미묘한 표정을 지었다.

"그치만 아저씨들, 라인 하면 막 억지루 젊은 척을 하니까, 그게 뭐랄까⋯⋯ 엄청 부담스러워. 특수문자하구 이모티콘하구 스티커가 막 한꺼번에 오구⋯⋯ 게다가 묘하게 반말 같은 느낌이 왠지 노티 나⋯⋯."

"아, 완전 공감이에요~. 굉장하지 않아요? 글에서도 노인 냄새가 나는구나 싶었다니까요?"

짝짝 손뼉을 치며 잇시키가 동의했다. ……왜지? 방금 내가 무진장 상처 입었다만?

"그나저나 너희들, 왜 그렇게 아재들의 생태에 빠삭한 건데?"

"아빠가 라인 하거든."

"저희 집도요."

호오. 그 아빠라는 분이 설마 슈거 대디는 아니겠지요……? 친아버님을 가리키는 게 맞겠지요……? 그렇지만 확인하기는 왠지 무서우니까 그냥 다른 질문으로 넘어갈게요!

"근데 공지를 라인으로만 해도 되냐? 나처럼 안 하는 사람도 있을 거 아냐?"

"계정 연동으로 다른 SNS도 관리 중이고, 게시판 공고와 공식 사이트 운영도 하고 있으니 별 문제는 없지 않겠니?"

유키노시타는 물 흐르듯 매끄럽게 대답해주었지만, 이내 말을 끊더니 피식 웃었다.

"게다가 그런 연락 수단을 일부러 기피하는 사람, 접점을 만들려고 하지 않는 사람은 애초에 프롬에 참가할 마음도 없지 않을까? 네가 그 좋은 예시고."

"……설득력 넘치는데?"

설마 내 평소 행실이 내 질문의 답변이 될 줄이야. 또다시 논파당하고 말았다. 패배를 알고 싶다.

납득해서 흠흠 고개를 끄덕이는데 유키노시타가 누나처럼

아량 넓은 미소를 지었다.

"또 뭔가 질문이나 궁금한 점이 있으면 물어보렴."

그 말에 잠시 생각해보았지만, 제시된 자료에 한해서라면 현시점에서는 딱히 의문이 없었다. 다만 한 가지 마음에 걸리는 점은 있었다.

"……질문은 아니다만 궁금한 건 있는데. 이제 와서 이런 소리 하기도 뭐하다만, 결국 프롬이 뭔지 아직도 잘 모르겠거든. 감이 안 잡힌다고나 할까, 상상이 안 가. 솔직히 그 부분이 가장 신경 쓰인다만."

처음 프롬에 관한 상담을 받았을 때도, 그리고 아까 행사 구성을 보았을 때도 맛보았던 감각이었다.

내 말에 유이가하마가 눈을 깜빡였다.

"웅? 프롬, 그 드라마에서 본 파티 같은 거 아니야?"

"어, 뭐 그렇기는 한데…… 가령 그 드라마 속의 프롬을 재현한다 해도 어째 전혀 다르다는 느낌밖에 안 날 것 같은 기분이 들어서."

그 위화감을 묘사하기에 적절한 표현이 좀처럼 떠오르지 않아 끄응 신음자, 유이가하마도 덩달아 끙끙거리며 고개를 비스듬히 꼬았다. 그러자 잇시키가 다 안다는 듯 음흉하게 웃으며 불쑥 끼어들었다.

"그 마음 이해해요. 우리만이 가능한, 우리밖에 할 수 없는, 나만을 위한 프롬을 하고 싶다! 뭐 그런 뜻이죠?"

"전혀 아니거든……?"

나만을 위한 프롬이라니 뭐냐고. 왜 마지막 것만 슬그머니 바꿔치기하는데……?

"그런가요 아닌가요 그럼 뭔데요……?"

잇시키가 새치름한 눈으로 쏘아보았지만, 내가 그걸 알면 아까부터 끙끙거렸을 리가 있겠냐. 잇시키의 따가운 시선에서 벗어나고자 휙 고개를 돌렸다.

그러자 유키노시타와 눈이 딱 마주쳤다.

"……그러면 그 답을 만들러 가볼까?"

후훗, 온화한 미소와 함께 조금 기묘한 느낌의 우회적인 답변을 하고, 유키노시타가 자리에서 일어섰다.

×　　×　　×

학생회실을 나선 우리가 향한 곳은 체육관이었다.

평소 같으면 실내경기를 하는 운동부가 연습하고 있을 시간이지만 오늘은 전혀 다른 풍경이 펼쳐졌다. 무대가 있는 강당 앞쪽에 번듯한 파티장이 마련되어 있었기 때문이다. 새로 반입한 꽃과 풍선 장식을 천장에 달린 미러볼이 현란하게 비추었다.

"와아…… 뭔가 근사해……."

체육관을 둘러본 유이가하마의 입에서 솔직한 감상이 흘러나왔다. 반면에 나는 느닷없이 이공간에 내팽개쳐진 느낌이 들어 어안이 벙벙해진 나머지 그런 단순한 평가조차도 하지 못했다.

"자세한 설명은 나중에 해줄 테니까 우선 옷부터 갈아입고 오겠니? 무대 옆에서 카와사키가 의상을 챙겨주고 있을 테니 유이가하마는 그쪽 일도 거들어주렴."

"응!"

유키노시타의 간략한 지시에 유이가하마가 씩씩하게 화답하더니 후다닥 무대 옆으로 향했다. 하지만 나는 그럴 수도 없었다. 카와사키라니 카와 어쩌고 양 말인가. 걔도 여기 있는 거냐? 이게 대체 어찌된 일이람? 그렇게 생각에 잠겨 있는데 유키노시타가 미심쩍은 표정으로 나를 바라보았다.

"잇시키에게 설명 못 들었니?"

"못 들었다만……."

이로하스~? 잠깐 나 좀 볼까~? 하고 뒤돌아보자, 잇시키가 아차~ 라는 표정을 지어 보였다. 본격적인 훈계는 나중으로 미루고 지금은 상황 파악에 주력하자.

"아무튼 그래서 이게 뭔데? 뭘 하려고?"

"프롬 소개 영상을 찍으려고. 또 공식 사이트에 특설 페이지를 만들 예정이라 그때 쓸 사진 촬영도 하고, 하는 김에 각종 장비도 시험 삼아 한번 돌려볼까 해서."

유키노시타가 가리킨 방향에는 학생회 임원들이 설치한 카메라가 몇 대 놓여 있었다. 그리고 유키노시타가 다시 다소 난감한 기색으로 설명을 이어갔다.

"그러다 보니 영상에 출연해줄 사람이 필요해서, 그 섭외를 잇시키에게 부탁했는데……."

"……영상에 출연한다고?"

유키노시타와 내 시선이 스윽 잇시키를 향했다. 둘이 동시에 압박을 가하자 천하의 잇시키도 위험하다고 느꼈는지, 바닥만 쳐다보며 식은땀을 삐질삐질 흘렸다. 그 반응에 유키노시타가 지친 기색으로 후우 한숨을 쉬었다.

"영상은 편집 과정에서 개인을 식별할 수 없도록 가공할 테니 안심하렴. 중간 편집 단계에서 본인 확인도 거칠 생각이야. ……그래도 전혀 언질을 받지 못한 상태에서 갑자기 이런 부탁을 해오면 아무래도 곤란하겠지만."

가공과 확인 운운은 잇시키의 허물을 덮어주기 위한 거겠지. 유키노시타의 입가에는 가벼운 쓴웃음이 감돌았다.

이 상황에서 화를 안 내다니 별일이네……. 옛날 같으면 싸늘한 말투로 「잇시키?」라고 타박을 줬을 텐데 말이야……. 그렇게 생각했을 때 우웃, 머리를 감싸 안은 잇시키가 쓱 앞으로 나와 굽실굽실 고개를 조아렸다.

"죄송해요 잘못했어요 이번에는 비교적 진심으로 반성 중이에요 오해예요 잠깐 딴 이야기를 하다 보니 그쪽에 정신이 팔려서 그만……. 그리고 토베 선배님 쪽에 부탁했던 거랑 헷갈리는 바람에……."

"토베?"

속사포처럼 쏟아져 나온 사죄의 말 속에서 뜻밖의 단어가 들려오는 바람에 무심코 되물었다. 그러자 잇시키가 고개를 들며 헝클어진 머리카락을 살며시 귀 뒤로 넘기고 고개를 끄덕였다.

"네. 일종의 분위기 조성용이랄까 엑스트라랄까, 요컨대 배경으로 토베 선배와 축구부 1학년들을 동원하기로 했거든요."

"그리고 여성 출연진은 우리 반 아이들과 잇시키의 친구에게 부탁했고."

유키노시타가 덧붙인 말을 듣고서 흐음 생각에 잠겼다. 하기야 소개 영상이라면 분위기 전달 차원에서도 어느 정도 머릿수가 확보되는 편이 낫겠지. 고목도 산을 풍성하게 한다는 속담도 있지 않은가.

"그러니까 다른 사람들도 있다는 거지? ……음, 뭐 여럿이 찍어서 묻힌다면 상관없어. 나도 참여하마."

"……죄송해요."

"됐어. 어떤 일인지 확인하지 않은 내 잘못도 있으니까."

평소와 다르게 풀죽은 기색으로 사과하는 잇시키의 모습이 어쩐지 우스워 쓴웃음을 지었다. 그러자 유키노시타의 얼굴에도 미소가 번졌다.

"고마워. 덕분에 안심했어. 친분이 거의 없는 사람에게 이것저것 사소한 이유로 재촬영을 요구하자니 조금 껄끄러웠거든……."

"처음부터 재촬영을 전제로 삼지 말아주겠냐……? 어쨌든 일단 옷부터 갈아입고 오마."

"아, 네. 저쪽에 준비해놨어요."

그렇게 말하며 잇시키가 앞장서서 걸음을 옮겼다. 다녀오겠노라고 눈짓만으로 신호를 보내자 유키노시타도 잘 부탁한다는 듯 고개를 끄덕였다. 그런 다음 잇시키의 안내에 따라 유이가하마가 향한 쪽과는 반대편 무대 옆으로 향했다. 가는 길에 유독 어깨가 축 처진 잇시키가 불쑥 입을 열었다.

"있잖아요⋯⋯. 선배님이 말씀하신 거요. 방금 좀 실감했어요."

"뭘?"

걸음을 서둘러 잇시키와 어깨를 나란히 했지만, 그 시선은 여전히 바닥을 향한 채였다.

"이런저런 일들이 잘 풀린다고 해야 하나, 모르는 사이에 많은 일들을 처리해주시니까 제가 약간 해이해졌나 봐요. 아마 이번 일뿐만 아니라 다른 쪽에서도 사고를 쳤을 거예요. 이대로 가다가는 정말 유키노 선배에게 전적으로 의존해버리고 말 것 같아요⋯⋯."

무겁게 가라앉은 음성에서는 자괴감이 묻어났다. 점심시간에 나눈 이야기를 기억하고 있었던 모양이다. 그래도 한 번의 실수를 발판으로 자신의 다른 과실을 돌이켜볼 줄 안다면 상당히 뛰어난 편이다. 나만 해도 아직껏 내 실수를 인정하는 단계에도 못 왔다고⋯⋯. 그런 자기반성도 포함해서 입을 열었다.

"깨달았으니 된 거 아니냐? 이 정도 실수로 다음부터 신중을 기할 수 있다면야 싸게 먹히는 셈이지."

"네⋯⋯ 주의할게요."

넉살 좋게 응수해보았지만 잇시키의 표정은 밝아질 줄 몰랐고, 짧은 대답을 끝으로 입을 꾹 다물어버렸다. 하긴 한창 흥이 올랐을 때 사고를 치면 곱절로 우울한 법이니까…… 예컨대 아르바이트를 할 때도 일이 조금 손에 익어서 우와, 나 완전 유능하잖아? 하고 생각한 순간 뜻밖의 실수를 저지르고, 선배가 친절하게 그 뒷수습을 해주면 한심함과 미안함과 창피함에 그냥 콱 죽어버리고 싶어진다니까!

나도 겪어본 상황인 만큼 위로의 말 한마디쯤은 건네고 싶어졌다.

"앞으로는 무슨 일이 있거든 빨리 말해주라. ……하긴 미리 알려줬어도 이래저래 투덜대기는 했을망정 결국은 수락했을 거라고 생각한다만. 그러니까 그 뭐냐, 너무 낙담할 필요는……"

"그렇죠?!"

내가 말을 채 끝맺기도 전에 잇시키가 고개를 획 들며 활짝 웃었다. 그 반응에 그만 말문이 막히고 말았다. 그러자 잇시키가 도로 시무룩해지더니 아까처럼 어깨를 축 늘어뜨렸다.

"농담이에요. ……이제 진짜로 정신 바짝 차릴게요."

너스레를 떤 것도 자신을 격려하기 위해서였는지, 그 목소리에서는 조용한 결의가 엿보였다.

이윽고 무대 끄트머리에 다다르자 잇시키가 옆에 있는 문을 열었다. 뒤따라 들어가니 연단과 마이크 스탠드 등 잡다한 물건이 들어찬 어수선한 공간이 펼쳐졌다. 행사가 있을 때는 대기실 대용으로도 쓸 수 있게끔 의자와 거울도 빠짐없이 비치해놓았다. 바로 그 의자 위에 의상 한 벌이 가지런히 놓여 있었다.

"의상은 여기 있어요. 만약 사이즈가 안 맞으면 카와사키 선배라고 했던가요? 그 선배가 살짝 손봐준다고 하더라고요."

"오냐."

꾸벅 고개를 숙여 보이고 떠나가는 잇시키를 배웅한 후, 곧바로 옷을 갈아입기 시작했다.

교복을 벗고 준비된 의상을 집어 들었다. 이게 바로 턱시도라는 물건인가? 일반 정장과 뭐가 다른지는 잘 모르겠지만, 뭔가 결혼식 분위기가 나는 옷이로구만…… 앞판에 핀턱이 들어간 스탠드칼라 셔츠와 나비넥타이까지는 어떻게 입는지 대충 짐작이 갔다. 하지만 세트로 준비된 핀 또는 브로치 같은 장신구의 용도는 오리무중이었다. ……나중에 알려달라고 해야지.

싹 갈아입고 거울 앞에서 옷매무새를 살펴보았지만, 눈에 들어오는 것이라고는 피로에 찌들어 다 죽어가는 피아니스트 같은 몰골뿐이었다. 으음…… 다 된 건가? 입어본 적이 없으니 도통 알 수가 있어야. 자고로 턱시도에는 실크햇과 망토, 그리고 흰 가면이 정석#44 아니었나……?

다행스럽게도 입어본 느낌상 사이즈는 대충 맞는 눈치였다. 피날레를 장식하듯 나비넥타이를 들고 한동안 코난 흉내를 내준 다음 찰칵 후크를 채웠다.

생소한 옷이라 입는데 생각보다 시간을 잡아먹었다. 그래서 서둘러 무대 옆에서 빠져나왔다.

#44 실크햇과 망토, 그리고 흰 가면이 정석 「세일러 문」의 턱시도 가면.

일단 유키노시타 쪽으로 돌아가려고 걸음을 옮기는데, 처음 보는 말쑥하게 차려입은 미소년과 마주쳤다. 그 미소년이 입은 상의 끝자락은 길게 늘어진 특징적인 형태를 띠고 있어, 나도 그 예복의 이름 정도는 알고 있었다. 테일 코트. 소위 연미복이라고 불리는 옷이다.

　"다행히도 사이즈는 맞는 모양이구나."

　생긋 미소 지으며 불쑥 말을 걸어오는 바람에 비로소 그 정체를 깨달았다.

　"엇…… 유키노시타였냐……? 너 그 옷은 뭐야? 어떻게 된 거냐?"

　놀라서 묻자, 연미복을 몸에 걸친 유키노시타가 불안한 기색으로 팔을 펴고 칼라를 매만지고 옷자락을 들춰보며 되물었다.

　"역시 이상하니?"

　"아니, 전혀……."

　이상하기는커녕 지나칠 만큼 근사하게 어울렸다. 모노톤으로 이루어진 연미복은 유키노시타의 투명하리만큼 흰 피부의 아름다움을 한층 부각시켰고, 길게 늘어진 옷자락과 슬랙스가 길고 맵시 있는 다리를 강조했다. 몸을 움직이자 하나로 묶은 머리카락이 사르륵 흘러내려 덧없는 인상이 한결 강해졌고, 호리호리한 체형도 가세해 비운의 미소년이라는 말이 뇌리를 스쳤다. 이목구비가 단정한 탓에 도착적인 아름다움이 감돌아, 어딘가 위태로움마저 느껴질 정도였다.

"멋지다고 할까, 영화 같은데……."

"어머, 고마워. 너치고는 센스 있는 립 서비스구나."

그 존재가 풍기는 비현실적인 느낌까지 포함해서 한 말에 유키노시타가 입을 가리고 웃었다. 그 손에 낀 순백의 장갑이 현실감의 상실에 또다시 박차를 가했다.

"아니, 비교적 진심이다만. 만화 원작을 실사화한 영화라면 호평 받을 스타일이라고."

"그렇게 말하니 미묘한 칭찬으로 들리네……."

한숨을 내쉬며 관자놀이에 손을 얹는 몸짓도 연기처럼 보였지만, 뒤이어 그 입에서 흘러나온 말에 곧바로 현실로 끌려 내려왔다.

"너도 영화 속 캐릭터 같아서 잘 어울리는구나. 꼭 주인공…… 을 괴롭히는 귀족……의 하수인 같아."

"그냥 삼류 양아치 수준이 아니구만. 억지로 칭찬하지 않아도 돼."

"억지라니, 신이 내린 캐스팅인걸? 그리고 조금만 손보면 한결 나아질 거야. 커프스와 포켓 치프를 이리 주렴."

유키노시타가 장갑을 벗고 손을 쓱 내밀었다. 맨손이 훨씬 하얗지 않나 생각하며 포켓용 행커치프를 건넸다. 커프스란 뭘꼬 생각했으나, 그러고 보니 용도 불명의 아이템이 하나 있었음이 떠올랐다. 호주머니에 쑤셔 박아두었던 브로치 같은 것을 유키노시타의 손에 올려놓았다.

"커프스라니, 이거 말이냐……?"

물어본 순간, 내민 팔을 덥석 붙들렸다. 화들짝 놀라서 팔을 빼려 했지만, 그보다 먼저 재킷 소매를 걷어 올리고 셔츠 소맷부리를 끄집어내더니 그 자리에 커프스를 찰칵 채웠다. 그리고 포켓 치프를 척척 접더니 내 가슴 포켓에 쓱 꽂았다.

"클래식하게 쓰리 픽스로…… 이 정도면 됐으려나?"

완성이라는 듯 내 가슴 포켓을 톡 치며 유키노시타가 흡족하게 미소 지었다.

"오, 오옷……. 이거 어째 눈에 익은데? 엇, 맞다. 결혼식 때 하는 거지?"

"프롬은 원래 이런 예법을 익히는 기회이기도 했을 거야. 그래봐야 우리하고는 크게 인연이 없지만."

"우리가 하면 그냥 코스프레나 마찬가지니까."

"표현이 다소 거슬리기는 하지만, 말하자면 그런 셈이로구나……"

못마땅한 표정으로 대꾸하며 유키노시타가 다시 장갑을 꼈다.

"그나저나 왜 하필 연미복인데?"

"프롬 킹과 프롬 퀸이 함께 춤추는 장면도 찍고 싶었거든. 그런데 사교댄스를 출 줄 알 만한 사람이 딱히 떠오르지 않아서. 내가 직접 하는 수밖에 없을 것 같길래."

"호오, 너 사교댄스도 출 줄 아냐?"

"취미 수준으로는. 하지만 턱시도는 내가 입어봐야 볼품이 안 날 테니까. 연미복이면 약간의 상승효과도 들어가니까 그럭저럭 분위기가 살 것 같지 않니?"

설명을 마친 유키노시타가 유려하게 한 바퀴 돌았다. 단순한 동작인데도 무서울 만큼 화사한 느낌을 풍겼다. 옳거니, 나풀거리는 꼬리는 확실히 연미복 특유의 상승효과다. 하지만 무엇보다도 본인의 존재 자체가 가장 돋보였다. 이거 댄스 실력도 절대로 취미 수준이 아니겠는걸……?

"같이 출 파트너가 불쌍해지는구만……."

"괜찮아. 몇 번 연습해봤는데 잇시키, 소질은 있어 보였거든."

유키노시타가 태연한 얼굴로 말했다. 야, 문제는 그게 아니라고……. 댄스의 기교 이전의 문제라고……. 그렇게 토를 달고 싶었지만, 그보다도 파트너의 정보에 더 놀랐다.

"잇시키라고?"

"그래. 미래의 프롬 퀸이잖니. 안성맞춤이지."

또 담담한 얼굴로 대꾸하기냐……. 일반인은 사교댄스 같은 거 못 추거든요? 이로하스, 괜찮을까……? 걱정스러운 마음에 잇시키의 모습을 찾아보는데, 유키노시타도 내 의도를 알아차린 모양이었다.

"그러면 이제 공주님들을 맞으러 가볼까?"

그렇게 말하며 무대 옆을 향해 시원스럽게 걸음을 옮겼다. 그 뒷모습은 그야말로 왕자님 그 자체였다.

……그나저나 이 왕자님, 아까부터 의외로 신바람이 나 보이시는걸?

× × ×

처음 체육관에 들어섰을 때는 이공간 같아서 위화감을 떨쳐버릴 수 없었지만, 시간이 흐르고 배우들이 하나둘 입장하자 차츰 파티장다운 느낌이 감돌기 시작했다. 암막을 치고 조명을 끈 다음 스포트라이트를 켜자, 드라마에서 보았던 장면과 비슷한 분위기가 연출되었다.

엑스트라로 참여해주신 여러분도 분위기에 취해서인지, 아니면 뒤늦게 등장한 축제광 토베가 열정적으로 흥을 돋운 덕분인지 즐겁게 잡담을 나누는 모습이었다. 남자는 기본적으로 턱시도 차림이었고 여자는 제각각 드레스를 차려입었다. 그러한 차림새도 영향을 끼쳤는지 초면인 사람도 많을 텐데 무척 화기애애한 대화가 오갔다. 프롬이라기보다 싱글들의 집단 미팅 현장 같았지만 어쨌든 화사한 분위기이기는 마찬가지였다.

그중에서도 지금 내가 있는 쪽에서는 유독 화사한 느낌이 났다. 그 주된 원인은 남장여인으로 분한 유키노시타 유키노와 아리따운 작은 악마 잇시키 이로하였다.

잇시키의 드레스는 오렌지색으로 언뜻 보기에도 컬러풀해서 주위의 눈길을 끌었다. 그 환한 색상은 산뜻함을, 짧지만 풍성하게 펼쳐진 치마 자락은 발랄한 소녀다운 느낌을 자아냈지만, 가슴을 비롯한 아슬아슬한 위치에 달린 레이스는 조명을 받으면 어렴풋이 속살이 비쳐 보여 잇시키의 요염하고 여성스러운 매력을 한층 강조했다.

그 작은 악마는 지금 악마 같은 미소를 머금은 채 한껏 희열에 젖어 있었다.

"저속한 표현이지만요. 미소년을 끼고 다니는 느낌 진짜 짜릿하네요……. 저 지금 기분 완전 끝내줘요……."

감동으로 전율하는 잇시키를 보고 유키노시타가 기겁을 했다.

"정말 저속하구나……. 좀 떨어져주겠니……?"

"신사의 의무잖아요. 아까는 정중하게 에스코트 해주셔놓고! 아휴, 그때는 본의 아니게 살짝 두근거렸다니까요……?"

무언가를 떠올리며 우훗, 야릇한 미소를 짓는 잇시키의 말이 의미하는 바는 명확했다. 방금 전 잇시키를 데리러 갔을 때, 신바람 왕자는 지나치게 신바람이 난 나머지 서슴없이 잇시키에게 팔을 내밀어 그대로 여기까지 에스코트해오고 말았다.

결과적으로 촬영장에는 큰 술렁임이 일었고, 더불어 잇시키의 콧대는 하늘을 찔러 지금 같은 상황이 벌어진 것이다.

"……그건 나도 반성하는 중이야."

유키노시타의 음성에서는 반성보다도 후회의 기운이 훨씬 짙게 묻어났다. 그 덕분에 지금은 장난기도 싹 자취를 감추었다. 심지어 약간 진이 빠진 느낌이라, 아직 시작도 안 했는데 벌써부터 지친 티가 역력했다. 그 사실을 자각했는지 휴우, 한숨을 쉰 유키노시타가 재차 기합을 넣었다.

"그럼 이제 촬영에 들어가도록 할까? 우리는 잠시 회의를 할 테니, 히키가야는 유이가하마를 데려오렴. 그쪽 준비도 슬슬 끝나갈 테니까."

"오케이."

지시에 따라 무대 옆으로 걸음을 옮겼다. 유이가하마는 아까부터 카와사키와 함께 여성 출연진의 꽃단장을 거드느라 바빴던 눈치라, 그 작업을 마친 후에야 겨우 본인의 준비에 착수한 모양이었다.

무대 옆의 대기실 문을 똑똑 두들겼다. 그러자 이내「네~」하고 다소 신경질적인 목소리가 들려왔다. 이 살벌한 느낌, 카와사키가 틀림없구만……. 그렇게 생각하며 천천히 문을 열었다.

방 안에서는 유이가하마가 막 드레스로 갈아입고 최종 점검에 들어간 상태였다.

투명한 빛이 감도는 흰색에 가까운 연분홍색 원단은 그 색감보다 훨씬 성숙한 인상을 풍겼다. 어쩌면 실루엣 때문에 그런 느낌을 받았는지도 모른다. 목둘레는 깊이 파이고, 허리는 잘록 들어갔다가 재차 곡선을 강조하며 우아한 포물선을 그려낸다. 기장 자체는 긴 편이지만 트임이 깊이 들어가 답답해 보이지 않았고, 오히려 몸을 뒤틀 때마다 나풀거리는 치맛자락이 경쾌한 느낌마저 주었다. 평소에는 주로 당고를 트는 머리카락은 화관처럼 올올이 땋아, 어느 왕자님이 입에 올렸던 호칭이 불현듯 뇌리를 스쳐갔다.

하지만 그런 인상도 유이가하마가 거울 앞에서 에헤헷 웃는 모습을 본 순간 깨끗이 사라졌다.

거울 앞에 선 유이가하마는 치맛단과 목 파임이 신경 쓰이는지, 몸 여기저기를 마구 더듬기 시작했다.

"우아…… 이 드레스, 왠지 굉장해……. 뭔가 엄청나……."

"가만있어."

기장 조절이라도 하는 중인지 유이가하마 뒤에 선 카와사키가 꼬물꼬물 손을 놀리며 일침을 가했다. 다소 싸늘한 목소리에 유이가하마가 얼른 자세를 바로 했다. 하지만 그것도 잠시뿐, 이내 허리 쪽에 손을 얹었다.

"으, 으응……. 이, 있잖아…… 허리, 좀 더 조임 안 돼……?"

"뭐? ……이따가 춤춘다며? 꽉 껴서 답답할 텐데?"

머뭇머뭇 입을 뗀 유이가하마에게 카와사키가 당장이라도 혀를 찰 듯한 음성으로 대꾸했다. 그렇지만 유심히 들어보면 걱정스러워하는 기색임을 알 수 있었다. 그래서인지 유이가하마도 딱히 위축된 눈치는 없었고, 오히려 어딘가 떼쓰는 어린아이 같은 목소리로 졸라댔다.

"아, 우, 우웃…… 차, 참을래!"

"휴우……. 알았어. 손봐줄게."

넌덜머리가 나는지 한숨을 쉬면서도 싹싹하게 요구에 부응한 카와사키가 유이가하마의 허리를 툭 쳤다.

"자, 다 됐어. 화장은 네가 직접 해."

"아, 웅! 사키, 고마워! 힛키두 기다리게 해서 미안! 얼른 끝낼게!"

그렇게 말하며 유이가하마가 후다닥 화장대 앞으로 향했다. 그리고 드레스에 화장품이 묻지 않도록 하려는 건지 스카프를 휙 두르더니 신속하게 메이크업 도구를 펼쳐놓기 시작했다.

"천천히 해도 돼. 밖에서는 아직 회의 중이니까."

한마디 하자 유이가하마가 무언가 바르는 중인지 응~ 하고 대답했다. 카와사키가 그 뒤를 쓱 지나쳐 내가 있는 출입문 쪽으로 성큼성큼 걸어왔다. 그 표정에는 지친 기색이 엿보였다.

"난 이만 가볼 테니 나머지는 너희들이 알아서 해."

"그래, 고생 많았다. 뭔가 갑작스럽게 부탁한 모양이던데, 미안하다."

"안다니 다행이네."

위로의 말을 건네자 카와사키 양에게서 째릿 험악한 눈초리가 되돌아왔습니다……. 우에엥, 잘못했어요~. 몸을 움츠리고 고개를 숙이자 피식, 한숨인지 웃음인지 모를 숨소리가 들려왔다.

"치마도 길고 굽도 높으니까, 적응할 때까지 조심하도록 해."

지독하게 무뚝뚝하면서도 더없이 친절한 한마디를 남기고 카와사키가 내 옆을 스쳐지나갔다. 몹시 나른해 보이는 그 뒷모습에 그, 그래…… 라는 대꾸밖에 하지 못했다. 아이참, 카와사키 양도 진짜 츤데레라니까! 카와 어쩌고 양 완전 귀요미. 그렇게 생각하며 카와사키를 배웅했다.

그러자 무대 옆 대기실에는 유이가하마와 나만 남았다. 할 일이 없는 것도 한몫해서 시선이 저절로 그쪽으로 쏠렸다. 그러자 익숙한 기색으로 브러시를 들고 볼터치를 하던 유이가하마의 손이 움찔 멎었다.

"저, 저기……. 그렇게 빤히 쳐다봄 왠지 좀 껄끄러운데……."

거울 속에서 눈이 마주치자 조금 쑥스러운 기색으로 그렇게 말해왔다. 방금 전까지 브러시로 쓸던 뺨이 은은한 복숭앗빛으로 물들었고, 그 모습에 나도 어쩐지 멋쩍어져 시선을 피했다.

"엇, 미안. 난 신경 쓰지 말고 계속해라. ……그보다 그거 이제 다 끝난 거 아니냐? 충분하지 않아?"

"뭐어~?!"

유이가하마는 한순간 갈등하며 거울을 뚫어지게 쳐다보았지만, 이내 다시 손을 놀렸다.

"……아직 안 돼."

"그, 그러냐……."

진심으로 충분하다고 생각합니다만. 으음, 그 뭐냐, 충분히 예쁘다고 생각한다만. 저도 모르게 덧붙여버릴 뻔한 말을 꾹 눌러 삼키고는 그렇게만 대꾸했다. 그러자 유이가하마는 브러시를 붓으로 바꿔 들고 립스틱을 살짝 묻혔다.

"그치만 영상 찍을 거잖아. 이상하게 나옴 어떡해?"

"개인의 얼굴을 알아보지 못하게 가공한다고 들었다만."

"그건 외부에 공개하는 영상 이야기구. 원본 데이터는 그대루 남을 거 아냐? 그거 안 지울걸? 나 같음 안 지울 거니까. ……그러니까 예쁜 모습으루 남구 싶어."

조용한 음성으로 그렇게 설명하고 립스틱을 살짝 바른다. 턱을 들고 고개를 돌려 얼굴 각도를 바꾼 다음 라인을 잡고 천천히 붓을 놀린다. 벚꽃색 입술에 윤기가 더해지자, 거울 속의 유이가하마는 마치 딴사람처럼 보였다. 가만히 거울을 응시하는 표정에서 평소의 앳된 느낌은 찾아볼 수 없었고, 그래서 참을 수 없이 먼 존재처럼 느껴졌다. 그래서 무심코 말을 걸고 말았다.

"그런가……?"

"그렇대두! 응, 됐어. 끝!"

유이가하마는 거울이 아니라 나를 빙글 돌아보며 생긋 웃었다. 그것만으로도 안도를 닮은 한숨이 흘러나와 내가 숨조차 제대로 쉬지 못하고 있었음을 깨달았다. 그 사실을 들키지 않으려고 반쯤 무의식적으로 머리를 벅벅 긁었다.

"힛키두 머리 손질할래?"

"됐어……."

"우움, 그치만 부스스한데? 소개 영상이니까 단정하게 찍어야지. 그 상태루는 좀……."

유이가하마의 시선은 내 정수리를 떠날 줄 몰랐다. 더불어 표정도 점점 연민의 빛으로 물들어갔다. 그, 그렇게 엉망이냐……? 엉망인가, 엉망이겠지. 게다가 긍정적인 인상을 심어줘야 할 소개 영상에 웬 추레한 인간이 등장하면 곤란하다는 주장에도 일리가 있었다.

"으음, 그럼 조금만 손보마……. 하는 김에 왁스 좀 빌려주라. 젤도 괜찮고."

화장대 앞으로 가자 유이가하마가 쓱 자리를 비켜주었다.

이런 나도 코마치의 교육에 힘입어 머리모양 정도는 정돈할 줄 안다. 턱시도니까 올백처럼 심플한 스타일이라도 충분히 폼이 나겠지. 문제는 내가 하면 삼류 양아치 느낌이 증폭된다는 점이다만…….

그렇게 생각하며 펼쳐놓은 메이크업 도구들 가운데 왁스를 집어 들려 했다. 그 순간 뒤에서 뻗어온 손이 그것을 쓱 가로챘다. 뒤돌아보자 유이가하마가 천연덕스러운 표정으로 입을 열었다.

"내가 해줄게. 힛키가 직접 손질함 분명 이상해질 테니까."

"너무해……. 센스 전면 부정이냐……. 차마 부정은 못하겠다만……. 그래도 이 정도는……."

"그러지 말구 한번 믿어봐. 나 이런 건 진짜루 잘하니까!"

말이 끝나기가 무섭게 유이가하마가 내 머리를 덥석 잡고 거울 쪽으로 휙 돌려놓았다. 아얏 아파 아프다고 덤으로 무진장 낯 뜨거워서 두피의 땀샘이 활짝 열려 머릿속이 축축해진다고! 그런데도 이 아가씨는 콧노래까지 불러대는 게 사뭇 흥겨운 기색이었다.

"손님, 어디 간지러운 데는 없으세요~?"

"저기, 그런 흉내는 제발 생략하고 가급적 빨리……."

민망한데다 두피의 땀이 신경 쓰여 옴짝달싹 못하고 있자니, 어찌된 영문인지 유이가하마의 손놀림도 움찔 멎었다. 엇, 뭐야. 두피의 땀이 기분 나빴나? 미안해서 어쩐담? 하고 생각하며 거울을 통해 시선을 향하자, 유이가하마가 몹시 심각한 표정으로 중얼거렸다.

"힛키, 두피가 딱딱해……. 탈모의 예감이……."

"저기요? 그것 말고는 무슨 소리를 하든 상관없지만, 그 말만은 금기라고……. 그 소리 하면 전쟁이라고……."

"농담이야! 말랑말랑해! 간질간질간질!"

"간지러워 간지럽다고 안 돼 하지 마…… 하지 말라니까…… 하지 마 제발 하지 마세요……."

저도 모르게 흐앙 손으로 얼굴을 감싸고 말았다. 내 표정이 꽤나 한심할 거라는 자각이 있다 보니 거울로 보고 싶지 않고, 보여주고 싶지도 않았다. 어깨를 웅크리고 있자니 가느다란 손가락이 내 머리카락을 빙글 꼬아 서서히 볼륨감을 만들어내기 시작했다. 콧노래는 어느새 음률을 바꾸어 다정한 허밍으로 변했다.

머리카락을 빗어 내리는 듯한, 머리를 쓰다듬는 듯한, 때로는 손끝으로 잘근잘근 깨무는 듯한 감각에 서서히 온몸의 긴장이 풀려갔다. 이미 도마 위의 생선이나 다름없는 나는 지그시 눈을 감고 그 손길에 몸을 내맡겼다.

"……응, 다 됐어."

그 목소리에 눈을 뜨자 거울 속의 유이가하마가 고개를 비스듬히 꼰 채 어떠냐고 눈빛으로 물어왔다. 그 시선에 마음에 든다는 뜻으로 두세 번 고개를 끄덕여주었다. 정말이지 내게는 아까울 정도의 완성도였다. 그런 만족감이 얼굴에 드러났나 보다. 유이가하마가 미소 지으며 내 어깨에 손을 얹었다.

"힛키두 멋있게 나와야 해, 알았지?"

"걱정 마. 요즘은 영상 가공 기술도 발전했으니까. 과학의 힘은 만능이라고."

"아핫, 그게 뭐야."

웃음기를 머금고 어깨를 찰싹 때린 것을 끝으로 양쪽 다 준비가 완료되었다. 의자에서 일어나 촬영장으로 향하려고 한 발짝 내딛었다. 그러자 뒤이어 또각, 예리한 발소리가 울려 퍼졌다. 타박타박 경쾌한 평소의 발소리가 아니라, 느릿하고 우아한 발소리. 그 바람에 생각났다.

"카와사키가 치맛자락하고 힐을 조심하라고 하더라."

"아, 글쿠나. 하긴 이거 꽤 위험해. 익숙해질 때까지 고생 좀 할 거 같아…….."

"그래. ……그리고 여기, 어두우니까."

그렇게 말하며 살짝 왼쪽 팔꿈치를 들어올렸다. 등을 꼿꼿하게 세우고 어깨를 펴고 턱을 집어넣는다. 그리고 허둥대지 않는다……였던가. 분명 그렇게 배웠던 것으로 기억한다.

그런 나를 유이가하마는 의아한 얼굴로 바라보았지만, 이윽고 그 이유를 깨달은 듯 아아 하고 부드럽게 미소 지었다. 그리고 말없이 내 왼쪽 팔꿈치에 살포시 손을 얹었다. 예전 그날처럼.

그렇게 무수한 변명을 늘어놓으며, 우리는 무척 짧은 거리를 같은 보폭으로 천천히 걸었다.

×　×　×

　촬영 자체는 일사천리로 진행되었다. 우려했던 킹과 퀸의 댄스 신이 순조롭게 마무리된 것이 주된 요인이었다. 유키노시타와 잇시키는 근사한 댄스를 선보였다.

　취미 수준이라고 겸손을 떨었던 유키노시타지만, 막상 촬영에 들어가니 그 솜씨는 그야말로 압권이었다. 구둣발 소리도 경쾌하게 스텝을 밟으며 유려하게 한 바퀴 회전할 때마다 연미복 자락이 화려하게 나부꼈고, 순백의 장갑이 파트너의 손을 다정하게 맞잡았다. 그때마다 여자 엑스트라들 사이에서 환호성이 터져 나왔다.

　한편 파트너인 잇시키는 숙련도의 차이 탓인지 시종일관 유키노시타에게 끌려 다니는 인상을 주기도 했고, 스텝을 헷갈려 유키노시타의 발을 밟는 등 움직임 자체는 평범한 수준이었다. 하지만 실수를 할 때마다 시무룩한 기색으로 고개를 숙이는 모습이 앙큼했고, 또 그 실수를 커버하고자 유키노시타가 부드럽게 웃을 때 밝은 미소로 화답하는 모습이 무척 사랑스러웠다. 혼신의 힘을 다한 귀여운 소녀 연기에는 지켜보는 뭇 남성의 마음을 사로잡는 힘이 있었다.

　그래서 구경하던 관중들은 모두 한마음이 되어 성대한 박수갈채를 보내며 뜨겁게 달아올랐다.

　그러나 중간 휴식 겸 촬영한 영상을 체크하던 잇시키는 의아한 기색으로 고개를 갸웃했다.

"멋지고 예쁜데다 주위에서도 환호성을 지르지만, 어쩐지 위화감이 심한데요……? 뭔가 본격적인 댄스 경연대회를 보는 것 같아요……."

"그러게. 나도 솔직히 상상했던 것과는 다르다는 생각이 드는구나……."

잇시키의 어깨 뒤에서 살짝 넘어다보는 자세로 모니터를 체크한 후, 유키노시타도 관자놀이에 손을 얹으며 한숨을 쉬었다. 옆에서 듣던 나도 아까 본 광경을 떠올리며 흐음 생각에 잠겼다.

으음, 하긴 그럴지도 모르겠는걸……? 뭔가 모두 다 함께 즐거운 파티! 라기보다는 한 편의 쇼를 감상한 느낌이었고…….

그렇게 생각하는 사이 잇시키도 같은 결론에 다다른 눈치였다. 힘 있게 고개를 끄덕이고는 유키노시타를 돌아보았다.

"뭐 블루스 타임 영상으로는 이것도 나름 괜찮지 않을까요? 좀 더 흥겨운 분위기의 영상도 필요하겠지만요."

"캐주얼하고 떠들썩한 느낌이 나는 것 말이지……? 다 함께 춤추는 장면을 찍을까? 잇시키, 카메라가 따라가는 중심인물 역할을 토베와 함께 맡아주겠니?"

"네, 뭐 그래야겠지요. 휴우……."

영 내키지 않는 기색이구만, 잇시키……. 하긴 유키노시타는 그런 분위기하고는 상극이니까 어쩔 수 없지……. 그렇게 강 건너 불구경하는 기분으로 쓴웃음을 짓는데, 어찌된 영문인지 유키노시타의 시선이 쓱 이쪽을 향했다.

"……그리고 예비용으로 한 컷 더 찍어놓을까 해. 유이가하마, 부탁해도 되겠니? 히키가야도."

"응?"

유이가하마가 어리둥절한 표정을 지었다. 나는 그저 어안이 벙벙할 따름이었다. 아니 이건 또 무슨 소리래……?

"야, 난 춤 같은 거 춰본 적 없는데?"

살짝 손을 들고 말하자, 유이가하마도 응응 힘주어 고개를 끄덕였다. 얘, 여기는 볼룸(ball room)이 아니거든? 그렇게 생각했을 때, 잇시키가 이쪽으로 뽀르르 다가왔다.

"선배님들 건 대충 찍어도 상관없어요. 이미지 상으로는 클럽에서 볼 수 있을 것 같은 느낌의 뭐 그런 거랄까요?"

잇시키가 허리에 손을 얹고 척 치켜세운 손가락을 까닥까닥 흔들며 말했다. 너 뭔가 설명한 척하는데 실제로는 아무것도 설명한 게 없거든……? 맥이 빠져 있는데, 지원사격을 하려는지 유키노시타도 자박자박 이쪽으로 다가와 쓴웃음을 머금은 채 입을 열었다.

"적당히 보고 따라 하기만 해도 돼. 어디까지나 예비용이니까. 편집할 때 자료가 많아서 나쁠 건 없잖니? 정 안 되겠으면 잇시키네 팀을 돋보이게끔 하는 들러리 감각이라도 괜찮아."

"그, 그래……? 그거라면 내 전공이다만……."

겉멋으로 들러리(引き立て役, 히키타테야쿠) 군이라고 불려 온 게 아니다. 게다가 유키노시타의 의견은 나름대로 합리적이었다. 여분의 자료가 있어서 손해 볼 것은 없고, 이 정도의

대규모 촬영을 할 기회가 다시 올 리도 없다. 나중에 가서 써 먹을 만한 장면이 없다며 우는 소리를 할 바에야 지금 찍을 수 있을 만큼 찍어놓자는 판단은 잘못되지 않았다.

그렇게 따지면 이치상으로는 문제가 없으련만, 뭔가가 심하게 어긋난 듯한 위화감이 들었다. 그 주장이 통용되는데 필요한 퍼즐 조각이 빠져 있다는 인상이었다.

"우움…… 우리가 해두 될까?"

유이가하마가 눈치를 살피듯 조심스럽게 물었을 때, 비로소 그 퍼즐 조각이 찰칵 끼워 맞춰진 느낌이 들었다. 하지만 그 의문도 막힘없이 흘러나온 유키노시타의 대답에 바로 해소되었다.

"실은 아무래도 다소 눈에 띄는 역할이다 보니 다른 사람에게 부탁하기는 조금 껄끄러워서. 너희가 맡아주면 고마울 것 같아. 만약 힘들다면 다른 방법을 검토해볼 생각이지만……."

"앗, 아냐. 그런 게 아니구…… 괜찮담 됐어."

유키노시타가 생각해보는 기색조차 없이 매끄럽게 설명하자, 유이가하마는 난처한 표정으로 웃으며 가슴 앞에서 살짝 손을 내저어 수락했다. 하긴 저런 식으로 부탁해오면 거절할 방도가 없다. 실제로 이 자리에 모인 사람들은 대개 선의와 호의로 참석해준 케이스라, 부담스러운 요구는 하기 힘들다.

"그럼 일단 한번 해볼까요?"

잇시키가 짝짝 손뼉을 치며 외쳤다. 모두가 우르르 움직이는 틈을 타 유이가하마와 나도 그 속으로 끼어들었다. 지시에 따라 정해진 위치에 서자, 정면에 유이가하마가 있었다.

"······너 춤출 줄 아냐?"

목소리를 낮추고 묻자, 유이가하마가 조금 난감한 기색으로 입을 오물거렸다.

"우움, 잘은 모르지만······. 아, 그치만 예이~! 같은 느낌이면 그 자리의 분위기루 대충!"

"웨이~ 같은 느낌이라······."

"응응, 그런 느낌! 예이~!"

유이가하마가 억지로 흥을 돋우고 아이돌 같은 손짓발짓을 곁들이며 가르쳐주었지만 여전히 좀처럼 감이 잡히지 않았다. 땅이 꺼지도록 한숨을 쉬는데, 웨이라는 말에 반응했는지 옆에 있던 턱시도 차림의 토베가 대뜸 턱 어깨동무를 해왔다.

"노노, 히키타니 군. 쫌 더 신나게 팍팍 질러줘야쥐~! 웨이라고, 웨이. 자자, 웨이~!"

무슨 말인지는 도통 못 알아듣겠지만 어쨌든 지금 이 순간만큼은 그 속없는 허풍이 믿음직스럽게 느껴졌다.

"어, 그, 그래······. 이런 거, 익숙해 보이네······."

반쯤 혼잣말 같은 느낌으로 중얼거리자, 토베가 씨익 웃으며 보란 듯이 뻐겨대기 시작했다.

"고롬고롬~ 걱정할 거 하나 없다니까? 그냥 슬쩍 뒷박자를 타주면 되걸랑? 그 뭐시냐, 기본은 음악에 흠뻑 젖는 거라고. 음악이 나오면 냅다 흔들어 젖힌다! 뭐 고런 느낌~?"

"토베 선배님, 그딴 잡소리는 됐어요 시끄러워요."

잇시키가 따끔하게 일침을 놓자 토베가 으윽— 하고 신음하며 순순히 스탠바이에 들어갔다.

전혀 참고가 되지 않는 조언이었으나 지금 필요한 자세는 오히려 그런 대책 없는 태도겠지. 그렇다면 역시 토베의 춤사위를 넌지시 흉내 내보는 수밖에 없다. 라이브에서 처음 듣는 노래라도 「자, 하나 둘!」 하고 신호를 주면 콜을 넣을 수 있는 법이니까.

마음의 준비를 하고 음악이 울려 퍼지기를 조용히 기다렸다. 이윽고 조명이 꺼졌다.

뒤이어 댄스파티에 자주 쓰이는 곡이 흘러나왔다. 스포트라이트가 어지럽게 춤추고 미러볼 불빛이 사방으로 쏟아졌다.

초반에는 다들 어색하게 리듬을 타며 어깨를 흔드는데 그쳤다. 하지만 토베를 필두로 몇몇이 주먹을 힘차게 치켜들자 차츰 그 대열에 동참하는 사람이 생겨나기 시작했다. 짝짝 신명나는 박수 소리가 메아리치며 일동의 거리가 서서히 좁혀져 간다. 한 발짝 내디디며 트위스트하고, 다시 한 발짝 내디디며 하이파이브. 그 중간중간 우스꽝스러운 로봇 댄스도 선보인다. 간혹 대담하게 팔짱을 끼는 녀석들도 있었다.

그렇게 음악과 분위기에 취하기 시작했을 즈음, 곡이 바뀌었다. 발라드라고 부를 정도는 못 되지만 아까보다는 다소 운치 있는 선율이 흘러나왔다.

나도 그동안 주위를 기웃거리며 몸을 흔들고 손가락을 튕기는 시늉 정도는 했지만, 그보다 더 자연스럽게 녹아들기는 아무래도 쉽지 않았다. 그저 메트로놈처럼 리듬에 맞춰 머리와 발을 기계적으로 까딱거리는데 그쳤다. 그때 어정쩡하게 놀고 있는 내 손을 누군가 잡아끌었다.

시선을 돌리자 수줍게 웃는 유이가하마의 모습이 보였다. 끊임없이 몸을 움직인 탓에 빨라진 맥박과는 별개로 또다시 두근 세차게 가슴이 뛰어, 무심코 흘끗 주위를 곁눈질하고 말았다.

하지만 다들 일부러 장난스럽게 엉터리 왈츠를 추거나, 서로를 외면하면서도 일정한 거리를 유지한 채 파트너의 발치를 주시할 따름이었다.

그러다 보니 아무도 이쪽에 신경 쓰는 기색이 없었다. 나를 보는 사람은 유이가하마뿐이었다. 자유로운 손을 살포시 그 어깨에 올렸다. 그 움직임에 호응하듯 유이가하마도 내 어깨에 손을 얹었다. 스텝 따위 모른다. 그저 좌우로 살짝 몸을 흔들며 유이가하마가 앞으로 나오면 뒤로 물러서고, 옆으로 가면 따라 움직이는 게 고작이었다. 맞닿은 곳에서 열기가 피어올라 손에서 나는 땀이 신경 쓰이기 시작했고, 코앞에 얼굴이 있다 보니 숨 쉬는 것조차 껄끄러웠다.

상상 이상으로 고되다. 주로 정신적인 면에서······. 그래서 저도 모르게 변명 대신 불쑥 입을 열고 말았다.

"미안하다, 땀투성이라서."

"아, 응. 이거 꽤 힘드네."

"아니 그게 실은 나 땀 찔찔 흘려서 소름 끼치지? 콱 죽는 편이 낫겠지? 라는 이야기였다만."

"뭐?! 너무 오버잖아! 게다가 엄청 비굴해!"

유이가하마가 웃음을 터뜨린 순간, 또다시 음악이 바뀌었다. 귀에 익은 선율이었다. 그 드라마에서도 마지막으로 흘러나왔던 노래다. 유이가하마의 시선이 쓱 옆으로 이동했다.

덩달아 눈길을 주자 잇시키와 토베가 화끈하게 춤추는 중이었다. 리듬이고 안무고 죄다 엉망진창이지만 그래도 즐거워 보였다. 허리에 팔을 두르려는 토베를 홱 뿌리치며, 돌려차기라도 하듯 잇시키가 빙그르르 한 바퀴 돌았다. ……과연 우리의 댄싱 퀸답다.

음악이 끝나자 박수와 환호성이 터져 나왔다. 그대로 모두가 삼삼오오 와자지껄하게 잡담에 열을 올리는가 싶더니 이윽고 본인과 친구들, 댄스 파트너와 부산하게 사진을 찍기 시작했다.

이것으로 관건이었던 댄스 장면은 무사히 촬영에 성공했으려나.

그렇게 생각한 순간 피로가 한꺼번에 몰려드는 느낌이 들어, 휘청거리며 대열에서 빠져나와 간식거리가 놓여 있는 테이블로 향했다.

음료수로 목을 축이며 댄스 플로어와 무대 장식을 새삼 훑어보았다.

옳거니, 이게 프롬인가……. 그래, 분위기 정도는 대강 알 것 같다. 역시 체질에 안 맞아.

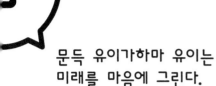 

**문득 유이가하마 유이는
미래를 마음에 그린다.**

그 촬영이 있은 지 얼마 후, 나와 유이가하마는 재차 학생
회실로 불려갔다.

맞은편에 앉은 잇시키가 탁탁 쳐서 정리한 서류다발을 다소
곳이 유이가하마에게 내밀었다.

"공식 사이트에 올릴 사진 데이터에요. 일람을 작성했으니
곤란하다 싶은 건 제외해주세요. 그럼 체크 잘 부탁드려요."

"응, 알았어. 우움…… 힛키두 같이 볼래?"

넘겨받은 서류다발을 부채처럼 쫙 펼쳐들며 유이가하마가
그렇게 물어왔다. 그 제안에 고개를 저었다.

"아니, 난 관두련다. 괜히 봤다가는 죄다 퇴짜를 놓고 싶어
질 것 같고……. 그냥 유이가하마 너한테 맡기마."

"아하……. 알았어. 그럼 내가 볼게."

납득한 기색으로 쓴웃음을 지은 유이가하마가 펜을 꺼내들
고 하나씩 꼼꼼히 살피기 시작했다. 다음 장으로 넘어갈 때마
다 으아 꺄아 비명소리가 들려왔다. 여자애들은 사진빨에 민

감하단 말이지…….

그나저나 이렇게 되면 나는 딱히 할 일이 없다. 무료하게 턱을 괴고 유이가하마가 들고 있는 사진 데이터 일람을 곁눈질하는데, 컴퓨터 화면 뒤에서 유키노시타가 말을 걸어왔다.

"어때? 조금은 위화감이 줄어들었니?"

"어, 그래. 실제로 해보니까 좀 나아졌어. 답을 만든다는 말도 납득이 가던데."

그때 유키노시타가 들려준 기묘한 느낌의 우회적인 대답을 떠올리며 말을 이었다.

"미드 말고는 비교 대상이 없다 보니 좀처럼 상상이 안 갔다만, 아하, 이런 건가 싶은 생각은 들더라. 표현이 좀 그렇다만, 문턱이 확 낮아지기는 했어. 아마 영상을 보는 사람들도 비슷한 느낌을 받지 않겠냐?"

"그래? 그렇다면 영상을 공개할 이유는 충분한 셈이구나. 단순히 프롬 소개만이 목적이라면 인터넷 상의 사진을 가져왔어도 됐을 테지만, 친숙한 느낌이 아니면 아무래도 상상하기 힘들 것 같았거든."

약간 뽐내는 기색으로 가슴을 펴고 말하는 모습이 어쩐지 우스워 그만 피식 웃고 말았다.

실제로 그 효과는 적지 않았던 것으로 보였다. 프롬에 부정적인 인상을 품었던 나조차도 그런 느낌을 받았을 정도이니 참여 의사가 있는 사람이야 말할 필요도 없겠지.

십중팔구 유키노시타가 그 영상을 통해서 추구한 것은 일종의 현지화다. 우리가 가진 프롬에 관한 정보, 그리고 영상과 사진들은 대부분 외국에서 들여온 것으로 문화와 인종의 차이에서 비롯된 이미지의 벽이 존재한다. 그 패턴을 고스란히 우리에게 대입하려 해도 체격과 화려함, 스케일의 격차만 여실히 드러날 뿐이다. 따라서 이 상태로 그냥 프롬을 진행했다가는 기대와 다르다거나 어쩐지 초라하다는 인상을 심어줄 우려가 있다. 그러므로 일본식, 정확히는 소부 고등학교 식 프롬의 시범 케이스를 제시하여 이런 느낌이라는 이미지를 확립할 필요가 있었던 거겠지.

"선배님뿐만이 아니라요. 다른 촬영 참가자들한테도 제법 좋은 인상을 준 모양이에요. 타임라인에서도 상당히 화제가 됐다니까요? 보세요."

잇시키가 스마트폰 화면에 띄워 보여준 것은 어제의 촬영장 사진이었다. 참가자들이 SNS에 올린 모양인지 드레스를 입고 잔뜩 힘준 머리를 한 여자애들 사진에 「완전 재밌었어~」 같은 코멘트가 달려 있었다. 그나저나 고양이 귀와 변장용 콧수염으로 얼굴을 너무 많이 가려놓은 것 아닙니까……? 게다가 눈도 이상하게 크고 시커먼데다 뽀샤시 효과를 너무 줘놔서 원판을 전혀 못 알아보겠다만…….

"아, 나두 봤어. 꽤 많이 올라왔지?"

유이가하마가 서류뭉치에서 고개를 들고 묻자, 잇시키가 네네 맞아요 하고 고개를 끄덕이고 다시 샥샥 스마트폰을 조작해 여러 계정에 올라온 사진을 보여주었다. 대부분 스노우나

뷰티플러스 등으로 수정 및 보정을 해놓은 탓에 누가 누구인지 도통 구분이 안 갔지만, 하나같이 반짝반짝 빛나고 즐거워 보였다.

다만 그중에는 남녀가 뒤섞여 어깨를 맞대거나 얼굴을 찰싹 붙인 다소 대담한 포즈의 사진도 있었다. 게다가 드레스 네크라인이 깊게 파인 아슬아슬한 사진도 포함되어 사람에 따라서는 눈살을 찌푸릴 만도 했다. 실제로 나만 해도 오만상을 찌푸렸으니 말 다했다. 「뭐야? 너희들 촬영 중에 왜 시시덕대고 난리냐고?」라고 면박을 주고 싶어졌지만, 나도 남 말할 처지가 못 된단 말이지! 우왓~! 왠지 떠올리는 것만으로 얼굴이 후끈 달아오르잖아! 죽고 싶다! 그러니 이번 건은 불문에 부치자고……

어쨌든 어느 포스팅이나 호의적인 멘트가 대세를 이루었고, 그에 대한 타임라인상의 반응도 좋겠다, 나도 하고 싶다는 식의 호평 일색이었다. 물론 부정적인 멘션도 있기야 했지만 극소수에 불과하니 무시해도 큰 문제는 없을 듯했다.

"부수적인 홍보 효과도 있었으니, 나름대로 비용을 들인 값어치는 한 셈이구나."

눈을 감고 흠흠 고개를 끄덕인 유키노시타가 다시 탁탁 키보드를 두들기며 작업을 재개했다.

그러는 사이 유이가하마는 사진 선별을 마쳤는지 마지막으로 스슥 펜을 놀려 뭔가를 적은 후 서류다발을 잇시키에게 되돌려주었다.

"우움, 이 정도면 되려나?"

"네, 고맙습니다. 그럼 바로 특설 페이지를 만들게요~."

흠흠 서류다발의 세부 내역을 확인하나 싶더니, 잇시키가 노트북을 끌어당겨 도르르 트랙볼을 굴리기 시작했다.

"고마워. 여기까지 먼 걸음하게 해서 미안해. 이제 끝났으니 가도 괜찮아."

유키노시타가 잠시 작업을 중단하고 우리에게 살짝 고개를 숙여 보이며 감사의 뜻을 전했다. 그 말에 그만 사슴 같은 눈망울을 깜빡이고 말았다. 그 말뜻을 제대로 이해하기까지는 조금 시간이 걸렸다.

"……엉? 끝이라고?"

놀라서 묻자 유키노시타가 한순간 어리둥절한 표정을 짓더니 턱을 매만지며 생각에 잠겼다.

"그래. 그럴 생각이었는데……. 제작물은 학생회에서 만드는 중이고, 현재까지는 달리 더 많은 인력을 필요로 하는 일거리도 없으니까. 그렇지 않니?"

"네? ……아, 네에. 으, 으음, 유키노 선배님이 그렇게 말씀하신다면 아마 그렇겠죠……?"

동의를 구하는 말에 잇시키가 생각을 더듬듯 엉뚱한 방향을 보며 약간 어정쩡하게 대답했다. 머릿속으로 진행 과정을 그려보는 중인가 보다. 하지만 유키노시타의 사고회로 속에서는 이미 업무 진도가 구체적으로 짜여 있는지, 그렇다는 듯 고개를 끄덕였다.

"심하게 일손이 부족할 때는 또 부탁하게 될지도 모르지만, 그때는 다시 연락할게."

그렇게 말하며 생긋 웃으면 우리 입장에서는 그러십니까 하고 수긍하는 수밖에 없다. 일감이 없는 것도, 신속한 귀가도 환영해 마땅한 일이건만 싱겁게 해방되자 어쩐지 석연치 않았다. 그래서 괜히 미적거리는데 옆에 앉아 있던 유이가하마가 쓱 몸을 일으켰다.

"응, 알았어. 그럼 둘 다 힘내! 파이팅! 도와줄 게 있음 또 연락하구!"

재빨리 짐을 챙겨들고 팔꿈치로 내 어깨를 쿡 찌른다.

"뭐해? 힛키두 가야지."

"그, 그래."

채근하는 바람에 나도 비로소 일어섰다.

"그럼 이만 가보마."

"그래, 수고했어."

"고생 많으셨습니다~."

인사를 건네자, 유키노시타와 잇시키가 컴퓨터 뒤에서 빼꼼 얼굴을 내밀더니 이내 다시 작업으로 복귀했다. 방해하는 것도 바라던 바는 아닌지라 유이가하마와 함께 냉큼 학생회실을 나섰다.

그리고 둘이서 뚜벅뚜벅 복도를 가로질러 현관으로 향했다. 창문으로 새어드는 빛이 평소의 방과 후보다 눈부셔, 아직 해가 높이 떠 있음을 알려주었다.

"한가해져버렸네."

나란히 걸어가던 유이가하마가 불쑥 입을 열었다.

"……뭐 나야 늘 한가하다만. 친구들하고 놀러 안 가냐? 미우라라든가."

"오늘은 일거리가 있다구 들었으니까. 게다가 걔들두 각자 일정이 있는 눈치였구."

약간 난감한 기색으로 웃으며 설명하는 유이가하마에게 긴장감 없는 목소리로 대꾸했다.

"흐음……."

그 말을 끝으로 대화가 끊겼고, 복도에는 나직한 발소리만이 울려 퍼졌다. 예전에도 이렇게 기묘한 침묵이 흐른 적이 있다는 사실이 떠올랐다. 아마 부실에 갈 일이 없어진 날이었던가. 그렇게 생각하며 옆에 있는 유이가하마를 흘끗 곁눈질하자, 그만 눈이 딱 마주치고 말았다. 그냥 시선을 돌리기도 어쩐지 찜찜해서 대신 입을 열었다.

"……어디 들렀다 갈까?"

"뭐?"

유이가하마가 놀라움을 넘어 어안이 벙벙하다시피 한 표정을 지어보였다. 의외 수준이 아니라 아예 영문을 모르겠다는 반응이었다. 우아~ 나 사고 쳤드아~. 얼굴이 화끈 달아오르는 느낌에 티 나지 않도록 머플러를 추켜올렸다.

"어, 아니……. 코마치 합격 선물이랄까, 생일 선물이랄까…… 뭔가 준비해야 할 것 같아서."

뇌세포를 풀가동해서 가까스로 그럴듯한 핑계를 떠올리고 머플러 속에서 우물우물 내뱉었다. 그러자 유이가하마도 납득한 기색으로 손뼉을 치더니 몸을 불쑥 내밀며 내 어깨를 탁 때렸다.

"그거 좋네! 가자가자! 나두 뭔가 사야지~! 우움, 우리 어디 갈까? 어디?"

설레는 기색으로 응해주시니 고맙기는 합니다만, 부디 생각할 시간을 좀 주십시오…….

"엇, 글쎄, 모르겠다만……. 아, 그래! 나 라라포트 가고 싶었지! 이제야 생각났네."

불현듯 내려온 하늘의 계시에 무심코 주먹을 불끈 쥐고 말았다. 맞다맞다 거기는 진짜 정말 무진장 가고 싶었다고. 속으로 쾌재를 부르는데, 유이가하마가 의아한 기색으로 후움? 하고 고개를 갸웃했다.

"라라포트? 괜찮기는 한데 왜?"

"맥캔만 파는 자판기가 설치돼 있대서, 거기서 맥캔 사고 싶었거든."

그렇게 대답하고 나서야 코마치에게 대차게 까였던 기억이 떠올랐다. 또오 사고를 쳐버리고 말았습니다요……. 잠시 좌절했으나 유이가하마는 뜻밖에도 흔쾌히 고개를 끄덕였다.

"그래, 그럼 라라포트루 가자. ……근데 맥캔이 그렇게 좋아?"

못 말리겠다는 듯 실소를 흘리며 맨 끝에 한마디 덧붙이기는 했지만, 선뜻 승낙이 떨어지는 바람에 놀라서 엉겁결에 되묻고 말았다.

"엇, 그래도 돼?"

"응? 그럼 안 돼?"

미심쩍은 눈빛이 돌아왔다. 자기가 먼저 말 꺼내놓고서 무슨 헛소리야 이 녀석…… 이라고 그 얼굴에 대문짝만하게 쓰여 있었다. 그 시선을 똑바로 받아낸 다음, 마음을 가라앉히기 위해 가볍게 심호흡을 했다.

"아니, 안 될 거야 없지. ……그럼 라라포트로 하자. 일단 역으로 갈까?"

"응! 그럼 얼른 가자!"

활짝 눈부신 미소와 함께 들뜬 대답소리가 돌아왔고, 복도에 울려 퍼지는 발소리는 통통 튀며 나보다 몇 발짝 앞서갔다. 그 뒤를 따라 나도 걸음을 재촉했다.

× × ×

대형 쇼핑몰 도쿄 BAY 라라포트는 우리 학교에서 그리 멀지 않다.

학교 근처 전철역에서 네 정거장으로, 승차 시간은 10분 남짓이다. 대기 시간과 도보 이동을 포함해도 30분이 채 걸리지 않는다.

덕분에 이동 중에는 침묵다운 침묵도 싹트지 않았다. 가끔 대화가 끊기기는 했지만 승객들의 승하차와 저절로 눈에 들어오는 창밖 풍경에 힘입어, 열차가 한산하다느니 얼마 전에 저기서 이벤트가 열렸다느니 하는 소소한 화젯거리들이 속속 발견되었다. 정확하게는 유이가하마가 이것저것 살뜰하게 말을 걸어주었다.

여차저차해서 라라포트에 도착한 후에도 드문드문 두서없는 잡담이 이어졌다.

"근데 힛키, 뭐 사려구?"

"내가 묻고 싶다만, 뭘 사면 좋겠냐?"

"냅다 떠넘기기야?!"

"아니 그게, 난 이런 가게 같은 거 잘 모르니까……."

경악하는 유이가하마 옆에서 지금까지 걸어온 길을 돌아보는 시늉을 했다. 이 근처에는 패션 관련 점포가 즐비했지만, 그쪽 분야에는 완전히 까막눈이라서 쇼윈도를 멍하니 쳐다보는 게 고작이었다.

엎친 데 덮친 격으로 라라포트에 들어오자마자 여성 속옷 매장 피치 존과 맞닥뜨리는 바람에, 민망함과 낯 뜨거움이 기하급수적으로 증폭된 나머지 초장부터 멘탈이 나가버렸다. 그 덕분에 유이가하마의 꽁무니만 졸졸 쫓아다니는 일종의 스토커 모드에 돌입하고 말았다.

이게 내 개인적인 쇼핑이라면 크게 고민할 것도 없이 쓱쓱 고를 테지만, 오늘은 코마치에게 줄 선물을 사러 온 참이다. 아무리 동생이라지만 대상이 여자인 이상, 내 센스로는 속수무책이다. 유이가하마도 그 점은 이해하는지 앞장서서 타박타박 걸음을 옮기며 고민하듯 고개를 비스듬히 꼬았다.

"우움…… 뭐가 좋을까? 코마치 줄 거니까 머리핀이라든가."

"아, 하긴 그러네. 근데 그 녀석 자기 스타일이 꽤 확고하니까, 취향에 안 맞는 걸 사줘봤자 별로 좋아하지 않을 것 같은 느낌이 든단 말이지."

"그런가……?"

좋아할 것 같은데. 그렇게 덧붙이고 싶은 눈치인 유이가하마를 보며 말을 이었다.

"그렇다니까. 아마 『우와~! 오빠, 고마워~! 코마치 행복해 부끄부끄』 같은 반응을 보이겠지만 그래놓고 평생 안 쓸걸."

"그 어설픈 코마치 흉내는 뭐야……? 그치만 그건 그럴지두. 나두 아빠한테 이상한 선물 받음 아마 안 쓸 테니까. 현금이 더 좋아."

"어째 아버님이 너무 안쓰럽다만……."

그런 이야기를 나누며 이런저런 점포의 쇼윈도를 기웃거려 보았지만, 아무리 봐도 코마치에게 찰떡같이 어울릴 만한 물건은 눈에 띄지 않았다.

역에서 가까운 플로어를 한 바퀴 둘러보고 나니 슬슬 다리가 아파오기 시작했다. 문득 걸음을 멈추자 인터넷에서 사진으로 본 기억이 나는 구역이었다.

"아, 요 앞에 맥캔 자판기가 있는 모양이니까 가서 사오마."

"그래?"

"그럼, 틀림없어. 사전에 위치를 정확하게 조사해놨거든."

"그건 또 착실하게 알아봤단 말이야?! 그보다 선물을 좀 알아보라구!"

지당하신 지적은 귓등으로 흘려 넘기고 인파를 요리조리 헤치며 목표물인 자판기로 다가갔다. 도로에 인접한 출입구 중 하나, 자동판매기가 몇 대 늘어선 공간에서 노란 자판기가 그 위용을 드러냈다.

"오, 오옷…… 이게 바로 그 맥캔 모양 자판기인가……. 기간 한정이라길래 어쩌면 이미 없어졌을지도 모른다고 생각했는데……."

벅찬 감동에 몸을 떨면서도 찰칵찰칵 사진을 찍었다. 으음, 이 샛노란 느낌! 좋아요!

"흐음, 굉장해. 진짜 맥캔하구 똑같은 디자인이네."

뒤따라온 유이가하마가 무성의하기 짝이 없는 목소리로 말했다. 딱히 사진을 찍으려는 기미도 보이지 않았다. 인스타에 올려서 좋아요를 받으려는 기색도 없었다.

……하는 수 없지. 간단하게 설명해주도록 할까.

"그냥 디자인만 똑같은 게 아냐. 뒤로 가보면 알겠지만, 자판기 뒷면에 성분 표시도 빠짐없이 적혀 있다고. 진짜 세심하지 않냐? 애정이 느껴진다니까?"

"흐음……."

……여전히 무성의해!

하긴 당연한가. 맥캔 모양 자판기라고 해봤자 보통 사람들한테는 그냥 의미 불명이니까. 나야 좋다만. 그렇게 한바탕

촬영을 마친 뒤에는 자판기를 배경으로 가로☆브이를 하며 예
—이♪ 하고 셀카를 찍었다. 그러자 유이가하마가 픽 웃었다.

"……그치만 다시 보니까 좀 귀여운 디자인 같기두 하구."

"그렇지?! 그동안 디자인이 몇 번 바뀌었지만, 팝아트 감성
으로는 이 버전이 역대 최고라니까?! 독보적으로 귀엽다고!"

"오늘 본 것 중에 제일 신났잖아?! 게다가 옛날 디자인 같은
건 모른다구……."

무심코 열변을 토하자 유이가하마가 어이없다는 듯 한숨을
쉬었다.

"아무튼 됐어. 나두 찍을래."

그렇게 말하며 스마트폰을 꺼내더니 성큼 걸음을 내딛어 내
곁에 섰다. 그리고 방금 전까지 셀카를 찍고 있었던 내 옆에
서 신호 한번 주지 않고 찰칵 사진을 찍었다. 그 움직임이 어
찌나 매끄러운지 거부할 틈도 없었다. 그 덕분에 꽤나 얼빠진
낯짝으로 찍혔을 게 분명했다. 하긴 사전에 허락을 구했다 한
들 얼굴은 새빨갛고 시선은 엉뚱한 곳에 가 있는 얼빠진 꼬락
서니로 나오기는 마찬가지였을 테지만.

그러니 이 편이 차라리 나을 터였다.

"……그 사진, 나한테도 보내주라."

"응."

내 요청에 유이가하마가 지극히 평온한 어조로 대답했다. 그
시선은 여전히 자기 스마트폰을 향한 채였다. 그리고 곧이어
뭔가 샥샥 슥슥 스마트폰을 조작하는가 싶더니 이윽고 내 폰

이 부르르 떨렸다. 확인해보니 유이가하마가 보낸 메시지였다.

첨부된 사진은 전체적으로 뽀샤시하고 반짝반짝 별들이 난무하는데다, 덤으로 둘 다 강아지 귀와 강아지 코, 강아지 수염이 달려 있었다. ……이 정도로 가공해버리면 초상권이고 뭐고 따질 수도 없겠는걸. 쓴웃음을 지으며 그 사진에 잠금을 걸었다.

"오케이. 목적도 달성했겠다, 이제 집에 갈까?"

"달성두 안 됐구, 집에두 안 가……."

의기양양하게 철수하려는 내 소맷자락을 유이가하마가 한숨과 함께 꽉 붙들어 제지했다.

"아, 이참에 저쪽 이케아두 구경하러 가볼까? 잡화두 꽤 많으니까."

그렇게 말하며 가리킨 곳에는 또 다른 건물이 있었다. 이케아란 스웨덴에서 탄생하여 현재는 세계 각지에 점포를 거느린 가구 인테리어 판매점이다. 그 이케아의 일본 1호점이 바로 이곳 치바 후나바시(船橋)에 있다. 역시 치바라니까. 치바는 일본 제일!

하긴 이 넓디넓은 라라포트를 정처 없이 배회해봤자 효율이 떨어진다. 이쯤에서 한번 시각을 바꿔보는 것도 나쁘지 않겠지. 유이가하마의 제안에 가볍게 수긍해 보이고 곧바로 이케아를 향해 이동을 개시했다.

이 일대의 상업 지구는 해안가에 위치한 탓에 이맘때는 아직 바닷바람이 차가워, 쇼핑몰에서 나오자 극심한 온도차가 느껴졌다. 추워추워추워 작은 소리로 연거푸 중얼거리며 둘이 함께 잰걸음으로 육교를 건넜다.

잠시 후 이케아 안으로 들어오자 누가 먼저랄 것 없이 후아나직한 숨결이 흘러나왔다. 건물 안의 온기야 말할 것도 없거니와, 입구 쪽에 배치된 소파와 러그도 따스한 인상을 풍겼다.

"일단 한번 둘러볼까?"

유이가하마가 익숙한 기색으로 엘리베이터에 올라탔다. 그 뒤를 따라가니 가장 먼저 쇼룸이 눈앞에 펼쳐졌다. 가구와 인테리어 및 잡화류가 배치된 공간으로. 손에 들고 살펴볼 수도 있게 해놓았다. 그중에는 『카치도키(勝ちどき)의 아파트에서 3인 가족』이라든가 『머리가 좋아지는 주거 공간』 같은 주제를 설정하여 가구를 전시해놓은 부스들도 있어서 소박한 테마파크 같은 분위기가 났다.

호오, 가구점은 처음 와봤지만 의외로 재미난 곳인걸? 하긴 『카구야 님은 고백 받고 싶어』도 재미있으니까 말이야. 원래 그런 건지도 모르지. 그런 소박한 감상과 함께 매장을 구경했다.

그러다 『우라야스(浦安)에서 여유롭게 자취생활』이라는 타이틀이 붙은 부스 옆을 지나치려던 순간, 유이가하마가 그 안을 빼꼼 들여다보았다.

뭔가 관심 가는 나이스 아이템이라도 발견한 거니? 이를테면 630만 번 앉아도 망가지지 않는 암체어[#45]라든가……. 그

#45 630만 번 앉아도 밍가시지 않는 암체어 이케아 암체어 선전 문구. TV 생방송에서 출연자가 앉았다가 부서지는 바람에 아이러니한 유명세를 탐.

렇게 생각하며 나도 유이가하마를 따라 그 부스에 발을 들여놓았다.

흰색 위주의 인테리어에 옷장과 수납장도 산뜻해서 면적에 비해 넓게 느껴지는 공간이었다. 벽과 선반을 적절하게 활용해 소품 종류도 깔끔하게 정리해놓았다. 그 안쪽으로 시선을 주자 부스는 계속 이어져, 소박하나마 부엌도 딸려 있었고 세탁기가 놓인 공간도 보였다.

이 정도면 확실히 자취를 해도 여유롭겠구나. 하치만, 너 이런 집에 살려무나! 내 상상 속의 엄마가 속삭여오는 소리를 휘휘 떨쳐내는데, 그 사이에도 유이가하마는 부스 안을 이리저리 둘러보느라 바빴다.

한동안 후아~ 하고 인테리어를 살펴보더니, 피곤해지기라도 했는지 벽 쪽에 있는 침대에 웃차 걸터앉았다. 그리고 빙글 이쪽을 돌아보며 가벼운 말투로 물었다.

"힛키, 대학 들어감 자취 안 할 거야?"

"어느 대학 어느 학부냐에 달렸지. 타마(多摩)라든가 토코로자와(所沢) 같은 동네면 아무래도 집에서 다닐 마음은 안 나니까. 하긴 지금 지원하려고 생각 중인 곳은 거의 다 통학 가능한 범위 안이다만."

책상 위에 놓인 잘빠진 빈 병을 집어 들고 빤히 쳐다보며 대답하자, 유이가하마가 놀라움과 감탄이 뒤섞인 목소리를 냈다.

"지원할 곳, 벌써 정해놨구나……."

"내 성적에 딱 맞는 사립 인문계라는 조건이 붙으면 선택의 여지가 별로 없다고. 그 가운데 관심이 갈 만한 분야의 학부 몇 군데를 고른 것뿐이야. 그러니까 결정했다기보다는 그냥 소거법이지."

빈 병을 제 위치로 되돌려놓자 속은 텅 비어 있는데도 덜그럭 유난히 묵직한 소리가 났다. 그 소리에 묻히기를 바라며 한마디 나직하게 덧붙였다.

"딱히 뭔가 하고 싶은 일이 있는 건 아니야."

그래서 그걸 찾으려고 대학에 가는 거라는 말은 할 수 없었다.

나 스스로도 어렴풋이 알고 있으니까. 대학에 간다 한들 운명적인 만남이나 평생을 결정지을 꿈과 조우하는 일은 없으리라는 사실을.

살면서 무언가에 깊이 빠져 들어본 적이 없는 것을 보니 천성적으로 꿈을 좇는 데는 소질이 없는 모양이다. 설령 뭔가 관심 가는 대상을 발견한다 해도 중간에 좌절하거나, 때려치우거나, 처음부터 별로 좋아하지도 않았다고 잡아떼는 게 고작일 테지. 결말은 대충 짐작이 간다.

하지만 그런 성향은 딱히 비관할 만한 문제도 못 된다. 아마 대부분의 사람들이 그럴 테니까.

유키노시타 하루노는 많은 것을 포기하며 어른이 되어간다고 했다.

그러나 포기를 논하기 이전에 아예 무언가를 추구하지조차 않는 사람도 있다. 바로 나처럼. 그렇다면 포기조차 할 수 없었던 사람은 대체 무엇이 되는 걸까.

그런 시답잖은 생각을 하다 보니 그만 대화가 중단되고 말았음을 깨달았다.

문득 정신을 차리고 유이가하마 쪽을 돌아보자, 그 시선은 내 앞의 빈 병에 고정된 채였다.

"유키농은 이미 진로 결정했댔지. 빠르구나⋯⋯."

탄식으로도 비애로도 해석될 수 있는 그 중얼거림에 뭐라고 반응해야 할지 몰라 그만 말문이 막히고 말았다.

그러나 유이가하마는 추임새는 필요 없다는 듯 나직한 한숨을 내쉬더니, 나를 향해 생긋 미소 지어왔다. 그리고 눈이 마주치자 내가 여전히 우두커니 서 있다는 사실을 깨달았는지, 웃차 자리를 옮겨 침대에 한 사람이 더 앉을 만한 공간을 만들어주었다.

끼익 신음하는 스프링 소리가 묘하게 생생해서 그만 움찔하고 말았다. 하지만 일부러 자리를 비켜주기까지 했는데 극구 사양하는 것도 예의가 아니다. 게다가 반대로 내가 뭔가 무지하게 의식하는 느낌이라 변태 같잖아! 사실 의식하고 있고 변태 같지만! 아무튼 그래서 고분고분 비워준 자리에 걸터앉았다.

"힛키의 어릴 적 꿈은 뭐였어?"

앉아 있는 장소 탓인지 잠자리에서 옛날이야기를 들려달라고 조르는 아이처럼 유이가하마가 물어왔다. 내가 들려줄 수 있는 꿈 이야기에 딱히 거창한 레퍼토리는 없지만, 그래도 잠시 생각한 끝에 입을 열었다.

"꿈의 정의에 따라 달라지겠지만……. 그냥 즉흥적인 발상 수준이라면 이것저것 많았지. 사장님이라든가 부자라든가……. 또 프로야구 선수, 히어로, 만화가, 아이돌, 경찰관……. 그리고 의사, 변호사, 총리, 대통령. 아니면 석유왕."

"전부 돈에 관련된 거라 꿈이라곤 없잖아……."

"그러게나 말이다. 나도 내 입으로 말해놓고 이 재수 없는 꼬맹이는 뭐냐 싶다만……."

심지어 살짝 좌절했을 정도다. 내 이야기지만 귀여운 구석이라곤 없는 애로구만. 하긴 지금도 그렇지만……. 그렇게 냉정하게 자기혐오에 빠져드는데, 그 사실을 눈치챘는지 유이가하마가 허둥지둥 다급하게 역설했다.

"아, 그치만! 아이돌 같은 건 꿈두 크다고 생각했어!"

"전혀 위로가 안 되거든? 분명히 말해두겠는데 어린 시절의 나는 무진장 귀여웠다고. 사연만 있었더라면 아이돌이 됐을 거라고. 그보다…… 너는?"

내 질문에 유이가하마가 우음 팔짱을 끼며 고개를 갸웃했다.

"나……? 아, 나두 이것저것 많았어. 꽃집 주인이나 케이크집 주인이나 아이돌 같은 거!"

"뭐야, 나하고 별 차이도 없구만."

꿈 많은 어린아이 못지않게 씩씩한 그 대답에 무심코 쓴웃음을 머금고 말았다.

하지만 그렇게 천진난만한 기색을 드러낸 것도 잠시뿐. 유이가하마는 이내 어른스러운 표정을 지었다.

후훗 미소 지은 유이가하마가 침대에서 일어섰다. 그리고 그대로 어린 시절의 꿈을 두고 떠나가듯 한 발짝 또 한 발짝 천천히 걸음을 옮겼다.

"또…… 예쁜 신부라든가."

뒤돌아선 채 그렇게 말한 유이가하마가 빙글 이쪽을 돌아보았다.

유이가하마가 서 있는 곳은 부스 안쪽에 마련된 부엌 앞이었다. 그곳은 벽도 타일도 새하얀 색을 띠었고, 채광창을 본뜬 유리창으로 빛이 새어들어 베일처럼 흘러내렸다.

유이가하마의 입에서 흘러나온 말은 꿈이라고 하기에는 지나치게 현실적이라 웃어넘길 수도 쓴웃음을 지을 수도 없었다.

그래서 대신에 나도 부엌으로 천천히 다가갔다. 그 사이에 적당한 농담을 떠올리며.

"그것도 나하고 별 차이가 없다만. ……전업주부, 꿈이 있잖아?"

"그렇게 표현하니까 꿈이라곤 없잖아……."

유이가하마가 어깨를 축 늘어뜨리고 어처구니없다는 듯 피식 웃었다. 아마 웃어준 것이겠지.

부자연스러울 만큼 밝은 조명 속에서도 그 미소는 역시 다정하게 느껴져, 낯간지러운 마음에 슬그머니 시선을 떨구었다.

부스 안의 부엌은 실제로 사용하는 공간도 아니건만 조리도구부터 식기까지 완벽하게 구비해놓아 당장 살림을 차려도 될 것 같은 리얼리티가 느껴졌다. 따지고 보면 전부 상품으로 파는 물건들이니 현실감이 느껴지는 게 당연하지만, 어째서인지 아무리 봐도 모조품 같다는 인상을 지울 수 없었다.

가구도 식기도 부엌도 침대도 전부 진짜지만 가짜다. 무엇이 그 차이를 낳는 걸까 생각하며 무심코 찬장을 손끝으로 더듬었다.

그러자 유이가하마가 손뼉을 짝 쳤다.

"아, 직접 만드는 건 어때?"

"엉? 가구를?"

"아니, 선물 말이야. 케이크라든가."

무슨 소리인가 싶어 순간적으로 엄청나게 고심하고 말았다. 하지만 선물이라는 말에 불현듯 떠올랐다. 아하, 코마치한테 줄 선물 말이구나! 아니아니 물론 알고 있었다고. 떠오르지 않은 까닭은 한시도 잊은 적이 없기 때문이라니까? 속으로 폭풍처럼 변명을 주워섬기는 와중에도 유이가하마의 아이디어는 끝을 모르고 쏟아져 나왔다.

근처에 있던 접시에 나이프와 포크, 덤으로 머그컵까지 늘어놓으며 유이가하마가 거듭 열변을 토했다.

"그리구 케이크를 내놓을 때 머그컵에 음료두 같이 내놓는데…… 사실은 그 컵이 바로 선물인 거지! 멋져! 내가 생각해 낸 거지만 뭔가 감각적이야!"

양손으로 뺨을 감싸며 유이가하마가 와아 환호성을 질렀다.

"……그래? 감각적이냐?"

"그, 그렇다니까! 뭔가 약간 깜짝 이벤트 같은 느낌이 드니까 괜찮아!"

냉정하게 지적당하자 감각적인 면에 다소 자신이 없어졌는지, 유이가하마가 살짝 뺨을 붉히고 주섬주섬 식기를 원래 위치로 되돌려놓기 시작했다.

"뭐 그래도…… 직접 만든다는 발상은 의외로 나쁘지 않은데?"

토라진 듯한 반응이 왠지 귀여워서 나도 그만 웃고 말았다. 더불어 말 그대로 달콤한 대사가 흘러나왔다.

"그럼 지금부터 달달한 디저트라도 먹으면서 연구해볼까?"

"아, 그거 대찬성! 가자가자!"

신바람이 난 유이가하마에게 꾹꾹 퍽퍽 등을 떠밀려 전시 부스를 뒤로했다.

실제로 직접 만든다는 아이디어는 나쁘지 않다. 받는 사람의 마음에 강하게 어필하는 부분이 있는데다, 무엇보다도 시간과 정성을 들였다는 사실에 감동받게 된다. 하물며 그 상대가 싫지만은 않게 여기는 사람이라면 더욱더.

정말로 마음이 흔들린다.

……자, 그러니 코마치를 위해 열심히 케이크를 구워보실까! 어쩌면 이번 기회를 통해 새로운 꿈에 눈뜨게 될지도 모르잖아?

바로 전설의 파티시에 프리큐어가 되는 꿈에…….

×　　×　　×

나라는 망했으나 강산은 변함없다고 두보는 노래했다. 한편 꿈은 망했으나 집은 변함없다고 노래한 이도 있다. 물론 나다.

내 꿈은 깨지고 말았다. 연구를 빙자해서 맛있는 디저트를 먹었지만, 내 실력으로는 이런 건 죽었다 깨어나도 못 만든다는 당연한 사실을 새삼 깨닫는 바람에 프리큐어가 되겠다는 야망도 물거품이 되고 말았다. 그래서 집에 돌아와서는 울적한 심경으로 잠을 청했다.

하지만 그래도 아침은 밝아오는 법이다.

유이가하마와 놀다 온 이튿날에도 내 학교생활은 순탄하게 흘러갔고, 이윽고 방과 후를 맞이했다.

어제 학생회실에서 들은 대로 프롬 관련으로는 정말 일거리다운 일거리가 없는지, 잇시키나 유키노시타에게 호출 받는 일도 없이 수업이 끝나버렸다.

이 시간까지 아무런 이야기가 없다는 말은 집에 가도 된다는 뜻이겠지……? 살짝 불안해져서 유이가마하를 흘끗 곁눈질하고 말았다. 만약 연락이 온다면 나보다는 유이가하마 쪽이겠지.

내 시선을 느낀 유이가하마가 가만히 고개를 끄덕였다. 그리고 미우라 쪽의 잡담이 일단락되기를 기다렸다가 슬쩍 그 속에서 빠져나와 이쪽으로 쪼르르 다가왔다.

"힛키, 오늘 어떡할 거야?"

고개를 살짝 기울이며 유이가하마가 물었다. 질문의 내용으로 보아 예상대로 프롬과 관련된 연락은 받지 못한 거겠지.

"별일 없으면 집에 갈 거다만."

"글쿠나……. 나두 별일 없으니까 집에 갈래."

대답하자마자 유이가하마가 부리나케 다시 자기 자리로 돌아가더니, 미우라 일행에게 「그럼 내일 봐~」라며 손을 흔들어 보이고는 짐을 챙겨왔다. 그런 다음 냉큼 코트를 걸치고 영차 가방을 메더니 빙글 머플러를 둘렀다.

"그럼 가자."

"어, 그래……."

지극히 자연스럽게 함께 귀가하는 분위기로 흘러가는 바람에 당황하면서도, 일단 교실 앞문을 향해 걸음을 옮겼다.

그 문짝이 느닷없이 덜컹 흔들렸다. 그리고 뒤이어 드르륵 요란한 소리를 내며 힘차게 문이 열렸다.

그 소리가 어찌나 큰지 흠칫 몸을 굳히는데, 문 뒤편에서 잇시키 이로하가 모습을 드러냈다. 어지간히 서둘러 여기까지 왔는지 그 입에서 헉헉, 거친 숨결이 흘러나왔다.

"다행이야, 둘 다 아직 있었어……."

우리를 보자마자 잇시키의 몸에서 힘이 쫙 풀리며 후아, 커다란 한숨을 토해냈다.

"왜 그래?"

"……일단 좀 따라와 주시겠어요?"

말이 끝나기가 무섭게 잇시키가 휙, 발걸음을 돌렸다.

유이가하마와 나는 무슨 일인가 싶어 얼굴을 마주보았지만, 잇시키의 심각한 표정을 보고 만 이상 무슨 사정인지는 몰라도 따라가는 수밖에 없었다.

앞장서서 걸어가는 잇시키는 꽤나 다급한 기색으로 성큼성큼 복도를 가로질렀다. 그 발걸음을 따라잡으려고 우리도 속도를 냈다. 계단을 내려가고 나서야 비로소 잇시키와 어깨를 나란히 하고 그 옆얼굴을 흘끗 곁눈질했다.

내 시선을 감지한 잇시키는 설명할 시간도 아깝다는 양 힘 있는 눈빛으로 앞을 노려보며 더욱 걸음을 빨리했다.

"조금 골치 아픈 일이 생겼어요."

그 한마디를 끝으로 잇시키는 입을 다물어버렸다. 그 얼굴에는 험상궂은 기운이 짙게 감돌아, 무언가 심상치 않은 사태가 벌어졌다는 사실만은 짐작이 갔다.

자세한 설명을 듣기도 전에 잇시키가 목적지로 추정되는 어느 방 앞에 다다랐다.

그 방은 교무실, 행정실, 교장실 등이 늘어선 구역에 있었다. 들어가 본 적은 한 번도 없지만 문패에는 응접실이라고 적혀 있었다.

잇시키가 그 문을 노크했다. 그리고 대답을 기다리지도 않고 문을 열더니 성큼성큼 안으로 들어섰다.

따라 들어가야 하나 한순간 망설였다.

문이 열린 순간, 목격하고 말았기 때문이다.

입구 쪽 소파에 앉아 있는 히라츠카 선생님과 유키노시타의 뒷모습을.

그리고 상석에 앉은 유키노시타 하루노와 두 자매의 어머니의 모습을.

그 존재를, 그 방문을 그저 불길한 예감이라는 말로 넘겨서는 안 된다. 그것은 단순한 예감 따위가 아닌 확신이었다.

평온한, 혹은 초연한 태도인 엄마와 언니의 시선을 동시에 받는 유키노시타의 뒷모습은 기분 탓인지 약간 움츠러든 것처럼 보였다.

활짝 열린 문 쪽으로 고개를 돌린 유키노시타의 어머니가 우리를 응시했다.

지그시 들여다보면 빨려 들어갈 것만 같은 그윽하고 아름다운 눈동자. 그 속에서 흘러나오는 미소를 머금은 부드러운 눈빛. 그 눈빛은 유키노시타를 바라볼 때와 조금도 온도차가 없는 듯 보여 등줄기가 서늘해졌다.

그 시선을 받으며 잇시키가 꾸벅 고개를 숙였다.

"기다리시게 해서 죄송합니다. 프롬은 저희 모두가 상의해서 결정한 사안입니다. ……그러니 그 실행 여부에 관한 논의에는 저희들 전원이 참여하도록 하겠습니다."

잇시키가 결연한, 어찌 보면 공격적이기까지 한 자세로 선언했다. 음성, 말투, 시선 전체에서 적의가 묻어났다. 그것을 감출 생각조차 하지 않고 잇시키는 유키노시타의 어머니에게 매서운 눈길을 보냈다.

그러자 유키노시타의 어머니가 난감한 기색으로 웃었다.

"논의라니, 그렇게 거창한 자리는 아니란다. 단지 우리 측의 의견을 여러분에게 전달하러 온 것뿐이니까."

철없는 어린아이를 달래듯 상냥한 음성으로 천천히 말하더니, 생긋 웃으며 우리에게 자리를 권했다. 그러자 히라츠카 선생님도 고개를 돌려 우리를 보고는 시키는 대로 하라는 듯 고개를 끄덕여 보였다.

검은색 가죽 소파는 총 두 개였다. 상석에 해당하는 안쪽의 3인용 소파. 그리고 낮은 탁자를 사이에 두고 그 맞은편에 위치한, 유키노시타와 히라츠카 선생님이 앉아 있는 L자형 소파. 우리가 앉을 곳은 물론 후자였다. 그 결과 자연스럽게 유키노시타의 어머니, 그리고 하루노와 마주보고 앉는 구도가 되었다.

우리가 들어온 후로 단 한 번도 이쪽에 눈길을 주지 않았던 유키노시타가 딱딱한 말투로 운을 뗐다.

"……그러면 정식으로 이야기를 들어보도록 하겠습니다."

그 말에 유키노시타의 어머니는 쓴웃음을 닮은 미소를 지었다. 하루노는 시큰둥한 기색으로 탁자에 놓인 커피잔 속의 긴 스푼을 뱅글뱅글 돌렸다.

유키노시타 가족 3인방이 뿜어내는 냉랭한 분위기의 영향인지 실내에 싸늘한 정적이 내려앉았다. 그 사실을 깨달았는지 유키노시타의 어머니가 짐짓 온화한 미소를 지었다.

"프롬에 관한 이야기인데, 중지해야 한다는 의견이 나오고 있단다. 인터넷에 올라온 사진을 본 학부형 분께서 우리에게 상담을 해오셨거든. 그다지 건전한 편은 아니라고 해야 하나……. 그래, 고교생답지 못한 행사가 아닌가 걱정되는 모양이시더구나."

유키노시타의 어머니는 신중하게 말을 고르는 느낌으로 설명하고 옆에 있는 하루노를 흘끗 보았다. 그러자 하루노는 성가시다는 기색으로 한숨을 쉬었다.

"졸업생들 사이에서도 찬반양론이 엇갈려."

유키노시타의 어머니가 한 말을 뒷받침하는 듯한 어조에 하루노가 동석한 이유를 깨달았다. 아무래도 지원사격용으로 불려온 눈치였다. 그러나 하루노는 이내 입가에 피식, 도발적인 미소를 머금으며 덧붙였다.

"……딱히 부정적인 반응이 많은 건 아니지만 말이야."

"소수 의견이라고 해서 무시해도 되는 건 아니잖니. 불편해하는 사람이 있다면 배려하는 게 도리야."

유키노시타의 어머니가 주저 없이 하루노의 말에 반박했다. 타이른다고 하기에는 단호한 느낌이라, 꾸짖는다는 표현이 더 적절해 보였다. 그 태도에는 어딘가 엄격한 구석이 있었다. 하지만 하루노는 그 말을 못 들은 척 흘려 넘기고 눈을 감았다. 그리고 다시 커피잔을 입으로 가져갔다.

유키노시타는 그런 두 사람을 차가운 눈빛으로 바라보았다. 그래서일까. 입 밖으로 흘러나온 목소리에도 싸늘한 기운이 감도는 것처럼 느껴졌다.

"……그렇다고 왜 엄마가 오는데?"

"나도 학부모회의 일원이기는 하고…… 게다가 너희 아버지와 친분이 있는 분께 부탁 받으면 그냥 무시할 수는 없잖니. ……그 점은 너도 이해하지?"

상냥한 표정, 따스한 음성, 온화한 말투. 그렇게 조곤조곤 알아듣기 쉽게 타이른다. 그 모습은 흡사 어린아이를 다독이는 듯한 분위기를 풍겨, 방금 전 하루노를 대하던 자세와는 확연하게 차이가 났다.

치맛자락을 꼭 움켜쥐고 유키노시타가 고개를 떨구자, 그 어머니는 한결 다정하게 말을 이었다.

"물론 절도만 지킨다면 상관은 없다고 생각한단다."

염려하는 기색의 미소와 차분하고 나긋한 음성, 한 발 물러서는 듯한 말. 하나같이 정중하기 그지없지만 그 이면으로는 정반대의 의미를 전해온다. 뒤이은 말에서 그 사실이 명백히 드러났다.

"다만 우리도 프롬에 관해 알아보았는데, 음주나 불건전한 이성교제 같은 문제들이 발생하는 것도 사실이더구나. 그런 탓에 지금 같은 형태로 사은회를 대체하는 건 부적절하다고 여기는 사람들도 있단다. 게다가 말썽이 생겼을 때 너희들이 그 책임을 질 수 있는 입장인 것도 아니잖니?"

"그러니까! 학부모회와 학교 측이 긴밀하게 협조하면 그런 사태는 예방할 수 있다고…… 그 부분은 내부적으로 승인을 받았잖아……."

한순간 유키노시타가 버럭 언성을 높였다. 그러나 말을 이어나감에 따라 그 음성은 차츰 낮아졌고, 이윽고 토라진 듯 가냘픈 느낌으로 변해갔다. 덧붙인 말은 단순한 웅얼거림이나 다름없었다. 시선을 바닥으로 떨구며 유키노시타가 이를 악물었다.

유키노시타의 어머니는 눈을 가늘게 뜨고 딸의 이야기를

들었지만, 반론 전체를 받아들이고 나자 힘주어 고개를 끄덕였다.

"그 점에 관해서는 학부모회 측도 경솔했다고 생각한단다. 다만 어디까지나 서류만을 확인한 단계에서의 비공식 승인이잖니? 실상을 파악할 때까지 최종 판단은 보류된 셈이니까……."

"그 말씀은 이치에 맞지 않아요. 나중에 말을 바꾸는 사태를 막기 위해 사전에 양해를 구하는 거니까요. 게다가 애초에 문제를 일으키지 않게 자녀들을 똑바로 교육하는 건 학부모의 역할 아닌가요?"

말이 끝나기도 전에 잇시키가 반쯤 시비조로 물고 늘어졌다. 그 과격한 태도에 유이가하마의 눈이 휘둥그레졌다.

"잇시키."

"……죄송합니다."

히라츠카 선생님이 주의를 주자 잇시키도 말이 지나쳤다고 여겼는지 내키지 않는 기색으로 사과했다. 다만 납득할 수 없다고 시위하듯 그 입은 삐죽 나와 있었다. 돌아가는 양상을 지켜보던 하루노는 슬쩍 고개를 돌리고 웃음을 참는 눈치였다. 물론 이 상황에서 키득대는 사람은 하루노뿐이었다.

히라츠카 선생님이 쓱 고개를 숙여 제자의 무례한 행동에 대한 용서를 구하자, 유키노시타의 어머니는 마음 쓰지 말라는 듯 가볍게 고개를 저었다.

"물론 학부형 분들도 이래저래 생각이 많으실 거야. 딱히 전면 금지를 원하거나 속박하려는 마음은 없으실 테니까. 다만 아무래도 걱정이 되시는 거겠지. 특히 요즘은 SNS 상에서 문제 행동으로 구설수에 오른다거나 개인 신상을 유포해서 피해를 입는…… 그런 식의 사건사고도 빈번하잖니? 그러다 보니 이렇게 눈에 띄는 행사에는 유난히 예민해지기 마련이란다."

설명하며 유키노시타의 어머니가 잇시키에게 시선을 향했다. 신기한 구경을 했다는 듯 반짝 빛나는 그 눈빛은 일견 즐거워 보이기까지 했다.

"잇시키 양이라고 했지? 방금 잇시키 양이 지적했듯 그러한 상황이 발생했을 때의 대처법이나 인터넷을 접하는 자세에 관해서는 보호자와 학교 측의 철저한 지도가 필요하다고 생각한단다. 실제로 학교 교육에서도 그러한 시도가 이루어지는 중이고, 최근 들어서는 기업 연수 과정에 포함되어 있는 경우도 많으니까."

열성적으로 이야기하는 그 말투는 어딘가 신이 난 느낌이었다. 설명이나 해설을 할 때 유독 생기발랄해지는 그 모습은 딸인 유키노시타와 닮은꼴이어서 훈훈한 인상마저 풍겼다.

그러나 그 미소에 불현듯 그늘이 드리운 순간, 양쪽의 이미지에 괴리가 생겨났다.

"……하지만 아직도 충분하다고는 말하기 어려워. 배울 만큼 배워서 사리분별을 할 줄 아는 어른들조차도 인터넷상에서 각종 논란과 말썽을 일으키고는 하니까."

그러니 미성년자는 더 말할 것도 없다고. 그러니 프롬은 중지해야 한다고. 직접적으로 언급할 필요도 없이 이야기의 흐름을 통해 암시해온다.

　실제로 촬영에 참가한 학생들은 일말의 스스럼도 없이 자연스럽게, 이런 식의 우려를 살 줄은 꿈에도 모르고 SNS에 사진을 올렸다. 라인으로 이어진 부모자식이 있으니 인스타를 위시한 각종 SNS에서 자녀의 계정을 살피는 부모가 있다 해도 이상할 것은 없다. 우리들 학생 측이 그런 면에까지 생각이 미치지 못한 것은 사실이다. 그렇다면 불건전한 행사로 낙인찍고 공격적으로 나오는 사람들의 눈에 띌 가능성도 있기야 하다.

　같은 결론에 이르렀는지 유키노시타가 언짢은 기색으로 대꾸했다.

　"……가능성을 따지기 시작하면 끝이 없어."

　동감이다. 일어날 수 있는 모든 가능성을 감안하여 위험하니 중단하라고 주장하는 것은 비상식적이다. 그런 논리를 내세운다면 출장 뷔페 업체의 음식을 먹고 집단 식중독에 걸릴 우려가 있으니 중지하라는 주장도 통용되어야 마땅하다. 제아무리 철저하게 대비한다 한들 완벽한 안전을 보장하는 것은 그 누구에게도 불가능하다.

　그 사실은 유키노시타의 어머니도 당연히 알고 있을 터였다.

　"그렇지만 부정적인 반응이 나오는 와중에 구태여 강행할 필요는 없지 않니? 세간의 입방아에 오르내리며 손가락질을 당해서야 중요한 새 출발에도 찬물을 끼얹는 셈이 될 테고."

　이번에는 각도를 바꾸어 감정론까지 곁들이기 시작했다. 눈꼬리를 살짝 내리고 걱정스러운 표정으로 설득한다.

"사은회는 졸업생들을 위한 자리이기도 하지만 학부형과 선생님, 지역 인사 분들께도 중요한 행사란다. ……기존의 사은회 형식에 특별히 불만이 제기된 적은 없잖니?"

그렇게 말하며 유키노시타의 어머니가 옆에 앉은 하루노를 돌아보았다. 그렇지? 라고 묻듯 고개를 비스듬히 기울이자 하루노는 냉담하게 딱 한 번 고개를 끄덕여 보였다.

그 지적에 유키노시타는 꿀 먹은 벙어리가 되었다. 아픈 곳을 찔렸군. 나 역시 입맛이 썼다.

사은회에 대한 불만사항을 개선하기 위한 수단으로 프롬을 시행한다는 전개였더라면 그나마 동의를 얻기 수월했을 테지. 그러나 처음부터 프롬을 개최한다는 전제 하에 계획을 추진하고 말았다. 이 무리수를 밀고 나가려면 고생 꽤나 하겠는걸.

그렇게 생각했을 때 잇시키가 몸을 쓱 내밀었다.

"졸업생 이야기가 나왔으니 말인데요. 저희도 미래의 졸업생이에요. 그러니 사은회에 관해서 뭔가 의견을 낼 권리는 충분하다고 보는데요?"

잇시키가 늘어놓은 현란할 정도의 궤변에 반사적으로 탄성이 흘러나왔다. 제법인걸? 잇시키. 감탄해서 빤히 쳐다보자 잇시키도 흘끗 이쪽을 곁눈질하더니 후훗, 뻐기듯 웃었다. 그리고 내 반응에 탄력이 붙었는지 다시 입을 열었다.

"실제로 재학생들은 프롬에 호의적인 반응이에요. SNS에서도 긍정적인 의견이 대세였고……."

하지만 그 말은 끝까지 이어지지 못했다. 잇시키가 잠시 숨을 고른 순간 유키노시타의 어머니가 빙긋 웃으며 그대로 치고 들어왔기 때문이다.

"SNS에서는 그럴지도 모르겠구나. 하지만 겉으로 드러나지 않는 의견에 귀를 기울일 줄 아는 자세도 중요하단다. 남의 위에 서는 사람, 모두의 신임을 받는 사람에게는 그럴 의무가 있으니까. ⋯⋯너희들도 부디 그 점을 명심하도록 하렴."

마지막으로 딸들에 대한 당부를 곁들인다. 음성도 분위기도 달라진 데가 없으련만, 오로지 그 부분에서만 극명한 온도차가 느껴졌다. 그래서일까. 하루노는 코웃음을 치며 시시하다는 듯 한숨을 쉬었고, 유키노시타는 그저 딱딱하게 몸을 굳혔다.

그제야 나는 인식을 수정했다. 유키노시타 하루노가 일전에 입에 담았던 「나보다 무섭다」는 말의 의미를 절감했다. 이 상황은 좋지 않다. 전혀 돌파구가 보이지 않는다.

저 사람은 논리로 맞서 싸워서는 안 되는 상대다.

언뜻 보기에는 온화한 미소를 지으며 수긍하고, 타인의 이야기를 귀담아듣는 인상을 풍긴다. 상대방의 의견을 경청하며 토론하는 것처럼 보인다.

하지만 실제로는 그렇지 않다. 저것은 웃는 얼굴로 일단 받아넘긴 다음, 자세가 무너진 틈을 타서 역공으로 베어넘기는 카운터 스타일이다. 그런 식으로 논파하고, 우격다짐으로 다운을 노리는 스타일이면 차라리 낫다. 하지만 이 사람은 그런 것에 연연하지 않고 처음에 깔아둔 함정으로 서서히 몰아넣는다.

최후의 결론은 결코 양보하지 않는다. 그 결론에 도달하기 위해서라면 슬픈 표정조차도 서슴없이 지어 보인다. 감정론까지 곁들여 구성된 논리의 검을 휘두른다.

유키노시타의 어머니는 논의라고 부를 만큼 거창한 자리는 아니라고 했다.

더없이 정확한 표현이다. 저 사람은 처음부터 논의할 마음도 없었으며, 애초에 논의의 여지 자체가 없다고 시작부터 그렇게 선언했던 것이다.

그 주장은 틀림없이 어딘가에 모순을 내포하고 있으며 허점도 있을 터이건만, 온화한 미소와 상냥한 음성에 가려 눈에 들어오지 않는다. 게다가 설령 그러한 약점을 찾아내어 찌른다 한들 아무것도 달라지지 않는다. 웃는 낯으로 그렇구나 하고 받아넘긴 다음, 다른 각도에서 똑같은 결론을 이끌어내려 할 뿐이다.

그렇다면 여기서 대화를 길게 끌고 가봐야 유리할 게 없다. 저 사람이 많은 이야기를 할수록 우리가 파고들 틈은 줄어들고 말 테니까.

잇시키 역시 그런 위기감을 느꼈는지 나를 흘끗 보았다. 그 시선을 곁눈질로 포착했지만 내 입장에서는 그저 쓴웃음을 지을 수밖에 없었다. 기대했다면 대단히 미안하지만, 상대가 너무 까다롭다. 내가 할 수 있는 일이라고는 기껏해야 공격의 방향을 트는 것 정도다.

"학교 측도 비공식 승인은 했죠? 어떻게 생각하시나요?"

그렇게 말하며 히라츠카 선생님을 돌아보자 전원이 일제히 그쪽으로 고개를 돌렸다. 유이가하마와 잇시키의 얼굴에서는 희미한 기대감이 묻어났다. 하루노는 어딘가 흥미로운 기색으로 방관자의 입장을 고수했고, 유키노시타는 눈을 감은 채 답변을 기다렸다. 반면 유키노시타의 어머니는 잔잔한 수면처럼 평온한 눈빛으로 그저 물끄러미 히라츠카 선생님을 응시했다.

각양각색의 시선이 쏟아지자 히라츠카 선생님은 입꼬리로만 살짝 미소 짓고는 차분하게 입을 열었다.

"저 개인적으로는 즉각 중지라는 판단은 가급적 피하고 싶군요. 본교에는 학생들의 자율성을 중시하는 전통도 있으니까요. 계획상의 미비점을 적절히 수정하여, 학부형 여러분의 이해와 협조를 얻을 수 있게끔 추가 협의를 계속해나가는 편이 좋지 않을까 합니다."

과연 믿음직한 어른이다. 논의의 탈을 쓴 이 불모의 대화에 종지부를 찍어주다니 고마울 따름이다.

재방문을 제안하자, 유키노시타의 어머니도 이견은 없는지 천천히 고개를 끄덕였다.

"선생님의 말씀은 지당하다고 생각합니다. 그러면 다음에 다시 찾아뵙도록 하겠으니, 그때는 학교 측과 상의할 수 있는지요?"

"윗분들께 전해두겠습니다. 일정을 확인하고 바로 연락드리지요."

사무적인 대화가 마무리되자 유키노시타의 어머니가 꾸벅 고개를 숙였다.

"번거롭게 해드려 죄송합니다. 모쪼록 잘 부탁드리겠습니다. ……하루노, 여러분께 인사드리고 돌아가자꾸나."

"아, 난 이 커피 다 마시고 갈래."

하루노가 커피잔을 가리키며 능청스러운 미소와 더불어 살랑살랑 손을 흔들자, 유키노시타의 어머니가 못 말리겠다는 듯 어이없는 기색으로 한숨을 쉬었다.

"그래. 그러면 먼저 가보겠습니다."

그 말을 끝으로 조용히 몸을 일으켰다. 장시간 앉아 있었음에도 기모노는 흐트러진 곳 하나 없었고, 서 있는 자세도 정갈했다. 그리고 그 전체적인 인상에 어긋남 없는 목소리로 또다른 딸의 이름을 불렀다.

"유키노."

부르는 소리에 유키노시타가 흘낏 시선을 향했다. 그 반응을 확인하고 유키노시타의 어머니는 부드러운 목소리로 천천히 말을 이었다.

"네가 애쓰고 있다는 사실은 잘 안단다. 그래도 조금 더 일찍 집에 들어오도록 하렴. 무리할 필요는 없으니까."

"……그래, 알아."

짧은 대답을 끝으로 눈을 감아버리는 딸을 보고 유키노시타의 어머니는 난처한 듯 웃었지만, 미련을 떨쳐냈는지 이내 걸음을 옮겼다. 우리에게도 이만 가보겠다며 살짝 고개 숙여 인사를 건네자 히라츠카 선생님이 뒤따라 자리에서 일어섰다. 배웅하러 가는 거겠지. 두 사람은 지체 없이 응접실을 나섰다.

응접실 문이 닫히자 누가 먼저랄 것 없이 깊은 한숨이 흘러 나왔다.

문 밖에서는 아직 히라츠카 선생님이 유키노시타의 어머니와 두세 마디 간단한 인사를 나누는 중이었다. 그쪽에서 들리지 않도록 조심하는 건지 하루노가 작은 소리로 중얼거렸다.

"아아, 피곤해. 이런 자리에 끌려 다니는 거, 진짜 성가시다니까……."

그렇게 말하며 완전히 식어버렸을 커피를 맛없다는 듯 마시고는 씁쓸한 표정을 지었다. 커피라고는 한 방울도 마시지 않았을 유키노시타도 입을 굳게 다문 채 무언가를 꾹 눌러 삼키듯 가늘게 목을 떨었다. 그런 표정도 두 사람은 무척 비슷했다.

하기야 비슷하기로 치면 역시 그 어머니와 가장 비슷할 테지만.

유키노시타와 하루노에게서 공통으로 감지될 때가 있는 이 질감과 뒤틀림은, 그 어머니에게서도 찾아볼 수 있었다. 그래서 조금 더 알아보고픈 충동이 일었다.

"저기…… 아까 학부모회의 일원이라고 하셨는데, 회장이나 뭐 그런 겁니까?"

"아냐아냐, 이사인가 뭔가 하는 정체불명의 명예직. 등록만 되어있다 뿐이지 위임장 쓰는 게 일이나 마찬가지야. 단지 아버지 직업상 이 지역과 인연이 깊은데다 딸 둘을 이 학교에 보냈잖아? 그래서 부탁을 받고 나선 거지.”

오호라, 요컨대 지역 유지 특유의 사정이구만. 가까운 예를 들자면 우리 아버지 회사에 있는 고문 위원 같은 느낌이려나? 말썽이 생겼을 때 보고하러 가면 부탁하지도 않았는데 「그래? 그럼 나도 한마디 해두겠네」라면서 희희낙락 상대편 회사에 쳐들어간다고 들었는데. 아참, 유키노시타네 엄마는 지역 사람들의 요청을 받은 거니까 좀 다른가?

그렇게 싱거운 생각을 하는데, 불현듯 하루노의 음성이 낮게 가라앉았다.

“……그러니 그 개인적인 의사는 중요하지 않아. 부탁받은 이상 체면이 있으니 한마디 하러 올 수밖에 없었겠지.”

하루노가 시시하다는 듯 말하고는 훗 코웃음 쳤다.

그러나 나는 차마 웃어넘길 수 없었다. 그 말이, 그 입장이 어딘가의 누군가도 비슷한 핑계를 댔던 것을 상기시키는 것만 같아 약간 속이 메슥거렸다.

그 불쾌한 감각을 한숨과 함께 토해내는 사이, 응접실 문이 열리고 히라츠카 선생님이 다시 모습을 드러냈다.

“이거 골치 아프게 됐군.”

입을 연 히라츠카 선생님이 대뜸 쓴웃음을 지으며 그렇게 말했다. 그리고 응접실 구석에 있는 장식장에서 크리스털 유리 재떨이를 꺼내와 창가로 가서 담배에 불을 붙였다.

아무래도 이 응접실은 원칙적으로 금연인 교내에서 예외적으로 흡연이 허용되는 공간인 모양이다. 하기야 이런 방으로 안내되는 손님이라면 VIP급 인사일 테고, 그런 사람들 가운데에는 애연가도 있기 마련이겠지. 이런 식으로 규칙이 적용되지 않는 특수한 공간에 들여놓음으로써 일종의 성의와 경의를 표시하는 셈이다.

그 말은 곧 유키노시타의 어머니는 귀빈 대우를 받았다는 뜻이나 다름없고, 그 사실 하나만으로도 학교 측의 태도가 훤히 들여다보이는 느낌이 들었다.

그 사실은 이 대화에 처음부터 쭉 참여했던 유키노시타가 가장 절실하게 느꼈을지도 모른다. 유키노시타는 아까와 다름없이 허리를 꼿꼿이 편 채였지만, 그럼에도 어둡게 가라앉은 목소리로 히라츠카 선생님에게 물었다.

"······학교 측의 대응은 어떨 것 같나요?"

"뭐라고 말하기 힘들군. 사실 SNS에 올라온 사진 정도라면 나도····· 그리고 내 윗선에서도 그렇게까지 심각한 문제로 여기지는 않는다."

뻐끔뻐끔 연기를 빨아들였다 내뿜기를 반복하던 히라츠카 선생님이 유키노시타를 안심시키듯 싱긋 미소 지었다. 하지만 이내 탁 소리 내어 담뱃재를 털고는 조용한 음성으로 덧붙였다.

"······다만 세상에는 고마운 제보를 해주시는 분들이 많아서 말이다. 학생들의 치마 길이가 짧다느니, 거리에서 소란을 피운다느니, 나를 보고 비웃었다느니 하는 항의 메일과 전화가 가끔 오거든. 평소 같으면 귀중한 의견 진심으로 감사드립니다,

추후 학생 지도에 반영하도록 하겠습니다 하는 식으로 답변하고, 필요한 경우에는 주의를 주는 식으로 마무리하지만……."

잠시 말을 끊고 후우 연기를 토해낸 히라츠카 선생님이 지독하게 씁쓸한 표정을 지었다.

"이런 식으로 민원이 들어오면 아무래도 중요한 사안으로 인식되고 마니까. ……그에 합당한 대응을 할 수밖에 없지."

합당한 대응이라고 다소 추상적으로 표현하기는 했지만, 그 말이 의미하는 바는 오직 하나뿐. 프롬의 중지다.

이런 식의 트러블은 비슷한 사례를 열거하면 끝이 없다. 예를 들어 과거 어느 전철역에 모(某) 기업의 채용 광고가 게시된 적이 있다. 임팩트도 있는데다 약간 색다르고 기발한 내용이라, SNS 상에서 화제를 모아 수만 건의 「좋아요」를 받는 엄청난 반향을 불러일으켰다. 그중 대부분이 독특하다거나 재미있다는 식의 호의적인 반응이었다. 하지만 그 광고는 며칠 못 가 해당 기업에 의해 자발적으로 철거되는 운명을 맞이했다. 그 이유는 전화와 메일 등으로 부정적인 의견이 접수되어 사내에서 문제가 되었기 때문이라고 한다.

호의적인 반응이 대다수여도 조금이나마 비판이 제기되면 그 점을 배려해서 행동해야 하고, 또 배려하지 않을 수 없는 것이 요즘 세태인지도 모른다.

기업의 사회적 책임이나 정치적 공정성 같은 단어와 개념이 정착됨에 따라, 사회는 배려해야 할 존재를 한층 강하게 의식하게 되었다. 그 자체는 바람직한 일이지만 대중의 인식 변화는 아직 과도기를 벗어나지 못했다.

그러다 보니 부적절이나 부주의, 불건전 같은 용어를 과도하게 사용하고, 또 과도하게 반응해버리는 경우가 생기는 거겠지.

어떤 면에서는 프롬을 둘러싼 지금 이 상황에도 비슷한 원리가 적용된다고 할 수 있다. 개념 이해는 이 정도면 충분하겠지.

문제가 되는 것은 실질적인 행동이다.

"학교 측에서 학부형들을 설득해볼 수는 없나요?"

비공식적이지만 프롬 개최를 허가한 입장상, 바로 계획을 백지화하는 것도 학교 측으로서는 영 체면이 서지 않겠지. 그 점을 이용해서라도 시행을 찬성하는 방향으로 유도할 수 없을까 싶어 그렇게 물어보았다.

그러자 히라츠카 선생님은 손안의 담배로 시선을 떨구고 생각을 정리하듯 잠시 뜸을 들였다.

"방법이 없지는 않겠지만……. ……너희가 내년 이후에도 프롬을 하고 싶다면, 내가 관여할 문제가 아니라는 생각도 들어서 말이다."

담배를 재떨이에 꾹 눌러 끈 히라츠카 선생님이 우리 쪽을 돌아보았다. 연기가 잦아들며 독한 타르 향이 퍼져나갔다. 그 냄새가 내 불안을 부추겼다.

히라츠카 선생님이 한 말이 좀처럼 이해되지 않아 그만 미심쩍은 표정을 짓고 말았다.

그러자 하루노가 놀란 기색으로 입을 열었다.

"······시즈카 짱, 아직 말 안했어?"

"정식으로 결정되지도 않은 이야기를 할 수는 없잖나."

"그냥 말을 못 꺼낸 것뿐이면서."

"윽, 그건······."

여유로워 보이는 태도였으나, 하루노가 일침을 가하자 히라츠카 선생님이 겸연쩍은 기색으로 시선을 피했다. 그 반응에 쐐기를 박듯 하루노가 깊은 한숨을 지으며 말을 이었다.

"뭣보다 공립이니까 근속연수로 알 수 있잖아? 작년에 간당간당했으니까 올해는 무조건 이동일걸?"

중간중간 내비친 대화의 파편으로 사정은 얼추 짐작이 갔다. 그럼에도 나는 그 사실을 말로 명확하게 못 박을 마음이 들지 않았다. 단지 그런가, 하고 실감 없이 머리로만 이해했다.

그럼에도 유이가하마는 말로 명확히 하려 했다.

"저기, 그럼······."

"자, 그 이야기는 나중에. 다음으로 미루자꾸나."

머뭇머뭇 말문을 여는 유이가하마를 향해 씨익 웃어 보인 히라츠카 선생님이 반강제로 화제를 돌렸다. 그리고 유키노시타와 잇시키 쪽으로 시선을 향했다.

"그나저나······ 이제 어쩔 작정이지?"

그 질문에 두 사람이 깜짝 놀라 고개를 들었다. 나도 머릿속에 낀 안개를 떨쳐내듯 벅벅 뒤통수를 긁었다.

"그야······ 계획상의 미흡한 부분을 수정해서······."

대답하던 유키노시타가 이내 고개를 저었다. 그것이 무의미하다는 사실을, 또는 불가능하다는 사실을 본인도 깨달은 거겠지.

드레스를 입고 춤을 추며 성대한 파티를 벌인다. 그 조건이 변경되어버리면 더 이상 프롬이라 부를 수 없다. 참가 희망자가 납득할 만한 이벤트가 될 리도 없다. 그렇다고 클레임이 들어온 부분을 어중간하게 수정해봤자 한번 트집 잡힌 기획이 그리 쉽게 통과될 리 만무하다. 결국 한쪽이 만족하면 다른 한쪽에 문제가 생긴다. 요컨대 진퇴양난이다.

"추가 협의를 하는 동안 양해를 구할 방법을 찾아보겠습니다……."

유키노시타는 일단 그렇게 대답했지만, 창백한 안색과 가냘픈 음성 탓에 거의 가망이 없다고 확신하는 것처럼 보였다. 하지만 현시점에서는 달리 뾰족한 대안도 없었다. 그래서 나도 그 의견에 동의했다.

"뭐 그래야겠지. 우선 설득할 방안을 마련하고, 그런 다음……."

내 말은 도중에 끊어졌다. 소파에 나란히 앉은 유키노시타가 내 재킷 소매를 잡아당겼기 때문이다. 잡아끄는 힘 자체는 약했지만, 꽉 움켜쥔 탓에 옷자락에 구깃구깃 주름이 잡혔다.

"잠깐만. 거기서부터는 우리가 할 일이야. ……내가 해야 할 일."

"……지금 그런 문제에 연연할 때가 아니잖아."

내 말에 잇시키도 고개를 끄덕였다. 히라츠카 선생님은 변함없이 관망하는 눈빛으로 우리를 지켜보았다. 옆에 있는 유이가하마는 누구의 편도 들지 않고 침묵을 유지했다. 유키노시타는 말문이 막힌 기색으로 입을 꾹 다물었다. 나는 잠자코 유키노시타의 대답을 기다렸다. 그러나 정작 입을 연 것은 다른 사람이었다.

"……아직도『오빠』노릇을 하려고?"

유쾌한 음성에 놀리는 듯한 말투. 웃음기를 머금은 말임에도 그 어감은 지독하게 차가웠다. 맞은편 소파에 느긋하게 앉은 유키노시타 하루노가 마치 동정하는 듯한 시선을 보내왔다.

"네? 그게 뭔 소린데요?"

되묻는 목소리에 저절로 발끈한 기색이 섞였다. 자연스럽게 말투가 험악해지는 게 느껴졌다. 그러나 하루노는 그런 내 반응을 즐기듯 키득 웃었다.

"우리 유키노가 알아서 할 수 있다는 일에 함부로 도움을 주면 못써. 너는 유키노의 오빠도 뭣도 아니니까."

그런 단순한 말장난이 마음에 걸려 그만 말문이 막혀버렸다. 뒤에서 잇시키의 나직한 한숨소리가 들려와 저도 모르게 눈을 내리깔고 말았다.

"……그런 게, 아니에요."

사그라질 듯 연약한 목소리가 단호하게 부정했다. 그 음성이 다정하게 등을 쓰다듬어주는 느낌이 들어 반사적으로 고개를 들자, 유이가하마가 하루노를 노려보고 있었다.

"……소중한 사람이니까. 도와주고 거들어주는 건 당연해요."

"소중하게 여긴다면 상대방의 의사를 존중할 줄도 알아야 한다고 보는데?"

하루노가 짜증 어린 한숨을 쉬었다.

"프롬이 성사되면 유키노에 대한 엄마의 인식도 조금은 달라질지 몰라. 물론 유키노 본인의 힘으로 해낼 경우의 이야기지만. ……이 상황에 개입한다는 게 무슨 의미인지 알아?"

그 목소리에는 명백한 적의가 담겨 있었다. 찌를 듯 예리한 시선이, 꿰뚫을 듯 날카로운 말이 유이가하마를, 그리고 나를 향했다.

무거운 질문이었다. 그 말은 곧 유키노시타의 미래를, 인생을 책임질 수 있느냐는 물음처럼 들렸다. 그런 질문에 섣불리 대답할 수 있을 리 없다. 우리는 이제 앞뒤 생각 없이 행동할 수 있을 만큼 어리지 않고, 그렇다고 모든 것을 받아들일 수 있을 만큼 어른도 아니다.

그래서 나와 유이가하마, 잇시키는 그저 침묵할 수밖에 없었다.

이 자리에서 그 질문에 대답할 수 있는 사람이 있다면 히라츠카 선생님 정도이겠지. 그러나 선생님은 말없이 담배 연기를 피워 올리며, 그저 씁쓸한 미소를 띠고 물끄러미 하루노를 바라보기만 했다. 그 시선을 느꼈는지 하루노가 후훗, 표정을 풀었다. 그리고 아까와는 딴판으로 다정하게 우리에게 말을 걸어왔다.

"아무리 상대를 생각해서라지만, 도움을 주는 게 항상 옳다는 보장은 없어. ……너희들 같은 관계를 뭐라고 부르는지 알아?"

"언니, 그만해. ……알고 있으니까."

질문을 가로막지도 않고, 유키노시타가 차분한 음성으로 천천히 대꾸했다. 수정처럼 투명한 그 미소를 마주하자 하루노도 끝까지 고집을 부리지는 않았다.

유키노시타는 무릎에 얹은 손을 가만히 응시했다. 그리고 그 자세로 조용히 입을 열었다.

"나는 내 힘으로 잘 해낼 수 있다는 사실을 증명하고 싶어. 그러니…… 히키가야, 네 힘은 더 이상 빌리지 않겠어. 이기적인 부탁이라 미안하지만……. 부탁이야. 내가 하도록 해줘."

그렇게 말하고 유키노시타는 고개를 들었다. 이성적인 목소리와 마찬가지로 그 표정은 맑고 온화했다.

하지만 시선이 마주치자 눈에 눈물이 고였다. 그동안 줄곧 은은한 미소를 머금고 있었건만, 입술이 가늘게 떨리며 비통함이 스며 나왔다. 살짝 숨을 들이켠 후 내뱉은 목소리에는 떨림이 묻어났다.

"그렇지 않으면 나, 점점 망가져버릴 테니까. ……알아, 의존하고 있다는 것. 너에게도 유이가하마에게도, 누군가에게 의지하지 않는다고 말하면서도 항상 떠넘겨왔어."

언성을 높이지도 않고 띄엄띄엄, 그저 깊이깊이 침잠하는 듯한 음성으로 유키노시타는 말했다.

유이가하마는 눈을 내리깐 채로 조용히 그 이야기를 들었다.

히라츠카 선생님은 말없이 눈을 감았고, 잇시키는 거북한 듯 몸을 굳히며 시선을 피했다. 하루노는 냉랭한 눈길을 보냈지만, 이내 실낱같은 한숨을 흘리고는 입가에 미소를 머금었다.

하지만 나는 말하지 않고는 견딜 수 없었다. 설령 그것이 아무런 의미도 없는 공허한 말이라 할지라도 부정하지 않을 수 없었다.

"그렇지 않아……. 전혀 다르잖아."

쥐어짜내듯 가까스로 그 말만을 입 밖에 냈다. 하지만 유키노시타는 천천히 고개를 저었다.

"다르지 않아, 결과는 매번 그랬는걸. 더 잘 할 수 있다고 생각했는데, 결국 아무것도 바꾸지 못했어……. ……그러니, 부탁이야."

응시해오는 물기 어린 눈동자에, 흘러나오는 덧없는 목소리에, 마주보아오는 희미한 미소에.

더 이상 말은 나오지 않게 되어버렸다. 그저 힘겨운 숨결만이 새어나올 따름이었다.

"힛키……."

유이가하마가 소맷자락을 잡아당겼다. 그 부름에 응하고자 떨림을 억누르듯 긴 한숨을 쉬고 나서야 간신히 고개를 끄덕일 수 있었다. 알았어. 그렇게 중얼거렸다고 생각했지만, 목소리가 제대로 나왔는지 자신이 없었다. 그래도 똑똑히 들리기는 한 모양이었다.

유키노시타는 미소 띤 얼굴로 나를 향해 마주 고개를 끄덕여 보이고 쓱 몸을 일으켰다.

"학생회실로 돌아가서 추후 대응 방안을 검토하겠습니다."

히라츠카 선생님에게 꾸벅 고개를 숙여 보인 유키노시타가 걸음을 옮겼다. 그 발걸음에서는 망설임도 주저도 찾아볼 수 없었고, 뒤돌아보는 일도 없이 응접실을 나섰다. 그러자 잇시키도 부랴부랴 일어서서, 마찬가지로 고개를 꾸벅 숙여 보이고는 부리나케 유키노시타를 쫓아갔다.

두 사람이 떠나자, 히라츠카 선생님이 맥 빠진 듯한 한숨을 내쉬며 담배에 불을 붙였다.

후우 연기를 뿜어낸 후, 다소 지친 기색이 묻어나는 씁쓸한 미소와 함께 히라츠카 선생님이 말했다.

"히키가야, 조만간 다시 이야기를 하자꾸나. 오늘은 이만 돌아가거라. 유이가하마와 하루노도. 알겠지?"

"……그러죠."

대답하는 나도 비슷한 표정이 아닐까 싶었다. 몹시 지치고 지독하게 씁쓸한 표정.

코트를 걸치기도 귀찮아 가방째 옆구리에 끼고, 하루노에게 까딱 고개를 숙여 보인 다음 소파에서 일어섰다. 억지로라도 움직이지 않으면 피로와 허탈감으로 영영 이곳을 떠나지 못할 것 같았다.

옆에는 돌아갈 채비를 하는 유이가하마가 있었다. 그쪽을 돌아보며 가급적 다정한 목소리로, 최대한 밝은 미소와 함께 작별 인사를 건넸다.

"……그럼 잘 가라."

"어……? 아, 응. 잘 가……."

고개를 든 유이가하마는 한순간 놀란 표정을 지었지만, 금세 내 의도를 파악했는지 당혹감을 눌러 삼키고 미소와 함께 대답해왔다.

그 따스함에 감사하며 힘없이 고개를 끄덕이고는 응접실을 나섰다.

지금 유이가하마와 자연스럽게 대화를 나눌 자신이 없다. 말이 잘 나오지 않는 정도면 그나마 다행이고, 자칫하면 하지 않아도 될 말이나 물어보아서는 안 될 말까지 해버릴 테지.

현관에서 나와 무거운 다리를 힘겹게 놀려 자전거 주차장으로 향했다. 자물쇠를 풀고, 삐걱거리는 고물 자전거를 끌며 쪽문으로 향했다. 무거운 것은 다리뿐만이 아니어서 자전거도, 몸도, 기분도 전부 물먹은 솜처럼 무거웠다. 게다가 어깨까지 갑자기 무거워졌다.

뒤로 휙 잡아끄는 느낌에 시선을 향하자, 서둘러 뛰어왔는지 내 어깨에 손을 얹고 가쁜 숨을 토해내는 유키노시타 하루노가 보였다.

"따라잡았다~. 중간까지 바래다줘."

짐짓 이마에 맺힌 땀을 훔치는 시늉을 하며 하루노가 그렇게 말했다. 그리고 내 옆에 나란히 서더니 척척 걸음을 옮겼다. 솔직히 진이 빠진 나머지 저항할 마음도 나지 않았다.

"역까지면 돼요?"

"응. ……모처럼 온 기회니까 가하마랑 같이 갈까 했는데, 말을 꺼내려고 했더니 슬그머니 도망쳐버렸지 뭐야. 하여튼 감이 좋은 애라니까."

"웬만하면 도망칠 것 같은데요."

"어지간해서는 놓치지 않지만 말이야."

피식 메마른 웃음소리를 내며 빈정거려 봐도 후훗 웃으며 되받아쳐 온다.

실제로 눈치 없는 얼간이는 이렇게 붙들리고 말았으니, 붙잡히기 전에 잽싸게 빠져나가는데 성공한 유이가하마는 감이 좋다고 해도 좋을지 모른다. 하루노도 감탄한 기색으로 흐음 나직하게 중얼거렸다.

"정말이지 감이 좋은 애야. 전부 다 알고 있는걸. 유키노의 생각도, 본심도 전~부."

흘려 넘겨서는 안 될 말을 들은 느낌에 반사적으로 걸음을 멈추고 하루노를 돌아보고 말았다. 그러자 하루노가 픽 웃었다.

"아참, 좋은 건 감뿐만이 아니었던가? 얼굴도 성격도 몸매도 좋지. ……정말이지 『좋은 애』라니까?"

"억양에서 악의가 느껴지는데요."

말꼬리를 유난히 강조한 데다 씨익 웃은 것처럼 보여, 숨은 의도를 감지했다. 하지만 그 점을 지적해도 하루노는 찔려하는 기색조차 없이 인도 경계석 위에 탁 올라서서 나를 돌아보았다.

"그래? 그건 듣는 쪽이 나쁜 거 아냐? 해석에 문제가 있는 거라고."

"······일리 있네요."

방금 전 하루노의 말투는 어디로 보나 악의가 있었던 것 같지만, 어쨌거나 나에게 남의 말의 이면을 읽어내려는 나쁜 버릇이 있는 것은 사실이다. 그래서 하루노의 지적에도 수긍이 갔다. 그러자 하루노는 평균대 위를 걷듯 경계석을 따라 사뿐사뿐 걷다가 나를 척 가리켰다.

"그래! 그러니까 히키가야는 나쁜 애야! 아니지, 자기가 나쁜 애라고 생각하는 애인가? 자기가 잘못됐다고, 언제나 그렇게 생각하는 애. ······바로 지금처럼 말이야."

한 방 먹였다는 듯 웃으며 하루노가 경계석에서 폴짝 뛰어내렸다.

"그리고 유키노는······."

말하다 말고 하루노가 불현듯 노을 진 하늘을 올려다보았다. 그리고 그 눈부신 햇살에 눈이 따가운지 살짝 눈꼬리를 휘었다.

"······평범한 애겠지. 귀여운 걸 좋아하고, 고양이를 좋아하고, 귀신하고 높은 곳을 싫어하고, 자신이 어떤 사람인가에 관해 고민하는······ 어디에나 있는 평범한 여자애."

알고 있었어? 그렇게 묻듯 하루노가 고개를 갸웃해보았다. 하지만 실제 육성으로 물어온 것은 아니었기에 나도 마찬가지로 글쎄요 과연 그럴까요? 하고 고개를 갸우뚱해보았다.

유키노시타 유키노를 가리켜 평범한 여자애라고 해도 될지 모르겠다. 용모단정 문무겸비 등등 남보다 뛰어난 점을 꼽자면 끝이 없다. 그런 유키노시타를 평범하다고 평가할 수 있는 사람은 그야말로 완벽 악마 초인 유키노시타 하루노 정도가 아닐까. 웬만한 사람의 눈에는 이질적인 존재로 비칠 터였다.

적어도 나는 유키노시타 유키노를 평범한 여자애라고 생각해본 적이 없다.

그런 무언의 질문에 대한 무언의 대답이 완벽 악마 초인의 심기를 건드렸는지, 하루노가 노골적으로 욱한 기색을 드러냈다. 그리고 성큼성큼 이쪽으로 다가와 매섭게 쏘아보았다.

"유키노는 평범한 여자애야. ……하긴 가하마도 그렇지만."

자전거 핸들을 경계로 하루노와 얼굴을 맞대는 구도가 되었다. 깜빡하셨을지도 모르지만요, 저도 평범한 남자애라서 예쁜 누님이 이렇게 바짝 다가서면 긴장한답니다. 얼굴이 달아오르는 느낌에 그만 시선을 피하고 말았다. 그 순간 하루노가 불쑥 입을 열었다.

"……그런데 셋이 모이면 각자의 역할을 연기해버린단 말이지."

고개를 돌려버린 탓에 표정은 알 수 없었다. 그래도 그 목소리에는 연민과 안타까움이 깃든 것처럼 느껴졌다. 쓸쓸하고 다정한 음성에 놀라 바로 시선을 향했지만, 내 눈에 들어온 것은 늘 보아온 완벽 악마 초인의 강화 외골격이었다. 무섭도록 아름다운 얼굴로 지독히도 짓궂은 미소를 지어 보인다.

"자, 그럼 여기서 문제 나갑니다. 그런 세 사람의 관계를 뭐라고 부를까~요?"

내 자전거 앞으로 걸어간 하루노가 핸들과 바구니에 팔을 척 얹었다. 그렇게 진로도 퇴로도 완벽하게 봉쇄한 다음, 대답하기 전까지는 아무데도 못 간다는 듯 눈만 빼꼼 들어 나를 빤히 쳐다보았다.

"……좋은 애 나쁜 애 평범한 애라, 이모킨 트리오#46인가요?"

"땡~! 틀렸어. 너희들 셋의 관계라고 했잖아."

틀렸다고는 해도 일단 대답은 했건만 하루노는 나를 해방시켜주지 않았고, 그렇다고 정답을 가르쳐주지도 않았다. ……보아하니 정답을 맞히기 전에는 못 돌아가는 모양이다. 정확히는 하루노가 원하는 대답을 들려줄 때까지는 보내주지 않겠다는 뜻인가. 어쩌면 아까 응접실에서 한 질문의 반복인지도 모른다.

그러나 하루노의 마음에 들 만한 대답이라는 힌트가 있는이상, 사실 그렇게 어려운 문제도 아니다.

문제는 그 답을 입에 담는 것 자체가 껄끄럽다는 점이다. 그래서 각오가 서는데 한참 시간이 걸리고 말았다. 그 사이 하루노와 줄곧 시선을 마주하고 있었던 탓에 더 입을 떼기 힘들었다. 그 바람에 막상 정답을 이야기할 때는 슬쩍 눈길을 피하게 되었고, 혀도 꼬여버렸다.

"……사, 삼각관계?"

내 대답에 하루노가 어리둥절한 표정을 지었다. 입을 헤 벌

#46 이모킨 트리오 일본 예능 프로그램 「킨동! 좋은 애 나쁜 애 평범한 애」에서 파생된 개그송 그룹 이름.

리고는 뭐? 하고 고개를 갸웃하는가 싶더니, 이내 그 의미를 깨닫고 푸홉, 웃음을 터뜨렸다. 그리고 그야말로 자지러지게 웃어젖혔다.

"아하하하! 그런 식으로 생각했구나! 품, 심지어 그걸 자기 입으로 이야기하다니 너무 웃긴 거 아니야? 아하하! 아우 죽겠다 배 아파, 옆구리 땅겨 아야야야 아하핫~."

"너무 웃는 거 아닙니까……?"

하루노는 자전거에서 손을 떼고 옆구리 결림에 괴로워하면서도 계속해서 웃어댔다. 자존심과 자의식이 모래알처럼 바스러져 그냥 이대로 가버릴까 했으나, 그래도 일단 물어는 봐야 했다.

"그보다 정답은 뭔데요?"

"응? 정답? 아아, 정답 말이지……? 정답은…….."

하루노는 눈꼬리에 맺힌 눈물을 닦고 까닥까닥 손짓해서 나를 부르더니, 그 손을 살짝 자기 입가에 댔다. 귓속말을 하려는 거겠지. 그렇게까지 비밀스럽게 굴 필요가 있나 생각하면서도 몸을 쓱 앞으로 내밀었다. 그러자 하루노도 얼굴을 바짝 가져다댔다. 꽃 속의 꿀처럼 달콤한 향기가 풍겨오며 웃음기를 머금은 부드러운 숨결이 뺨을 스쳤다.

간질간질한 느낌에 반사적으로 고개를 돌려버릴 뻔했다. 그러나 하루노가 반대쪽 손으로 내 턱을 잡아 그것을 막았다. 외면할 수도, 달아날 수도 없게 되자 하루노는 매혹적인 입술을 내 귓가에 대고 나직하게 말했다.

"공동 의존이야."

하루노가 속삭인 말에는 그 어떤 진짜보다도 진실 같은 차가운 울림이 서려 있었다.

용어의 의미 자체는 어렴풋이 알고 있었다. 자신과 특정한 상대가 서로의 관계에 의존하고, 또 그 관계에 얽매여 있는 상황에 중독된 상태를 가리킨다고 관련 분야의 책에서 본 기억이 났다.

"예전에 말했잖아? 신뢰 같은 게 아니라고."

유쾌한 기색으로 쿡쿡 웃는가 싶더니, 그 미소를 음탕하게 일그러뜨리며 한마디 덧붙였다.

"그 애가 의지해오는 거, 기분 좋지?"

감미로운 목소리가 귓가를 울리자 두개골이 저려왔다. 덕분에 똑똑히 기억해내고 말았다. 그 책에는 다음과 같은 구절도 있었음을. 공동 의존을 공동 의존으로 정의하는 까닭은 의존하는 쪽뿐만 아니라 의존의 대상이 되는 쪽에도 원인이 있기 때문이라고. 남이 자신을 필요로 하는 데서 존재가치를 찾고 만족감과 안도감을 얻기 때문이라고.

단어 하나하나의 이미지가 현실과 연결될 때마다, 발밑이 불안정하게 흔들리는 듯한 감각을 맛보았다.

여러 번 넌지시 귀띔 받았다. 어리광을 받아준다는 자각이 없느냐고 지적받았다. 의지해오자 기뻐하는 것 같다는 말을 들었다. 그럴 때마다 오빠 기질이라는 둥 일이니까 할 수 없다는 둥 구차한 변명을 늘어놓으며 시치미를 뗐다.

수치심과 자기혐오로 구역질이 치밀었다. 이 얼마나 추하고 꼴사나운 작태란 말인가. 고고한 척하면서도 막상 상대방이 의지해오면 내심 반기고, 급기야 희열마저 느끼며 그것을 자신의 존재의의를 보강하는데 써먹다니 토악질이 난다. 의지해오는 쾌감에 무의식적으로 맛을 들여 천박하게 그것을 갈구하고, 그들이 자신을 찾지 않을 때 느끼는 감각을 일말의 쓸쓸함 따위로 포장한다. 그 저열한 품성이라니, 추악함의 극치다.

무엇보다도 자기비판을 한답시고 나 자신에게 핑계를 대는 이 상황이 진심으로 역겨웠다. 귀 아래가 씰룩 경련을 일으키며 입 안에 시큼한 타액이 가득 고였다. 그것을 가까스로 삼키고 거친 숨결을 토해냈다.

그렇다. 유키노시타와 내 관계는 확실히 공동 의존이라면 공동 의존이다. 유키노시타가 내게 의존하느냐는 별개로 치더라도, 최근의 내 행태는 예전 내 기준으로는 병적으로 느껴질 정도니까. 지금 공동 의존도 검사라도 했다가는 수많은 항목에 해당되고 말 것 같다.

하루노는 피식, 비웃는 듯한 미소를 머금고 성큼성큼 앞으로 걸어 나갔다. 그 뒤를 느릿느릿 쫓아가자, 이윽고 학교와 역 사이에 위치한 공원 옆 샛길로 접어들었다. 아직은 새순도 잎사귀도 꽃도 달리지 않은 살풍경한 가로수를 올려다보며 하루노가 나직하게 뇌까렸다.

"하지만 그 공동 의존도 이제 끝. 유키노는 무사히 홀로서기에 성공해서, 조금 어른이 되는 거야."

자랑스러운 말투와 유쾌한 목소리, 그리고 쓸쓸한 옆모습으로 동생 이야기를 하는 그 모습에 기시감이 들었다. 지금보다 조금 더 추웠던 그날 밤에도 하루노는 비슷한 말을 했었다.

오늘처럼 나보다 몇 발짝 앞을 걸으며 하루노는 분명히 말했다.

그때 하루노가 했던 말이 아직도 기억에 생생했다. 어느 순간 불현듯 떠올리고는 장난스럽게 넘겨버리고 영리한 척 위선을 떨며 방치해두었지만, 그래도 끝끝내 잊지 못했다.

해가 저물자 거리는 황혼 속으로 잠겨들었다. 정신을 차려 보니 샛길은 어느새 끝나고 역 앞 큰길가로 접어든 후였다. 해질녘의 역 앞은 귀가를 서두르며 분주하게 오가는 사람들로 웅성거렸다.

"이제 가 봐도 돼. 잘 들어가."

그렇게 말하며 하루노는 가볍게 손을 흔들어 보이고 총총히 걸음을 옮겼다.

"저기……."

하루노의 발치만을 응시하며 낮게 쉰 목소리로 불러 세웠다.

한 발짝 더 내디딘 하루노가 나를 돌아보았다. 그리고 싱긋 웃으며 고개를 갸웃해 소리 없이 뒷말을 재촉해왔다.

그 눈빛이 너무나도 다정해 한순간 숨이 막혔다.

"그 녀석은…… 무엇을 포기하고 어른이 되는 걸까요?"

유키노시타와 꼭 닮은 미소가 와락 슬프게 일그러졌다.

"……나와 같을 만큼, 수많은 무언가야."

아무것도 알려주지 않았음에도 더할 나위 없이 명확한 대답을 끝으로, 유키노시타 하루노는 인파 속으로 사라져갔다.

⑦
그 선택을 틀림없이 후회할 것을 알면서도.

　아침에 봄기운을 품은 가랑비가 흩날린 그날은 전날과는 딴판으로 평화롭게 흘러갔다.

　졸음이 밀려오는 방과 후. 후암 하품을 하고 꿈지럭꿈지럭 가방을 싸는데, 타박타박 소란스런 발소리가 다가왔다. 요 며칠간의 흐름을 답습하듯 유이가하마가 내 어깨를 탁탁 쳤다.

　"힛키, 집에 가자!"

　지난번 응접실에서 귀가할 때의 기억이 문득 뇌리를 스쳐, 대답 대신 나직한 숨소리만 흘러나왔다. 그 반응에 유이가하마가 안 가? 하고 올빼미처럼 고개를 갸웃했다. 그것이 유이가하마 나름의 배려임을 바로 알 수 있었다.

　"……그래, 그럼 갈까?"

　그래서 그 마음씀씀이에 화답하고자 고양이마냥 끄응, 힘차게 기지개를 켜고 천천히 일어섰다.

　학교에서 나와 역으로 이어지는 길을 걸었다. 오늘은 아침에 비가 내린 덕분에 유이가하마와 내 하굣길 동선이 일치했다. 신난 기색으로 우산을 붕붕 흔들며, 유이가하마가 중간 중간 자연스럽게 말을 걸어주었다.

"아, 그래갖구 케이크 굽자는 이야기 했잖아? 그거 울 엄마한테 말했더니 우리 집에서 해두 된대. 근데 왠지 오히려 엄마가 더 들떠갖구, 뭐랄까, 엄청 부끄러워……."

"거참 가기 껄끄럽구만……. 막판에 추가된 정보 때문에 어째 더 껄끄럽다만……."

내 반응에 유이가하마가 난감한 기색으로 웃었다. 그리고 호주머니에 손을 넣어 스마트폰을 꺼냈다.

"우움, 그치만 힛키네 집에서 했다간 코마치한테 들켜버릴 테구……."

유이가하마가 스마트폰으로 시선을 향했다. 그러더니 어? 하고 놀란 소리를 내며 움찔 걸음을 멈추었다.

"……프롬, 뭔가 위험한가 봐."

그렇게 말하며 유이가하마가 스마트폰을 보여주었다. 화면에는 라인이 떠 있었다. 소위 단체 대화방이라는 걸까. 타이틀에는 봉사부라고 적혀 있었고, 『유키노시타 유키노』와 『이로이로 이로하스』라는 이름이 눈에 띄었다. 태클을 걸고 싶은 부분이 한두 군데가 아니었지만, 최신 메시지를 본 순간 머릿속이 새하얘졌다.

"……학교 측이 프롬 중지 판단이라니, 무슨 소리야? 추가 협의는 어떻게 된 거냐고?"

"라인으루 물어볼까?"

"……아냐, 됐어. 이런 건 윗선하고 이야기하는 편이 빠르니까. 잠깐 통화 좀 하마."

짤막하게 양해를 구하고 두세 발짝 떨어져 유이가하마에게 등을 돌렸다. 전화가 연결되기를 기다리는 사이 흘끗 시선을 주자, 유이가하마가 심각한 얼굴로 라인 화면을 응시하며 이따금 불안한 기색으로 나를 곁눈질하는 모습이 보였다.

초조한 심정으로 신호음을 듣고 있으려니, 이윽고 스피커에서 히라츠카 선생님의 한숨소리가 들려왔다.

"프롬, 어떻게 된 거예요?"

저쪽에서 말을 꺼내기 전에 묻자 후우, 장탄식이 흘러나오며 성가신 듯한 목소리가 이어졌다.

"……나중에 제대로 설명하마. 지금은 이쪽에서도 대응하는 중이다. 상황이 일단락되면……."

"아뇨, 그러면 며칠씩이나 손해 보는 셈이 되잖아요. 그랬다가는 돌이킬 수 없어진다고요."

『돌이키고 자시고 할 것도 없잖나. 게다가 넌 프롬에 관여할 생각인가?』

"아, 아뇨, 그냥……. 나중에 가서 또 하겠다고 나서면 골치 아파지니까요."

『……글쎄다. 그럴 일은 없을 것 같은데.』

그 음성에는 확신이 담겨 있었다. 그것을 마음속으로 즉각 부정했다.

궁지에 몰려서도 완강하게 고집을 꺾지 않던 잇시키 이로하가 그리 쉽게 단념할 리 있겠는가. 무엇보다도 유키노시타 유키노가 마침내 입 밖에 낸 소원을 그토록 순순히 포기할 리 없다. 그러도록 내버려둘까 보냐.

내 격앙된 숨소리를 들었는지 히라츠카 선생님이 체념한 기색으로 낮게 신음했다.

『역시 너에게 비밀로 할 수는 없나. ……중지에 관한 정보는 유키노시타의 희망에 따라 네게 알리지 않았다. 이 정도면 감이 잡히겠지. 그 사실을 전제로 묻겠는데, 그래도 아직 네가 프롬에 관여할 이유가 있나?』

그 이야기를 들은 순간, 생각했던 말이 몽땅 날아가 버렸다. 시간 개념마저도 휘발되어버린 느낌이었다.

히키가야, 하고 히라츠카 선생님이 부르는 소리에 그제야 내가 한동안 망연자실해 있었음을 깨달았다.

『통화 중에 침묵해버리면 뭔지 알 수가 없잖나. 네 나쁜 버릇이다. 제대로 말로 하도록. ……기다릴 테니까.』

조용하고 차분한 음성으로 거듭 말해준 덕분에 겨우 상황을 재인식했다. 그래, 이유다. 이유, 이유.

"이유는 봉사부 문제도 있지만, 일단 시작했으니 끝을 봐야 한다고나 할까……."

머리를 굴리며 성급하게 말을 이어갔지만, 스피커 너머에서는 아무런 반응도 없었다.

숨소리만이 들려왔을 뿐, 또다시 침묵이 흘렀다. 그 사실에 울컥 화가 치밀었다. 당신은 내가 어떤 인간인지 알잖아.

"말로 설명할 수 있을 리 없잖아요. 중요하니까 말하지 않는 거라고요. 깊이 생각하고 합당한 과정을 밟아서, 잘못되지 않게끔, 제대로…… 선생님도 그렇잖아요."

당신도 전근 이야기 안 했잖아. 그건 중요한 일 아니냐고. 그렇게 덧붙일 뻔했다. 절대 말하지 않겠다고 이를 악물었지만, 목소리에서 티가 났음을 느낄 수 있었다.

『……히키가야, 미안하구나. 그래도 나는 계속 기다리겠다. ……그러니 말로 해다오.』

선생님이 그렇게 슬픈 목소리로, 다정한 말로 사과하기는 처음이었다.

이유 따위 방금 깨끗이 사라졌다. 떠오르는 것이라고는 하나같이 일과 봉사부 활동, 코마치에 관련된 것들뿐이다. 표현과 단어를 바꿔본들 결국 전부 그쪽으로 귀결된다는 자각이 있었다.

그래서 전화상으로 이야기하려 해봐야 그저 입술이 몇 번 달싹일 뿐, 말이 되어 나와 주지는 않았다.

그러면 남는 것은 우리 문제뿐이다. 공동 의존 관계이기 때문이라는 설명은 지극히 명쾌하다. 나에게 의존하는 사람을 통해 내 존재의의를 확인할 수 있기 때문이라고 말하기는 쉽다. 나 자신도 간단하게 납득할 수 있다. 하지만 그것이 답은 아니다. 공동 의존은 관계의 양상이다. 감정이 아니다. 핑계는 되어줄망정 이유는 되어주지 못한다.

거기까지 전부 생각하고, 쏟아내고, 쥐어짜낸 끝에, 마음속에 남은 것은 미련뿐이다.

하지만 그것만큼은 말하고 싶지 않았다. 가장 꼴사나운 이유니까. 그래도 말하지 않으면 이 선생님은 앞으로 나아가게 해주지 않는다. 그렇게 해서 내게 변명거리를 만들어주려는 것임을 안다.

그래서 이마를 짚고 커다랗게 한숨을 쉬어 정말 싫다는 티를 내준 다음, 나지막한 목소리로 대답했다.

"……언젠가, 구해주겠다고 약속했으니까."

부탁받았기 때문이라니. 그렇게 지극히 당연한 이유로, 논리적이지도 감성적이지도 않은 말로, 진부하기 짝이 없는 상투적인 표현으로 그 녀석을 돕다니, 정말이지 싫어서 견딜 수가 없다.

『그거면 됐다. ……시간을 내마. 바로 이쪽으로 오도록.』

만족한 기색으로 대답한 히라츠카 선생님이 제멋대로 전화를 끊어버렸다. 휴대폰을 집어넣고 약간 떨어진 곳에 있는 유이가하마에게로 돌아갔다. 그러자 유이가하마가 시선만으로 어때? 하고 물어왔다.

"미안, 많이 기다렸지? ……잠깐 가서 히라츠카 선생님 좀 만나고 오마."

간단히 사과부터 하고 일단 결정된 사항만을 전달했다. 그러자 유이가하마가 눈을 깜빡였다.

"아, 진짜? 뭐하러 가는데?"

"우선 상황 파악부터 하려고. 솔직히 아는 게 하나도 없으니 달리 할 수 있는 일도 없어."

그렇게 한심한 대답을 들려주자 유이가하마가 후훗 웃었다.

"……글쿠나. 그치만 힛키가 가주면 어떻게든 될 것 같아."

그리고 나를 긍정해주듯 흠흠, 힘차게 고개를 끄덕였다. 그 몸짓에 맞추어 반짝이는 물방울이 주륵 흘러내렸다. 그 모습을 본 순간 그만 숨을 헉 들이켜고 말았다. 하지만 내가 소스라치게 놀란 탓인지 유이가하마도 이내 자신의 눈가 상태를 깨닫고 손가락으로 뺨을 훔쳤다.

"앗…… 아, 뭔가 안심했더니 갑자기 눈물이 나와 버렸네. 깜짝이야……."

휴우 한숨을 내쉰 유이가하마가 손가락을 맞비볐다. 사뭇 당연하다는 듯한 말투였기에 나도 동요를 억누르며 물었다.

"아니, 놀란 사람은 나다만……. 괜찮냐? 일단 집에 갈래?"

"웅? 아, 괜찮으니까 걱정 마! 이런 거, 여자들한테는 꽤 흔한 일이구."

유이가하마가 카디건 소매를 잡아 빼서 눈가를 톡톡 두들기더니, 쑥스러움을 타듯 수줍어하며 당고 머리를 만지작거렸다.

"그게, 워낙 모르는 것투성이였으니까……. 뭔가 하나라두 알게 됨 확 안심이 돼. 오히려 이제 말짱해진 느낌이랄까?"

확실히 라인을 볼 때는 굉장히 심각한 표정이었다. 바짝 긴장했다가 마음을 놓으면 자연스레 저런 반응이 일어나는 법인지도 모른다. 유이가하마의 얼굴을 물끄러미 응시하자, 그 입가에 부드러운 미소가 번졌다.

"하여튼 걱정두 많다니까. 힛키, 이제 가두 돼. 난 집에 가서두 라인 보구 있을 거니까, 혹시 무슨 일 생김 알려줄게."

유이가하마가 가방을 고쳐 메고 스마트폰을 살짝 흔들어 이만 가보겠다는 의사를 전해왔다.

"그, 그래. 고맙다. 그럼 일단 가보마. 내일 보자. 조심해서 들어가라."

"걱정 마. 바로 요 앞인데 뭐."

그렇게 대꾸하고 유이가하마가 천천히 손을 흔들었다. 그 손을 흔드는 속도에 보조를 맞추듯 나도 천천히 걸음을 옮겼다.

몇 발짝 가다가 자꾸만 마음이 쓰여 뒤돌아보자, 유이가하마의 모습은 이미 사라진 후였다.

크게 심호흡을 하고, 전속력으로 내달렸다.

interlude…

눈물이 멎어주어서 다행이었다.

정말 갑작스럽게 흘러내리는 바람에 깜짝 놀랐다. 조금 방심한 모양이다. 무사히 둘러댈 수 있어서 다행이었다.

금방 숨을 수 있어서 다행이었다. 금방 떠나주어서 다행이었다. 금방 돌아오지 않아서 다행이었다.

내가 울어버리면 그는 여기 발이 묶이고 말 테니까.

그러니 눈물이 멎어주어서 다행이었다.

나는 불쌍한 애가 되지 않을 거다. 그러면 그는 또 도와줘버릴 테니까. 내 히어로니까.

내 친구가 곤경에 처하거나 고민에 빠지면 그는 틀림없이 도와주겠지. 내 히어로니까.

맨 처음부터 그는 내 히어로였으니까.

그는 이미 나를 구해주었으니까.

내 「언젠가」는 이미 끝나버렸으니까.

그러니까, 히어로가 아니어도 좋으니까, 그저 곁에 있어주기를 원했다.

히어로가 아니라는 사실을 아니까, 확실하게 상처 입혀주기를 원했다.

가지 말라고 말할 수 없었다.

왜 도와주느냐고 물을 수 없었다.

이제 잘해주지 말라고 이야기하기 싫었다.

그녀의 생각도 마음도 다 알고 있으면서, 그녀처럼 포기하거나 양보하거나 거부할 수 없었다.

무척 간단한 일일 텐데도, 나는 아무것도 하지 못했다.

전부 그녀 탓으로 돌리고 그렇게 하지 않았다.

그녀가 그에게 의존한 것처럼, 나는 그녀에게 의존했으니까.

전부 떠넘겨온 것은 내 쪽이다.

그러니 잘된 일일 텐데도, 지금도 여전히 눈물이 멎지 않는다.

눈물이 멎지 않았더라면 좋았으련만.

역시 내 청춘 러브코메디는 잘못됐다. 12

1판 1쇄 발행 2018년 1월 10일
1판 8쇄 발행 2023년 9월 13일

지은이_ 와타리 와타루
일러스트_ 퐁칸⑧
옮긴이_ 박정원
일본판 오리지널 디자인_ numata rina

발행인_ 최원영
편집장_ 김승신
편집진행_ 권세라 · 최혁수 · 김경민 · 최정민
편집디자인_ 양우연
관리 · 영업_ 김민원

펴낸곳_ (주)디앤씨미디어
등록_ 2002년 4월 25일 제20-260호
주소_ 서울시 구로구 디지털로 26길 111 JnK디지털타워 503호
전화_ 02-333-2513(대표)
팩시밀리_ 02-333-2514
이메일_ lnovellove@naver.com
ㄴ노벨 공식 카페_ http://cafe.naver.com/lnovel11

YAHARI ORE NO SEISHUN LOVE COME WA MACHIGATTEIRU. 12
by Wataru WATARI
© 2011 Wataru WATARI Illustrated by PONKAN⑧
All rights reserved.
Original Japanese edition published by SHOGAKUKAN.
Korean translation rights in Korea arranged with SHOGAKUKAN
through Shinwon Agency Co.

ISBN 979-11-278-4351-9 04830
ISBN 979-11-278-4350-2 (세트)

값 7,200원

*이 책의 한국어판 저작권은 Shinwon Agency Co.를 통한 SHOGAKUKAN와의
독점 계약으로 (주)디앤씨미디어에 있습니다.
저작권법에 의해 한국 내에서 보호를 받는 저작물이므로 무단전재와 복제를 금합니다.

*잘못된 책은 구매처에 문의하십시오.